COLLECTION FOLIO

Henry Miller

Le cauchemar climatisé

Traduit de l'anglais
par Jean Rosenthal

Gallimard

Titre original :

THE AIR-CONDITIONED NIGHTMARE

Henry Miller est né en 1891 à New York, dans le quartier de Brooklyn. Son père était tailleur. Lui-même, dans ses débuts, a été chef des coursiers dans une compagnie de télégraphe, comme il l'a raconté dans *Tropique du Capricorne.*

Poussé par sa vocation littéraire, il se rend en Europe en 1928 et se fixe bientôt à Paris où il va mener la vie de bohème en compagnie de son ami Alfred Perles, de Lawrence Durrell, de Reichel, de Brassaï, d'Anaïs Nin et de bien d'autres. C'est à la villa Seurat, une cité d'artistes du quatorzième arrondissement, qu'il écrit ses premiers livres. *Tropique du Cancer* date de 1934. Miller trouve à ce moment un ton de confession personnel qui le rend proche de deux de ses contemporains, Blaise Cendrars et surtout Céline. Une façon de renouveler l'art romanesque en mêlant fiction et autobiographie.

Juste avant la guerre, Miller part pour la Grèce rejoindre Lawrence Durrell qui s'était installé à Corfou, ce qui lui inspire *Le Colosse de Maroussi.* En 1940, il retourne à New York, et de sa confrontation avec l'Amérique, qu'il n'avait pas revue depuis plus de dix ans, naît *Le cauchemar climatisé.* En 1944, Miller s'installe à Big Sur, dans les montagnes de Californie.

Auteur longtemps maudit, interdit dans son propre pays pour obscénité, Henry Miller voit enfin la censure être levée en 1961. A partir de là, ses œuvres trouvent un écho profond aux Etats-Unis et dans le monde entier. Il est mort en 1980.

à MARGARET *et à* GILBERT NEIMAN

originaires de Bunker Hill (Los Angeles) et maintenant quelque part au-dessus et au-delà du Jardin des Dieux (Colorado). Ils sont même encore un peu plus hauts dans ma mémoire et dans mon cœur, au-dessus et au-delà des dieux eux-mêmes, tant ils sont totalement et parfaitement humains.

Les plus grands hommes du monde ont toujours passé inaperçus. Les Bouddhas et les Christs que nous connaissons ne sont que des héros de seconde zone en comparaison de ces très grands hommes dont le monde ne sait rien. Des centaines de ces héros inconnus ont vécu dans tous les pays, travaillant silencieusement. Ils vivent et meurent sans bruit ; et en temps voulu leurs pensées trouvent leur expression dans les Bouddhas et les Christs ; et ce sont ceux-ci que nous connaissons. Ces hommes dont je parle ne cherchent pas à tirer de leur savoir gloire ni renom. Ils laissent leurs idées au monde ; ils ne revendiquent rien, ils ne fondent pas d'école, ils ne donnent leur nom à aucun système. Leur nature se révolte à cette seule pensée. Ce sont les purs Sattvikas, *qui ne font aucun bruit et qui ne peuvent que fondre dans l'amour...*

Dans la vie de Gautama Bouddha, on remarque qu'il répète sans cesse qu'il est le vingt-cinquième Bouddha. L'histoire ne sait rien des vingt-quatre précédents, bien que le Bouddha dont l'histoire a enregistré le passage ait dû construire sur les fondations qu'ils avaient laissées. *Les très grands hommes sont calmes, silencieux et inconnus.* Ce sont les hommes qui connaissent véritablement le pouvoir de la pensée ; ils ont la certitude que, même s'ils pénètrent dans une caverne et qu'on referme la porte derrière eux, et s'ils ont là seulement cinq pensées vraies et puis qu'ils meurent, ces cinq pensées vivront pour l'éternité. Ces pensées traverseront l'épaisseur des montagnes, franchiront les océans et feront le tour du monde. Elles iront jusqu'au plus profond du cœur et du cerveau des hommes et produiront des hommes et des femmes qui leur donneront une forme d'expression pratique dans les œuvres de la vie humaine... Les Bouddhas et les Christs iront de place en place prêcher ces vérités... Ces Sattvikas sont trop près du Seigneur pour agir et pour se battre, pour travailler, lutter, prêcher et faire le bien comme on dit, sur cette terre des hommes...

SWAMI VIVEKANANDA

PRÉFACE

C'est à Paris, voici quelques années que l'idée m'est venue d'écrire un livre sur l'Amérique. A cette époque la possibilité de réaliser mon projet semblait fort lointaine, car pour écrire ce livre il me fallait visiter les Etats-Unis en flâneur, avoir le portefeuille bien garni *et cœtera*. Je ne savais absolument pas quand ce jour viendrait.

Faute d'avoir les moyens d'entreprendre ce voyage, la meilleure solution me parut être de le faire en imagination, et je m'attelai à cette tâche à mes moments perdus. Ce périple imaginaire, je m'en souviens, débuta par l'héritage que je fis d'un gros carnet de notes qui avait appartenu à Walter Lowenfelds ; la veille de son départ, celui-ci m'avait demandé de l'aider à brûler une énorme pile de manuscrits, qui représentaient des années de travail.

Souvent, quand vers minuit je regagnais mon studio, je m'installais devant ma table et j'inscrivais dans cette sorte de registre céleste les innombrables menus détails qui constituent la comptabilité d'un écrivain : rêves, plans d'attaque et de défense, souvenirs, titres de livres que je me proposais d'écrire, noms et adresses de créanciers éventuels, éditeurs à harceler, noms de champs de bataille, de monuments, de retraites monastiques et je ne sais quoi encore. Je me rappelle également fort bien avec quelle émotion je couchais sur le papier des mots comme Mobile, Swanee River, Navajos, le Désert Peint, lynchage, chaise électrique.

Comme je regrette aujourd'hui de ne pas avoir écrit une relation de ce voyage imaginaire qui commença à Paris. Cela aurait fait un tout autre livre !

Mais pour vain qu'il risquât de s'avérer, j'avais quand même une raison de vouloir le faire, ce voyage, autrement qu'en esprit. J'éprouvais le besoin de me réconcilier avec mon pays natal. C'était là un besoin pressant car, différent en cela de la plupart des enfants prodigues, je n'entendais pas rentrer au pays pour ne plus quitter désormais le sein de ma famille, mais tout au contraire repartir à l'aventure pour ne peut-être plus jamais revenir. Je voulais jeter un dernier regard à ma patrie et la quitter sans amertume. Je ne voulais pas la fuir comme je l'avais fait autrefois. J'avais envie de la serrer contre moi, de m'assurer que les vieilles blessures étaient bien cicatrisées, et de m'en aller vers l'inconnu la bénédiction aux lèvres.

En quittant la Grèce j'étais d'humeur sereine. Si jamais quelqu'un sur terre n'avait ni haine, ni préjugé, ni amertume, c'était bien moi, pensais-je. J'étais persuadé que, pour la première fois de ma vie, j'allais contempler New York et le continent qui s'étendait derrière sans trace de mépris ni de dégoût.

Il advint que le bateau faisait d'abord escale à Boston. C'était peut-être regrettable, mais l'épreuve était excellente. Je n'étais pas mécontent du tour que me jouait le destin. J'étais tout prêt à aimer ce Boston que je n'avais jamais vu.

Quand je montai sur le pont pour jeter un premier coup d'œil sur la côte, ma déception fut immédiate. Ce fut même plus que de la déception : je ressentis une réelle tristesse. La côte américaine me parut maussade et inhospitalière. Je n'aimai pas non plus l'aspect des maisons américaines ; il y a dans leur architecture un je ne sais quoi de froid et d'austère, de morne et de décourageant. Chacune était un *foyer* avec tout ce que ce vocable implique de laid, de sinistre et de malfaisant pour une âme inquiète. Cela vous avait un petit air moralisateur qui me glaçait jusqu'à l'os.

C'était un jour d'hiver et le vent soufflait par rafales. Je descendis à terre avec un des passagers. Je n'arrive plus à me souvenir qui était ce compagnon ni de quoi il avait l'air, ce qui est assez significatif de mon état d'esprit d'alors. Nous nous trouvâmes, je ne sais plus pourquoi à flâner dans la gare, un endroit lugubre qui m'emplit d'appréhension et me rappela aussitôt des souvenirs pénibles d'autres gares semblables dans d'autres villes semblables. L'image la plus vivace que je garde de cette gare de Boston, c'est celle des énormes piles de livres et de magazines qui n'avaient rien perdu de leur agressive vulgarité. Et je me rappelle aussi la tiédeur de matrice de cette gare... si américaine, si inoubliablement américaine.

C'était dimanche et toute la ville était dehors, grossie de groupes d'étudiants tapageurs. Ce spectacle me donna la nausée. Je n'avais plus envie que de regagner le bateau le plus vite possible. En une heure j'avais vu tout mon content de Boston, qui me parut hideux.

Pour rejoindre le quai où nous attendait la chaloupe, nous franchîmes des ponts, des voies ferrées, nous passâmes devant des entrepôts, des usines, des docks et Dieu sait quoi. J'avais l'impression de marcher dans le sillage d'un géant en folie qui avait semé la terre de ses rêves hystériques. Si seulement j'avais vu un cheval, ou une vache ou même une chèvre décharnée en train de mâchonner des boîtes de conserve, quel soulagement ç'aurait été. Mais on ne voyait rien qui appartînt au règne animal, végétal ni humain. Ce n'était qu'un vaste bric-à-brac, dû au délire avide de monstres pré-humains ou sub-humains. C'était quelque chose de purement négatif, une sorte de néant, un cauchemar et je finis par me mettre à courir, en proie au dégoût, à la nausée, et à la bise hurlante et cinglante qui recouvrait toutes choses d'une carapace glacée. Quand je parvins au canot, je priais le ciel que par je ne sais quel miracle le capitaine décidât de changer de route et de remettre le cap sur le Pirée.

C'était un mauvais début. La vue de New York, de la rade, des ponts, des gratte-ciel ne fit rien pour modifier ma première impression. A l'image de sinistre laideur que m'avait laissée Boston, s'ajoutait maintenant un sentiment de terreur qui m'était familier. En contournant la Batterie, en approchant à la nuit tombante de la rive, avec ses rues noires d'insectes affairés, je retrouvai le sentiment que m'avait toujours inspiré New York : que c'était l'endroit le plus horrible de la terre du bon Dieu. Aussi souvent que je m'échappe, je suis repris comme un esclave fugitif et chaque fois je déteste cette ville davantage, chaque fois j'ai pour elle un mépris plus grand.

Me revoilà pris dans la souricière. Je cherche à fuir mes amis d'autrefois ; je ne veux pas revivre avec eux le passé car le passé est chargé de souvenirs lamentables et sordides. Je ne pense qu'à quitter New York, qu'à connaître quelque chose d'authentiquement américain. Je veux aller revoir des endroits que j'ai visités jadis. Je veux sortir à l'air libre.

Mais pour entreprendre quoi que ce soit il faut de l'argent. J'étais arrivé sans un sou, exactement comme j'étais parti des années auparavant. Au Gotham Book Mart, je trouvai un peu d'argent que

Miss Steloff avait recueilli pour moi auprès de ses clients. C'était une agréable surprise et j'en fus touché. Néanmoins je n'avais pas là de quoi vivre bien longtemps. Il me faudrait trouver de l'argent. Peut-être prendre une situation, perspective bien déprimante.

Cependant, mon père était en train de mourir. Il se mourait depuis trois ans. Je n'avais pas le courage d'aller lui rendre visite les mains vides. Je me désespérais. Il faudrait qu'il arrive quelque chose, un miracle. Et le miracle se produisit. Je rencontrai par hasard un homme que je prenais pour un ennemi. Ses premiers mots ou presque furent : « Comment vont les finances ? Est-ce que je peux vous aider ? » De nouveau, je fus touché cette fois jusqu'aux larmes.

Quelques mois plus tard, j'étais dans le Sud chez un vieil ami. Je passai là une grande partie de l'été puis rentrai à New York. Mon père vivait toujours. J'allais le voir régulièrement chez lui, à Brooklyn, et nous parlions du bon vieux temps à New York (celui des années 80 et 90), je rencontrais les voisins, j'écoutais la radio (toujours ces satanés « Incollables »), je discutais de la nature de la prostate, des idiosyncrasies de la vessie, du New Deal qui était encore une chose neuve pour moi et plutôt absurde et ridicule. J'entends encore les voisins dire : « *Ah, ce Roosevelt !* », comme s'ils disaient : « *Ah, ce Hitler !* » L'Amérique subissait une profonde évolution, on ne pouvait le nier. Et j'étais persuadé que d'autres bouleversements suivraient celui-ci. Plus rien n'était normal et cela s'accentuait tous les jours. Peut-être allions-nous nous retrouver à quatre pattes, jacassant comme des babouins. On courait au désastre, tout le monde en avait l'impression. Oui, l'Amérique avait changé. Quel manque de ressort, quel désespoir, quelle résignation, quel scepticisme, quel défaitisme : je ne pouvais au début en croire mes oreilles. Et par-dessus tout cela le même vernis d'optimisme béat... seulement qui craquait maintenant de partout.

J'avais des fourmis dans les jambes. Mon père ne semblait toujours pas disposé à mourir. Dieu sait combien de temps je risquais d'être coincé à New York. Je décidai donc de mettre mes projets à exécution. Il faudrait bien faire ce voyage un jour : alors pourquoi attendre ? Toujours ces questions d'argent, bien sûr. Il faut de l'argent pour voyager d'un bout à l'autre des Etats-Unis pendant un an environ. Beaucoup d'argent. Combien, je n'en avais pas une idée précise ; mais je savais que si je ne partais pas bientôt, il me faudrait renoncer à jamais à mon projet.

Depuis mon retour du Sud, je me rendais chaque fois que j'en avais le loisir à l'atelier d'Albe Rattner, afin de perfectionner mes talents d'aquarelliste. Je mis un jour la conversation sur le voyage que j'entendais entreprendre. A ma surprise, Rattner manifesta le désir de m'accompagner. Bientôt, nous discutions du genre de livre que nous ferions : quelque chose de grand avec illustrations en couleurs *et cœtera.* Un genre de livre de luxe, comme les magnifiques éditions françaises que nous connaissions bien tous les deux. Quant à l'éditeur, nous ne savions pas encore à qui nous adresser. Ce qui importait d'abord, c'était de faire le livre, après on chercherait un éditeur. Et si nous n'en trouvions pas, ç'aurait toujours été un beau voyage.

L'idée nous vint peu à peu de nous procurer une voiture. On ne peut visiter l'Amérique qu'en automobile : c'est ce que tout le monde dit. Bien entendu, ce n'est pas vrai, mais c'est une formule qui sonne bien. Je n'avais jamais eu de voiture, je ne savais même pas conduire. Je regrette aujourd'hui que nous n'ayons pas plutôt choisi comme mode de locomotion le canoë.

Nous élûmes la première voiture que nous allâmes voir. Nous étions aussi peu connaisseurs l'un que l'autre en ce domaine ; nous nous fiâmes donc à l'assurance du vendeur qui disait que c'était une bonne machine qui ne nous causerait pas d'ennuis. Et, tout compte fait, il avait raison, bien qu'elle eût quand même ses points faibles.

Quelques jours avant la date fixée pour notre départ, je rencontrai un nommé John Woodburn de chez Doubleday, Doran and Co [1]. Il parut fort intéressé par notre projet. A ma stupéfaction, je me retrouvai quelques jours plus tard dans son bureau pour signer le contrat du livre. Théodore Roosevelt était un des signataires. Il n'avait jamais entendu parler de moi et ne manifestait, semblait-il, que peu d'empressement à apposer sa signature. Mais il s'exécuta quand même.

Je m'attendais à toucher une avance de cinq mille dollars ; j'en obtins cinq cents. Nous n'avions pas encore franchi le Holland Tunnel que tout était déjà dépensé. Il n'était plus question que Rattner collabore au livre : tel que nous l'avions prévu, il aurait été trop coûteux à imprimer. J'étais gêné et chagriné, d'autant plus que Rattner prit cela avec fort bonne grâce. Sans doute n'était-ce pas une surprise pour lui. Moi, par contre, je m'attends toujours à ce que les alouettes tombent toutes rôties dans mon assiette. « Ce qui compte surtout », dit Rattner, « c'est de visiter l'Amérique ». J'en convins. Je nourrissais le secret espoir qu'avec le montant de mes futurs droits d'auteur, je pourrais faire éditer la vision que Rattner avait des Etats-Unis. C'était un compromis et j'ai horreur des compromis, mais c'est cela, l'Amérique. « La pro-

1. Importante maison d'édition américaine. (*N.d.T.*)

chaine fois, tu feras ce qui te plaît », voilà la chanson. C'est un ignoble mensonge, mais on vous paie pour y croire.

Voilà donc sous quels auspices commença notre voyage. Du moins étions-nous en bonne forme en quittant New York. Un peu nerveux, je dois l'avouer, car nous n'avions guère pris qu'une demi douzaine de leçons de conduite à l'auto-école. Je savais tenir le volant, passer les vitesses, freiner... que fallait-il de plus ? Comme je le disais nous étions pleins d'ardeur quand nous nous dirigeâmes vers le Holland Tunnel. C'était un samedi après-midi. Je n'avais jamais pénétré dans cet affreux souterrain, sauf une fois, en taxi. Ce fut un cauchemar. Le commencement de cet interminable cauchemar, devrais-je dire.

Quand nous nous retrouvâmes tournant en rond dans Newark, je cédai le volant à Rattner. Une heure de conduite m'avait épuisé. Il n'est pas difficile d'aller à Newark, mais en sortir un samedi après-midi, par temps de pluie, pour retomber indéfiniment sur la même route, c'est autre chose. Au bout d'une heure, cependant, nous étions en pleine campagne, la circulation était réduite au minimum, l'air avait une saveur piquante, le paysage semblait prometteur. Nous étions en route ! New Hope [1] devait êre notre première étape.

New Hope ! Il est assez curieux que nous ayons choisi comme premier arrêt une ville portant ce nom. C'était d'ailleurs un coin charmant, qui me rappelait certains villages un peu somnolents d'Europe. Et Bill Ney, à qui nous rendions visite, était le symbole même d'un espoir nouveau, d'enthousiasmes et de projets neufs. C'était un excellent départ ; l'air était riche de promesses.

1. *New Hope :* en anglais, « Nouvel Espoir ». (*N.d.T.*)

New Hope est une des colonies d'artistes qui existent aux Etats-Unis. Je garde un souvenir très vivace de mon état d'esprit au moment où nous en repartîmes. Il se résume en une formule : *pas d'espoir pour l'artiste !* Les seuls d'entre eux qui ne menaient pas une vie de chien étaient les dessinateurs publicitaires : ils avaient de belles maisons, de beaux pinceaux, de beaux modèles. Les autres vivaient comme d'anciens forçats. Cette impression ne fit que s'affirmer et s'accentuer au cours de mon voyage. L'Amérique n'est pas un endroit pour un artiste : être un artiste aux Etats-Unis, c'est être un lépreux moral, un inadapté économique, une charge pour la société. Un pourceau qui se gave de maïs mène une vie plus agréable que le créateur, qu'il soit écrivain, peintre ou musicien. Mieux vaut encore être un lapin.

Dans les premiers temps qui suivirent mon retour d'Europe, on me rappelait souvent, et presque toujours sans aménité, que j'étais un « expatrié ». On en était venu à considérer l'expatrié comme un fugitif. Jusqu'à la déclaration de guerre, le rêve de tout artiste américain était d'aller en Europe... et d'y rester le plus longtemps possible. Personne autrefois ne songeait à traiter un homme de fugitif ; on trouvait tout naturel d'aller en Europe. Avec la déclaration de guerre se manifesta une sorte de chauvinisme pétulant et enfantin. « Est-ce que vous n'êtes pas content de vous retrouver sur cette bonne vieille terre américaine ? » vous disait-on. « Rien de tel que l'Amérique, pas vrai ? » Et on attendait de vous une réponse dans le genre de : « Je pense bien ! » Ces remarques dissimulaient bien sûr un sentiment inavoué de désappointement ; l'artiste américain, obligé de chercher à nouveau refuge dans son pays natal, en voulait à ses amis européens de l'avoir privé du plaisir de mener la vie qu'il souhaitait. Il était contrarié qu'ils eussent laissé se produire un événement aussi affreux et aussi inutile qu'une guerre. L'Amérique, tout le monde le sait, est faite de gens qui ont voulu fuir de semblables événements. L'Amérique est par excellence la terre des expatriés, des fugitifs, des *renégats*, pour user d'un terme énergique. Quel monde merveilleux, neuf et entreprenant nous aurions pu faire du continent américain si nous avions vraiment coupé les ponts avec nos congénères d'Europe, d'Asie et d'Afrique, si seulement nous avions eu le courage de tourner le dos au passé, de repartir de zéro, d'éliminer les poisons qu'avaient accumulés des siècles d'amère rivalité, de jalousie et de différends.

On ne fait pas un monde nouveau en essayant simplement d'oublier l'ancien. Il faut pour faire un monde nouveau un esprit neuf et des valeurs neuves. Peut-être notre monde américain a-t-il commencé dans ce sens, mais ce n'est plus aujourd'hui qu'une caricature. Notre monde est un monde d'*objets*. Il est fait de conforts, de luxes ou sinon du désir de les posséder. Ce que nous redoutons le plus, en face de la débâcle qui nous menace, c'est de devoir renoncer à nos gris-gris, à nos appareils et à tous les petits conforts qui nous ont rendu la vie si inconfortable. Il n'y a rien de brave, de chevaleresque, d'héroïque ni de magnanime dans notre attitude. Nous ne sommes pas des êtres amis de la paix ; nous sommes timides, pleins de suffisance, nous avons perpétuellement la tremblote et le cœur sur les lèvres.

Je parle de la guerre parce que, comme j'arrivais d'Europe, on me demandait sans cesse mon opinion sur la situation là-bas. Comme si le simple fait d'avoir vécu quelques années de l'autre côté de l'eau pouvait donner à mes propos une valeur inestimable ! Qui donc peut déchiffrer l'énigme d'un aussi vaste conflit ? Les journalistes et les historiens feindront de le faire, mais leur perspicacité est si peu en rapport avec leur ambition qu'on peut demeurer sceptique devant leurs analyses. Voici à quoi je veux en venir : bien que je sois né américain et bien que je sois devenu ce qu'on appelle un expatrié, je considère le monde non pas comme un partisan de tel ou tel pays mais comme un citoyen du monde. Ce n'est pas parce que je suis né dans ce pays que je dois penser qu'il n'est rien de supérieur à la vie américaine; et que j'aie choisi d'habiter Paris n'est pas une raison pour que je paie de ma vie les erreurs des politiciens français. C'est déjà assez ennuyeux d'être victime de ses propres erreurs, mais être victime des erreurs d'autrui, c'en est trop. D'ailleurs, je ne vois pas pourquoi je devrais, moi, perdre la tête, parce qu'un dément du nom de Hitler pique une crise. Hitler passera, comme Napoléon, Tamerlan, Alexandre et les autres. Un grand fléau n'apparaît jamais sans raison. Il y avait mille excellentes raisons pour que surgissent les dictateurs européens et asiatiques. Nous avons le nôtre, nous aussi, mais il est à cent têtes comme l'hydre. S'il est des gens pour croire que le seul moyen d'éliminer ces personnifications du mal, c'est de les détruire, eh bien qu'ils les détruisent. Anéantissez donc tout ce qui vous tombe sous la main si vous pensez que c'est le moyen de régler vos problèmes. Je ne crois pas pour ma part à ce genre de destruction. Je ne crois qu'à la destruction naturelle, accidentelle et inhérente à la création. Comme l'a écrit un jour John Marin dans une lettre à Stieglitz : « Il y a des gens qui trouvent leur plaisir à se charcuter, d'autres à charcuter leurs prochains. »

Maintenant que ce voyage est terminé, je dois avouer que l'expérience dont je garde le souvenir le plus marquant, c'est la lecture des deux volumes de Romain Rolland sur Ramakrishna et sur Vivekananda. Mais je me hâte de dire qu'il n'y eut pas que cela...

La plus belle femme que j'aie rencontrée, une reine véritablement, était l'épouse d'un poète nègre. L'individu le plus impressionnant, la seule personne que j'aie connue qui mérite vraiment l'épithète de « grande âme », était un paisible pandit hindou de Hollywood. L'homme qui avait de l'avenir la vision la plus large était un professeur de philosophie juif dont le nom est pratiquement inconnu aux Américains, bien qu'il vive aux Etats-Unis depuis près de dix ans. Le livre le plus prometteur que j'aie vu en chantier était celui d'un peintre qui n'avait jamais jusqu'à ce jour écrit une ligne. La seule peinture murale digne de ce nom que j'aie contemplée, je la trouvai à San Francisco et c'était l'œuvre d'un « expatrié ». La plus belle collection et la plus intelligemment choisie de tableaux modernes, c'était la collection privée de Walter Arensberg à Hollywood. La seule personne que je trouvai contente de son sort, bien adaptée à son milieu, heureuse dans son travail et incarnant véritablement le meilleur de la tradition américaine, c'était un humble et modeste bibliothécaire de l'U.C.L.A. à Los Angeles, du nom de Lawrence Clark Powell. Il me faut également mentionner à ce propos Ed Rocketts, l'ami de John Steinbeck, du Laboratoire Biologique du Pacifique, un être d'un caractère et d'un tempérament exceptionnels, un homme rayonnant de paix, de joie et de sagesse. L'homme le plus jeune et le plus dynamique que j'eus l'occasion de rencontrer était le Dr. Marion Souchon, de La Nouvelle-Orléans ; il avait soixante-dix ans. Parmi les travailleurs, il me parut que les types les plus élevés se rencontraient dans le personnel des stations services du Far West, et notamment les employés des stations Standard. Ils sont tout à fait différents de ceux que l'on rencontre dans l'Est.

L'homme qui parlait le meilleur anglais était un guide des Grottes de Massanutten, en Virginie. Parmi les orateurs, celui qui me parut doué de l'esprit le plus stimulant, était un théosophe qui s'appelait Fritz Kunz. La seule ville dont la visite fut pour moi une sincère et agréable surprise, ce fut Biloxi, dans le Mississippi. Bien qu'il existe en Amérique des centaines de librairies, il n'en est guère qu'une douzaine qui puissent rivaliser avec celles du Continent, et parmi celles-ci l'Argus Book Shop, le Gotham Book Mart, le Terence Holliday Book Shop, tous les trois à New York, et le Satyr Book Shop, à Hollywood. Le collège le plus intéressant que j'aie visité, c'est celui de Black Mountain, en Caroline du Nord ; intéressant par ses étudiants, et non ses professeurs. Car je n'ai nulle part rencontré gens plus assommants que les professeurs d'université et leurs femmes. Surtout leurs femmes. Jamestown, en Virginie, me parut l'endroit le plus tragique des Etats-Unis et le gigantesque rectangle formé par les quatre états de l'Utah, de l'Arizona, du Colorado et du Nouveau-Mexique, sa région la plus mystérieuse.

Il me fallut parcourir quelque quinze mille kilomètres avant que l'envie ne me prît d'écrire une seule ligne. Tout ce qui mérite d'être dit sur la vie américaine, je pourrais l'exposer en trente pages. Du point de vue topographique, l'Amérique est magnifique... et aussi terrifiante. Pourquoi terrifiante ? Parce que nulle part au monde le divorce n'est aussi complet entre l'homme et la nature. Nulle part je n'ai trouvé d'existence dont la teneur même soit aussi monotone, aussi morne qu'en Amérique. C'est chez nous que l'ennui touche à son comble.

Nous avons l'habitude de nous considérer comme un peuple émancipé ; nous nous prétendons démocrates, amis de la liberté, libres de haine et de tout préjugé. Les Etats-Unis, disons-nous, sont le creuset, le théâtre d'une vaste expérience humaine. Ce sont là de belles paroles, pleines de sentiments nobles et idéalistes. Mais en fait, nous sommes une foule de gens vulgaires et arrivistes dont les passions ne demandent qu'à être éveillées par les démagogues, les journalistes, les faux prophètes, et autres agitateurs. C'est un blasphème que d'appeler cela une société d'hommes libres. Qu'avons-nous à offrir au monde sinon le prodigieux butin que nous arrachons frénétiquement à la terre en baptisant cette activité insensée des noms de progrès matériel et moral ? Le pays des occasions est devenu le pays des efforts absurdes et désespérés. Voilà belle lurette que nous avons oublié le but vers quoi tendaient tous nos efforts. Nous n'avons plus envie de venir en aide aux opprimés, aux sans foyer ; il n'y a plus de place dans cet immense pays vide pour ceux qui, comme nos ancêtres, cherchent aujourd'hui un refuge. Des millions d'hommes et de femmes sont, ou étaient encore récemment, condamnés comme des cobayes à une vie de loisir forcé. Le monde cependant tourne vers nous un regard plus désespéré que jamais. Où est le bel esprit de la démocratie ? Où sont les chefs ?

Pour entreprendre une grande expérience humaine, ce qu'il nous faut, avant tout, ce sont des *hommes*. Et la notion d'HOMME doit impliquer celle de grandeur. Aucun parti politique n'est capable d'annoncer la venue du Royaume de l'Homme. Peut-être, un jour, les travailleurs du monde entier, s'ils cessent de prêter l'oreille à leurs chefs sectaires, organiseront-ils une vraie fraternité humaine. Mais les hommes ne peuvent devenir frères sans d'abord devenir égaux, sans se sentir véritablement entre pairs. C'est une incapacité fondamentale qui empêche les hommes de s'unir fraternellement. Des esclaves ne peuvent s'unir ; ni des lâches ; ni des ignorants. Nous ne pouvons y parvenir qu'en obéissant à nos plus hauts instincts. Le besoin de se surpasser doit être instinctif et non pas théorique ou seulement plausible. Si nous ne tentons pas l'effort de donner corps aux vérités qui sont en nous, nous irons d'échec en échec. Démocrates, Républicains, Fascistes ou Communistes, nous nous valons tous. C'est une des raisons pour quoi nous faisons si bien la guerre : avec nos vies, nous défendons les principes mesquins qui nous divisent. Quant au principe élémentaire qui est *l'établissement de l'empire de l'homme sur la terre,* nous ne levons jamais un doigt pour le défendre. Nous avons peur de toute tendance qui nous arracherait à notre cloaque. Nous ne nous battons que pour préserver un statu quo, *notre statu quo.* Nous combattons la tête basse et les yeux fermés. Il n'existe pas, en fait, de statu quo ailleurs que dans l'esprit de politiciens imbéciles. Tout est changement. Ceux qui se tiennent sur la défensive ne combattent que des fantômes.

Quelle est la pire trahison ? C'est de mettre en doute la valeur de ce pour quoi l'on se bat. Et c'est ici que la folie et la trahison se rejoignent. La guerre est une forme de folie : la plus noble ou la plus basse, les avis sur ce point diffèrent. Mais comme c'est une folie collective, les sages sont impuissants contre elle. Plus que tout autre facteur, c'est le désarroi, la confusion qu'il faut invoquer quand on veut expliquer la naissance d'une guerre. Quand tous les autres moyens ont échoué, on a recours à la force. Mais peut-être ne faut-il pas les condamner, ces moyens qu'on écarte si facilement et de si bon cœur. Peut-être suffirait-il de les perfectionner, peut-être est-ce notre savoir-faire qu'il faudrait perfectionner, ou peut-être les deux. Se battre, c'est convenir qu'on est réduit au désarroi ; c'est un acte de désespoir, non pas de force. Quand il est acculé, un rat peut se battre vaillamment. Faut-il donc que nous imitions le rat ?

Pour connaître la paix, il faut que l'homme ait fait l'expérience du conflit. Il lui faut avoir joué le héros avant de jouer le sage. Il a besoin d'être victime de ses passions avant de pouvoir s'élever au-dessus d'elles. Pour éveiller la nature passionnée de l'homme, pour le livrer aux mains du diable et le soumettre à la suprême épreuve, il faut un conflit qui mette en jeu plus que la patrie, les principes politiques, ou les idéologies. L'homme en révolte contre sa nature insatiable, c'est cela la vraie guerre. Et c'est une guerre qui, sans effusion de sang, se poursuit inlassablement sous le nom pacifique d'évolution. Dans cette guerre-là, l'homme pour une fois se range aux côtés des anges. Bien que, sur le plan individuel, il puisse connaître la défaite, il peut être certain de l'issue du combat... parce que tout l'univers est avec lui.

Il est des expériences qui sont conduites avec finesse et avec précision, parce que l'on en présuppose le résultat. Le savant, par exemple, se pose toujours des problèmes qu'il pourra résoudre. Mais l'expérience de l'homme n'est pas de cet ordre. C'est dans le cœur que réside sa solution, c'est donc vers l'intérieur qu'il faut mener nos recherches. Mais nous n'osons pas nous fier au cœur. Nous habitons un univers mental, un labyrinthe dont les sombres détours abritent un monstre prêt à nous dévorer. Jusqu'à ce jour, nous nous sommes confirmés à l'esprit de la légende, nous n'avons pas trouvé la solution parce que nous n'avons pas su poser les questions qu'il fallait. On ne trouve que ce qu'on cherche, et nous cherchons au mauvais endroit. Il nous faut sortir des ténèbres, renoncer à ces explorations où la peur est notre seul guide. Il nous faut déboucher au grand jour, debout, en pleine lumière.

Ces guerres ne nous enseignent rien, pas même à vaincre nos terreurs. Nous sommes toujours des hommes des cavernes. Des hommes des cavernes démocrates, peut-être, mais c'est un piètre réconfort. *C'est pour sortir de la caverne qu'il faut lutter.* Si nous faisions le moindre effort dans cette direction, nous entraînerions le monde entier.

Si nous entendons jouer le rôle de Vulcain, forgeons des armes neuves et stupéfiantes pour briser les chaînes qui nous entravent. N'aimons point la terre d'un amour pervers. Cessons de jouer les récidivistes. Cessons de nous massacrer les uns les autres. La terre n'est pas une tanière, et pas davantage une prison. La terre, c'est le Paradis, le seul que nous connaîtrons jamais. Nous le comprendrons le jour où nos yeux s'ouvriront. Inutile d'en faire un Paradis : c'*est* le Paradis. Nous n'avons qu'à nous rendre dignes de l'habiter. L'homme nanti d'un fusil, l'homme qui a le meurtre dans le cœur est incapable de reconnaître le Paradis même si on le lui montre.

L'autre soir, chez un ami hongrois, je me mis à discuter avec lui de l'exilé et de l'émigré. Je venais de lui évoquer mes impressions d'Amérique et j'avais conclu en disant que tout ce voyage n'avait servi qu'à confirmer mes intuitions. Il me rétorqua que j'avais sans doute trop aimé mon pays. Un peu plus tard, il m'emmena jusqu'à son bureau, près de la fenêtre et me demanda de m'asseoir dans son fauteuil. « Regardez ce panorama ! » dit-il. « N'est-ce pas magnifique ? » Mon regard plongea vers l'Hudson et j'aperçus un grand pont où scintillaient des lumières mouvantes. Je compris alors ce qu'il éprouvait en contemplant ce tableau ; je compris que pour lui il représentait l'avenir, le monde dont hériteraient ses enfants. Et ce monde lui apparaissait comme plein de promesses. Pour moi, c'était un monde que je ne connaissais que trop bien, un monde qui m'emplissait d'une infinie tristesse.

« C'est étrange », dis-je, « que vous m'ameniez près de cette fenêtre. Savez-vous à quoi je pensais il y a un instant ? Je pensais à une autre fenêtre, à Budapest, d'où j'avais un soir vu pour la première fois la ville. Vous détestez Budapest. Vous avez dû le fuir. Et à moi, cela me paraissait un endroit enchanté. Je l'aimai d'emblée. Je m'y sentais chez moi. A vrai dire, je me sens partout chez moi, sauf dans mon pays natal. Ici, je me sens étranger, et surtout à New York, dans la ville où je suis né. »

Toute sa vie, me répondit-il, il avait rêvé de venir en Amérique, et notamment à New York.

« Et comment avez-vous trouvé la ville », lui demandai-je, « la première fois que vous l'avez vue ? Est-ce qu'elle ressemblait à votre rêve ? »

Il me dit que New York lui avait paru exactement comme il l'avait rêvé, jusque dans ses détails peu flatteurs. Les défauts ne l'avaient pas gêné : ils faisaient partie de l'image qu'il s'était faite d'avance.

Je songeai à une autre ville d'Europe : à Paris. J'avais eu le même sentiment envers Paris. Je pourrais même dire que j'en aimais les défauts, les laideurs. J'étais amoureux de Paris. Je ne connais aucun endroit de Paris qui me déplaise, sauf peut-être le quartier sombre, morne et bourgeois de Passy. A New York, ce que je préfère, c'est le quartier juif. Il me donne une impression de joie. Les gens du ghetto sont des étrangers ; quand je suis parmi eux, je ne suis plus à New York, mais parmi des Européens. C'est cela qui me plaît. Mais j'ai en horreur tout le côté progressiste et américain de New York.

Quant à savoir si j'ai été déçu, si j'ai perdu dans ce voyage mes illusions... Je crois que je peux répondre par l'affirmative. J'ai eu l'infortune de me nourrir des rêves et des visions de grands Américains : de poètes et de voyants. C'est une autre race qui l'a emporté. Ce monde qui se forme me fait peur. Je l'ai vu germer ; je puis le déchiffrer comme un calque. Ce n'est pas un monde où j'ai envie de vivre. C'est un monde fait pour des monomaniaques obsédés par l'idée de progrès... mais d'un faux progrès qui pue. C'est un monde encombré d'objets inutiles que, pour mieux les exploiter et les dégrader, on a enseigné aux hommes et aux femmes à considérer comme utiles. Le rêveur aux songeries non utilitaires n'a pas place dans ce monde. En est banni tout ce qui n'est pas fait pour être acheté et vendu, que ce soit dans le domaine des objets, des idées, des principes, des espoirs ou des rêves. Dans ce monde, le poète est un anathème, le penseur, un imbécile, l'artiste, un fugitif, le visionnaire, un criminel.

*

Depuis que j'ai écrit ces lignes, la guerre a été déclarée. D'aucuns disent qu'une déclaration de guerre change tout. Si seulement c'était vrai ! Si seulement nous pouvions compter voir un changement radical qui bouleverserait tout de fond en comble ! Les changements apportés par la guerre ne sont rien, pourtant, comparés aux découvertes d'un Edison. Mais, en bien ou en mal, la guerre peut changer l'âme d'un peuple. Et c'est ce qui m'intéresse avant tout : un changement profond, une conversion.

Nous vivons une de ces époques où, dit-on, « la patrie est en danger ». Bien que les législateurs et les politiciens discourent à l'envi, bien que la clique des militaires plastronne, menaçant et piétinant tout ce qui n'a pas sa sympathie, le simple citoyen pour qui et grâce à qui se fait cette guerre, doit tenir sa langue.

Comme je n'ai pas le moindre respect pour cette attitude, comme elle n'aide en rien à faire progresser la cause de la liberté, je n'ai pas cherché à modifier des déclarations susceptibles pourtant de provoquer la colère même en temps de paix. Je crois, avec John Stuart Mill, qu' « un Etat qui abaisse ses citoyens afin d'en faire des instruments plus dociles entre ses mains, fût-ce dans leur propre intérêt, finira par s'apercevoir qu'on ne peut rien faire de grand avec des petits hommes ». Je serais trop heureux si mes opinions se révélaient erronées parce qu'on verrait naître un souffle nouveau. S'il faut une calamité telle qu'une guerre pour nous éveiller et nous transformer, eh bien que la guerre soit. Voyons maintenant si l'on donnera du travail aux chômeurs, si l'on habillera, si l'on logera, si l'on nourrira les pauvres ; voyons si l'on dépouillera les riches du fruit de leurs pillages et si on leur fera endurer les privations et les souffrances du commun des citoyens ; voyons si l'on pourra persuader *tous* les travailleurs d'Amérique, indépendamment de toute question de classe, de capacité et d'utilité, d'accepter un salaire commun ; voyons si les gens pourront exprimer directement leurs souhaits sans avoir à subir l'intercession déformante et maladroite des politiciens ; voyons si l'on pourra bâtir une véritable démocratie à la place de la fausse que nous avons fini par courir défendre ; voyons si nous pourrons être justes envers les nôtres, pour ne rien dire de l'ennemi que nous finirons sans nul doute par vaincre.

BONNE NOUVELLE ! DIEU EST AMOUR !

Ce fut dans un hôtel de Pittsburgh que je terminai le livre de Romain Rolland sur Ramakrishna. Pittsburgh et Ramakrishna : peut-on imaginer contraste plus violent ? Le premier, symbole de la force brute et de la fortune, le second l'incarnation même de l'amour et de la sagesse.

C'est donc ici, au cœur même du cauchemar, que nous commençons, dans le creuset où toutes les valeurs sont réduites en scories.

Je suis dans une petite chambre soi-disant confortable d'un hôtel moderne muni des derniers perfectionnements du progrès. Le lit est propre et moelleux, la douche fonctionne sans défaillance et, s'il me faut en croire l'inscription portée sur la bande de papier qui le recouvre, le siège du cabinet a été stérilisé depuis le passage du dernier occupant ; savon, serviettes, lumière, papier à lettres, tout est fourni en abondance.

Je suis déprimé, déprimé au-delà de toute expression. Si je devais occuper cette chambre pour quelque temps, je deviendrais fou, ou alors je me suiciderais. L'âme de la ville, l'âme des hommes qui en ont fait l'affreuse cité qu'elle est suinte à travers les murs. Il y a du meurtre dans l'air. Cela me suffoque.

Voilà quelques instants, j'étais sorti prendre un peu l'air. Je me suis retrouvé en pleine Russie des czars.

J'ai vu Ivan le Terrible escorté d'une horde de brutes à cheval. Ils étaient là, avec leurs matraques et leurs revolvers. Ils avaient l'allure d'hommes qui obéissent avec zèle, qui tuent à la moindre provocation.

Jamais la situation actuelle ne m'avait semblé plus hideuse. Je sais bien qu'il y a pire que cette ville. Mais c'est ici que je suis et ce que j'y vois me frappe sans ménagement.

C'est encore une chance que je n'aie pas commencé mon tour d'Amérique par Pittsburgh, Youngstown, Detroit; que je n'aie pas d'abord visité Bayonne, Bethlehem, Scranton et autres. Je ne serais peut-être même pas allé jusqu'à Chicago. Peut-être serais-je devenu une sorte de bombe humaine et aurais-je explosé. Poussé par je ne sais quel étrange instinct de conservation, je me suis tourné d'abord vers le sud, afin d'explorer les états soi-disant « arriérés ». Si je me suis ennuyé la plupart du temps, du moins ai-je connu la paix. Est-ce dire que je n'ai pas vu de souffrance ni de misère dans le sud ? Que non. Il y a de la misère et de la souffrance dans tous les coins de cet immense pays. Mais il existe des variantes et des degrés dans la souffrance; et la plus terrible, à mon avis, est celle qu'on rencontre au cœur même du progrès.

Il n'est question aujourd'hui que de défense de notre partie, de nos institutions, de notre façon de vivre. On ne met pas un instant en doute la nécessité de les défendre, que nous soyons envahis ou non. Mais il est certaines choses que nous ne devrions pas défendre, que nous devrions laisser disparaître; que nous devrions même détruire délibérément, de nos propres mains.

Procédons à une rapide récapitulation. Tâchons de revenir en pensée aux jours où nos ancêtres abordèrent pour la première fois ces rives. D'abord, ils fuyaient quelque chose; comme ces exilés et ces expatriés que nous dénigrons et calomnions si volontiers, ils avaient, eux aussi, abandonné leur terre natale afin de trouver un pays plus conforme à leurs désirs.

Un trait curieux qu'il importe de signaler à propos de nos ancêtres c'est que, tout en affichant de chercher la paix et le bonheur, ils commencèrent par dépouiller, par empoisonner et par massacrer presque jusqu'à l'extermination la race à qui appartenait ce vaste continent. Plus tard, lors de la ruée vers l'or, ils traitèrent les Mexicains comme ils avaient traité les Indiens. Et quand la secte des Mormons se développa, ils firent montre de la même cruauté, de la même intolérance envers leurs propres frères blancs.

Je pense à tous ces tristes événements car, tandis que je roulais de Pittsburgh à Youngstown, en traversant un enfer qui dépasse tout ce que Dante a pu imaginer, l'idée me vint soudain que je devrais avoir avec moi un Indien d'Amérique pour m'accompagner dans ce voyage et me faire part de ses émotions et de ses réflexions. J'aurais aimé qu'il fût un descendant d'une des tribus indiennes soi-disant « civilisées », un Séminole par exemple, qui ait passé toute sa vie dans les marais touffus de Floride.

Qu'on nous imagine tous les deux en contemplation devant la masse hideuse d'une de ces aciéries qui s'égrènent le long de la voie ferrée. Je crois l'entendre me dire : « Ainsi, c'était pour cela que vous nous avez dépouillés de notre patrimoine, que vous avez libéré nos esclaves, brûlé nos demeures, massacré nos femmes et nos enfants, empoisonné nos âmes, que vous avez rompu tous les traités que vous aviez conclus avec nous et que vous nous avez laissés crever dans les marais et les jungles des Everglades ! »

Croyez-vous qu'on le convaincrait facilement de

changer de place avec un de nos ouvriers ? De quel argument faudrait-il user ? Que pourrait-on lui promettre maintenant qui pût vraiment le séduire ? Une automobile d'occasion avec laquelle il pourrait se rendre à son travail ? Une cabane de planches qu'il pourrait, s'il était assez ignorant, appeler sa maison ? Une éducation qui arracherait ses enfants au vice, à l'ignorance et à la superstition, mais qui les maintiendrait en esclavage ? Une vie saine et pure au milieu de la pauvreté, du crime, de la crasse, de la maladie et de l'angoisse ? Un salaire qui permet tout juste de garder la tête hors de l'eau, et même pas toujours ? La radio, le téléphone, le cinéma, le journal, les magazines policiers, le stylographe, la montre-bracelet, l'aspirateur et autres ustensiles *ad infinitum* ? Sont-ce là les babioles qui rendent la vie digne d'être vécue ? Est-ce cela qui nous rend heureux, insouciants, généreux, sympathiques, charitables, paisibles et quasi divins ? Connaissons-nous aujourd'hui la prospérité et la sécurité, comme le croit un si grand nombre d'imbéciles ? Sommes-nous tous bien certains, les plus riches ou les plus pauvres, qu'un vent contraire ne va pas venir nous dépouiller de nos biens, de notre autorité, de la crainte ou du respect que nous inspirons ?

Cette activité frénétique dont tous, riches et pauvres, faibles et puissants, nous sommes la proie, où nous mène-t-elle ? Il y a deux choses dans la vie que tous les hommes, ce me semble, voudraient posséder, et qu'un petit nombre obtient jamais, car ce sont deux biens dépendants tous deux du domaine spirituel, je veux dire la santé et la liberté. Le pharmacien, le médecin, le chirurgien sont impuissants à donner la santé ; l'argent, le pouvoir, la sécurité, l'autorité ne donnent pas la liberté. L'éducation ne peut donner la sagesse ; la religion, pas plus que la richesse ne fait le bonheur et la sécurité matérielle n'apporte pas la paix. A quoi rime alors toute notre activité ? A quelle fin tend-elle ?

Nous ne sommes pas seulement aussi ignorants, aussi superstitieux, aussi vicieux dans notre comportement que les « sauvages stupides et assoiffés de sang » que nous avons dépossédés et exterminés dès notre arrivée : nous sommes bien pires. Nous avons dégénéré ; nous avons avili le mode de vie que nous nous proposions de faire prévaloir sur ce continent. Nous sommes peut-être l'Etat le plus productif du monde, nous n'en sommes pas moins incapables de nourrir, de vêtir et de loger convenablement plus d'un tiers de la population. On laisse tomber en friche d'immenses surfaces de terre utile, par négligence, par indifférence, par cupidité, par vandalisme. Voilà un pays déchiré il y a quatre-vingts ans par la guerre civile la plus sanglante qu'on ait jamais vue et qui n'a pas encore aujourd'hui réussi à persuader les vaincus que la cause triomphante était la plus juste ; quant aux libérateurs des esclaves, non seulement ils ont été incapables de donner à ceux-ci une liberté et une égalité véritables, mais encore ils n'ont réussi qu'à réduire en esclavage et qu'à avilir leurs propres frères blancs. Oui, le Nord industriel a battu le Sud aristocratique : les fruits de cette victoire ne sont que trop visibles. Partout où il y a industrie, c'est la laideur, la misère, l'oppression, la tristesse et le désespoir. Les banques qui se sont enrichies en nous enseignant à pieusement économiser afin de nous escroquer ensuite, nous supplient maintenant de ne pas leur apporter nos économies, menaçant même de supprimer le taux ridicule d'intérêt qu'elles offrent si nous ne suivions pas leur conseil. Les trois quarts des réserves mondiales d'or sont enfouies dans le Kentucky. Des inventions qui jetteraient à la rue des millions de chômeurs supplémentaires, puisque par une étrange ironie de notre système on a tôt fait de convertir en mal tout ce qui pourrait servir au bien de l'humanité, dorment dans les rayons du bureau des brevets quand elles ne sont pas achetées et détruites par les puissances qui régissent notre destinée. Quant à la terre, occupée par une population clairsemée, elle produit au hasard d'énormes surplus de denrées diverses, mais ceux qui la possèdent, une simple poignée d'hommes, la jugent incapable de subvenir aux besoins des millions d'affamés de l'Europe et même de nourrir les hordes faméliques de chez nous. Voilà un pays qui se couvre de ridicule en envoyant des missionnaires aux quatre coins du monde, et en quémandant l'argent des pauvres afin de maintenir l'œuvre chrétienne de gaillards qui ne représentent pas plus le Christ que moi le Pape, et qui avec cela n'est même pas capable chez lui avec toutes les églises et les missions dont il dispose de venir au secours des faibles et des vaincus, des misérables et des opprimés. Les hôpitaux, les asiles de fous, les prisons sont pleins. Voilà un pays dont certains comtés, grands comme autant d'états européens, sont pratiquement inhabités et sous la coupe d'une compagnie sacro-sainte, dont les tentacules plongent partout mais dont personne ne peut énoncer clairement les responsabilités. Un homme assis dans un bon fauteuil à New York, à Chicago ou à San Francisco, un homme qui dispose de tout le luxe imaginable et que rongent pourtant la crainte et l'angoisse, contrôle la vie et la destinée de milliers d'hommes et de femmes qu'il n'a jamais vus, qu'il ne souhaite jamais voir et dont le sort lui est parfaitement indifférent.

C'est cela qu'on appelle le progrès aux Etats-Unis, en cette année 1941. Comme je n'ai pas dans mes veines de sang indien, nègre, ni mexicain, je ne tire aucune joie vengeresse de ce tableau de la civilisation de l'homme blanc. Je descends de gens qui ont fui leur pays natal parce qu'ils ne voulaient pas être soldats. Il est amusant de penser que mes descendants ne pourront plus se dérober : le monde blanc tout entier est devenu maintenant un vaste camp en armes.

Pour en revenir à mon propos, j'étais donc tout plein de Ramakrishna en quittant Pittsburgh. Ramakrishna, qui n'a jamais critiqué, qui n'a jamais prêché, qui acceptait toutes les religions, qui voyait Dieu partout : l'être le plus sujet à l'extase que j'imagine avoir jamais existé. Puis vinrent Coraopolis, Aliquippa, Wampum. Puis Niles, ville natale du Président MacKinley, et Werren, où naquit Kenneth Patchen. Puis Youngstown, et deux jeunes filles descendant le remblai du chemin de fer, dans le décor le plus fantastique que j'aie vu depuis mon départ de Crète. Je me revois aussitôt sur l'antique île grecque, perdu dans la foule dans les faubourgs d'Heraklion, à quelques kilomètres de Knossus. Il n'existe pas de chemins de fer sur l'île, l'hygiène publique y est peu développée, la poussière épaisse, les mouches envahissantes et l'on y mange fort mal... mais c'est un endroit merveilleux, un des plus merveilleux qui soient au monde. Comme à Youngstown, il y a près de la gare un sentier à pic et une paysanne grecque le descend lentement, un panier sur la tête, les pieds nus, le corps bien droit. *Mais la ressemblance s'arrête là...*

Comme on le sait, l'Ohio a donné aux Etats-Unis plus de présidents qu'aucun autre état de la Fédération. Des présidents comme MacKinley, Hayes, Garfield, Grant, Harding : des hommes faibles, sans caractère. Il a produit aussi des écrivains comme Sherwood Anderson et Kenneth Patchen, l'un cherchant partout la poésie, l'autre conduit au bord de la folie par le mal et la laideur qu'il voyait autour de lui. L'un erre solitaire la nuit dans les rues et nous parle de la vie telle qu'il imagine qu'elle se déroule derrière les portes closes ; l'autre est si bouleversé par ce qu'il voit qu'il recrée le cosmos en termes de sang et de larmes, qu'il le reconstruit sens dessus dessous et qu'il l'abandonne avec mépris. Je suis heureux d'avoir eu l'occasion de voir ces villes de l'Ohio, ce fleuve Mahoning qui semble avoir recueilli toute la bile empoisonnée de l'humanité, alors qu'il ne contient sans doute rien de plus affreux que les produits chimiques et autres déchets des usines et des aciéries. Je suis heureux d'avoir pu voir la couleur que prend là-bas la terre en hiver, une couleur non pas de grand âge et de mort, mais de chagrin, de maladie. Et d'avoir pu saisir sur les berges tannées qui s'élèvent aux bords du fleuve, et dans la lueur pâle d'une journée d'hiver, la folie d'une planète en proie à la jalousie et à la haine. Je suis heureux d'avoir pu voir au passage ces tas de scories qui semblent les fientes accumulées de monstres préhistoriques malades qui auraient passé par là la nuit. Cela m'aide à comprendre la poésie noire et affreuse que distille ce jeune homme pour se garder de la folie, et pourquoi aussi l'autre écrivain, son aîné, devait simuler la démence pour échapper à la prison qu'était pour lui la fabrique de peinture où il travaillait. Je comprends mieux maintenant comment une telle prospérité peut faire de l'Ohio la terre nourricière des présidents et l'enfer des hommes de génie.

Le spectacle le plus pitoyable, c'est celui de toutes ces voitures garées devant les usines et les aciéries. L'automobile représente à mes yeux le symbole même du faux-semblant et de l'illusion. Elles sont là, par milliers et par milliers, dans une telle profusion que personne, semble-t-il, n'est trop pauvre pour en posséder une. D'Europe, d'Asie, d'Afrique, les masses ouvrières tournent des regards envieux vers ce Paradis où le prolétaire se rend à son travail en automobile. Quel pays merveilleux ce doit être, se disent-ils. (Du moins nous plaisons-nous à penser que c'est cela qu'ils se disent !) Mais ils ne demandent jamais de quel prix se paie ce privilège. Ils ne savent pas que quand l'ouvrier américain descend de son étincelant chariot métallique, il se donne corps et âme au travail le plus abêtissant que puisse accomplir un homme. Ils ne se rendent pas compte que, même quand on travaille dans les meilleures conditions possibles, on peut très bien abdiquer tous ses droits d'être humain. Ils ne savent pas que (en américain) les meilleures conditions possibles cela signifie les plus gros bénéfices pour le patron, la plus totale servitude pour le travailleur, la pire tromperie pour le public en général. Ils voient une magnifique voiture brillante de tous ses chromes et qui ronronne comme un chat ; ils voient d'interminables routes macadamisées si lisses et si impeccables que le conducteur a du mal à ne pas s'endormir ; ils voient des cinémas qui ont des airs de palaces ; des grands magasins aux mannequins vêtus comme des princesses. Ils voient la peinture et le chromé, les babioles, les ustensiles de toute sorte, le luxe ; ils ne voient pas l'amertume des cœurs, le scepticisme, le cynisme, le vide, la stérilité, l'absolu désespoir qui ronge l'ouvrier américain. Et d'ailleurs, ils ne veulent pas voir tout cela : ils sont assez malheureux eux-mêmes. Ce qu'ils veulent, c'est en sortir : ils veulent le confort, l'agrément, le luxe qui portent en eux les germes de mort. Et ils marchent sur nos traces, aveuglément, sans réfléchir.

Bien sûr tous les Américains ne vont pas à leur travail en voiture. A Beaufort, en Caroline du Sud, j'ai vu, voici quelques semaines, un homme qui traversait la grande rue dans un char à deux roues attelé d'un bœuf. Je sais bien que c'était un Noir, mais à en juger par l'expression de son visage, il était autrement mieux loti que le pauvre diable qui arrive à l'aciérie en voiture. Dans le Tennessee, j'ai vu des Blancs trimer comme des bêtes de somme ; je les ai vus s'escrimer à arracher de quoi subsister aux terres ingrates des collines. J'ai vu les cabanes qu'ils habitent et je me suis demandé si l'on pouvait concevoir rien de plus primitif. Mais je ne peux pas dire que je les plaigne. Non, ce ne sont pas des gens qui inspirent la pitié. Au contraire, il faut les admirer. S'ils représentent les éléments « arriérés » du peuple américain, alors nous n'avons pas assez d'arriérés chez nous. Dans le métro de New York, on rencontre l'autre type, l'homme intoxiqué par les journaux, qui se complaît à se pénétrer de théories sociales et politiques et qui mène une vie d'esclave tout en s'imaginant stupidement que, sous prétexte qu'il ne travaille pas avec ses mains (ce n'est pourtant pas non plus avec son cerveau qu'il travaille), il est mieux loti que le pauvre Blanc du Sud.

Ces deux filles descendant le raidillon glissant, à Youngstown, c'était comme un mauvais rêve, je vous assure. Mais nous avons ces mauvais rêves constamment sous les yeux et quand on nous fait remarquer leur présence, nous disons : « Eh oui, c'est comme ça ! » et nous continuons à vaquer à nos occupations ou à prendre notre dose de drogue, une drogue bien plus redoutable que l'opium ou que le haschich, je veux dire les journaux, la radio, les films. La vraie drogue vous laisse le loisir de rêver les rêves de votre choix ; la drogue américaine vous contraint à avaler les rêves pervertis d'hommes dont l'unique ambition est de garder à tout prix leur place.

Et ce qu'il y a de pire, c'est que nous ne pouvons pas échapper à la ronde infernale que nous avons créée. Il n'existe pas un seul intrépide champion de la vérité dans la presse, pas une firme de production cinématographique qui se consacre à l'art et non aux bénéfices. Nous n'avons pas de théâtre digne de ce nom, et ce que nous en avons se trouve en fait concentré dans une seule ville ; nous n'avons pas de musique digne d'être mentionnée sinon celle que les Noirs nous ont donnée, et à peine une poignée d'écrivains qui méritent le nom de créateurs. Nous avons dans nos édifices publics des peintures murales qui sont à peu près du niveau esthétique de collégiens de quinze ans et encore pas toujours, tant par la conception que par l'exécution. Nous avons des musées encombrés pour la plupart de camelote sans vie. Nous avons dans nos jardins publics des monuments aux morts qui doivent faire se retourner dans leurs tombes les morts à la mémoire desquels on les a élevés. Nous avons en matière d'architecture un goût qui est aussi voisin du néant qu'il est possible. Dans un circuit de quinze mille kilomètres, j'ai vu deux villes qui possèdent chacune un quartier qui mérite plus qu'un regard en passant : Charleston et La Nouvelle-Orléans. Quant aux autres cités, bourgs et villages que j'ai traversés, j'espère ne jamais les revoir. Certains portent des noms si merveilleux que la déception n'en est que plus cruelle. Des noms comme Chattanooga, Pensacola, Tallahasse, comme Mantua, Phoebus, Bethlehem, Paoli, comme Alger, Mobile, Natchez, Savannah, comme Baton Rouge, Saginaw, Poughkeepsie : des noms qui éveillent de glorieux souvenirs du passé ou qui font naître des rêves d'avenir. Visitez-les, je vous le conseille. Voyez vous-même. Essayez donc de penser à Schubert ou à Shakespeare quand vous serez à Phoebus, en Virginie. Essayez de penser à l'Afrique du Nord, quand vous serez à Alger, en Louisiane. Essayez de penser à la vie que les Indiens menaient jadis en ces lieux quand vous serez au bord d'un lac ou d'une rivière, au pied d'une montagne portant un de ces noms que nous leur avons empruntés. Essayez un peu de songer aux rêves des conquistadores espagnols quand votre voiture roulera sur la vieille Piste Espagnole. Promenez-vous dans le vieux Quartier Français de La Nouvelle-Orléans et tâchez de vous imaginer la vie qu'a connue jadis cette cité. Moins d'un siècle s'est écoulé depuis que ce joyau de l'Amérique a perdu son éclat. On croirait qu'il y a mille ans de cela. Tout ce qui était beau, tout ce qui avait un sens, tout ce qui était riche de promesses a été détruit et enseveli sous l'avalanche du soi-disant progrès. En mille ans de guerre à peu près constante, l'Europe n'a pas perdu ce que nous avons perdu en cent ans de « paix et de progrès ». Ce n'est pas un ennemi étranger qui a ravagé le Sud. Aucun barbare vandale n'est venu dévaster les immenses étendues de terre aussi nues et désolées que la surface morte de la lune. Ce n'est pas aux Indiens que nous pouvons reprocher la transformation d'une île paisible et dormante comme Manhattan en une des villes les plus affreuses du monde. Pas plus que nous ne pouvons rendre responsables de l'effondrement de notre système économique les hordes d'immigrants pacifiques et industrieux dont nous ne voulons pas maintenant. Non, les nations d'Europe peuvent se jeter à la tête la responsabilité de leurs malheurs, mais nous, nous n'avons pas de pareille excuse : nous sommes les seuls responsables.

Voici moins de deux cents ans commençait sur ce continent vierge une grande expérience sociale. Les Indiens, que nous avons dépossédés, décimés et réduits à une position de parias, comme les Aryens l'ont fait des Dravidiens de l'Inde, avaient le respect de la terre. Les forêts étaient intactes, le sol riche et fertile. Ils vivaient en communion avec la Nature, avec ce que nous avons aujourd'hui décidé d'appeler un standard de vie modeste. Tout en ne possédant pas de langage écrit, ils avaient l'âme poétique et étaient profondément religieux. Nos ancêtres survinrent alors, cherchant à fuir leurs oppresseurs, et commencèrent par empoisonner les Indiens avec l'alcool et les maladies vénériennes, par violer leurs femmes et par massacrer leurs enfants. Ils les tournèrent en dérision et s'efforcèrent d'avilir la sagesse qu'ils détenaient. Puis, une fois achevée leur œuvre de conquête et d'extermination, ils parquèrent les misérables restes de cette grande race dans des camps de concentration et entreprirent de briser ce qui subsistait de leur ancienne fierté.

J'ai eu récemment l'occasion de traverser une petite réserve indienne appartenant aux Cherokees, dans les montagnes de Caroline du Nord. Le contraste entre ce monde et le nôtre est presque incroyable. La petite réserve Cherokee est un véritable paradis. Il règne sur tout ce territoire une grande paix, un total silence, et l'on se croirait enfin sur ces fabuleux terrains de chasse où se retrouvent après leur mort les braves Indiens. Au cours de mon voyage, je n'ai trouvé qu'une autre communauté où l'on respire une atmosphère analogue : c'est dans le comté de Lancaster, en Pennsylvanie, chez les Amish. En cet endroit, un petit groupe religieux, obstinément attaché aux mœurs, aux habitudes vestimentaires, aux us et aux coutumes de ses ancêtres, a créé un véritable jardin de paix et d'abondance. On dit que depuis leur installation ils n'ont jamais eu de mauvaise récolte. Ils mènent une existence en parfait antagonisme avec celle de la majorité du peuple américain et les résultats en sont assez frappants. A quelques kilomètres à peine, s'ouvrent les portes de l'enfer américain où, pour bien montrer au monde que jamais idées, ni théories étrangères ne prendront pied ici, la bannière étoilée flotte impudemment sur tous les toits, sur toutes les cheminées. Et qu'ils sont en piètre état ces drapeaux que déploient au vent les propriétaires orgueilleux et fanatiques des usines ! On croirait qu'un patriotisme aussi exalté ne saurait s'accommoder d'un emblème national ainsi déchiré, noirci et battu des vents. On pourrait s'imaginer que sur les immenses bénéfices qu'ils amassent ils pourraient distraire assez pour acheter un bel emblème neuf de la liberté. Mais non, dans le monde industriel, tout est souillé, dégradé, avili. A tel point que quand aujourd'hui on voit un drapeau flotter au vent, on flaire quelque chose de louche. Le pavillon national est devenu un voile qui dissimule l'iniquité. Nous avons d'ailleurs deux drapeaux américains : un pour les riches et un pour les pauvres. Quand c'est le riche qu'on arbore, c'est que tout est dans l'ordre ; quand apparaît le pauvre, c'est signe de danger, de révolution, d'anarchie. En moins de deux cents ans, la terre de la liberté, la patrie des hommes libres, le refuge des opprimés a si bien changé le sens de la bannière étoilée que quand aujourd'hui un homme ou une femme parvient à échapper aux horreurs de l'Europe, et veut prendre refuge sous les plis glorieux de notre emblème national, la première question qu'on lui pose, c'est : « *Combien avez-vous d'argent ?* » Si vous n'avez pas d'argent, mais seulement l'amour de la liberté, et la prière aux lèvres, on vous ferme la porte, on vous renvoie à l'abattoir, on vous écarte comme un lépreux. Quelle amère caricature de nos ancêtres qui aimaient si fort la liberté !

Tout d'ailleurs est ici caricature. Je prends un avion pour aller voir mon père sur son lit de mort et, là-haut, parmi les nuages, au milieu d'une tempête déchaînée, je surprends des fragments de la conversation que tiennent deux hommes assis derrière moi ; ils discutent de la conclusion d'une grosse affaire, une affaire de sacs en papier. L'hôtesse de l'air, qu'on a dressée à se conduire comme une mère, une infirmière, une maîtresse, une cuisinière et une esclave, à toujours être impeccable, à ne jamais avoir une boucle de cheveux hors du rang, à ne jamais manifester le moindre signe de fatigue, de désappointement, de chagrin ni d'esseulement, l'hôtesse de l'air donc pose sa main d'une blancheur de lis sur le front d'un des marchands de sacs en papier et dit, de la voix d'un ange secourable : « Vous ne vous sentez pas fatigué ? Vous n'avez pas mal à la tête ? Voulez-vous de l'aspirine ? » Nous sommes au beau milieu des nuages et elle fait son numéro comme une otarie bien dressée. L'avion plonge soudain dans un trou d'air et elle tombe, révélant dans sa chute une séduisante paire de cuisses. Les deux commerçants parlent boutons maintenant : où on peut les acheter à bon compte, comment les vendre un bon prix. Un autre passager, un banquier fatigué, lit les nouvelles de la guerre. Il y a une grève quelque part, il y en a même plusieurs. Nous allons construire une flotte de navires marchands pour aider l'Angleterre... *en décembre prochain.* La tempête fait rage. L'hôtesse tombe une fois de plus : elle est couverte de bleus. Mais elle circule toujours souriante, offrant du café et du chewing-gum, posant sa blanche main sur un front, demandant à un passager s'il n'est pas un peu las peut-être. Je lui demande si elle aime bien son métier. Pour toute réponse, elle me dit : « C'est toujours mieux que d'être infirmière diplômée. » Les commerçants parlent de ses attraits comme des qualités d'un produit. Ils achètent et vendent, achètent et vendent. Il leur faut pour cela les meilleures chambres dans les meilleurs hôtels, les avions les plus rapides, les plus modernes, les manteaux les plus chauds, les plus douillets, les portefeuilles les mieux garnis. Nous avons besoin de leurs sacs de papier, de leurs boutons, de leurs fourrures synthétiques, de leurs articles de caoutchouc, de leurs chaussettes, de leurs objets de matière plastique et de ceci et de cela. Nous avons besoin du banquier, de son génie à nous prendre notre argent et à s'enrichir. Et le courtier d'assurance, avec ses polices, ses histoires de sécurité et de dividendes, nous avons besoin de lui aussi. *Vraiment ?* Je ne vois pas quel besoin nous avons de ces vautours. Je ne crois pas que nous ayons besoin de ces villes, de ces coins d'enfer que j'ai visités. Ni d'une flotte sur chaque océan. J'étais à Detroit il y a quelques jours. J'ai vu aux actualités la Ligne Mannerheim. J'ai vu la façon dont les Russes la réduisaient en poussière. J'ai compris la leçon. *Pas vous ?* Dites-moi donc ce que l'homme peut bâtir pour se protéger qu'un autre ne pourra pas détruire. Qu'essayons-nous de défendre ? Seulement ce qui est vieux, mort, indéfendable. Toute défense est une provocation qui appelle l'agression. Pourquoi ne pas renoncer ? Pourquoi ne pas donner... ne pas tout donner ? C'est si pratique, si efficace, si désarmant. Nous voilà, nous, peuple des Etats-Unis : le plus grand peuple du monde, disons-nous. Nous avons tout, tout ce qu'il faut pour faire le bonheur des gens. Nous avons de la terre, de l'eau, du ciel et tout ce que cela comporte. Nous pourrions être le plus bel exemple du globe ; nous pourrions rayonner de paix, de joie, de puissance, de bonne volonté. Mais nous sommes entourés de fantômes, et il semble que nous soyons incapables de les conjurer. Nous ne sommes ni paisibles, ni heureux, ni rayonnants, ni sans crainte.

Nous prodiguons autour de nous les miracles et nous voilà assis en plein ciel à prendre de l'aspirine et à parler sacs de papier. De l'autre côté de l'océan, ils sont assis en plein ciel aussi et ils sèment indifféremment la mort et la destruction. Nous n'en sommes pas encore là, *pas encore*, mais nous nous mêlons déjà de fournir lesdits instruments de destruction. Parfois même, dans notre avidité, nous les fournissons au camp où il ne fallait pas. Mais ce n'est rien : tout finira bien. Quand tout sera terminé, nous aurons contribué à anéantir ou à abêtir une bonne partie de la race humaine : pas des sauvages cette fois, mais des « barbares » civilisés. Des hommes comme nous, en somme, à cela près qu'ils ont des points de vue différents sur l'univers, des principes idéologiques différents, comme on dit. Il va de soi que si nous ne les détruisons pas, c'est eux qui nous anéantiront. C'est logique, personne ne peut mettre cela en doute. C'est de la logique politique et c'est là-dessus que nous vivons et que nous mourons. Quelle situation prospère ! Passionnant, vous ne trouvez pas ? « Nous vivons une époque si passionnante. » Ça ne vous fait pas plaisir ? Le monde qui change si vite, et tout ça... n'est-ce pas merveilleux ? Pensez un peu à ce qu'il était voilà cent ans. Oh, le temps va vite...

Un homme de génie de ma connaissance aimerait bien qu'on le dispense du massacre massif qu'on se prépare à lui faire exécuter. Cela ne l'intéresse pas de remettre de l'ordre dans le monde. Ce qui l'intéresse, c'est de coucher ses pensées sur le papier. Seulement il a des dents solides, il n'a pas les pieds plats, il a un cœur et des poumons en parfait état, pas de troubles nerveux. Il a une santé de fer et c'est un génie par-dessus le marché. Jamais il ne parle de sacs de papier, de boutons, ni de nouveaux petits appareils. Il parle de poésie ou il parle de Dieu. Mais il n'appartient à aucune secte religieuse, aussi ne l'admet-on pas comme objecteur de conscience. Il doit dont s'apprêter à être envoyé au front. Il lui faudra y défendre nos principes idéologiques. Le banquier est trop vieux pour être mobilisé ; les commerçants dont je parlais sont trop malins ; alors c'est au génie de porter les armes ; Dieu sait pourtant que nous n'en sommes pas tellement riches, nous pourrions quand même en mettre un de côté de temps en temps.

J'espère que Walt Disney sera exempté, parce que, bien qu'il ne s'en doute probablement pas, il illustre tout à fait mon propos. Il le fait depuis longtemps d'ailleurs, inconsciemment. Il est le maître du cauchemar. Il est le Gustave Doré du monde d'Henry Ford et Cie, Inc. La ligne Mannerheim n'est qu'une petite égratignure à la surface. Il est vrai que la température était anormale, moins quarante degrés au-dessous de zéro en moyenne. (C'est extraordinaire comme on peut habituer des hommes à tuer par n'importe quel temps. Ils sont presque aussi intelligents que les chevaux.) Mais, comme je le disais, Disney a toutes sortes de températures : une température prête pour chaque nouvelle horreur. Il n'a pas besoin de penser : les journaux sont toujours là. Bien sûr, ses personnages ne sont pas de vrais hommes ni de vraies femmes. Oh, non ! Ils sont plus réels que des personnages réels : ce sont des créatures de rêve. Ils nous révèlent notre véritable apparence sous notre enveloppe de chair. Un monde fascinant, n'est-ce pas ? Plus fascinant même, quand on y pense, que les choux à la crème de Dali. Dali pense trop. Et puis il n'a que deux mains. Disney en a des millions. Et outre ses mains, il a des voix : la voix de l'hyène, la voix de l'âne, la voix du dinosaure. Le film soviétique, par exemple, est assez impressionnant, mais il est lent, lourd, maladroit. Cela prend du temps, dans la vie réelle, de démolir tous ces blockhaus, de couper tous ces barbelés, de tuer tous ces soldats, de brûler tous ces villages. C'est du travail lent. Disney, lui, va vite en besogne :

un véritable éclair. C'est comme ça que nous ferons tous bientôt. Nous n'aurons qu'à rêver pour devenir. Nous ne tarderons guère à comprendre le truc. Nous apprendrons bien un jour à anéantir toute la planète en un clin d'œil : un peu de patience.

La capitale de la nouvelle planète — je parle de celle qui se détruira elle-même — est bien entendu Detroit. Je le compris dès l'instant où j'y arrivai. Je songeai d'abord à aller voir Henry Ford, pour le féliciter. Et puis je me dis : à quoi bon ? Il ne saurait même pas de quoi je parle. Et Mr. Cameron [1] sans doute pas davantage. Oh, ce charmant programme Ford du soir ! Chaque fois que j'en entends l'indicatif, je pense à Céline : Ferdinand, comme il s'appelle affectueusement lui-même. Oui, je pense à Céline debout devant les grilles de l'usine (je crois que c'est pages 222 à 225 dans *Voyage au bout de la nuit*). Est-ce qu'il aura la place ? Bien sûr qu'il l'aura. Il l'a. On lui administre le baptême, le baptême de l'abêtissement par le bruit. Il entonne là un chant magnifique sur la machine, sur les bienfaits qu'elle prodigue à l'humanité. Et puis il fait la connaissance de Molly. Molly n'est qu'une putain. Il y a une autre Molly dans *Ulysse,* mais Molly, la putain de Detroit est bien supérieure. Molly a une âme. Molly, c'est tout le lait de la tendresse humaine. A la fin du chapitre, Céline lui rend hommage. C'est tout à fait remarquable parce que tous les autres personnages sont liquidés d'une façon ou d'une autre. Molly, elle, sort blanchie. Molly, je vous assure, se dresse plus grande et plus sainte que l'immense entreprise de Mr. Ford. Oui, c'est cela qui est beau et surprenant dans ce chapitre de Céline sur Detroit : il fait triompher le corps d'une prostituée sur l'âme de la machine. On ne se douterait pas, en arrivant à Detroit,

1. Directeur des services de publicité de Ford. (*N.d.T.*)

qu'il existe là quelque chose qui ressemble à une âme. Tout est trop neuf, trop lisse, trop étincelant, trop impitoyable. Les âmes ne poussent guère dans les usines. Les usines les tuent, si mesquines qu'elles soient. Detroit peut en une semaine faire à l'homme blanc ce que le Sud ne pourrait en cent ans faire au Noir. Voilà pourquoi j'aime bien l'émission offerte chaque jour par Ford : c'est si apaisant, si vivifiant.

Bien sûr, il y a pire que Detroit, bien pire. J'avais dit cela déjà à propos de Pittsburgh. Et je le dirai de bien d'autres villes encore. Aucune d'elles n'est la pire de toutes. Le pire absolu n'existe pas. Le pire est en perpétuel devenir. Il est en nous maintenant, seulement nous ne l'avons pas encore extériorisé. C'est le rêve de Disney que d'y parvenir : et ce qu'il y a de curieux, c'est qu'on le paie pour cela. Les gens emmènent leurs enfants se tordre de rire devant les dessins animés. (Et puis dix ans plus tard, ils ne reconnaissent pas le petit monstre qui battait des mains et poussait des cris de joie. On a toujours du mal à croire qu'on a engendré un Jack l'Eventreur.) Enfin... Il fait froid à Detroit : il souffle un vent glacé. Par bonheur, je ne suis pas parmi les chômeurs, les sans-abri, les affamés. Je ne fais que m'arrêter à Detroit, la joyeuse Mecque des revendeurs futilitaires. Dans le hall de l'hôtel, il y a une chemiserie prétentieuse. Les voyageurs de commerce raffolent des chemises de soie. Ils achètent quelquefois aussi de mignonnes petites culottes — pour les anges secourables des avions. Ils achètent tout, n'importe quoi... histoire de faire circuler l'argent. Et les hommes de Detroit qui restent dehors crèvent de froid dans des sous-vêtements de laine. En hiver il y règne une température rien moins que tropicale. Les immeubles dressent bien droites leurs silhouettes cruelles. Si vous avez de la chance, vous pouvez entrer dans un endroit chauffé et voir la ligne Mannerheim. Un spectacle bien réconfortant. Voyez comment les principes idéologiques peuvent triompher malgré la rigueur de la température. Voyez donc ces hommes vêtus de blanc ramper à plat ventre dans la neige, leurs cisailles à la main et, une fois parvenus jusqu'aux barbelés, couper et couper encore. De temps en temps, bien sûr, il y en a qui se font descendre en plein travail — mais alors ils deviennent des héros — et puis il y en a toujours d'autres pour prendre leur place, cisailles en main. Très édifiant, très instructif. Je dirais même encourageant. Dehors, dans les rues de Detroit, le vent hurle et les gens courent se mettre à l'abri. Mais dans le cinéma, il fait bon, on est bien. Après le spectacle, une bonne tasse de chocolat chaud dans le hall de l'hôtel. Des hommes parlant boutons et chewing-gum ici ou là. Pas ceux de l'avion... d'autres. On les trouve toujours là où il fait bon, où on est à son aise. Et toujours occupés à vendre et à acheter. Et bien sûr, des cigares plein leurs poches. Les affaires marchent à Detroit. Vous savez, les commandes pour l'armée. Le chauffeur de taxi m'a dit qu'il pensait retrouver bientôt sa place. Sa place à l'usine. Que se passerait-il si la guerre cessait brusquement, je me le demande. Que de cœurs brisés. Il y aurait peut-être une autre crise. Les gens ne sauraient pas quoi faire d'eux-mêmes, si on déclarait la paix tout d'un coup. Tout le monde se retrouverait sur le derrière. On reverrait des queues devant les boulangeries. C'est curieux que nous puissions nourrir le monde entier et que nous ne soyons pas fichus de nous nourrir nous-mêmes.

Je me souviens comme, lors de l'invention de la T.S.F., chacun se dit : ce que cela va être merveilleux maintenant d'être en communication avec le monde entier ! Et la télévision : quelle merveille ! On va pouvoir désormais voir ce qui se passe en Chine, en Afrique, dans les régions les plus lointaines ! Je songeais alors que je posséderais peut-être un jour un petit appareil qui me permettrait, en tournant un bouton, de voir des Chinois marcher dans les rues de Pékin ou de Shanghaï, ou des sauvages pratiquer au cœur de l'Afrique les rites de l'initiation. Et qu'est-ce que nous voyons aujourd'hui, qu'est-ce que nous entendons ? Ce que les censeurs nous permettent de voir et d'entendre, rien de plus. L'Inde est aussi loin de nous que jamais ; je crois même qu'elle n'était pas si loin il y a cinquante ans. En Chine, une guerre est en cours ; une révolution autrement lourde d'importance pour la race humaine que cette petite bagarre d'Europe. En voit-on quelque chose aux actualités ? Même les journaux n'ont pas grand-chose à en dire. Cinq millions de Chinois peuvent mourir dans une inondation, de faim ou de peste, ou être chassés par une invasion, et la nouvelle (un gros titre un jour en passant et plus rien) nous laisse impassibles. A Paris, j'ai vu une bande d'actualités sur le bombardement de Shanghaï, et c'est tout. C'était trop horrible : les Français ne pouvaient pas voir ça. On ne nous a encore pas montré aujourd'hui les véritables images de la Première Guerre mondiale. Il faut des relations pour pouvoir avoir un aperçu de ces horreurs pas tellement lointaines... Oh, je sais bien il y a les films « éducatifs ». Vous les avez vus ? De beaux poèmes, mornes, soporifiques, châtrés à point et bien arrosés de désinfectant. Du travail de patronage.

Les actualités traitent surtout des funérailles nationales, des baptêmes de navires, des incendies et des explosions, des catastrophes aériennes, des compétitions sportives, des concours de beauté, de la mode et des produits de beauté et des discours politiques. Les films éducatifs s'attachent surtout aux machines, aux ateliers, au progrès et au crime. La radio et le cinéma nous fournissent sur les autres habitants du globe à peu près autant de renseignements que les Martiens peuvent en avoir sur nous. Et cet isolement prodigieux se reflète dans la physionomie de l'Américain. Dans les villes vous rencontrez partout l'Américain typique. Il arbore une expression molle, neutre, faussement sérieuse et résolument satisfaite. Il porte d'ordinaire un costume de confection à bon marché, des chaussures bien cirées, un stylo et un porte-mine dans la poche extérieure de son veston, une serviette sous le bras, et bien sûr aussi des lunettes, dont le modèle change avec la mode. On dirait un produit fabriqué par une université avec la collaboration d'un grand magasin de confection. Ils se ressemblent tous, comme les automobiles, les postes de radio et les téléphones. Cela, c'est le type entre vingt-cinq et quarante ans. Passé cet âge, le modèle change : c'est l'homme mûr, qui a déjà des fausses dents, qui souffle et qui halète, qui tient à porter une ceinture alors que c'est un bandage herniaire qu'il lui faudrait. C'est un homme qui mange et qui boit trop, qui fume trop, qui reste trop assis, qui parle trop et qui est toujours au bord de la dépression nerveuse. Souvent il meurt d'une crise cardiaque dans les années suivantes. Dans une ville comme Cleveland, ce type connaît une véritable apothéose. Il en va de même des immeubles, des restaurants, des jardins publics, des monuments aux morts. C'est la ville la plus typiquement américaine que j'aie eu jusqu'alors l'occasion de voir. Prospère, bourdonnante d'activité, propre, spacieuse, bien aérée, revigorée par un apport considérable de sang étranger et par l'ozone du lac, elle demeure dans mon souvenir comme la synthèse d'un grand nombre de cités américaines. Elle a beau posséder tout ce qu'il faut pour vivre, croître et s'épanouir, elle n'en demeure pas moins une ville irrémédiablement morte, un endroit mort et mortellement ennuyeux (Alleveland, voir *The Doctor's Dilemma*[1] est un véritable événement.) J'aimerais encore mieux mourir à Richemond, bien que, Dieu sait, Richmond n'ait rien de très excitant. Mais à Richmond, comme dans toutes les villes du Sud, on voit quand même de temps en temps des types qui s'écartent du commun. Le Sud est plein d'excentriques : il permet encore l'individualisme. Et les plus individualistes sont naturellement des gens qui viennent de la campagne, de petits patelins perdus. Quand on traverse un Etat faiblement peuplé comme la Caroline du Sud, on rencontre des gens intéressants : des jovials, ou des revêches, qui aiment la discussion et le plaisir, qui ont leurs idées à eux et qui en principe ne s'entendent avec personne, mais qui donnent du charme et de la grâce à la vie. Il ne peut guère y avoir à mes yeux contraste plus marqué entre deux régions que celui qui existe entre un Etat comme l'Ohio et un Etat comme la Caroline du Sud. Et le contraste n'est pas moindre entre deux villes comme Cleveland et Charleston, par exemple. A Charleston, si vous voulez parler affaires avec quelqu'un, il faut à la lettre le clouer au tapis. Et si d'aventure votre interlocuteur s'avère être un bon homme d'affaires, il y a pas mal de chances pour qu'il soit aussi un fanatique de quelque chose dont vous n'aurez jamais entendu parler. Il a un visage mobile, ses yeux brillent, la passion gonfle sa voix, son nœud de cravate glisse, ses bretelles se détacheront peut-être, il crache et jure, il roucoule et a des accès de fureur, il va parfois jusqu'à pirouetter. Et en tout cas il ne vous brandit jamais son chronomètre sous le nez. Il a le temps, tout son temps. Et il fait tout ce qu'il

1. Comédie de G. B. Shaw. (*N.d.T.*)

entend faire en temps voulu, sans pour cela emplir l'air d'une odeur de poussière et de machines bien huilées ni du cliquetis des caisses enregistreuses. Je trouve que c'est dans le Nord qu'on rencontre les gens qui perdent le plus de temps, parmi ceux qui ont toujours l'air affairé. Toute leur vie, pourrait-on dire, n'est que temps perdu. Le quadragénaire bedonnant, au visage bouffi; au cou plié en fanons et qui a perdu tout besoin sexuel, est le plus beau monument que l'Amérique ait élevé à la futilité. C'est un nymphomaniaque de l'énergie et qui n'accomplit rien. C'est une hallucination de l'homme paléolithique. Pour l'actuaire des compagnies d'assurances, ce n'est qu'un tas de nerfs détraqués dont il faut faire un effrayant bilan. Il parsème le pays de veuves prospères, instables, écervelées et désœuvrées qui se réunissent en redoutables communautés où l'on discute indifféremment politique et diabète.

A propos de Detroit, et avant que je n'oublie, c'est là que Swami Vivekananda fit machine arrière. Peut-être certains lecteurs sont-ils d'âge à se souvenir de l'émotion qu'il souleva lorsqu'il prit la parole devant le Parlement des Religions à Chicago, vers les années quatre-vingt-dix. L'histoire du pèlerinage de cet homme qui électrisa le peuple américain est une véritable légende. D'abord méconnu, banni et réduit à mendier dans les rues pour ne pas mourir de faim, il finit par être acclamé comme le plus grand chef spirituel de notre temps. On lui prodigua les offres de toutes sortes; les riches le prirent en main et voulurent en faire un singe savant. A Detroit, après six semaines de ce petit jeu, il se révolta. Il annula tous les contrats et dès lors il alla de lui-même de ville en ville sur l'invitation de telle ou telle société. Voici ce qu'écrit à ce sujet Roman Rolland :

« La première impression de saisissement et d'admiration devant la formidable puissance de la jeune République s'était dissipée. Vivekananda, presque aussitôt, se heurta à la brutalité, à l'inhumanité, à la petitesse d'esprit, à l'étroit fanatisme, à la monumentale ignorance, à cette écrasante incompréhension, candide et sûr de soi, à l'égard de tout ce qui pense, à l'égard de tout ce qui croit, à l'égard de tout ce qui vit autrement que la nation parangon du genre humain... Il n'était point patient. Il ne ménagea rien. Il stigmatisa les vices et les crimes de la civilisation d'Occident, ses caractères de violence, de pillage, de destruction. Une fois qu'il devait, à Boston, parler d'un beau sujet religieux qui lui était particulièrement cher (Ramakrishna), il ressentit une telle répulsion à la vue de l'auditoire, de ces gueules rusées et cruelles de gens d'affaires et du monde, qu'il se refusa à leur livrer l'accès de son sanctuaire, et brusquement, changeant de sujet, il chargea avec fureur contre la civilisation dont ces renards et ces loups étaient les représentants. Le scandale fut éclatant. Des centaines d'auditeurs quittèrent la salle avec fracas. Et la presse s'enflamma.

« Il fut surtout implacable pour le faux christianisme, le mensonge religieux :

« — Cessez votre vantardise ! Qu'est-ce que votre christianisme a jamais fait dans le monde sans l'épée ? Votre religion est prêchée au nom du luxe. Tout est hypocrisie dans ce que j'ai entendu prêcher ici. Tout cet amas de richesses, qui se recommande du Christ ! Christ ne trouverait pas chez vous une pierre, pour y poser sa tête... Vous n'êtes pas chrétiens. Retournez au Christ ! »

Rolland insiste sur le contraste entre cette réaction et celle qu'il avait eue en Angleterre. « Venu en ennemi, il fut conquis. » Vivekananda reconnut lui-même qu'il avait complètement changé d'opinion sur les Anglais. « Personne », a-t-il dit, « n'a jamais débarqué en Angleterre le cœur empli d'une haine plus violente envers les Anglais que moi... Or personne parmi vous... n'aime le peuple anglais plus que moi. »

C'est là un thème familier et qu'on entend souvent développer. Je songe à tous ces hommes éminents qui ayant visité notre pays revinrent chez eux attristés, dégoûtés et déçus. L'Amérique n'est capable de donner qu'une seule chose et tous sur ce point sont d'accord : c'est l'ARGENT. Et en écrivant ceci, la mémoire me revient d'un personnage obscur que j'ai connu à Paris, un peintre d'origine russe qui, durant les vingt ans qu'il avait passés dans cette ville, n'avait pas connu de jour où il eût assez à manger. C'était une des célébrités de Montparnasse : tout le monde se demandait comment il parvenait à survivre si longtemps sans argent. Il finit un beau jour par rencontrer un Américain qui lui offrit l'occasion de visiter ce pays qu'il avait toujours désiré connaître et dont il espérait faire sa patrie d'adoption. Il y séjourna un an, voyageant, faisant des portraits, bien reçu par le riche comme par le pauvre. Pour la première fois de sa vie, il sut ce que c'était que d'avoir de l'argent dans sa poche, que de dormir dans un lit propre et confortable, que d'être bien nourri, et, ce qui est plus important, que de voir son talent reconnu. Un jour, quelques semaines après son retour, je tombai sur lui dans un bar. J'étais extrêmement curieux d'entendre ce qu'il avait à dire de l'Amérique. J'avais eu vent de son succès là-bas et je me demandais pourquoi il était revenu.

Il se mit à me parler des villes qu'il avait visitées, des gens qu'il avait rencontrés, des maisons où on l'avait reçu, des repas qu'il avait faits, des musées qu'il avait visités, de l'argent qu'il avait gagné. « Au début », dit-il, « c'était merveilleux. Je me crus au paradis. Mais au bout de six mois, je commençai à m'en lasser. J'avais l'impression de vivre avec des enfants... mais des enfants méchants. A quoi bon avoir de l'argent en poche si on ne peut pas s'amuser ? A quoi sert la renommée si personne ne comprend ce que vous faites ? Vous savez ce qu'est ma vie ici. Je suis un homme sans patrie. S'il y a une guerre, ou bien l'on me mettra dans un camp de concentration, ou bien on me demandera de me battre pour les Français. J'aurais pu échapper à tout cela en Amérique. J'aurais pu devenir citoyen américain et mener la bonne vie là-bas. Mais j'aime encore mieux courir ma chance ici. Même si je ne dois avoir que quelques années de bonnes, ces quelques années valent mieux qu'une vie tout entière en Amérique. Il n'y a pas de vie possible pour un artiste là-bas : seulement une mort vivante. Au fait, pouvez-vous me prêter un peu d'argent ? Je suis de nouveau fauché. Mais je suis heureux. J'ai repris mon vieil atelier : je l'apprécie mieux maintenant, tout crasseux qu'il soit. Peut-être cela a-t-il été un bien pour moi d'aller en Amérique, ne serait-ce que parce que cela m'a fait comprendre comme la vie que je jugeais jadis intolérable est merveilleuse. »

Combien de lettres ai-je reçues, quand j'étais à Paris, d'Américains qui étaient rentrés aux Etats-Unis : c'était toujours la même chanson : « Si seulement je pouvais être encore là-bas. Je donnerais bien mon bras droit pour pouvoir revenir. Je ne m'étais pas rendu compte de ce que je laissais. » *Et cætera, et cætera.* Je n'ai jamais reçu de lettre d'un Américain disant qu'il était content d'être rentré au bercail. Quand cette guerre sera terminée, il se produira un exode vers l'Europe comme les Etats-Unis n'en ont jamais connu. Nous essayons de dire maintenant, sous prétexte que la France a été vaincue, qu'elle était dégénérée. Il se trouve ici des artistes et des critiques d'art qui profitent de la situation pour s'efforcer sans vergogne de convaincre le public américain que nous n'avons rien à apprendre de l'Europe, que l'Europe et plus encore la France, est morte. Quel abominable mensonge ! La France, prostrée et vaincue, est plus vivante que nous ne l'avons jamais été. L'art ne succombe pas à une défaite militaire, à une débâcle économique ou à une débandade politique. La France moribonde a produit plus dans le domaine artistique que la jeune et vigoureuse Amérique, que l'Allemagne fanatique ou que la Russie soucieuse de convertir. Et l'art ne peut naître d'un peuple mort.

L'Europe possède les vestiges d'une activité artistique remontant à vingt-cinq mille ans, l'Egypte à soixante mille. L'argent n'était pour rien dans la production de ces chefs-d'œuvre. L'argent ne jouera pas un rôle plus important dans l'art de l'avenir. L'argent passera. Même aujourd'hui, nous sommes capables de nous rendre compte de la futilité de l'argent. Si nous n'étions pas devenus l'arsenal du monde, ce qui nous a évité un gigantesque effondrement de notre système économique, nous aurions pu nous voir, nous la nation la plus riche du monde, crevant de faim au milieu de tout son or. La guerre n'est qu'une pause avant le désastre inéluctable qui nous menace. Nous avons encore quelques années devant nous, puis tout l'édifice s'écroulera et nous ensevelira. Consacrer quelques millions de dollars à mettre au point des engins de destruction n'est pas une solution. Quand c'en sera fini des destructions apportées par la guerre, nous assisterons à des destructions d'un autre genre. Et ce sera bien plus terrible, bien plus radical que celles dont nous sommes aujourd'hui les spectateurs. La planète tout entière sera en proie aux affres de la révolution. Les incendies feront rage jusqu'à ce que se soient écroulées les fondations mêmes de notre monde. Nous verrons alors qui détient la vie, qui est le plus vivant. Et nous verrons aussi si la faculté de faire de l'argent et la faculté de survivre ne font qu'une seule et même chose. Nous verrons alors ce que c'est que la vraie richesse.

Il m'a fallu parcourir bien du chemin avant que ne me vienne l'inspiration nécessaire pour commencer ce livre. Quand je songe à ce que j'aurais vu en Europe, en Asie ou en Afrique si j'y avais fait quinze mille kilomètres, il me semble que j'ai fait un marché de dupes. Je me dis parfois que les meilleurs livres écrits sur l'Amérique sont des œuvres d'imagination dues à des gens qui n'y ont jamais mis les pieds. Avant d'achever ce périple, je me propose de décrire quelques paysages américains tels que je me les imaginais à Paris.

Mais en attendant, voici de bonnes nouvelles pour vous : je vous emmène à Chicago, à la Cité de la Mecque, dans le quartier Sud. C'est dimanche matin et mon cicerone a emprunté une voiture pour me faire faire cette promenade. En chemin, nous nous arrêtons au marché aux puces. Mon ami m'explique que c'est ici que s'est déroulée son enfance, dans le ghetto; il essaie de retrouver l'emplacement de sa maison. C'est aujourd'hui un terrain vague. On dirait la Belgique après la Première Guerre. Pire, même. Cela me rappelle un maxillaire gâté, à demi écrasé et l'autre moitié brûlée et rongée. Ce marché aux puces fait penser à Cracovie plutôt qu'à la porte de Clignancourt, mais l'impression est la même. Nous sommes à la petite porte de la civilisation, parmi les déchets et les débris des déshérités. Des milliers, des centaines de milliers, des millions peut-être d'Américains sont encore assez pauvres pour fouiller parmi ces tristes rebuts en quête de quelque article qui leur fait cruellement défaut. Rien de trop délabré, de trop rongé par la rouille ou la pourriture pour décourager l'acheteur famélique. On pourrait croire que les prisunics avc leurs comptoirs à cinq ou à dix cents suffisent à satisfaire les plus humbles besoins, mais on comprend vite que ce sont là des prix encore trop élevés. L'affluence est considérable : nous devons nous frayer un chemin dans cet agglomérat humain. On se croirait sur les rives du Gange, seulement on ne respire ici aucune odeur de sainteté. Un étrange spectacle soudain arrête mon regard : au milieu de la rue, se dresse en grande tenue un Indien d'Amérique. Il vend je ne sais quel remède miraculeux. J'oublie aussitôt toutes les autres lamentables épaves grouillant dans cette crasse et dans cette vermine. James Farrell a écrit un livre intitulé *A World I Never Made* (Un monde que je n'ai pas fait). Eh bien, voici le véritable auteur de ce livre : un hors-caste, un phénomène, un camelot qui vend une panacée. Jadis en cet endroit rôdaient les bisons ; on n'y voit plus aujourd'hui que des casseroles cabossées, des pots ébréchés, des montres hors d'usage, des chandeliers démantelés, des chaussures dont ne voudrait pas un Hottentot. Bien sûr, en poussant un peu plus loin, vous verrez l'autre côté du décor : la grandiose façade de Michigan Avenue où l'on croirait que le monde n'est peuplé que de millionnaires. La nuit, le gigantesque monument élevé au chewing-gum est éclairé par des projecteurs, et l'on s'émerveille de voir prendre tant de soins pour une pareille monstruosité architecturale. Si vous descendez l'escalier qui mène derrière le bâtiment, en fermant un peu les yeux et en laissant libre cours à votre imagination, vous pouvez vous imaginer que vous êtes à Paris, rue Broca. Bien sûr, il n'y a pas de Bubu de Montparnasse ici, mais peut-être tomberez-vous sur un des anciens compagnons d'Al Capone. Ce doit être agréable de se faire coincer du côté envers des façades scintillantes.

Nous nous enfonçons plus avant dans le quartier Sud, en descendant de voiture de temps en temps pour nous dégourdir les jambes. Il y a ici les marques d'une curieuse évolution. Ce ne sont que rangées de vieilles maisons flanquées de terrains vagues. Un hôtel sordide se dresse comme une ruine Maya parmi les débris jaunis, les pitons crayeux. Ce sont des maisons jadis respectables qu'on a abandonnées à ces gens à peau sombre que nous avons « libérés ». Pas de chauffage, pas de gaz, pas d'eau courante, rien... parfois même pas de vitres aux fenêtres. Qui possède ces ruines ? Mieux vaut ne pas s'en enquérir de trop près. Qu'en feront leurs propriétaires quand les Noirs s'en iront ? Ils les feront abattre, voyons. On construira là des cités modèles, dans le cadre des plans fédéraux de relogement... Je pense au vieux quartier de Gênes, un des derniers ports où je me sois arrêté lors de mon voyage de retour. C'est un très vieux quartier. On n'y trouve pas grand-chose en fait de confort. Mais quelle différence entre la zone de Gênes et celle de Chicago ! Je préfère encore le quartier arménien d'Athènes. Depuis vingt ans les réfugiés arméniens d'Athènes vivent comme des bêtes dans le petit quartier qu'ils se sont appropriés. Il n'y avait pas là-bas de vieilles maisons à occuper, pas même un usine abandonnée. Ces Arméniens n'ont trouvé qu'un bout de terrain sur lequel ils ont bâti leurs habitations avec tout ce qui leur tombait sous la main. Sans le savoir, des hommes comme Henry Ford et Rockfeller ont contribué à la création de ce paradis entièrement érigé à partir de déchets et d'objets mis au rebut. Je songe à ce quartier arménien parce que, tandis que nous nous promenions dans les faubourgs de Chicago, mon ami me montra un pot de fleurs installé sur la fenêtre d'une masure sordide. « Vous voyez », dit-il, « même les plus pauvres ont des fleurs. » Mais à Athènes, j'ai vu des pigeonniers, des vérandas posées comme par miracle, des lapins qui se chauffaient au soleil sur les toits, des chèvres accroupies devant des icônes, des dindes attachées aux boutons de portes. Et tout le monde avait des fleurs, et pas seulement en pots. Certaines portes étaient faites en pare-chocs de vieux camions et avaient quand même un air accueillant. Il y avait des sièges confectionnés à partir de vieux bidons d'essence et qui semblaient confortables. On trouvait des librairies où on pouvait lire Buffalo Bill, Jules Verne ou Hermès Trismégiste. On respirait là-bas un esprit que mille ans d'oppression n'avaient pas étouffé. Mais le quartier Sud de Chicago a l'air d'un immense asile de fous laissé à l'abandon. Rien ne peut fleurir là que le vice et la maladie. Je me demande ce que dirait le grand Emancipateur s'il pouvait voir la belle liberté dont jouit le Noir. Nous les avons libérés, oh, oui : ils sont libres comme des rats qui peuvent courir dans une cave sans lumière.

Mais nous voici arrivés : voici la cité d'habitation de la Mecque ! Un grand groupe quadrangulaire d'immeubles qui en leur temps devaient représenter le bon goût en matière d'architecture. Une fois les Blancs partis, les Noirs ont emménagé. Mais avant d'en arriver à leur état actuel, ces immeubles ont connu une sorte d'été de la Saint-Martin. Un bouge s'était installé dans chaque appartement. La prostitution régnait partout. Ce devait être une vraie Mecque pour le Noir esseulé qui cherchait du travail.

Aujourd'hui, tout cela a pris un aspect bien étrange. Les serrures sont hors d'usage, les portes ne tiennent plus sur leurs gonds. On entre dans ce qui semble le corridor d'une œuvre catholique de seconde zone, ou bien d'un asile de sourds-muets, ou encore d'un de ces hôpitaux du Bronx où l'on pratique discrètement l'avortement. On tourne un coin et l'on débouche sur une cour entourée de plusieurs étages de balcons. Au milieu de la cour se trouve une fontaine délabrée recouverte d'un grand treillage métallique semblable aux cloches à fromage d'autrefois. On se représente quel coin charmant ce pouvait être du temps que les demoiselles de petite vertu exerçaient là leur commerce. On imagine de quels éclats de rire a pu alors retentir la cour. Il y règne aujourd'hui un silence contraint, troublé seulement par le grondement des patins à roulettes, une toux sèche, un juron dans l'ombre. Un homme et une femme sont accoudés au balcon au-dessus de nous. Ils nous regardent, le visage sans expression. Le regard vague. Est-ce qu'ils *rêveraient* ? C'est peu probable. Leurs corps sont trop usés, leurs âmes trop rabougries pour qu'ils puissent se permettre le moins coûteux de tous les luxes. Ils sont là comme des animaux dans un champ. L'homme crache. Cela fait un drôle de petit bruit sur le pavé. C'est peut-être sa façon à lui de signer la Déclaration d'Indépendance. Peut-être ne s'est-il même pas rendu compte qu'il crachait. Peut-être est-ce son fantôme qui a craché. Je regarde encore la fontaine. Voilà longtemps qu'elle est à sec. Et peut-être l'a-t-on couverte comme un morceau de fromage pour que les gens ne crachent pas dedans et ne lui rendent pas la vie. Ce serait terrible pour Chicago si cette noire fontaine de vie entrait soudain en éruption ! Mon ami m'assure qu'il n'y a pas de danger. Je n'en suis pas si certain. Il a peut-être raison. Peut-être le Noir sera-t-il toujours notre ami, quoi que nous lui fassions. Je me souviens d'une conversation que j'ai eue avec une domestique noire chez des amis. « Je crois bien », me disait-elle, « que nous avons plus d'amour pour vous que vous n'en avez pour nous. » « Vous ne nous haïssez donc jamais ? » lui demandai-je. « Seigneur, non ! » dit-elle, « nous vous plaignons simplement. Penser que vous avez toute la puissance et toute la fortune et que vous n'êtes pas heureux. »

Nous revenions à la voiture quand nous entendîmes retentir avec force une voix qui avait l'air de venir des toits. Nous fîmes encore quelques pas ; la voix nous parvenait toujours. Stupéfaits, nous rebroussâmes chemin. La voix prit encore plus d'ampleur : c'était celle d'un prédicateur qui criait avec la vigueur d'un taureau : « Jésus est la lumière du monde ! » Et d'autres voix reprenaient : « *Jésus ! Jésus ! La lumière du monde !* » Nous regardâmes autour de nous, très intrigués. On ne voyait rien qu'une synagogue juive. Et c'était de là, des murs mêmes semblait-il, que venait cette voix de stentor qui proclamait ainsi sa foi dans la lumière du monde. Nous aperçûmes enfin quelques Noirs qui pénétraient dans le temple et, en levant les yeux, nous distinguâmes les haut-parleurs fixés comme des gargouilles à la corniche de l'édifice. La voix nous suivit un bon moment, nette comme un carillon. On aurait dit un dément émergeant de ce *no man's land* pour crier *Paix !* Au moment où nous remontions en voiture, j'aperçus une belle négresse à la fenêtre de ce qui me parut une maison abandonnée. Quelle vue elle devait avoir du quatrième étage de cette morgue noircie par les ans ! Même de là-haut elle entendait sans doute le prédicateur qui parlait de la lumière du monde. C'était dimanche et elle n'avait rien à faire. En bas, un gamin en haillons dessinait à la craie verte un numéro sur la porte : sans doute pour que le facteur ne se trompe pas en apportant le courrier. Quelques pâtés de maisons plus loin, se dressaient les abattoirs et, quand il faisait beau et que le vent était favorable, la négresse pouvait de là-haut humer l'odeur du sang de l'agneau, du sang de milliers, de millions d'agneaux même. Je songeais à l'agneau de Dieu couché dans la crèche de l'aciérie de Bethlehem. « Regardez ! » dit mon ami en me donnant un coup de coude et en me désignant la négresse du quatrième. Elle nous faisait signe de venir. Elle avait sans nul doute trouvé Dieu, là-haut au paradis des Noirs. En tout cas, si c'était à autre chose qu'elle pensait, il n'en paraissait rien. Elle avait l'air littéralement en extase. Là-haut il n'y avait pas de chauffage, pas de gaz, pas d'eau ; les fenêtres tenaient mal, les souris trottaient partout, les ordures s'amoncelaient. Et elle nous faisait signe comme pour nous dire : « Venez ! Je suis la lumière du monde ! Je ne paie pas de loyer, je ne fais rien, je ne bois que du sang. »

Nous reprîmes la voiture, et, quelques centaines de mètres plus loin, nous allâmes visiter un autre cratère d'obus. Dans la rue déserte quelques poules cherchaient leur pâture entre les planches d'une véranda croulante. Encore des terrains vagues, encore des maisons vidées de leurs entrailles ; et des escaliers d'incendie cramponnés aux murs par leurs mâchoires d'acier, comme des acrobates ivres. Partout un air de dimanche. Tout était calme et paisible. On aurait dit Louvain ou Reims entre deux bombardements. Ou Phœbus, en Virginie, rêvant d'aller faire boire ses coursiers, ou la Pythie de Delphes bâillonnée avec une vieille chaussette. Et puis, tout d'un coup, je vis l'inscription griffonnée à la craie sur le mur d'une maison, en lettres de trois mètres de haut :

BONNE NOUVELLE ! DIEU EST AMOUR !

En voyant ces mots, je tombai à genoux au milieu du caniveau fort commodément installé là dans ce propos et je fis en silence une courte prière, qui dut porter jusqu'à Mound City, dans l'Illinois, où les rats musqués de couleur ont construit leurs tanières. C'était le moment de prendre une rasade d'huile de foie de morue, mais comme les bistros étaient tous fermés, nous dûmes nous contenter de l'abattoir et lamper une bonne tasse de sang. Jamais le sang ne me parut avoir un goût plus exquis! C'était comme si j'avais pris coup sur coup des vitamines A, B, C, D et E et qu'ensuite j'avais mâché un bâton de dynamite bien glacé. Bonne nouvelle! Certes, excellente nouvelle... pour Chicago. Je donnai l'ordre au chauffeur de nous conduire sans retard à Mundelein pour que je puisse donner ma bénédiction au cardinal et aux agents immobiliers, mais nous nous arrêtâmes au temple Bahai. Un ouvrier qui trimbalait des pelletées de sable nous ouvrit la porte du temple et nous fit visiter. Il s'ingénia à nous expliquer que nous adorions tous le même Dieu, que toutes les religions avaient la même base. Dans la petite brochure qu'il nous donna à lire, j'appris que le précurseur de la foi, le fondateur de la foi et l'interprète autorisé et le maître de l'enseignement de Baha'u'llah avaient tous été persécutés et martyrisés pour avoir osé prétendre universel l'amour de Dieu. C'est un monde étrange, même en cet âge de civilisation éclairée. Voilà vingt ans qu'on a commencé la construction du temple Bahai et il n'est pas encore achevé. L'architecte, figurez-vous, est un certain Mr. Bourgeois. L'intérieur du temple, dans son état actuel, fait penser à un décor pour jouer *Jeanne d'Arc.* Le lieu de réunion au rez-de-chaussée, est une salle circulaire qui ressemble à l'intérieur d'un coquillage et qui inspire la paix et la méditation comme bien peu de lieux consacrés à un culte. Grâce à ses détracteurs, le mouvement s'est déjà étendu à travers le monde entier. Il n'y a pas, comme dans les églises catholiques, de question de couleur et chacun peut croire à sa guise. C'est pour cela que le mouvement Bahai est destiné à survivre à toutes les autres organisations religieuses du continent américain. L'Eglise catholique, avec son monstrueux appareil de ramifications et d'efflorescences, est morte et bien morte ; elle disparaîtra totalement avec les systèmes politiques et sociaux dans lesquels elle est enchâssée. La religion nouvelle sera fondée sur des actes et non sur des articles de foi. « La religion n'est pas pour les ventres vides », a dit Ramakrishna. La religion est toujours révolutionnaire, bien plus que les philosophies conformistes. Le prêtre est toujours de connivence avec le diable, de même que le leader politique finit toujours par conduire les peuples à la mort. Il me semble que les peuples cherchent à se rassembler. Ce sont leurs représentants, à tous les échelons, qui s'efforcent de les tenir à l'écart les uns des autres en excitant en eux la haine et la peur. Si rares sont les exceptions que quand on en observe, on a tendance à croire qu'il s'agit d'êtres à part, de surhommes ou de dieux et non pas d'hommes et de femmes comme nous. Et en les reléguant ainsi dans des royaumes éthérés, on étouffe dans l'œuf la révolution par l'amour qu'ils étaient venus prêcher. Mais la bonne nouvelle est toujours là, au coin de la rue, marquée à la craie sur le mur d'une maison abandonnée : DIEU EST AMOUR ! Je suis certain que quand les habitants de Chicago liront ces lignes, ils iront en masse faire un pèlerinage jusqu'à cette maison. Elle est facile à trouver car elle se dresse au milieu d'un terrain vague du quartier Sud. Vous n'avez qu'à descendre dans une bouche d'égout de La Salle Street et vous laisser porter par le flot. Vous ne pouvez pas ne pas la voir : l'inscription est en caractères hauts de trois mètres. Et quand vous l'aurez trouvée, vous n'aurez qu'à vous ébrouer comme un rat d'égout. Dieu fera le reste...

VIVE LA FRANCE !

Le petit parc est assez curieusement situé, entre June Street et Mansfield Street. C'est un endroit mélancolique, même en plein soleil. Je n'ai jamais trouvé en Amérique de jardin public qui m'inspire un autre sentiment que la tristesse ou l'ennui. Je préférerais mille fois m'asseoir dans un de ces petits jardins abstraits comme nous en montraient les premières toiles de Hilaire Hiler. Ou un de ceux où s'assied parfois Hans Reichel quand il peint un portrait à l'aquarelle de son moi d'amnésique. Le jardin public américain est une sorte de vide soigneusement délimité où évoluent des dadais à l'air cataleptique. Pas plus que dans l'architecture de la maison américaine il n'y a dans le jardin public américain une once de personnalité. Ce n'est, comme on dit si bien, « qu'un petit coin où l'on peut respirer », une oasis parmi la puanteur de l'asphalte, les fumées chargées de produits chimiques et les relents d'essence. Mon Dieu, quand je pense au Luxembourg, au Zapion, au Prater ! Pour nous il n'y a que les grands parcs nationaux : de vastes étendues semées de curiosités naturelles et peuplées de fantômes.

De tous les petits parcs dus à la main de l'homme, je crois que le plus horrible, le plus misérable, le plus morne est sans doute celui de Jacksonville, en Floride. On dirait un tableau de George Grosz. Cela sent la tuberculose, la mauvaise haleine, les varices, la paranoïa, le mensonge, l'onanisme et l'occultisme. C'est à croire que tous les incapables, tous les inadaptés, tous les types finis, tous les ratés d'Amérique finissent par échouer là. C'est le marécage moral où il faut barboter afin d'avoir accès aux Everglades. Quand, voilà quinze ans, je m'étais assis pour la première fois dans ce parc, j'avais attribué mon impression au fait que j'étais complètement fauché, que j'avais faim et que je ne savais pas où coucher. Je me trouvai encore plus abattu lors de ma seconde visite. On n'avait rien changé. Les bancs étaient comme autrefois jonchés de débris d'humanité : pas du genre râpé comme on en rencontre à Londres ou à New York, pas le clochard pittoresque qui peuple les quais de Paris, mais cette variété américaine, molle et blême, produit des classes moyennes respectables : *des petits crachats bien propres*. De ces gens qui cherchent à s'élever l'âme alors que cela fait belle lurette qu'ils n'en ont plus. Les épaves qui traînent, comme les déchets charriés par l'eau des égouts, dans les temples de la Science Chrétienne, dans les cénacles de Rose-Croix, les antichambres des astrologues, les réunions évangélistes, les bureaux de bienfaisance, ou de placement, et dans les petites pensions de famille. De ces gens capables de lire la *Bhagavad Gita* avec l'estomac vide ou de faire des mouvements de gymnastique dans la penderie. Le pur type américain, toujours disposé à croire ce qui est écrit dans les journaux, toujours en quête d'un Messie. Et dépourvu de la moindre parcelle de dignité humaine. Le ver blanc se tortillant dans l'étau de la responsabilité !

Parfois le spectacle de ces tas de délivres humains déclenche chez moi un mécanisme et il faut sauter dans un taxi pour aller retrouver ma machine à écrire et coucher sur le papier les pensées folles et diaboliques dont le plus fin critique ne pourrait se douter qu'elles sont nées à la vue d'un jardin public américain. Parfois, le souvenir me revient alors brusquement d'une vache que j'ai vue voilà bien longtemps ou d'une autre que j'ai aperçue récemment à Ducktown, dans le Tennessee, cette vache aux quatre-vingt-dix-sept côtes bien visibles et qui n'avait rien d'autre à mâcher qu'une feuille de fer-blanc. Ou alors je me souviens tout à coup d'une conversation, comme celle que j'ai eue un jour à Alger, en Louisiane, avec un chauffeur de locomotive qui me disait : « C'est quand même curieux, cette ville, les gens n'ont pas d'ambition : il n'y a pas un seul hôtel. » Les mots d'hôtel et d'ambition s'associèrent étrangement dans ma tête et au moment précis où je me demandais ce que ces deux mots avaient de bizarre, un autocar passa, direction Venise, et tout dès lors prit un air extraordinairement irréel. Alger sur le Mississippi, une Venise de Louisiane, la vache au pelage cuivré qui se desséchait sous un soleil brûlant, la musique de la synagogue de Jacksonville qui, tant la faim me talonnait, m'avait fait éclater en sanglots, mes allées et venues nocturnes sur le pont de Brooklyn, les ruines médiévales sur les rives de la Dordogne, les statues des reines dans le jardin du Luxembourg, mes six leçons de russe avec une comtesse hystérique dans le vestiaire d'un bureau de placement, ma rencontre avec le Dr. Vizetelly qui m'avait donné l'occasion d'apprendre qu'il me fallait un vocabulaire d'au moins soixante-quinze mille mots, alors que Shakespeare n'en utilisait que quinze mille environ... Mille et un souvenirs saugrenus traversèrent ainsi mon cerveau en l'espace de quelques instants.

Mais *l'image de la vache me hante,* et je ne saurai jamais pourquoi. Peut-être ne suis-je dans un parc d'Amérique qu'une vache mâchonnant une vieille feuille de fer-blanc. Peut-être tout ce à quoi je tiens a-t-il déjà été emporté par l'érosion et peut-être ne suis-je qu'un idiot décharné dont les côtes s'effritent au soleil du Sud. Peut-être suis-je sur une de ces planètes mortes que nous montrent les films d'anticipation et, comme tout y est pour moi d'une étrange nouveauté, suis-je incapable d'en apprécier la beauté. Peut-être mes désirs sont-ils trop humains, trop tangibles, trop immédiats. Il faut être patient, il faut savoir attendre non pas des milliers, mais des millions d'années. On doit être capable de survivre au soleil et à la lune, à Dieu ou à l'idée de Dieu, de gagner le cosmos de vitesse, de triompher de la molécule, de l'atome, de l'électron. Il faut s'asseoir dans ces parcs comme sur le siège d'un cabinet payant, pour remplir sa fonction : comme la vache étique sur la terre rouge de la colline. Ne pensez pas à l'Amérique en soi, à l'Amérique considérée dans son essence ; pensez à des cieux sans atmosphère, à des canaux sans eau, à des habitants sans vêtements, à des mots privés de sens, à une vie qui ignore la mort, à quelque chose qui se poursuit indéfiniment et qui n'a pas de nom, et ni rime ni raison, et qui pourtant a une signification, une grande signification même dès l'instant où vous n'avez plus l'obsession du temps et de l'espace, de la destinée, de la causalité, de la logique, de l'entropie, de l'anéantissement, du Nirvana et du Maya.

Vous êtes assis dans un parc plein de palmiers dodus, il y a des millions de brins d'herbe, il fait doux, les bancs sont peints en vert et peut-être un chien quelque part lève-t-il la patte contre un arbre. Et tout autour de vous se trouvent d'autres spécimens de votre espèce, vêtus des mêmes vêtements que vous, et qui ont dans leur corps les mêmes organes que vous, travaillant inlassablement, jour et nuit. Et vous vous dites qu'ils sont différents, qu'ils ne sont pas comme vous, qu'ils sont si différents que leur seule vue vous écœure. Et alors vous partez vers une autre planète, en sautant dans un taxi, et, seul devant une ferraillante petite machine à écrire, vous éructez des mots au hasard, comme des pétards crépitants qui, une fois qu'ils ont explosé, ont l'air de mégots de cigarette écrasés. Vous pensez à un homme sur l'estrade d'une salle de conférences, à un monstre du monde des théosophes, au corps de légume mâtiné d'hippogriffe qui s'est mis dans un état d'hypnose suffisant pour marcher bien droit jusqu'au centre de l'estrade sans se trahir. Il va parler pendant trois heures d'affilée, sans prendre un instant de repos, sans avaler une gorgée d'eau, sans ciller. Il va se hisser sans effort à la hauteur de ce dragon suspendu dans les airs et qui maintient en mouvement l'horloge sidérale malgré toutes les histoires d'entropie divine et de schizophrénie cosmique. Pendant trois heures pleines, il va parler d'une voix d'outre-tombe, la voix du médium enfermé dans un cône d'argent sous le sol de la cave. Et pour finir, vous vous retrouvez assis dans un parc parmi les feuilles mortes et les emballages de papier d'argent, sans en savoir ni plus ni moins qu'avant, mais empli d'un bonheur paisible, comme un homme qui a conjugué un verbe irrégulier jusqu'aux harmonies et aux dissonances du mode subjonctif.

C'est alors qu'un coup de sifflet retentit en vous, la pensée de la nourriture et de la chair vous revient, et vous tombez dans une rêverie qui vous fait osciller entre le restaurant Fauster à Cleveland et le petit bistrot avec de la sciure par terre de la rue Le Chapelais (*entre la rue Hélène et la rue des Dames*) derrière l'avenue de Clichy. C'est chez Fauster que je compris tout d'un coup pourquoi j'avais perdu tout appétit. Non que la nourriture y fût mauvaise, les odeurs agressives, ou le service négligé. Bien au contraire, tout y était la perfection même : *le parfait restaurant américain.* La serveuse avait l'air d'un ange à peine sorti d'un bain parfumé ; ce qui était dans les assiettes semblait n'avoir à aucun moment subi le contact des mains humaines ; la cuisine était invisible et il n'en venait aucune odeur : elle était discrètement cachée comme l'urinoir dans un bordel de premier ordre. Il y avait des nappes blanches sur les tables, des serviettes de taille correcte, d'élégantes burettes en verre pour l'huile et le vinaigre, des salières et des moulins à poivre plus élégants encore, peut-être même un bouquet par ci par là. Peut-être aussi un orgue jouait-il... je ne m'en souviens plus. S'il n'y en avait pas, c'est qu'il y aurait dû en avoir un et qui aurait joué une cavatine tandis que le propriétaire dans un coin se serait passé entre les dents un cure-dent en argent. Il aurait dû y avoir aussi des choristes aux voix de sopranes circulant avec des plateaux. En tout cas, c'était climatisé, le sol était couvert d'épais tapis, le mobilier élégant, l'éclairage discret et tout était parfaitement organisé jusqu'au moindre détail. On imaginait mal, en un tel endroit, que l'on puisse se nourrir de choses aussi grossières que des morceaux d'animaux ou de légumes arrachés à une terre sale. On y concevait plutôt la nourriture comme une sorte de nectar synthétique recouvert de crème fouettée, quelque chose à avaler les yeux fermés et les narines bouchées ; un petit sermon spécialement destiné au palais et après quoi l'on pourrait retourner à son bureau et écrire des lettres frémissantes d'inspiration à propos de conduits d'égout et de masques à gaz. Dans une pareille ambiance, le pourboire devient un cadeau que la serveuse accepte avec la condescendance d'une vedette de cinéma recevant les compliments d'un journaliste. Elle se sent tenue de vous confier que les conditions dans lesquelles elle travaille sont superlativement excellentes, qu'au moindre signe de fatigue on l'emporte jusqu'au salon de repos sur un brancard tendu de satin, que si elle souffre de la plus légère dépression, on la prie instamment de profiter de la piste de marbre réservée aux parties de quilles des employés. Elle glisse de table en table comme une ballerine, arborant un sourire qui veut évoquer vaguement celui de Mona Lisa. Elle ne doit pas trop se hâter, par crainte de faire naître sous ses bras des taches de transpiration. Elle doit rendre des services avec toute l'impersonnalité d'un cadavre. Et surtout elle doit veiller à ce que la glace ne manque jamais dans les verres.

C'est, si je me souviens bien, à Ruston, en Louisiane, que je m'éveillai une nuit en pensant au petit restaurant de la rue Le Chapelais. J'avais fait un dîner exécrable dans un café au bord de la route ; j'avais parcouru trois ou quatre fois la ville, en faisant mine de regarder des monuments comme la gare, les bureaux du journal local, le réservoir à eau, *et cætera*. Sur un court bétonné, des jeunes gens jouaient au tennis à la lueur des projecteurs ; leurs belles voitures étaient rangées le long du trottoir. Il aurait pu aussi bien être minuit, quatre heures du matin, ou six heures du soir. Il n'y avait pas une âme à qui parler. J'avais quelques livres, mais je n'avais pas envie de lire. J'allai me coucher complètement dégoûté et me retournai entre mes draps sans trouver le sommeil presque jusqu'à l'aube. Je m'éveillai après un rêve magnifique inspiré par un des livres de Giono, en me croyant encore en France, quelque part en province. Je ne tardai pas toutefois à m'apercevoir de mon erreur. Je me laissai alors retomber sur mon lit et, les yeux grands ouverts, je me mis à rêver de ma vie à Paris. Je commençai par les tout premiers temps, par ce premier et modeste repas pris sur le trottoir du boulevard Saint-Germain, alors que je ne connaissais pas un mot de français, à part *oui* et *non*. Quand j'y repense aujourd'hui, il me semble que j'ai entassé mille ans dans cette brève décade qui s'est terminée avec la déclaration de guerre.

J'en arrivai à cette période où je partageais avec mon ami Fred une chambre avenue Anatole-France, à Clichy. La période des randonnées à bicyclette, des promenades le soir sur le boulevard, des Batignolles à Aubervilliers, la période où j'étais tellement exalté que je voulais écrire cinq livres à la fois. Mais l'image qui demeurait la plus vivace, c'était celle du petit restaurant où je me rendais religieusement, midi et soir. C'était un restaurant bon marché, assez sombre de jour et résolument malodorant. La chère n'y avait rien d'extraordinaire, mais on pouvait s'y fier comme on le fait pour un ami d'enfance. Les serveuses avaient l'air de souillons, elles n'avaient pas de politesse à revendre et se préoccupaient fortement de percevoir le pourboire qui leur était dû. Pour un ou deux francs de supplément, on pouvait avoir quelque chose de vraiment succulent, comme du poulet rôti.

Deux particularités faisaient tout l'intérêt de l'endroit : la clientèle fidèle, qui ne changeait jamais, et la vue qu'on avait sur la porte de l'immeuble d'en face qui était une paisible petite *maison publique* [1]. Deux prostituées se tenaient généralement au coin et, s'il pleuvait, on les voyait patiemment plantées sous leur parapluie, s'efforçant d'avoir l'air joyeux et engageant. C'était une petite rue bien simple, mais qui méritait d'être observée de près ; un homme comme Carco, s'il avait été un fidèle client de ce restaurant, y aurait certainement trouvé le sujet d'un roman.

Enfin tout y était : la nourriture et le sexe. Tantôt

1. En français dans le texte.

c'était l'un qui prédominait, tantôt l'autre. Il y avait aussi là un nain bossu, que je ne voudrais pas oublier, un Espagnol, aux longues boucles graisseuses, nanti d'un appétit vorace. Tous les soirs, je devais passer devant sa table. Et tous les soirs, je disais : « *Bonsoir, monsieur*[1] », à quoi il répondait : « *Bonsoir, monsieur*[1] ». Jamais un mot de plus. Durant plus d'un an nous nous en tînmes là jusqu'au jour ou, renversant les barrières, nous nous dîmes : « *Bonsoir, monsieur, comment ça va ce soir ?*[1] » Je ne me souviens pas avoir adressé la parole à aucun autre client. Je prenais d'ordinaire mes repas seul et dans un état de parfaite béatitude. De temps en temps, le patron, qui était d'Auxerre, venait bavarder un peu avec moi. Il me parlait généralement du temps ou du prix de la vie qui ne cessait de monter. Il me demandait aussi parfois quand j'allais retourner à Auxerre, car je lui avais dit un jour que j'étais allé là-bas en bicyclette. Si nous abordions ce sujet, il ne manquait jamais de conclure en disant : « Oh ! ce n'est pas comme Paris, c'est simplement un tout petit coin bien tranquille ! » Et je souriais et hochais la tête aimablement comme si je ne l'avais jamais entendu dire cela. Parfois, quand j'étais un peu gris, je me lançais dans un long monologue en français sur la splendeur idyllique d'Auxerre. Pour me parler à moi-même, j'usais toujours du français le plus exquis ; il est dommage qu'il ne m'ait jamais entendu dans ces moments-là : mon lyrisme lui serait certainement allé droit au cœur.

Le soir tombait quand j'arrivai en vue de la ville d'Auxerre qui, si mes souvenirs sont exacts, est sur l'Yonne. Il y avait un pont, comme dans toutes les villes françaises, et nous restâmes là un long moment, ma femme et moi, à regarder le reflet des arbres

1. En français dans le texte.

danser sur la rivière. Nous étions si émus que nous ne pouvions parler ; je la regardai et vis qu'elle avait les larmes aux yeux. C'était un de ces jours de suprême bonheur que je connus avec elle en France. Nous étions partis de Paris à bicyclette, la veille ou l'avant-veille, et nous avions la tête pleine de rêves. Nous nous efforcions autant que possible de suivre les chemins de halage qui longent les canaux. Elle n'avait appris à monter à bicyclette que depuis quelques jours et, sur les chemins de halage, elle était un peu nerveuse. Parfois nous mettions pied à terre et nous flânions sur les berges du canal, sans nous soucier du temps. En Amérique nous n'avions connu que la misère et les épreuves. Et voilà maintenant que nous étions libres et que toute l'Europe s'étalait devant nous. Nous irions en Italie, et en Autriche, en Roumanie, en Pologne, en Tchécoslovaquie, en Allemagne et en Russie. Nous verrions tout. En tout cas, cela commençait merveilleusement. Nous avions bien eu quelques petites prises de bec dues à sa nervosité de cycliste néophyte, mais à part cela tout était calme et beau. Et pour commencer, nous allions manger tous les jours.

A Auxerre, ce premier soir, nous dînâmes au bord du fleuve, dans une modeste petite auberge, et comme nous étions en vacances, nous nous offrîmes une bouteille de bon vin. Je me souviens de la vue sur l'église depuis notre table, et du vin qui me descendait dans le gosier tandis que je la contemplai. Je me souviens des reflets sur l'eau, des grands arbres qui se balançaient sur le doux ciel de France. Je me souviens d'avoir éprouvé alors une grande paix, une paix comme je n'en avais jamais connue dans mon pays natal. Je regardai ma femme : elle était devenue une autre. Même les oiseaux avaient un autre air. On aimerait conserver à jamais de pareils instants. Mais une partie de la joie profonde qu'ils procurent tient à ce qu'on sait qu'ils sont fugitifs. Peut-être demain aurions-nous une de ces disputes qui enlèvent toute beauté au paysage et qui vous éprouvent d'autant plus que vous êtes dans un pays étranger.

Comme disait le patron du restaurant de la rue Le Chapelais : ce n'était évidemment pas Paris ! Mais à certains égards, c'était bien mieux que Paris. C'était plus français, plus authentique. On en éprouvait une autre sorte de nostalgie, la nostalgie que je devais découvrir plus tard dans certains livres français ou lors d'une conversation au lit avec une prostituée tout en fumant paisiblement une cigarette. Jamais aucun envahisseur ne détruira cela. C'est quelque chose d'intangible, comme la nuance particulière du ciel en France. C'est l'envahisseur qui succombera.

Au fond, nous aussi, nous étions des envahisseurs. Avec nos sales dollars nous achetions ce dont nous avions envie. Mais avec chaque acquisition, on nous donnait quelque chose de gratuit, quelque chose que nous n'avions pas demandé, et qui pénétrait en nous et nous transformait jusqu'à ce que nous fussions entièrement subjugués.

Quand je quittai New York pour entreprendre ce lugubre voyage à travers l'Amérique, une des dernières choses que je cherchai à me procurer avant mon départ, ce fut une carte de France et un plan de Paris. Je savais que tout d'un coup, dans quelque trou perdu, j'allais être pris de sueurs froides et que l'envie me tenaillerait de revoir des noms de rues, de villes et de rivières qui commençaient déjà à s'effacer dans mon souvenir. Dans le train, en allant de Kansas City à Saint Louis, le paysage se mit soudain à ressembler aux bords de la Dordogne. C'était durant la dernière heure du parcours, pour être exact. Je crois que nous longions le Missouri. Nous venions de traverser de vastes plaines paisibles semées de fermes monotones.

On était au début du printemps et la terre avait des teintes allant du jaune paille au vert pâle. Dans le lointain, on apercevait des falaises déchiquetées, des escarpements, dont la couleur cendrée et les silhouettes bizarrement découpées rappelaient les manoirs et châteaux de la Dordogne.

Mais où était le mariage du ciel et de la terre, où était la superstructure qu'élève l'homme pour donner aux beautés naturelles un caractère profond et durable ? J'étais en train de lire le livre de Romain Rolland sur Vivekananda ; je venais de lever les yeux, incapable que j'étais de continuer, tant j'étais ému. Le passage qui m'avait mis dans un tel état d'exaltation était celui où Rolland décrit le triomphal retour de Vivekananda aux Indes après son voyage aux Etats-Unis. Nul monarque n'eut jamais pareil accueil de ses sujets : c'est une réception unique dans l'histoire. Et qu'avait donc fait Vivekananda pour mériter un tel accueil ? Il avait révélé l'Inde à l'Amérique ; il avait répandu la lumière. Et ce faisant, il avait ouvert les yeux de ses compatriotes, il leur avait montré leurs faiblesses. L'Inde tout entière l'accueillit à bras ouverts ; des millions de personnes se prosternèrent devant lui, le saluant comme un saint, comme un sauveur, ce qu'il était d'ailleurs. Ce fut dans toute sa longue histoire le moment où l'Inde fut le plus près de l'unité. Ce fut un triomphe d'amour, de gratitude, de dévotion. Je reviendrai plus tard à Vivekananda, aux paroles fortes et pures qu'il a prononcées, en intrépide champion non seulement de l'Inde, mais de toute la race humaine. Pour l'instant je dois poursuivre ma course, continuer à travers le mythe de la Dordogne mon voyage jusqu'à la tombe de Saint Louis qu'on appelle une ville mais qui n'est qu'un cadavre affreux et puant qui se dresse au milieu de la plaine comme une réclame pour la « Mélancholia » d'Albert Dürer.

Comme sa jumelle, Milwaukee, cette grande cité américaine donne l'impression que l'architecture elle-même a été prise de folie. Tout ce qu'il y a de vraiment morbide dans l'âme américaine trouve ici son exutoire. La laideur à quoi on est parvenu ici est plus que terrifiante, elle vous suffoque. On dirait que pour orner les maisons, on a eu recours à la rouille, au sang, aux larmes, à la sueur, à la bile, à la bave, à la fiente d'éléphant. On imagine quelle vie doit se dérouler là-dedans : du pire Théodore Dreiser. Rien ne peut me terroriser comme la pensée d'être condamné à passer le reste de mes jours dans un pareil endroit.

J'ai connu à Saint Louis un ou deux moments merveilleux, grâce à l'horreur et à la misère précisément que je voyais autour de moi. Comme je traversais à pied le vieux quartier de la ville, où l'on procède à de gigantesques travaux de reconstruction, — on dirait une sorte d'abattoir bouleversé par un tremblement de terre ou par une tornade, — mon dégoût prit de telles proportions que par réaction je passai à un état de véritable extase. Pour ne pas sombrer en effet dans la folie, il me fallait chercher désespérément de quoi contrebalancer l'horreur qui s'étalait autour de moi. C'est alors que me revint à la mémoire le souvenir d'une nuit magique à Sarlat. Comme Auxerre, Sarlat se situe dans mon souvenir au début d'une glorieuse équipée. Ce fut ma dernière vision de France avant mon départ pour la Grèce. J'avais pris le train à Paris la veille au soir et, vers l'aube, j'étais descendu à Rocamadour. Je passai là quelques jours et visitai le Gouffre de Padirac, où je fis un repas mémorable suspendu entre le fond de la caverne et la surface du sol ; et puis, sur l'inspiration du moment, je pris un car à destination de Sarlat, dont je n'avais jamais entendu parler auparavant.

Il était quatre ou cinq heures de l'après-midi. Je

venais de descendre du car et je regardais machinalement les livres exposés à l'étalage d'un libraire. Un titre arrêta mon regard : c'était un nouveau livre sur les prédictions de Nostradamus. Le prix dépassait ce que je jugeais pouvoir me permettre alors ; je restai donc là, fixant passionnément le livre, comme si à force de regarder j'allais finir par pouvoir lire à travers la couverture. Au bout d'un moment, je me rendis compte qu'un homme était debout à côté de moi, les yeux fixés sur ce même livre et qu'il parlait tout haut, qu'il me parlait *à moi.*

C'était le propriétaire du magasin et un grand ami de l'auteur du livre qui, me dit-il, habitait Sarlat. Il parut ravi d'apprendre que j'étais américain, que j'avais vécu si longtemps à Paris et que j'avais fait un crochet pour visiter Sarlat. Il me dit qu'il allait bientôt fermer sa boutique et me demanda si je ne voulais pas l'accompagner au petit *bistrot* [1] d'en face. Il tenait manifestement à avoir avec moi une longue conversation.

Je traversai la rue et m'assis à la terrasse du *bistrot*. Je me trouvais dans la grande rue de la ville et celle-ci ne présentait à mes yeux aucun charme particulier ; c'était un coin de province comme les autres. Mais le libraire était sympathique. Il était cordial et enthousiaste et visiblement entiché des Américains comme le sont parfois les Français. Je le regardai mettre ses volets. Il se dépêchait comme un collégien se débarrasse en hâte de ses devoirs pour aller rejoindre ses copains. Il me fit un grand geste et me cria : « *Dans un moment !* [1] »

A peine était-il assis qu'il se mit à parler d'abondance : il me parla de la guerre, de celle de 1914. Il avait connu des Américains au front, des types mer-

1. En français dans le texte.

veilleux, à l'en croire. Ils étaient si enfantins, si naïfs, si généreux, si pleins d'entrain. « Pas comme nous », dit-il. « Nous sommes rongés, pourris. La France a perdu sa vitalité. » Il voulut savoir de quelle région d'Amérique j'étais. Quand je lui dis que je venais de New York, il me regarda comme s'il n'en pouvait croire ses oreilles. « Pas possible ? » s'écria-t-il. « Veinard ! J'ai toujours rêvé d'aller un jour à New York. Mais maintenant... » Il haussa les épaules d'un geste désespéré. Eh oui, nous étions bons pour une nouvelle guerre. Il aurait bien de la chance s'il passait encore à travers cette fois. Et comment avais-je trouvé Paris ? Où est-ce que j'habitais ? Est-ce que je connaissais Untel et Untel ? Je lui parlai un peu des premiers temps de ma vie à Paris. « *Tiens !*[1] » dit-il, « vous avez eu du cran, fichtre. Vous autres Américains, vous êtes de drôles de gaillards. »

Nous prîmes un autre *apéritif*[1] et il se mit à parler de lui, de sa vie à Sarlat, où il était né et où il mourrait sans doute s'il n'était pas tué à la guerre. A ce propos, c'était une chose curieuse que d'entendre les Français parler de la guerre qui menaçait. Il n'était jamais question dans leurs paroles de battre l'ennemi, jamais ils ne faisaient montre d'une véritable haine envers les Allemands : non, ils en parlaient comme d'une tâche à accomplir, une corvée, dont ils s'acquitteraient sans discussion parce qu'ils étaient citoyens français. En vérité, ce qui était important à leurs yeux, c'était le retour au foyer, à la vie normale, à leur petite niche, quelle qu'elle fût. Leur attitude me parut toujours révéler la plus haute forme de courage : elle était éminemment pacifiste. Ils se battraient par devoir, et sans haine. C'est pour cela que la France est forte, c'est pour cela qu'elle se relèvera pour reprendre sa place

1. En français dans le texte.

dans le monde. La France a été conquise, mais non pas battue.

Au beau milieu d'une conversation animée, nous entendîmes les accents d'un orchestre et bientôt un cortège d'enfants défila devant nous, précédé par des clowns et des saltimbanques. Il devait y avoir dans la soirée un bal travesti en l'honneur de je ne sais plus quel saint, m'expliqua-t-il. Lui ferais-je l'honneur de dîner avec lui ? Il serait heureux de me montrer la ville de nuit : et je la verrais ce soir dans les meilleures conditions en raison de la fête costumée. Je ne me fis pas prier pour accepter son invitation. Il faisait déjà très sombre et la lueur des réverbères donnait déjà aux rues mornes et provinciales un aspect plus prometteur. « Je connais toutes les maisons de la ville », me dit-il, tandis que nous nous dirigions vers un restaurant voisin. « Mon père était charpentier et maçon. Quand j'étais enfant, je travaillais avec lui. C'était un métier merveilleux... bien mieux que d'être libraire. Faire quelque chose de ses mains, et avec amour ! Ah, je le regrette, ce temps-là. Au fond du cœur, je suis resté charpentier. »

Nous dînâmes dans un modeste petit restaurant et pour faire passer le dîner, nous bûmes un *petit vin du pays* [1] qui était délicieux. Après cela, nous passâmes à mon hôtel prendre la clef, car on fermait les portes à dix heures. La clef, comme la porte elle-même, était énorme ; une vraie clef de forteresse. Plantés devant la porte, nous l'examinâmes avec soin. Mon compagnon me montra les réparations qui étaient l'œuvre de son père et l'énorme gond qu'il avait posé lui-même. « Venez », dit-il, en me prenant le bras, « je vais vous montrer les petites rues du vieux Sarlat, que les gens de Paris ne connaissent plus. » Et là-dessus, il se mit à

1. En français dans le texte.

me parler de Charlemagne, de Ronsard et de Villon, des ducs de Bourgogne et de la pucelle d'Orléans. Il évoquait le passé, non pas en érudit ou en historien, mais comme un homme qui se souvient de ce qu'il a vécu. « Ce livre que vous regardiez cet après-midi », dit-il, après un silence, « nous retournerons au magasin le chercher. Je veux que vous le gardiez en souvenir de Sarlat. Vous le traduirez peut-être un jour... » Puis il parla d'Avignon, de Montpellier, d'Arles, de Nîmes et d'Orange, de la langue provençale, des grandes femmes de France, des Rose-Croix, des mystérieux portails de Notre-Dame, de Paracelse et de Dante. « Mon cher ami », dit-il en s'arrêtant court à l'ombre d'un grand porche médiéval, « la France est pour moi le seul pays au monde. Elle a tout connu. Mais c'est dans les petits détails que se révèle sa grandeur : dans la tendresse, dans la patience, dans le respect. La France n'a aucune envie de dominer le monde. Elle est plutôt comme une femme, qui vous séduit. Elle n'est même pas très belle, au premier abord. Mais elle sait comment trouver le chemin de votre cœur. Elle se révèle lentement, posément, gardant toujours en réserve son véritable charme, ses véritables trésors jusqu'au moment où ils seront appréciés à leur juste valeur. Elle ne se jette pas à votre cou comme un putain. L'âme de la France est chaste et pure comme une fleur. Si nous sommes réticents, ce n'est pas par timidité, mais parce que nous avons trop à donner. La France est un trésor inépuisable et nous, le peuple de France, nous sommes les humbles gardiens de ce grand trésor. Nous ne sommes pas généreux comme vous... peut-être parce que nous avons beaucoup souffert pour acquérir ce que nous possédons. Nous avons dû lutter sans cesse pour chaque pouce de notre sol. Si nous aimons notre terre, comme peu de peuples l'aiment, c'est parce qu'elle a été abondamment arrosée du sang de nos ancêtres. Il vous semble peut-être que nous menons une vie bien étroite, mais nous la trouvons profonde et riche, surtout nous qui habitons la province. J'ai vécu à Paris et j'adore Paris, mais la véritable vie, c'est ici parmi les gens de la terre. Nous nous ennuyons parfois, c'est vrai, mais cela passe. Nous restons Français : c'est cela qui compte. »

Nous étions revenus vers l'ancien rempart de la ville, au cœur même du Moyen Age. Il devait parfois me prendre la main et me guider dans des ruelles étroites et sinueuses au milieu d'une obscurité totale. Dans une de ces ruelles, il tâta le mur en passant et, ayant trouvé ce qu'il cherchait, il craqua une allumette et me demanda de passer la main sur la boiserie d'un immense portail. En brûlant une allumette après l'autre, nous finîmes par examiner le portail tout entier, et j'en ai gardé ainsi un souvenir extraordinairement vivace. Et puis les ténèbres retombèrent, une nuit noire traversée des bruits joyeux de la fête en bas.

J'avais les yeux pleins de larmes. Le passé revivait ; il revivait sur chaque façade, sur chaque portail, à chaque corniche, des pavés mêmes où se posaient nos pieds. Les enfants en vêtements blancs venaient du passé, eux aussi. Je tirai mon guide par la manche. « Dites-moi », lui demandai-je, « vous souvenez-vous du *Grand Meaulnes* ? »

« Le bal ? » dit-il, me saisissant le bras.

« Oui, le bal ! *Les enfants !* »

Tous deux, nous tombâmes alors dans un profond silence. Le livre nous parlait dans la paix de la petite rue, nous suppliant de ne pas briser le rêve, de ne pas entraîner les enfants hors de leur monde d'apparences.

Comme nous descendions un large escalier qui menait à un parapet d'où s'amorçait un autre escalier en fer à cheval, je ne distinguai plus que de petites flammes dansant aux balustrades et aux appuis des fenêtres. Toute la place brillait de minuscules flammes parmi lesquelles tournait et gambadait la foule en liesse comme dans un théâtre d'ombres. Les larmes une fois de plus me vinrent aux yeux. Tout cela était si aimable, si différent de la conception américaine de la gaieté. Et pourtant le fond du décor était sombre, massif, presque sinistre dans sa puissance médiévale. Cela me rappelait un peu la fleur de lys sur les lourds écussons des chevaliers errants : ce contraste entre le cœur et le poing, ce choc des tournois d'antan où le coup mortel venait comme un acte de grâce et de délivrance. Je songeai aussi aux épidémies et aux réjouissances qui avaient dû prendre place durant les trop brèves périodes de répit. Je songeai à la façon dont mon boucher rue de la Tombe-Issoire coupait la viande, à la grâce et à la tendresse de son coup de couteau, à l'affection quasi maternelle avec laquelle il portait un quartier de veau depuis l'étal jusqu'aux tables de marbre de la devanture. Oui, la France revivait devant mes yeux, la France de jadis, la France d'hier, la France de demain. Douce et glorieuse France ! Dieu, avec quel amour et quel respect je pense à toi aujourd'hui. Et dire que cette nuit de Sarlat fut ma dernière vision de la France. Quelle chance j'ai eue ! Et te voilà maintenant tombée, prostrée sous le talon du conquérant. Je peux à peine y croire. C'est seulement maintenant, me semble-t-il, en revivant cette nuit de parfait enchantement, que je conçois l'énormité du crime dont tu es victime. Mais même si tout est détruit, si toutes les villes de quelque importance sont abattues, rasées, la France dont je parle vivra encore. Même si s'éteint la grande flamme de l'esprit, les petites flammes sont inextinguibles ; elles jailliront du sol en mille langues minuscules. Une autre France naîtra ; un nouveau jour de fête s'ajoutera au calendrier. Non, ce que j'ai vu ne peut être broyé sous le talon du conquérant. C'est calomnier l'esprit humain que de dire que la France est finie. La France vit toujours. *Vive la France*[1].

1. En français dans le texte.

L'ÂME DE L'ANESTHÉSIE

« Puissance, justice, histoire : à bas ! »
RIMBAUD.

Je l'appellerai Bud Clausen parce que ce n'est pas son vrai nom. Je ne dirai pas non plus où je l'ai rencontré parce que je ne voudrais pas lui attirer d'ennuis. Il a déjà été assez torturé par les sadiques qui nous gardent la paix. Quoi qu'il fasse dans cette vie ou dans la prochaine, je lui trouverai toujours des excuses.

Je ne veux pas faire de lui un héros ; je veux le peindre, honnêtement.

Rattner était avec moi ce jour-là. Nous venions de faire un long voyage en train. Nous avions déjà visité un célèbre établissement pénitencier dont je préfère taire le nom. Le directeur nous avait témoigné la plus grande courtoisie. Mais il en est un détail de cette visite qui reste gravé dans ma mémoire et qui fera une excellente introduction à l'histoire de Bud Clausen.

Pour franchir les portes de ce pénitencier fameux, vous devez passer devant un gardien juché sur une sorte d'estrade. Il vous cuisine longuement avant de vous laisser entrer. Celui que nous vîmes avait un fusil à la main, un revolver dans un étui et sans doute une grenade dans chaque poche. Armé jusqu'aux dents.

Derrière lui il avait la Loi, la loi qui dit de tirer d'abord et de se renseigner après. Il me fit passer un mauvais quart d'heure parce que j'avais oublié de prévenir le directeur lors de notre conversation téléphonique que j'amenais avec moi mon ami Rattner. J'eus les plus grandes difficultés à lui faire comprendre comment j'avais pu oublier une bagatelle de cette taille.

Il me paraît déplacé de faire ici le procès du caractère pointilleux des régimes pénitentiaires. Je sais que ces gens-là doivent s'entourer de toutes les précautions possibles. Je veux simplement faire comprendre quelle impression cet individu a fait sur moi. Des mois ont passé depuis cet incident et pourtant, je ne puis oublier son visage, son attitude. C'est un homme, et je le dis calmement et sans haine, que je pourrais tuer de sang-froid. Je pourrais lui tirer dessus dans le noir et m'en aller paisiblement vaquer à mes affaires, comme si je venais seulement d'écraser un moustique sur mon bras.

C'est un tueur, un homme qui chasse les proies humaines, et qui accepte de l'argent pour cette besogne. C'est un être impur, indigne de se lier avec une créature humaine, fût-ce avec ces inadaptés qui se trouvaient derrière les barreaux. Si vieux que je vive, je n'oublierai jamais ce visage cruel et gris cendre, ces yeux froids et fureteurs de chasseur d'hommes. Je le hais, lui et tout ce qu'il représente. Je le hais d'une haine qui ne s'éteindra pas. J'aimerais mille fois mieux être le criminel le plus endurci que ce mercenaire au service de ceux qui cherchent à maintenir la loi et l'ordre. La loi et l'ordre! Quand on les voit qui vous regardent par le canon d'un fusil, on comprend alors ce que cela veut dire. *A bas puissance, justice, histoire!*[1] S'il faut absolument que la société soit protégée par ces monstres inhumains, alors au diable la société ! Si au tréfonds des notions de loi et d'ordre il n'y a qu'un homme armé jusqu'aux dents, un homme sans cœur et sans conscience, alors la loi et l'ordre ne riment à rien.

Mais revenons à Clausen... Bud n'était pas un tueur sans entrailles. S'il faut en croire son récit, il faisait tout son possible pour ne pas tuer. Il était faible et vaniteux, comme la plupart d'entre nous. Il avait commencé par voler un peu, oh, rien du tout à côté des opérations auxquelles se livrent nos illustres magnats de l'industrie, nos banquiers, nos politiciens et nos exploiteurs coloniaux. Non, Bud n'était qu'un petit filou ordinaire, une honnête canaille pour ainsi dire, avec un sens exagéré de la loyauté et de l'honneur. Vis-à-vis du beau sexe, il se montrait sottement chevaleresque et romanesque, bien plus qu'un boxeur ou qu'un ecclésiastique obsédé sexuel. Il y avait deux choses qu'il ne pouvait souffrir : la cruauté envers les enfants et le manque de respect vis-à-vis d'une femme. Sur ces deux points, il était intransigeant.

Il ne tuait qu'en cas de légitime défense, me dit-il, et je crois qu'il ne mentait pas. Il y avait du dandy chez lui, et du matamore aussi, et ce sont là des traits que l'on rencontre chez les grands. C'était un menteur émérite, mais que dire alors d'un diplomate, d'un politicien, d'un homme de loi ? Son pire défaut, et je m'efforce d'examiner son cas sans passion, c'est qu'il n'avait aucune confiance en ses semblables. Il l'avait perdue à force d'entendre ceux qui en parlent toujours sans jamais en donner de preuves. Il avait fait déjà au moins cinq séjours en prison et sans doute était-il

1. En français dans le texte.

recherché par les autorités quand nos routes se croisèrent.

J'estime qu'il avait bien expié ses crimes. S'il venait à en commettre de nouveaux, j'en rendrais responsable la police, les législateurs, les éducateurs, le clergé, tous ceux qui croient au châtiment, qui refusent d'aider un homme quand il est très bas ou d'essayer de le comprendre quand dans un accès de rage impuissante il se tourne contre le monde. Peu m'importe quels crimes on reproche à Clausen ; nos crimes à nous tous qui sommes libres, qui nous en sommes tirés sans dommage, sont bien plus grands. Si nous ne l'avons pas littéralement forcé à devenir un criminel, nous l'avons certainement aidé à le rester. Et, quand je parle de Bud Clausen, je parle aussi pour la grande majorité des hommes et des femmes qui ont souffert un sort analogue ; je parle pour tous ceux qui viendront, qui marcheront sur ses traces et qui pourront se faire remettre dans le droit chemin tant que nous ne serons pas devenus plus compréhensifs, plus humains.

C'est dans un train que nous nous sommes rencontrés. Vêtu d'un uniforme que lui fournissait la News Company, il circulait dans les couloirs en vendant des bonbons, des cigarettes, du chewing gum, des journaux, de l'eau minérale, etc. On ne l'aurait jamais pris pour un criminel. Il était doux, gentil, il s'exprimait bien : on aurait pu tout au plus penser que c'était un homme qui avait eu des revers, comme on dit. S'il avait siégé au Sénat, on ne lui aurait rien trouvé d'extraordinaire. Il aurait pu passer pour un banquier, un leader syndicaliste, un politicien, un lanceur d'affaires. Je ne lui aurais jamais accordé autant d'attention sans les quelques mots qu'il prononça lorsque nous descendîmes du train. Nous n'avions pas échangé une parole pendant tout le trajet : je ne lui avais rien acheté. A un moment, il m'avait brusquement réveillé en se penchant sur moi pour tirer le rideau. J'en éprouvai sur le coup une espèce de malaise, mais qui disparut aussitôt. Il avait seulement voulu me protéger du soleil, dit-il.

Le train entrait dans la gare où nous descendions et Rattner et moi nous étions plantés près de la sortie au milieu de nos bagages entassés. Le vendeur descendait aussi : c'était son terminus. En passant il nous souhaita bonne chance. A ce moment le train eut une brusque secousse ; le vendeur de cigarettes, cherchant à reprendre son équilibre, s'accrocha au parapet auquel nous nous cramponnions aussi.

« Vous devez être content de rentrer chez vous », dis-je, en réponse à ses souhaits.

« Je n'ai pas de chez moi », dit-il en me lançant un regard bizarre. Il y eut un silence pesant et puis, tout à trac, il nous raconta qu'il était récemment sorti de prison et qu'il n'avait pas encore l'habitude d'être libre. Quant à avoir un chez soi, avec une femme qui l'attendait... eh bien... il ne savait plus ce que c'était que de tenir une femme dans ses bras. C'était presque trop demander. C'était déjà merveilleux d'être libre, d'être au monde et de pouvoir parler aux gens. Puis il descendit les marches et s'éloigna après nous avoir encore une fois souhaité bonne chance.

Nous avions un important coup de téléphone à donner à la gare, et dans l'agitation du moment, nous en oubliâmes Clausen. Mais le soir, au moment d'aller nous coucher, Rattner remit le sujet sur le tapis. Il regrettait, me dit-il, d'avoir laissé ce type nous filer ainsi entre les mains. Je fus soulagé de le lui entendre dire ; moi aussi, j'avais l'impression que nous avions manqué à une tâche.

« Essayons de remettre la main sur lui dès demain matin », dit Rattner. « Nous devrions pouvoir retrouver sa trace par la News Company. Nous pourrons peut-être faire quelque chose pour lui. »

Le lendemain matin, à la gare, nous retrouvâmes l'homme qui l'avait engagé. C'était un type antipathique et de mauvaise humeur. Il nous dit que notre gaillard avait donné son congé. Il ne s'inquiétait pour sa part que de l'uniforme : allait-il le récupérer ou non ? Il avait l'air de croire que c'était nous qui lui avions enlevé Clausen, que nous allions le prendre à notre service.

« Vous savez ce que c'est que ce type... du gibier de potence. Il n'est bon à rien, il ne le sera jamais. Il volera tout ce qui lui tombera sous la main. Mais si vous voulez l'employer, ça vous regarde. Tout ce que je veux c'est cet uniforme. Qu'il ne s'en aille pas avec. Ah, on ne peut se fier à personne par le temps qui court. »

Il continua ainsi sans nous laisser placer un mot. Nous réussîmes enfin à lui dire, sans toutefois le convaincre, que nous ne songions pas à employer Clausen puisque nous n'étions pas dans les affaires, mais que nous voulions l'aider dans la mesure du possible. Il eut d'abord l'air pris de court devant un tel désintéressement, puis sa méfiance s'en accrut encore. Il finit par nous donner bien à contrecœur l'adresse de l'hôtel où habitait Clausen. « Faites attention qu'il ne vous joue pas un sale tour », nous lança-t-il comme nous sortions. Et avant de nous avoir perdus de vue, il nous cria encore : « Et dites-lui que je tiens à cet uniforme, hein ? »

Nous nous rendîmes aussitôt à l'adresse qu'il nous avait indiquée. C'était un endroit sombre et sordide, avec quelque chose d'un peu louche aussi. Clausen, nous dit-on, venait de sortir pour s'acheter un chapeau et se faire couper les cheveux. L'homme qui nous reçut voulut savoir si nous étions de ses amis. Nous expliquâmes que nous l'avions rencontré dans le train et qu'en effet nous lui voulions du bien. L'homme hocha la tête d'un air entendu.

Nous fîmes un tour, puis revînmes au bout d'une heure. Clausen n'était toujours pas rentré. Nous nous assîmes et essayâmes d'engager la conversation avec l'homme de l'hôtel, mais il se montrait fort réservé. Je décidai en fin de compte de laisser un message invitant Clausen à venir nous voir. Le ton en était chaleureux et j'étais sûr qu'il y répondrait. Je lui laissai notre numéro de téléphone et lui dit que s'il préférait nous irions chez lui. Nous étions à quelques kilomètres de la ville, dans un hôtel de tourisme en bungalows.

La journée passa sans qu'il eût donné signe de vie. Le lendemain vers midi, nous trouvâmes un message téléphonique disant qu'il était en route pour venir déjeuner avec nous.

Il faisait assez froid et, à notre surprise, Clausen arriva tête nue et sans manteau, comme si ç'avait été une belle journée de printemps. Je remarquai aussitôt qu'il s'était fait couper les cheveux : il était coiffé avec une raie au milieu. Cela le changeait du tout au tout. Je notai aussi la chemise blanche impeccablement empesée et la cravate au nœud soigné. Il portait un costume de serge bleue repassé de frais qui soulignait encore son air de net et soigné. On aurait pu le prendre pour un marin. Ou aussi pour un courtier ou un brasseur d'affaires. Il avait des gestes mesurés, un peu trop même me sembla-t-il, pour qu'ils le fussent naturellement. Peut-être cherchait-il à dissimuler sa nervosité ; peut-être avait-il honte de révéler ses véritables émotions. C'est ce que je crus tout d'abord. Mais je m'aperçus vite que son masque était devenu une partie intégrante de sa personnalité et qu'il faudrait un événement vraiment extraordinaire pour qu'il le jette bas. Je me demandais d'ailleurs si j'avais tellement envie de le voir à visage découvert ; cette pensée me gênait un peu.

Il y avait aussi je ne sais quoi dans son attitude qui nous donnait l'impression qu'il nous faisait une faveur en venant nous voir. Il n'avait plus rien du vendeur de journaux, ni même de l'homme qui avait échangé quelques mots avec nous dans le train. Il jouait un autre rôle maintenant. Il était dans la peau de son personnage : calme, sûr de lui, optimiste, presque autoritaire. Mais il avait les doigts horriblement jaunis par la nicotine. Et ses doigts le trahissaient. Durant tout le repas, j'observai ses mains. On aurait dit des serres mal soignées ; et l'une d'elles était mutilée.

Comme nous lui demandions ce qui avait retardé sa visite, il nous répondit qu'il était allé voir un ami dans un camp militaire à quelque distance de la ville. Il avait une façon de nous regarder droit dans les yeux en parlant qui était assez déconcertante. On avait un peu le sentiment qu'il s'était entraîné devant une glace.

Après le déjeuner nous revînmes au bungalow pour parler tranquillement. « Je suppose que vous voulez connaître mon histoire », dit-il en s'installant dans un grand fauteuil. « Vous avez d'autres cigarettes ? »

La façon dont il lança cela tout d'un coup m'expliqua cette sorte de condescendance qu'il affichait depuis son arrivée. Il ne croyait évidemment pas à notre désir de l'aider sans arrière-pensée. En fait, il nous laissait entendre qu'il était conscient de sa valeur du point de vue intérêt humain et qu'il était disposé à conclure un marché. Personne ne voulait aider d'anciens condamnés comme ça, pour rien. Ou alors des poires. Il nous annonça tranquillement qu'il avait vu en nous des journalistes et qu'il était venu prêt à livrer la marchandise. Il y avait d'ailleurs de quoi faire un livre pour qui aurait la patience de l'entendre jusqu'au bout. Il l'aurait bien écrit lui-même, mais il n'avait pas le talent nécessaire. « Dès l'instant où je vous ai vu, j'ai deviné que vous étiez écrivain », dit-il, en se tournant vers moi. « Quant à lui », ajouta-t-il en brandissant un pouce jauni dans la direction de Rattner, « le premier venu verrait que c'est un artiste. D'ailleurs, je l'ai vu dessiner dans le train. »

Il fut très surpris quand nous lui dîmes que nous n'étions pas des journalistes, que nous ne voulions pas utiliser son histoire, que nous avions très peu d'argent, et que nous faisions quelque chose qui ne nous rapporterait sans doute guère. Nous lui racontâmes que ce qui nous avait d'abord incités à entreprendre ce voyage, c'était le désir de refaire connaissance avec notre pays natal. Nous lui expliquâmes que nous avions vécu à l'étranger pendant des années. Cela nous intéresserait bien sûr d'entendre tout ce qu'il voudrait bien nous confier de sa vie, mais là n'était pas la question. Nous voulions qu'il sache bien que nous avions beaucoup de sympathie pour lui. Nous ne savions pas très bien ce que nous étions en mesure de faire pour lui, mais nous voulions l'aider... s'il avait besoin d'aide.

Il s'adoucit visiblement. Bien sûr, il avait besoin d'aide. Qui donc n'en avait pas besoin ? Surtout quand on avait toujours eu la poisse. Il venait de quitter sa place ; ce n'était pas un métier de toute façon. Il avait pris cela parce qu'il n'avait rien d'autre : personne ne voulait employer un type qui sortait de prison. Mais il avait de plus grandes ambitions. Il voulait aller à New York. Il avait là-bas des amis qui le tireraient d'affaire. L'un d'eux en particulier, un homme qui avait un magasin de musique à Broadway. Ils avaient tiré quelques années ensemble. Il était bien sûr qu'il pourrait lui emprunter quelques centaines de dollars pour se remettre à flot.

Même en vidant le fond de nos poches, nous n'avions pas de quoi lui payer un billet pour New York, lui expliquâmes-nous. Je sais bien que nous ne devions pas avoir l'air bien convaincant dans cette chambre encombrée de bagages, avec une voiture devant la porte et encore quelque quarante mille kilomètres à parcourir. Je me faisais l'effet d'un abominable menteur en lui expliquant notre situation.

Malgré cette déception inattendue, Clausen continua à parler de lui. Cela le soulageait manifestement de vider son sac, même s'il ne devait en tirer aucun profit. Nous l'écoutions avec *sympathie* et c'était déjà beaucoup pour lui.

Je n'entends pas rapporter ici le récit de sa vie. Celui-ci n'avait rien d'extraordinaire : il était dans la bonne tradition. Dans un moment de faiblesse, dans un moment où il lui semblait que tout le monde était contre lui, il avait franchi la ligne. Chaque jour qui passait lui rendait plus difficile le retour au milieu du troupeau. D'abord criminel par stricte nécessité, il avait continué à l'être par pure bravade. Alors qu'on venait de le libérer sur parole, après sa première condamnation, il commit un crime absolument gratuit : ce que pourrait faire un artiste pour ne pas perdre la main. Naturellement la prison est l'école du crime par excellence. On n'est qu'un amateur tant qu'on n'a pas passé par cette école. En prison des liens d'amitié s'établissent, souvent sur un rien, sur un mot gentil, sur un regard. Plus tard, une fois de retour dans le monde, on fera n'importe quoi pour prouver sa loyauté. Même si l'on veut de tout son cœur et de toute son âme rester dans le droit chemin, quand vient le moment critique où il faut choisir entre faire confiance au monde et faire confiance à un ami, c'est pour celui-ci que l'on optera. On a tâté du monde ; on le connaît assez pour ne pas en attendre justice ni pitié. Par contre, on n'oubliera jamais un geste de bonté venu au moment où on en avait grand besoin. *Faire sauter une casemate ?* Oh, tout de suite, si cela peut tirer un ami d'affaire. *Mais cela peut vouloir dire l'emprisonnement à vie ou la mort sur la chaise électrique !* Et alors ? Un service en mérite un autre. On vous a humilié, torturé, on vous a réduit au niveau d'une bête sauvage. Et tout le monde s'en fichait pas mal. Tout le monde. Car personne, pas même Dieu, ne sait, s'il n'y a été, ce qu'homme endure à l'intérieur d'une prison. Il n'y a pas de mots pour le décrire. Cela dépasse la compréhension humaine. C'est une souffrance si vaste, si profonde, que les anges eux-mêmes avec leur intelligence et toutes leurs possibilités de se déplacer ne pourraient jamais l'explorer entièrement. Aussi, quand un ami vous demande assistance êtes-vous bien forcé d'obéir. Il vous faut faire pour lui ce que Dieu lui-même ne ferait pas. C'est une loi. Sinon, vous retomberiez dans votre solitude, vous aboieriez seul dans la nuit comme un chien.

Comme je l'ai dit, la nature des délits que cet homme avait commis est sans importance. Ils n'avaient rien de tellement extraordinaire. Je ne vais pas davantage m'étendre non plus sur les tortures qu'on lui avait infligées. Elles n'étaient pas extraordinaires non plus, pour notre époque, bien qu'elles me fissent dresser les cheveux sur la tête. Quand on sait de quoi sont capables les hommes, on ne s'étonne plus de ce qu'ils peuvent faire de sublime ou d'abject. Il n'y a, semble-t-il, pas de limites dans un sens ni dans l'autre.

J'étais de plus en plus stupéfait du sang-froid avec

lequel Clausen décrivait ses crimes et le châtiment qu'ils lui avaient valu. J'avais cessé de me dire que son attitude était étudiée. Je commençais à croire que son détachement n'était pas feint. Durant les longues heures d'emprisonnement solitaire, il avait dû si minutieusement passer en revue tout ce qui lui était arrivé, il avait dû si souvent revivre sa vie, passer si souvent par des alternatives de repentir et de fureur que, quand il s'était retrouvé libre, cette discipline que seul un saint ou un initié était capable de supporter avait dû trouver son expression. Ses propos n'avaient ni venin, ni malice, ni haine. Il parlait de ses bourreaux — et c'étaient de toute évidence des démons qui avaient pris l'apparence humaine — il parlait d'eux, non pas avec l'esprit de pardon d'un saint, mais avec une compréhension qui en était bien proche. Et je me demande même si je ne suis pas ici injuste envers lui. Peut-être était-il vraiment disposé à pardonner, si seulement il avait pu se persuader lui-même qu'on lui avait pardonné. Il en était bien près. Il était comme un vieil arbre penché par-dessus le bord d'un précipice, avec toutes ses racines torses mises à nu, et qui s'accrochait là par miracle malgré les orages, malgré la sécheresse, malgré l'indifférence générale, comme pour personnifier le geste inutile de s'accrocher. Et sans doute se cramponnait-il dans le vide, car ces vieilles racines desséchées n'avaient sûrement pas la force de prolonger indéfiniment leur effort.

Que ne pourrait-on faire avec une telle tour de puissance ! Supposons un instant que le châtiment ait ses bienfaits ; dans quelles coupes alors les déversera-t-il ? Qui donc qui punirait sans hésiter autrui accepterait de subir les mêmes épreuves ? Qui donc, après s'être acquitté de sa tâche sacrée de protéger la société, accepterait la récompense qu'offre chaque victime ? Nous punissons aveuglément et aveuglément aussi nous repoussons la coupe. Il existe des hommes qui étudient les criminels ; qui cherchent des méthodes plus humaines de les traiter ; qui consacrent leur vie à rendre à ces hommes ce que d'autres leur ont pris. Ils savent des choses dont l'homme de la rue ne rêve même pas. Ils pourraient nous enseigner mille méthodes bien supérieures à celles que nous employons d'habitude. Et je prétends pourtant qu'un mois de prison vaut dix ans de recherches faites par un homme libre. Que le jugement enveloppé de préjugés du condamné est plus valable que l'opinion éclairée de l'observateur. Le condamné, lui, finit par toucher son innocence. Mais l'observateur n'a même pas conscience de sa culpabilité. Pour un crime expié en prison il en est dix mille qui sont commis sans qu'ils y pensent par ceux-là justement qui condamnent. Et cela n'a ni commencement ni fin. Tous les hommes sont compromis, même les plus saints d'entre les saints. Le crime commence avec Dieu. Il finira avec l'homme quand l'homme aura retrouvé Dieu. Le crime est partout, dans toutes les fibres de notre être. Chaque minute qui passe ajoute au calendrier de nouveaux crimes, les uns découverts et punis, et les autres pas. Le criminel donne la chasse au criminel. Le juge condamne celui qui juge. L'innocent torture l'innocent. Partout, dans chaque famille, dans chaque tribu, dans chaque communauté, ce ne sont que crimes, crimes, crimes. La guerre, par comparaison, est toute pureté. Le bourreau fait figure d'innocente tourterelle. Attila, Tamerlan, Gengis Khan paraissent de téméraires automates. Votre père, votre mère chérie, votre charmante sœur, savez-vous quels horribles crimes ils abritent dans leur sein ? Etes-vous capable de tenir le miroir à l'iniquité quand elle est à portée de votre main ? Avez-vous jamais regardé dans le triste labyrinthe de votre cœur ? Avez-vous parfois envié au tueur sa franchise ? L'étude du crime commence par la connaissance de soi-même. Tout ce que vous méprisez, tout ce qui vous dégoûte, tout ce que vous rejetez, ce que vous condamnez et cherchez à amender par le châtiment, tout cela vient de vous-même. Et c'est Dieu qui est l'ultime source, Dieu que vous placez en dehors, au-dessus, au-delà de toutes choses. Le crime s'identifie d'abord avec Dieu, puis avec votre propre image. Le crime, c'est tout ce qui n'appartient pas à la meute, tout ce qu'on envie, qu'on convoite. A chaque instant du jour, le crime brandit un million de lames étincelantes, et la nuit aussi quand le rêve cède place à la réalité. Le crime est une immense bâche qui s'étend d'un infini à l'autre. Où sont les monstres qui ignorent le crime ? Quel royaume est le leur ? Qu'est-ce qui les empêche de mettre fin à l'univers ?

Dans une prison, Clausen tomba amoureux d'une femme qui était prisonnière également. Jamais ils ne purent se parler, ni même s'effleurer le bout des doigts. De temps en temps cependant ils se faisaient passer un message. Cela dura cinq ans. La femme avait tué ses enfants à coups de hache : c'était là son crime. Elle était belle, elle avait une âme. Ce n'était pas elle qui avait tué ses enfants, c'était le tranchant de la lame. Leurs regards, parfois, se croisaient. Jour après jour, mois après mois, d'année en année leurs regards se rencontraient malgré toutes les barrières. Leurs yeux devinrent langues, lèvres, oreilles ; ils reflétaient toutes leurs pensées, tous leurs désirs. Par quelles affres de farouche désespoir doit passer un tel amour ! Un amour désincarné, lâché la bride sur le cou de par le monde, libre, dément. Deux assassins s'aimant d'un amour éternel qu'ils ne peuvent exprimer qu'avec leurs yeux. N'est-ce pas la torture la plus raffinée qu'on puisse imaginer ? Qui en est l'inventeur ? Etait-il là pour en contempler les effets ? Existe-t-il quelque part un modèle, un brevet de cette invention ? Oui, quelque part... quelque part dans le vide, sous l'immense bâche tendue d'un infini à l'autre, quelque part il existe une parfaite épure de l'amour insatiable. Et quelque part, pendu la tête en bas, se trouve l'inventeur de l'amour insatiable, le monstre angélique pour qui le mot crime n'existe pas. Tout cela, Clausen le connaissait, et puis il connaissait aussi la dynamite. Ah, la dynamite ! Un mot confortable, qu'on pouvait traduire en chiffres. Sans rien d'équivoque rien d'ambigu. Dynamite ! Un mot que le diable lui-même respecte. Un mot avec lequel on peut en faire des choses ! Un mot qui explose. Et quand il saute, youppii ! Le Christ lui-même peut voler en étincelles. Oui, l'amour en prison est un irrationnel. Mais la dynamite ! C'est simple, la dynamite. On peut la prendre en main et faire des choses avec elle ! Elle renferme toutes les possibilités de bonheur qu'on ne trouve pas dans le cœur des hommes. La dynamite n'est pas seulement destruction, mais aussi ce qui est détruit. La dynamite est le remède du désespoir. Quand vous faites sauter une aile de la prison, la dynamite vous dit d'avoir sous la main un bon pic et de vous mettre à tailler, vlan, vlan, vlan. Quelle fichue belle journée que celle où on a fait sauter l'aile nord de la prison ! Des bras et des jambes partout, des oreilles aussi et des nez, des têtes avec un peu de cou au bout, des troncs percés à coups de baïonnettes. Une Saint-Barthélemy à la Frankenstein. *Oui, camarade, c'est toi qui l'as voulu. Voici ma parole scellée dans le sang. C'est nous qui avons fait cela !* Au plus fort de ce pandémonium, un homme armé d'une mitrailleuse se promène dans une cage accrochée au plafond et qui se déplace comme un tramway au bout de son trolley, et de là, il arrose de balles l'intérieur des cellules. Voilà ce qu'est l'univers fermé d'une prison au plus haut point de frénésie. Ailleurs, quelqu'un demande d'une voix lasse si les galettes sont chaudes et le café brûlant. Dans le noir, et bien involontairement peut-être, quelqu'un marche sur un scarabée, sur une de ces petites créatures sans squelette du bon Dieu, et écrase la vie qui palpitait sous cette carapace. Dans un amphithéâtre, à la lueur d'un projecteur, un homme aux mains extraordinairement propres, entreprend d'explorer les entrailles tièdes d'un corps humain afin de découvrir la viande avariée qu'il veut extraire. On sauve une vie pour en détruire mille. L'Etat entretient et nourrit à ses frais des gens qui en ont assez de la réalité. On donne un numéro aux individus les plus sains, les plus intelligents, les plus prometteurs et on les envoie se faire massacrer. Des enfants meurent de faim dans les bras de leur mère parce que c'est un problème trop difficile de les sauver bien qu'ils soient innocents. Voilà ce qu'est le monde hors de la prison. Dedans ou dehors, c'est l'enfer et du toit du monde ce sont aussi des balles qui pleuvent et non pas de la manne. Voilà ce qu'est le monde, alors qu'y a-t-il à gagner pour un Bud Clausen ou pour un type comme vous ou moi ? La grille est toujours fermée et même si vous réussissez à la défoncer avec une puissante voiture, on vous rattrapera et on vous ramènera d'où vous venez. Et alors les démons à figure humaine se mettront à l'œuvre sur vous avec un génie d'invention que seuls les esprits malins peuvent posséder. Qu'y a-t-il de plus stable au monde ? La cruauté des hommes entre eux. Au milieu de la nuit, quand vous êtes sûrs de mourir de souffrance, c'est alors que la véritable torture commence. Tout ce que vous avez subi n'est qu'un prélude au supplice qui vous attend. L'homme qui torture un autre homme est un monstre qui dépasse toute description. Vous avancez un peu dans l'ombre et vous y voilà. Vous n'êtes plus qu'un caillot de peur. Vous abdiquez toute sensibilité. Mais pas moyen d'échapper à votre bourreau. A votre tour maintenant...

Mais revenons à l'amour. Ecoutons chanter le directeur de la prison. Pour vous servir, n'oubliez pas. A votre disposition, monsieur, nous n'avons rien à cacher. Tout ici se fait dans un esprit parfaitement humanitaire, même la cuisine... *Et le sexe?* Le sexe? C'est une chose à quoi nous nous efforçons de ne pas penser. Un prisonnier n'a pas de sexe. Il est l'eunuque privé du Seigneur. Ainsi tout se passe bien et sans histoire, vous voyez? Comme le Vingt-Troisième Psaume? Non, pas tout à fait. L'absence de toute relation sexuelle ne supprime pas pour autant le problème du sexe, car à l'intérieur des murs de la prison, même la hyène femelle est taboue. Si vous êtes là pour quelque temps, autant laisser tout de suite libre cours à votre imagination. Si vous êtes emprisonné à vie, autant faire sans tarder votre soumission au Roi Onan; personne ne viendra jamais ouvrir la porte de votre cellule pour vous servir une femme nue sur un plateau. Vous pouvez tomber amoureux de ceux qui sont de votre sexe et oublier qu'il existe des femmes, ou bien vous amouracher d'une table ou d'une vieille chaussure. On admet d'autres faims, mais pas la faim sexuelle. Vous aurez peut-être votre content de nourriture, d'air ou de récréation, mais certainement pas de sexe; et vous ne pourrez jamais l'avoir. Si vous êtes sage, peut-être vous laissera-t-on de temps en temps regarder une femme, mais toujours entièrement vêtue et à bonne distance. Elle vous tiendra peut-être des propos qui vous enflammeront pour un mois, mais personne ne vous apportera d'extincteur. On vous considère comme un animal à certains égards et pas à d'autres. Vous seriez plus heureux si vous étiez un singe dans un zoo. A quoi cela vous avance-t-il d'avoir un nom, d'être un citoyen de tel ou tel pays ? Vous n'êtes pas un homme et vous n'êtes pas un animal ; et vous n'êtes pas davantage un ange ni un fantôme. Vous n'êtes même pas un castrat. Quel soulagement ce serait s'ils venaient vous trouver au milieu de la nuit avec un bon couteau pour vous traiter comme Abélard. Oui, ce serait un geste miséricordieux. Mais la miséricorde ici n'existe pas. Rien d'autre n'existe ici que l'attrait monotone de la torture.

Torturer. C'est la grande occupation. L'homme qui torture ses semblables. Au milieu du néant, là même où le pouls de l'éternité se perçoit à peine, il y a cette chose bâtarde qu'on appelle torture. C'est la pierre angulaire de l'univers humain, le roc sur lequel se dresse la tombe de la matrice de ce monde. C'est le monde, sa fin dernière et sa raison d'être, sa source, son évolution, son but. *La torture.* Voilà ce que c'est que le monde ! Et peut-être faut-il attendre de se retrouver derrière les barreaux pour comprendre comme tout cela est simple et peut se résumer en un mot. Il suffit de se rappeler un mot, un seul, dans la vie, et ce mot, comme l'ont dit toutes les grandes âmes, c'est AMOUR. Mais dans la prison de la vie, l'amour prend les travestis les plus surprenants. *Souffres-tu, petit homme ?*

Si je souffre ? Oh, Jésus qui me demande cela ?
Je veux dire : souffres-tu plus que les autres ?
Qui ose me demander cela ? Qui es-tu ?
Comment souffres-tu, dis-moi, petit homme
Christ ! O Christ ! Comment *je souffre ?*
Oui, comment ? *Peux-tu nous le dire comment ?*
SILENCE

Il cherche un moyen d'expliquer comment il souffre et ce qu'il souffre. Il se demande s'il existe un être au monde qui ait le cœur assez vaste pour comprendre ce qu'il veut dire. Il y aurait tant de petites choses à dire : quelqu'un aura-t-il la patience d'écouter jusqu'à la fin ? Souffrir n'est pas une chose simple : elle est composée d'atomes infinis en nombre, chacun d'eux étant un univers dans l'énorme macroscome de la douleur. Il pourrait commencer n'importe où, par n'importe quoi, fût-ce par un mot idiot, un mot comme balivernes par exemple, et édifier une cathédrale immense qui tiendrait dans le creux d'une fissure du plus minuscule atome. Pour ne rien dire du terrain environnant, de l'*aura,* de détails comme le tracé des côtes, les cratères volcaniques, les lagons insondables, les boutons de perle et les tonnes de duvet de poulet. Le musicien a son instrument sur lequel il peut jouer, le chirurgien son bistouri, l'architecte ses plans, le général ses pions, l'idiot son idiotie, mais celui qui souffre a tout l'univers sauf le répit. Il peut faire un milliard de fois le tour du cercle où il est enfermé, le cercle demeurera clos. Il en connaît toute le périmètre, mais à quoi cela l'avance-t-il ? Toutes les issues sont bouchées où qu'elles soient. On n'enfonce une grille faite de bras et de jambes que pour aller recevoir un coup derrière l'oreille. On se relève et on continue à courir tout sanglant, sur des moignons fraîchement sciés, pour tomber un peu plus loin, dans un ravin sans fond. On est assis au centre même du vide, et l'on pousse des gémissements inarticulés sous le regard clignotant des étoiles. On tombe dans le coma et juste au moment où l'on croit avoir trouvé le chemin qui ramène à la matrice, les voilà qui arrivent, pelle et pioche en main, armés de chalumeaux. Même si on trouvait un coin pour mourir, ils s'arrangeraient pour vous déloger de là. Vous connaissez tous les méandres, tous les recoins du temps. Vous avez vécu plus longtemps qu'il n'en faut pour que poussent tous les innombrables fragments de mille univers neufs. Vous les avez vus pousser et retomber en ruine. Et vous êtes toujours là, indemne, comme un morceau de musique qu'on continue à jouer inlassablement. Les instruments s'usent et ceux qui en jouent aussi, mais les notes sont éternelles et vous êtes fait simplement des notes invisibles que le plus léger zéphyr suffit à ébranler.

Et encore n'est-ce là que l'élément mélodique, qui gouverne le temps et ses sursauts hors mesure. Mais il y a aussi la forme, la forme spectrale qui embrasse toute évolution, toute métamorphose, tous les élans de germination, d'avortement, de déformation et de diffraction, de mort et de renaissance. Il y a l'ambiance, l'atmosphère, le fond du tableau, les profondeurs des eaux et les recoins où sont tapis les astres ; il y a les saisons, les climats, les températures ; il y a les catégories et les diverses sections, la logique de la logique, les certitudes solides comme la glace, et puis les bancs de brume, la vase et les épaves, le limon et le varech, ou encore l'ozone qui jaillit du goulot d'une bouteille débouchée.

Et comme si ce n'était pas assez, il y a encore les noumènes farouches, les souvenirs du fond des âges, les fugues et subterfuges placentaires. Des souvenirs qui tiennent à un cheveu et qui en mourant donnent naissance à des pellicules ; des visages qui brûlent dans la lumière noire, éclairant d'une lueur hystérique les problèmes de la cellule ; des noms qui retournent aux sources empoisonnées, en vibrant comme des harpes ; des mots pris dans la lymphe ou dans un kyste, qu'aucune dynamite n'a la force de détruire ; des larmes qui tombent sur des fruits tièdes et qui font naître aux tréfonds de l'Afrique des chutes d'eau ; des oiseaux qui ne se posent entre les yeux que pour se brûler les plumes et tomber comme des béquilles brisées ; des vapeurs qui montent des artères pour se prendre en réseaux phosphorescents de mica ; et des diables qui rient comme des antilopes, en bondissant hors de rêves éraillés ; et des monstres sous-marins qui sucent le ressac ou qui bêlent comme des guenons enceintes ; et des rois comme Ebenezer bonasse qui sont nés blêmes de terreur et qui vivent sur l'euphémisme ; et d'autres encore du même acabit, et puis rien que des cubes s'entassant sur des cubes, des colonnes sur des colonnes, des tombes sur des tombes, aussi loin que l'esprit peut aller et même un peu au-delà. Et à tout cela, il n'y a pas de limite, non, croyez-moi, pas de limite. Un peu au-delà se profile le visage de la bien-aimée. Il est là, toujours plus grand, toujours plus net : comme un clair de lune qui baignerait un ciel vide. Lentement, avec la lenteur fièvre des marais viennent les nébuleuses. De petits médaillons viennent consteller la panique qui enténèbre les bouches de la terreur. Des rondes bosses luisent sur les murs abrupts des nouveaux cœurs du monde. Par un orifice béant, les océans bondissent à la vie ; la douleur sitôt née est anéantie. Les merveilles du néant font étalage de leurs souillures, les embryons dévoilent leur splendeur. Echolalie monte sur son trône. L'araignée resserre ses rêts, le ravisseur est ravi à son tour. Une planche pourrie s'effrite, une hache tombe ; de petits enfants tombent comme des fleurs sur le seuil astiqué, devant la porte ouverte.

« LES OMBRES »

C'est à Paris, au *Café de Versaille,* à Montparnasse, pour être exact, que l'idée me vint pour la première fois de visiter New Iberia. Ce fut Abe Rattner, le peintre, qui m'en parla le premier. Il avait passé la soirée à raconter ses souvenirs de peintre de camouflage durant la Première Guerre. Et soudain, par je ne sais quelle association d'idées, il se mit à nous entretenir de son ami Weeks Hall, qui, disait-il, habitait un endroit fort curieux, New Iberia précisément, près d'Avery Island. Il fit de son ami, de la maison où il vivait et de la campagne environnante une description si vivante, si extraordinaire que je pris sur-le-champ la décision d'aller un jour en Louisiane voir de mes yeux les merveilles qu'il dépeignait.

Je quittai Paris trois mois après la déclaration de guerre, me proposant de passer un an à parcourir la Grèce. Je ne me doutais guère alors que je rencontrerais Abe Rattner à New York ni que je ferais avec lui ce tour d'Amérique que j'ai entrepris maintenant. C'est une bizarre coïncidence aussi qu'il n'ait pu dans ce voyage m'accompagner que jusqu'à New Iberia ! On dirait, à la réflexion, que tout avait été prémédité et combiné par je ne sais quelle puissance invisible.

Nous arrivâmes aux « Ombres » au crépuscule, par un jour de janvier. Notre hôte nous attendait à un poste d'essence installé sur la grande route près de chez lui. Il nous attendait, nous expliqua-t-il, pour nous arrêter au passage et nous faire entrer par-derrière. Je vis tout de suite que c'était un type, une personnalité riche et sympathique, et que mon ami Rattner me l'avait fidèlement décrit. Ses invités devaient se soumettre à ses prescriptions, non qu'il eût rien de tyrannique ni d'autoritaire, mais parce qu'il voulait les voir tirer le maximum de chaque situation, de chaque incident.

« Les Ombres » n'étaient pas du tout dans la tradition architecturale de la Louisiane. Techniquement, on aurait pu en définir le style comme du dorique romain, mais user du jargon de l'architecte pour parler d'une maison qui est aussi vivante, aussi moelleuse et sensible qu'un grand arbre, c'est en tuer le charme. Pour moi, peut-être à cause de la belle brique rosée qui donne à tout le bâtiment sa chaleur et son rayonnement, « les Ombres » me rappelèrent aussitôt Corinthe où j'avais eu également la bonne fortune d'arriver à la tombée du jour. Les splendides colonnes de maçonnerie, si robustes et si gracieuses à la fois, si empreintes de simplicité et de dignité, m'évoquaient aussi Corinthe. Corinthe a toujours été à mes yeux synonyme d'opulence, d'une opulence rosée, insidieuse et toute embaumée du lourd parfum de l'été.

A travers tout le Sud, j'avais été frappé de la magnificence d'un récent passé. L'âge des grandes plantations a enrichi la morne et brève histoire de la vie américaine d'une couleur et d'une chaleur qui ne sont pas sans rappeler cette époque violente et colorée de la Renaissance en Europe. En Amérique, comme disait Weeks Hall, les grandes demeures allaient de pair avec les grandes cultures : en Virginie, le tabac, en Caroline du Sud, le riz, dans le Mississippi, le coton, en Louisiane, le sucre. Et pour supporter tout cela, comme une fondation vivante, une immense colonne de sang, le travail des esclaves. Les briques mêmes des murs de toutes ces maisons célèbres ont été façonnées par la main des nègres. Au long des bayous, le paysage est parsemé des cabanes de planches de ceux qui ont donné leur sueur et leur sang pour aider à créer ce monde d'extravagante splendeur. Les prétentions nées de cette munificence et qui subsistent encore parmi les ruines sans âme de ces grandes demeures à colonnes, les prétentions pourrissent, mais les cabanes sont toujours là. Le Noir est ancré à la terre ; son mode de vie n'a guère changé depuis la grande débâcle. Malgré tous les changements officiels de propriétaire, c'est lui qui demeure le véritable possesseur de la terre. Peu importe ce que disent les Blancs, le Sud n'existerait pas sans cette servitude nonchalante et débonnaire des Noirs. Les Noirs sont l'épine dorsale, flaible et flexible, de cette région décapitée.

Le voyage avait été merveilleux depuis La Nouvelle-Orléans, par des villes et des villages aux étranges noms français, comme Paradis et Des Allemands, en suivant d'abord la route dangereusement sinueuse, qui longe la digue, puis les méandres du Bayou Noir et enfin le Bayou Teche. On était au début de janvier et il faisait une chaleur d'enfer, alors que quelques jours auparavant, en arrivant à La Nouvelle-Orléans, nous avions trouvé un froid si vif et si pénétrant que nous en claquions des dents. New Iberia est au cœur même de l'Acadie, à quelques kilomètres à peine de St-Martinsville où plane encore le souvenir d'Evangeline.

Janvier en Louisiane ! Déjà le printemps s'annonçait dans les courettes des cabanes : il y avait déjà du narcisse à la blancheur de papier, et de l'iris d'Allemagne aux épis gris-verts couronnés d'une sorte d'aigrette blanche dédaigneuse. Dans les eaux noires et transparentes du bayou, l'indestructible cyprès, symbole du silence et de la mort, baignait jusqu'aux genoux. Et le ciel était partout, dominant toutes choses. Comme le ciel est différent d'une région à l'autre ! Quels changements prodigieux entre Charleston, Asheville, Biloxi, Pensacola, Aiken, Vicksburg et St-Martinsville ! Et toujours le grand chêne, le cyprès ; toujours le marais, la clairière, la jungle ; du coton, du riz, de la canne à sucre ; des bosquets de bambous, de bananiers, d'eucalyptus, de magnolias, de caramboliers, de trèfle d'eau, d'arbres du castor. Des fleurs à profusion : des camélias, des azalées, des roses de toutes sortes, des lis géants, de l'aspidistra, du jasmin, des marguerites de la St-Michel ; des serpents, des effraies, des ratons laveurs ; des lunes de dimensions terrifiantes, cuivrées, avec des reflets lourds de mercure. Et comme un leitmotiv, partout des touffes enchevêtrées de mousse espagnole, cette variété particulière au Sud qui s'apparente à l'ananas. Epiphyte, plutôt que parasite, cette mousse a une existence indépendante, elle se nourrit d'air et de vapeur d'eau ; elle s'épanouit aussi triomphalement sur un arbre mort que sur un fil télégraphique ou sur un chêne vivant. « Personne, sinon les Chinois », me dit Weeks Hall, « ne peut jamais espérer peindre cette mousse. Elle a des lignes et des proportions déconcertantes. Elle est aussi difficile à peindre que la véronique. Le chêne la tolère, sans plus. Mais pour le cyprès de Louisiane, elle semble vouloir jouer le rôle de garde du corps. C'est un étrange phénomène. » Et profitable aussi, aux fabricants de housses et de matelas de Louisiane, par exemple.

Les gens du Nord et du Middle West sont pris parfois de véritables frissons à la vue de ces chênes géants couverts de longs favoris ; ils leur trouvent un aspect lugubre et redoutable. Mais, quand on les voit en imposantes rangées, comme dans les grandes propriétés du côté de Beaufort en Caroline du Sud, ou de Biloxi — à Biloxi, c'est une apothéose! — on ne peut que s'incliner bien humblement devant eux car si ce ne sont pas les rois du monde végétal, ils en sont certainement les sages ou les mages vénérables.

C'est à l'ombre d'un de ces grands arbres que nous nous étions arrêtés tous les trois pour admirer le dos de la maison. Je dis bien tous les trois car notre hôte — et c'est un des traits que j'aime chez Weeks Hall — est parfaitement capable de tomber soudain en contemplation devant la maison qu'il habite. Il peut parler pendant des heures d'un détail du bâtiment ou des jardins; on dirait presque que c'est son œuvre. Cependant la maison et les arbres qui l'entourent ont environ cent ans d'âge. C'est tout ce qui reste de propriétés qui comptaient autrefois quelques milliers d'arpents, et notamment Weeks Island, don jadis d'un roi d'Espagne, et que le Baron Carondelet céda en 1792 à David Weeks. L'entrée du domaine, réduit aujourd'hui à trois arpents, se trouve dans la Grande Rue, prolongation de la Nationale 90. Jamais, en passant là en voiture, on ne se douterait de ce qui se cache derrière l'épaisse haie de bambous qui entoure la propriété.

Nous étions là à bavarder quand Théophile vint annoncer à notre ami que des femmes étaient à la grille d'entrée et demandaient l'autorisation de visiter. « Dis-leur que je suis sorti », dit notre hôte. « Ah, les touristes! » soupira-t-il, en se tournant vers Rattner. « Ils grouillent comme des fourmis; ils envahissent tout. C'est une plaie. » Et là-dessus il nous conta toute une série d'anecdotes à propos de femmes qui étaient venues insister auprès de lui pour visiter l'intérieur de la maison, ce qui est interdit. « Si je les laissais faire », disait-il, « elles me suivraient au cabinet. On ne peut plus avoir de vie privée quand on habite un endroit comme ici. » La plupart de ces femelles devaient être du Middle West. C'étaient les sœurs de celles que l'on voit à Paris, à Rome, à Florence, en Egypte, à Shanghaï, des êtres sans malice qui ont la manie de visiter et de recueillir des renseignements à propos de tout et de rien. Ce qu'il y a de curieux dans toutes ces habitations privées ouvertes au public, et j'en ai visité beaucoup, c'est que les propriétaires, malgré le martyre auquel les soumettent de constantes hordes de visiteurs, ne s'estiment jamais le droit de leur fermer leurs portes. Certains, bien sûr, ne peuvent se permettre de refuser le modeste revenu qu'ils tirent des visites, mais chez la plupart il existe conscient ou inconscient simplement un sentiment d'obligation vis-à-vis du public.

Plus tard, en feuilletant le livre d'or, je tombai sur bien des noms fameux, dont celui, qui me surprit fort, de Paul Claudel. « Claudel, ah oui ! Il a dit une bien jolie chose à propos du camélia ; il paraît qu'au Japon, quand la fleur tombe, on dit que le camélia est décapité. » Notre hôte se mit à parler de cette plante, dont il possède quelques admirables variétés, parmi lesquelles le plus grand Incarnat de Lady Hume d'Amérique. Il s'étendit longuement sur les tons et les couleurs : l'Incarnat de Lady Hume était, assurait-il, du plus léger rose ivoire, alors que le Madame Strekaloff était d'un rose fleur de pêcher veiné de rose, d'un rose à raies rouges. Il parla des petits boutons serrés comme on en trouvait sous cloche sur les fleurs de cire. « Les nouvelles variétés sont luxuriantes, mais elles manquent de sensualité ; elles sont d'une beauté qui fait peur. Les louanges, l'admiration les laissent indifférentes. Des choux roses, voilà ce qu'elles sont ! » Et ainsi de suite. On aurait cru que cet homme avait consacré sa vie, sinon sa fortune, à étudier les camélias. Mais à mesure que je l'écoutais, je me rendais compte qu'il avait une connaissance quasi encyclopédique des sujets les plus divers. Et aussi une prodigieuse vitalité qui lui permettait, quand il se sentait d'humeur à parler, de continuer inlassablement du matin jusqu'à la nuit. Il paraît qu'il avait toujours été un grand causeur, même avant que son accident au bras ne vînt réduire son activité de peintre. Ce premier soir, une fois la table desservie, je le regardai, fasciné, arpenter la pièce, allumant une cigarette après l'autre — il en fume près de cent par jour — et nous parlant de ses voyages, de ses rêves, de ses faiblesses et de ses vices, de ses études, de ses déceptions. A trois heures du matin, quand nous demandâmes enfin à nous retirer, il était frais comme une rose : il venait de se faire une tasse de café noir pour la partager avec son chien et s'apprêtait à aller se promener dans le jardin et méditer un peu. Une de ses faiblesses, si l'on peut dire, qui le prend parfois aux premières heures du jour, c'est l'envie de téléphoner à quelqu'un en Californie, ou dans l'Oregon, ou à Boston. Ses coups de téléphone enthousiastes et matinaux sont célèbres d'un bout à l'autre des Etats-Unis. Là d'ailleurs ne se limite pas sa fantaisie ; il a d'autres élans, plus spectaculaires encore, plus étranges : ainsi, il se plaît souvent à jouer le rôle imaginaire d'un frère jumeau idiot...

Quand ses hôtes se sont retirés, il reste en tête à tête avec son chien. Il existe entre eux un attachement tout à fait extraordinaire. J'ai oublié le nom de ce chien, un nom banal comme Spot ou Queenie. C'est une chienne setter, passablement délabrée et qui sent fort, mais son maître en aurait le cœur brisé s'il m'entendait tenir de pareils propos. Weeks Hall prétend que cette chienne ne sait pas qu'elle est un animal. Elle a, affirme-t-il, les meilleures manières, les manières d'une dame. Peut-être. Je ne m'y connais guère en chiens. Mais sur un point je suis d'accord avec lui : elle a des yeux absolument humains. Que son pelage évoque une cascade, que ses oreilles rappellent le portrait de Mrs. Browning, que sa langueur nonchalante embellisse tout ce qu'elle touche, ce sont là des subtilités qui me dépassent. Mais quand on la regarde dans les yeux, si peu connaisseur que l'on soit en matière de chiens, on est bien obligé de convenir que cette étonnante créature n'est pas une chienne comme les autres. Elle a le regard profondément pitoyable d'un être humain défunt condamné à se traîner à quatre pattes dans le corps de ce setter de si bonne compagnie. Weeks Hall assure qu'elle est triste parce qu'elle ne peut pas parler, mais elle m'a plutôt donné l'impression qu'elle était triste parce que personne sauf son maître n'avait l'intelligence de la reconnaître pour une créature humaine et non pas pour un chien. Je n'ai jamais pu la regarder longtemps dans les yeux. L'expression que j'y lisais, et que j'ai surprise parfois sur le visage d'un peintre ou d'un écrivain en pleine inspiration, était celle d'une créature errant entre deux mondes. C'était un de ces regards qui vous donnent envie de vous retirer discrètement de crainte que le divorce ne devienne irréparable entre l'âme et le corps.

Le lendemain matin, après le petit déjeuner, j'allais repousser une porte que le vent avait fermée quand, à ma grande surprise, j'aperçus les signatures de centaines de célébrités griffonnées au crayon sur le dos de la porte. Il fallut bien sûr ajouter les nôtres à la collection. J'apposai ma signature sous celle d'un Hongrois du nom de Bloor Schleppey, un patronyme fascinant et qui me rappelle une histoire à propos de cette porte qui vaut d'être contée. Les noms qui s'y trouvent actuellement ont tous, semble-t-il, été inscrits depuis peu. A l'origine, il y avait là une collection plus éblouissante encore de noms, mais vers l'époque où Bloor Schleppey signa le sien, peut-être à cause de l'impression qu'avait faite ce nom sur notre hôte, celui-ci, après une orgie qui se poursuivit plusieurs jours, se trouva si dégoûté par l'état de la maison qu'il ordonna aux domestiques de la nettoyer de fond en comble. « Je veux que tout soit immaculé quand je me réveillerai », telles furent ses instructions. Ils essayèrent de lui expliquer qu'il était impossible de remettre de l'ordre dans une aussi vaste maison en aussi peu de temps ; ils n'étaient en effet que deux. « Eh bien », leur dit notre hôte, « engagez des aides. » C'est ce qu'ils firent. Et quand il s'éveilla de son sommeil, la maison était reluisante de propreté, ainsi qu'il l'avait demandé. Bien sûr, dans leur zèle, les nettoyeurs avaient fait disparaître quelques petites choses. Mais où il eut véritablement un coup, ce fut quand il constata, en faisant sa tournée d'inspection, qu'on avait lessivé la porte et effacé les noms qui la couvraient. Ce fut un choc. D'abord il jura et tempêta, mais quand il se fut calmé, il fut pris d'une brusque inspiration. Il allait sortir la porte de ses gonds, l'emballer et l'envoyer comme une pétition à signer à ses distingués visiteurs. Quel voyage ! L'idée était si fascinante qu'il en vint à se dire qu'une simple porte ne méritait pas un si heureux sort : il irait lui-même, de ville en ville, en trimbalant sa porte, mendiant comme un moine de nouvelles signatures. Certains de ses visiteurs étaient venus de Chine, d'autres d'Afrique, d'autres encore de l'Inde. Mieux valait se charger personnellement de la conduite des opérations que de se fier à la poste ou à une agence de voyages. Personne, à sa connaissance, n'avait jamais fait le tour du monde avec une porte. Ce serait un exploit, un geste vraiment sensationnel. Remettre la main sur Bloor

Schleppey, par exemple, serait déjà quelque chose. Dieu seul savait où il pouvait bien être. Les autres étaient dans l'ensemble relativement fixes, comme certaines étoiles. Mais Bloor Schleppey... Il n'avait pas la moindre idée de l'endroit où il pourrait le trouver. Or, tandis qu'il préparait son itinéraire — délicieuse occupation qui lui prit des semaines — voilà que, sans se faire annoncer, débarqua au beau milieu de la nuit Bloor Schleppey lui-même, flanqué de trois énormes danois qu'il tenait en laisse. En fin de compte, on replaça la porte sur ses gonds. Bloor Schleppey y apposa de nouveau sa signature et ce projet de tour du monde avec une porte sur le dos ne fut pas plus réalisé que tant d'autres idées insensées. Je me dois cependant d'ajouter, en guise de conclusion ce détail curieux : c'est qu'un grand nombre des gens qui avaient signé la porte revinrent, comme répondant à un mystérieux appel, apposer une nouvelle fois leur signature. Il se peut évidemment aussi que certains d'entre eux n'aient fait que répondre à un coup de téléphone matinal... qui sait ?

En un siècle bien des événements curieux ont dû se produire dans une demeure à la fois aussi isolée et idyllique. La nuit, quand on est couché au milieu d'un énorme lit à colonnes et qu'on contemple la boule de cuivre qui orne le centre du baldaquin, le silence ne semble pas être celui d'une maison vide mais plutôt d'une demeure où une grande famille dort du sommeil profond et paisible des morts. Tiré d'un sommeil léger par le bourdonnement d'un moustique, je me prenais à penser aux statues du jardin, à cette communion silencieuse qui émanait comme une musique de ces gardiens des Quatre Saisons. Je me levais parfois, je sortais sur le large balcon dominant le jardin et je restais là, à demi nu, à tirer sur ma cigarette, hypnotisé par la chaleur, le silence, les parfums qui m'enveloppaient. Toutes les phrases qu'on avait laissées tomber au cours de la journée, ces phrases étranges, déroutantes revenaient me hanter la nuit. Des petites remarques comme celle qu'il avait faite à propos du bassin par exemple : « Quelques mètres carrés d'eau représentent plus pour moi que toute la terre : c'est un mystère transparent. » Le bassin ! Je pensais à la fontaine tarie qui orne l'entrée de l'ancien asile de fous du Mississippi. Je sais que l'eau calme les déments, comme la musique. Un petit bassin dans un jardin enchanté et ceint de murs comme celui-ci, c'est une inépuisable source d'émerveillement et de magie. Un soir que j'étais là à rêver sur mon balcon, je me souvins d'une description du domaine dont une copie tapée à la machine se trouvait encadrée sur un poteau auprès du bassin. Je descendis et à la lueur d'une allumette, je relus le passage consacré au jardin, comme s'il renfermait une incantation magique. Le voici :

« A l'est de la maison se trouve un jardin de forme rectangulaire, entouré d'une haie de bambou taillé et bordé par des allées pavées de briques façonnées à la main ; aux quatre coins se dressent les statues en marbre des Quatre Saisons qui appartenaient jadis aux jardins de l'ancienne plantation Hester. Le centre de la pelouse rectangulaire est planté d'un massif de vieux camélias qui datent de la construction de la maison. Le cadran solaire, en marbre, porte en français l'inscription : « L'Abondance est fille du Travail et de l'Economie », avec la date 1827. »

Un lourd brouillard était tombé. Pieds nus, j'avançai à pas prudents, car la mousse avait rendu glissantes les vieilles briques. Comme j'arrivais au coin le plus éloigné du rectangle, un rayon de lune perçant la brume illumina le visage serein de la déesse qui se dressait là. Je me penchai soudain et déposai un baiser sur les lèvres de marbre. J'en éprouvai une sensation étrange. Je m'approchai des quatre statues à tour de rôle et baisai leurs lèvres froides et chastes. Puis j'allai jusqu'à la petite maison de jardinier couverte de vigne vierge au bord du Bayou Teche. Le paysage qui s'offrit alors à mes yeux était celui d'une estampe chinoise. Le ciel et l'eau ne faisaient plus qu'un : le monde baignait tout entier dans une brume cotonneuse. C'était d'une beauté incroyable et ensorcelante. J'avais peine à croire que j'étais en Amérique. Bientôt, un bateau apparut sur la rivière, ses feux traçant dans la brume un ruban effrangé de lumière. La sirène de brume retentissait et le hululement d'invisibles chouettes lui faisait écho. A gauche, le pont-levis leva lentement sa travée brisée aux bords éclairés de fulgurantes lueurs vertes et rouges. Avec la lenteur d'un grand cygne, le navire disparut dans le lointain, et la brume se referma sur son passage, pesant sur le ciel, sur une poignée d'étoiles apeurées, sur les bras humides des arbres aux troncs moussus, sur l'épaisseur de la nuit et les clapotis étouffés. Je regagnai mon lit et restai allongé, mieux qu'éveillé, dans un état de super-conscience, les moindres recoins de mon être en alerte. Du mur le portrait d'un ancêtre me dévisageait. J'entendais la voix de stentor de Weeks Hall me dire : « J'aimerais dessiner un jardin qui ne fût pas un catalogue d'horticulteur au soleil, mais un endroit plein de fleurs étranges et sculpturales baigné par la nuit, avec des objets pendus aux arbres et se balançant comme des métronomes, des formes géométriques translucides, des silhouettes artificiellement éclairées et qui changeraient avec les heures. Un jardin est un spectacle : alors pourquoi ne pas concevoir un immense jardin comme un vaste spectacle toujours changeant ? » Etendu sur mon lit, je songeais à ces milliers de lettres et de documents qu'il avait exhumés du grenier et remis aux Archives de Bâton Rouge. Quel roman n'en ferait-on pas ! Et le grenier lui-même : cette immense pièce du second étage avec ses quarante malles ! Quarante malles avec le pelage encore intact sur le cuir dont elles étaient faites. Contenant d'énormes cartons à chapeau pour les hauts-de-forme des années 1850, un stéréoscope d'acajou avec des clichés des années 60, des fleurets d'escrime, des étuis de fusils de chasse, un vieux télescope, d'antiques selles d'amazone, des paniers de chien, des tapis à danser qu'on fixait par des anneaux pour protéger les carpettes du salon, des banjos, des guitares, des cithares. Des malles à poupées aussi, et une maison de poupées qui était une réplique de la maison. Et de tout cela montait une odeur sèche et légèrement parfumée. Une odeur qui n'était pas celle de la poussière, mais celle du passé.

C'était un étrange endroit que ce grenier, avec ses douze énormes placards et le plafond mansardé sur toute la longueur de la maison. Etrange demeure. Toutes les pièces se commandant. Et avec cela, neuf portes qui donnent sur le jardin, plus qu'on n'en trouve dans la plupart des édifices publics. Les deux escaliers ont été à l'origine construits à l'extérieur, ce qui est une idée assez insensée. Pas de couloir central. Une rangée de trois doubles portes de bois, identiques, placée au centre de la sévère façade du rez-de-chaussée.

Et cet étrange Mr. Persac, le peintre vagabond, qui laissa deux microscopiques aquarelles encadrées d'émail noir doré aux murs du salon où nous tenions nos palabres nocturnes. Il parcourait la région et surtout le pays du Teche, quelques années avant la guerre de Sécession, faisant des tableaux des grandes maisons et vivant sur le pays. Et peintre honnête avec cela, qui, quand la tâche dépassait ses moyens, découpait un dessin dans un magazine et le collait au milieu de son tableau. C'est ainsi que dans un de ses chefs-d'œuvre, un enfant devant la grille a disparu, mais le ballon qu'il tenait à la main est toujours visible. J'adore le travail de ces artistes itinérants. Comme leur vie était plus agréable et plus enrichissante que celle de l'artiste d'aujourd'hui ! Combien leur œuvre était plus sincère, plus sympathique que les efforts prétentieux de nos contemporains ! Pensez donc au simple déjeuner qu'on leur servait du temps des plantations. Je cueille un menu au hasard dans un des livres de Lyle Saxon sur la vieille Louisiane : « une tartine de pain beurré étendue de marmelade ou de gelée de goyave, une tablette de pâte de jujube, le tout arrosé de citronnade, de sirop de fleur d'oranger ou de jus de tamaris ». Pensez à sa joie s'il avait la bonne fortune d'être invité à un bal. Voici une description prise dans le même ouvrage :

« ... Des robes somptueuses de véritable dentelle... des bijoux, des plumes. Sur les deux étages, l'escalier était orné de guirlandes de roses. Sur les cheminées, sur les consoles, des vases pleins de fleurs odorantes... des messieurs occupés à goûter du whisky d'Ecosse ou d'Irlande... Vers minuit, on annonça le souper et l'hôtesse montra le chemin de la salle à manger. Il y avait au menu des viandes froides, des salades, des salamis, des galantines tremblant dans leur prison de gelée ; mille variétés de hors-d'œuvre étaient apportées de petites tables pour laisser l'immense table de chêne sculptée, où se mêlaient l'argenterie, le linge fin et la dentelle, aux fleurs qui ruisselaient du long surtout jusqu'aux bouquets de corsage qui marquaient chaque place ; des fruits, des gâteaux en pyramides ou en couches superposées, confondus parfois en un seul délice glacé et orné ; des flans, des tartes, des gelées, des crèmes, des charlottes russes ou des biscuits recouverts de gelée de framboise, cernant un véritable mont Blanc de crème fouettée semée de cerises rouges ; des tours de nougats ou de caramel, des sorbets ou des glaces servis dans de petits paniers tressés de pelures d'oranges et couronnés de feuilles de roses ou de violettes confites dans du sucre... Des vins divers dans des carafes de verre taillé, chacune portant le nom du cru gravé dans la feuille de vigne en argent attachée à son col ; du champagne frappé habilement servi par des garçons dans des coupes entrelacées d'or ou dans des flûtes en cristal de Bohême... Pour éclairer tout cela, des bougies dans des lustres de cistal et, sur la table, des candélabres d'argent... Après le souper, on dansait encore et, à l'aube, quand les invités s'en allaient, un plat de gumbo, une tasse de café noir et de merveilleux souvenirs leur faisaient paraître moins longue la distance qui les séparait de leurs demeures[1]. »

Eh bien, monsieur Persac ou Persat, je ne sais plus, je vous félicite d'avoir eu la bonne fortune de vivre à une pareille époque ! J'espère que vous ruminez ces bons souvenirs en attendant de vous réincarner. Demain matin, je descendrai dans le grand salon et je regarderai encore le ballon suspendu au-dessus de la grille. Si je suis de bonne humeur, je chercherai une petite fille susceptible de tenir un aussi beau ballon et je la collerai dans le tableau comme je sais que vous aimeriez me le voir faire. Reposez en paix !

Je ne crois pas qu'il existe dans toute l'Amérique une région où l'on possède comme dans le Sud l'art de la conversation. On trouve là des gens qui parlent

1. Reproduit avec la permission de Miss Louise Butler (N. de l'A.)

plutôt qu'ils ne contestent et discutent, on y rencontre les personnages les plus bizarres, les plus excentriques, je crois, de tous les Etats-Unis. Le Sud produit des gens de caractère et non pas des eunuques intellectuels. A certains individus le fait d'être coupés du monde donne un développement qui dépasse la normale ; ils rayonnent de puissance et de magnétisme ; leur conversation est éblouissante et stimulante. Ils mènent une vie bien remplie, paisible, en harmonie avec le milieu qui est le leur, une vie libre des ambitions et des rivalités mesquines de l'homme qui vit dans le siècle. Le plus souvent ils ne se sont pas retirés du monde sans lutte, car la plupart d'entre eux possèdent des talents et des dons que ne soupçonne pas l'intrus curieux. Le véritable homme du Sud est à mon avis plus doué par la nature, il voit plus loin, il est plus dynamique, plus inventif et sans aucun doute a-t-il plus d'entrain que l'homme du Nord ou de l'Ouest. Quand il choisit de se retirer du monde, ce n'est pas par défaitisme, mais parce que, comme chez les Français et les Chinois, son amour même de la vie lui confère une sagesse qui s'exprime par le renoncement. Le plus difficile, pour un expatrié qui rentre au pays, c'est de s'adapter justement à ce que l'on y appelle la conversation. On a l'impression d'abord qu'il n'y a pas de conversation. Nous ne parlons pas, nous nous assenons des faits et des théories glanés au hasard des journaux, des magazines et des digests que nous parcourons rapidement. La conversation est un art personnel et elle doit être créatrice pour avoir quelque valeur. Il m'a fallu aller dans le Sud pour la trouver. Il m'a fallu rencontrer des hommes dont personne ne connaît les noms, des hommes qui vivent dans des coins perdus, pour pouvoir apprécier ce que j'appelle une vraie conversation.

Je n'oublierai jamais notamment un certain soir,

après le départ de notre ami Rattner ; j'avais accompagné Weeks Hall chez un de ses vieux amis. Celui-ci avait abandonné sa maison et s'était construit une petite cabane en bois derrière ce qui avait jadis été son domicile. Il n'y avait là aucun objet superflu : tout était propre et impeccablement rangé comme dans une cabine de marin. Cet homme avait consacré sa vie à faire son éducation. J'eus l'impression en le voyant qu'il avait eu de grands chagrins. Il était d'un commerce fort agréable très sûr de lui, et visiblement satisfait de son sort. Il avait une passion pour les livres. Il lisait beaucoup, au gré de sa fantaisie, sans chercher à étendre ses connaissances ni à simplement tuer le temps. Il me sembla, d'après ses remarques, que c'était plutôt une façon de rêver, de s'élever au-dessus du monde. La conversation s'engagea, je m'en souviens, sur les serpents venimeux de Louisiane, ceux qui ont des pupilles comme des yeux de chat. De là, nous en vînmes à parler des sassafras et des mœurs des Indiens Chactas, puis des diverses variétés de bambous — comestibles ou non — et de cette mousse rose corail qui est, paraît-il, très rare, très belle et qui ne pousse que sur un côté de l'arbre, toujours le même. Et puis, changeant brusquement de sujet, et me doutant que j'allais obtenir une réponse intéressante, je lui demandai à brûle-pourpoint s'il n'avait rien lu sur le Thibet. « Si j'ai lu des livres sur le Thibet ? » dit-il, en échangeant avec son ami un sourire complice. « J'ai lu sur ce sujet tout ce qui a pu me tomber sous la main. » Sur ces entrefaites, Weeks Hall s'excita tellement qu'il dut s'excuser pour aller soulager sa vessie. L'envie nous prit de l'imiter et nous passâmes tous trois dans la cour.

J'ai beau m'y attendre, je suis toujours surpris d'apprendre de quelqu'un qu'il s'intéresse au Thibet. Je peux dire que je n'ai jamais connu personne qui s'intéressât sincèrement aux merveilles et aux mystères de ce pays avec qui je ne me fusse aussitôt lié d'amitié. On dirait que *Thibet* est le mot de ralliement d'une vaste communauté de gens qui ont ceci au moins de commun : ils savent qu'il y a plus dans la vie que ce qui est rassemblé dans la connaissance empirique des grands prêtres de la logique et de la science. Dans l'île d'Hydra, sur la mer Egée, je me souviens d'une expérience analogue. Il n'est pas moins curieux de remarquer que chaque fois que l'on aborde ce sujet — comme quand on lance le nom de Rudolf Steiner, de Blavatsky ou du comte de Saint-Germain —, un schisme aussitôt se produit : il ne reste bientôt plus dans la pièce que ceux qui sont comme marqués de la passion du secret et de l'occulte. Sans doute un étranger, s'il arrivait soudain au milieu d'une pareille réunion, trouverait-il quelque peu inintelligible le langage qu'on y tient. Il m'est arrivé plus d'une fois de me faire comprendre de quelqu'un qui connaissait à peine l'anglais et de n'être absolument pas compris de mes amis qui parlaient ma langue. Et j'ai aussi vu un soir Briffault, l'auteur d'*Europa,* devant qui j'avais abordé ce sujet, se mettre dans une rage épouvantable au seul énoncé du mot mysticisme.

Cette conversation nous laissa très exaltés. En revenant aux « Ombres » Weeks Hall remarqua qu'il n'aurait jamais cru son ami si éloquent. « Il a si longtemps vécu seul », dit-il, « qu'il est devenu taciturne. Votre visite a eu sur lui un effet extraordinaire. » Je souris, sachant bien que je n'y étais pour rien. Je voyais seulement là une nouvelle preuve du fait que l'on peut toujours émouvoir profondément les hommes en faisant appel à la haine ou à leur sens du mystère.

Comme j'allais regagner ma chambre, Weeks m'appela de son atelier, la seule pièce qu'il ne m'eût jamais montrée. « Etes-vous très fatigué ? » me demanda-t-il. « Non, pas trop fatigué », répondis-je. « J'attendais de vous montrer quelque chose », reprit-il. « Je crois que le moment est venu. » Il me fit entrer dans une pièce qui semblait hermétiquement close, une pièce sans fenêtre ni aération d'aucune sorte et éclairée à la lumière artificielle. Il installa son chevalet au centre de la pièce et disposa dessus une toile vierge ; puis il alluma le projecteur de ce qui me parut être une lanterne magique et en dirigea le faisceau sur la toile projetant ainsi l'image sur le mur. En déplaçant le chevalet, en augmentant ou en diminuant le cadre de la toile, la photographie en couleurs en venait à prendre une variété surprenante de formes et de tons. On aurait cru assister à une séance de projection dans le cabinet du docteur Caligari lui-même. Un paysage banal ou une nature morte inoffensive, par le jeu de ces subtiles manipulations, prenait les aspects les plus divers, les plus inattendus et les plus incroyables. Les murs se couvraient d'une débauche de couleurs ; c'était comme une sorte de récital d'orgue en couleurs, qui avait sur les nerfs un effet tour à tour stimulant ou apaisant.

« Pourquoi peindre », dit-il, « quand on peut accomplir ces miracles ? Peut-être la peinture ne tient-elle pas dans ma vie toute la place qu'elle devrait, je ne sais pas. Mais ces images me donnent du plaisir. En cinq minutes je puis réaliser ici ce qu'il me faudrait dix ans pour peindre. Vous savez, c'est de propos délibéré que je me suis arrêté de peindre. Ce n'était pas du tout à cause de mon bras — je l'ai cassé après, pour plus de sûreté — comme certaines gens deviennent sourds, aveugles ou fous parce qu'ils ne peuvent plus tenir. Je ne suis pas un mauvais peintre, je vous assure. Je peux encore peindre avec le bras qui me reste, si je veux. Je pourrais exposer mes toiles et sans doute les vendre de temps en temps à des musées ou à des collectionneurs privés. Ce n'est pas si difficile pourvu qu'on ait un peu de talent. A vrai dire, c'est trop facile et trop futile aussi. Les tableaux sont dans une salle d'exposition comme des marchandises sur un comptoir. Si l'on veut à tout prix exposer des tableaux, ce devrait être un par un, au moment opportun et dans des conditions satisfaisantes. Il n'y a plus place pour des tableaux aujourd'hui chez soi : les maisons ne s'y prêtent pas. Je crois bien que je ne peindrai plus jamais avec conviction sinon dans un but précis et le tableau de chevalet n'a d'autre raison d'être que de procurer un bouquet de compliments insipides. C'est comme l'appât artificiel avec quoi l'on pêche le tarpon. En soi le tableau de chevalet n'est rien : il ne nourrit pas. C'est simplement un appeau à compliments... Tenez, je crois que c'est une bonne formule, ne l'oubliez pas.

« Bien sûr », reprit-il, « avec un homme comme Rattner, c'est différent. Il était obligé de peindre : il était né pour cela. Mais pour un comme lui, il y en a mille qui feraient aussi bien de se faire menuisiers ou conducteurs de camion. La différence, à mon avis, tient entre la procréation et la création : autrement dit neuf mois. Dans le cas du créateur, cela représente toute une vie de travail, de labeur incessant, d'étude, d'observation, non pas seulement pour faire *un* tableau, ou cent tableaux, mais pour comprendre la relation qui existe entre la peinture, entre tous les arts en fait, et la vie. Il faut mettre toute sa vie sur une toile, sur chacune des toiles qu'on peint. C'est la plus haute forme de consécration et notre bon ami Abe la possède. Je ne sais s'il en est heureux ou non. Je ne crois pas que pour un artiste le bonheur ait la même signification que pour le commun des mortels... »

Il alluma une autre cigarette. Il arpentait nerveusement la pièce. Il voulait dire quelque chose... il voulait dire un tas de choses... *tout* à condition seulement que j'eusse la patience de l'écouter et que je ne m'enfuie pas. Il enchaîna d'une voix haletante, confuse, en cherchant son chemin comme un homme qui suit dans le noir un couloir aux mille détours.

« Tenez, ce bras ! » dit-il en me le brandissant sous le nez. « Il est écrasé. Ecrasé pour de bon. C'est terrible. Vous avez un bras et puis un instant plus tard, c'est une bouillie sanglante. Sans doute n'était-il bon après tout que pour le triste usage auquel on destine d'ordinaire les bras. Ce bras était trop habile peut-être, trop malin ; il me faisait peindre aussi machinalement qu'un joueur professionnel bat et donne les cartes. Peut-être mon esprit lui-même est-il trop habile, trop fragile. Pas assez discipliné. Et je sais que ma manie de la recherche ne m'améliorera pas. Ce n'est qu'un prétexte pour reculer le jour où il me faudra vraiment peindre. Je sais tout cela, mais qu'y faire ? Je vis seul dans une grande maison qui m'étouffe. La maison est trop grande pour moi. Je voudrais vivre dans une seule pièce quelque part, sans tous les soucis et toutes les responsabilités que m'ont légués mes ancêtres. Comment faire ? M'enfermer dans cet atelier n'est pas une solution. Même si je ne puis les voir ni les entendre, je sais qu'il y a des gens dehors qui à grands cris demandent à entrer. Et peut-être devrais-je en fait les voir, leur parler, les écouter, partager leurs soucis. Qu'en sais-je ? Après tout, ce ne sont pas tous des imbéciles. Peut-être, si j'étais l'homme que j'aimerais être, n'aurais-je jamais mis le pied hors de cette pièce et le monde serait-il venu à moi. Peut-être peindrais-je dans les pires conditions : peut-être ici même dans ce jardin avec autour de moi des badauds en cercle qui me poseraient mille questions stupides. Qui sait, peut-être, si j'étais vraiment passionné par ma tâche, me laisseraient-ils en paix sans que j'aie à leur dire un mot ? Les gens finissent toujours par reconnaître les valeurs. Prenez Swedenborg, par exemple. Il ne fermait jamais sa porte. Les gens venaient, et quand ils le voyaient ils s'en allaient sans bruit, respectueusement, se refusant à le déranger bien qu'ils eussent parcouru parfois des milliers de kilomètres pour venir quêter son avis. » De sa main valide, il prit son bras mutilé et le contempla comme s'il appartenait à un autre. « Peut-on changer sa nature, voilà la question ? Enfin, peut-être ce bras finira-t-il par jouer le rôle du balancier du fildefériste. L'*équilibre*, si nous ne l'avons pas en nous, il faut bien le trouver quelque part. Je suis heureux que vous soyez venu... vous m'avez fait beaucoup de bien. Mon Dieu, en vous écoutant parler de Paris, j'ai compris tout ce que j'avais manqué pendant ces années. Vous ne trouverez pas grand-chose à la Nouvelle-Orléans, sinon le passé. Nous avons un seul peintre, un seul : c'est le docteur Souchon. Je voudrais que vous fassiez sa connaissance... Mais je crois qu'il est très tard. Vous devez avoir envie de vous coucher, n'est-ce pas ? Moi, je peux parler toute la nuit. Je n'ai pas besoin de beaucoup de sommeil. Et depuis votre arivée à tous, je ne dors plus du tout. J'ai mille questions à poser. Je voudrais rattraper tout le temps que j'ai perdu. »

J'eus du mal à m'endormir. Il me semblait cruel d'abandonner ainsi un homme au sommet de l'exaltation. Rattner m'avait préparé à trouver chez Weeks Hall de l'exubérance, de la vitalité, mais je ne m'attendais pas à trouver cette faim insatiable, et cela me touchait profondément. C'était un homme qui ne connaissait pas de restriction. Il donnait aussi généreusement, aussi facilement qu'il exigeait. C'était un artiste jusqu'au bout des ongles, le doute n'était pas permis. Et ses problèmes étaient de taille. Il était allé trop loin. La gloire et le succès n'apporteraient rien à un pareil homme. Ce qu'il cherchait échappait à toute définition. Déjà, dans certains domaines, il avait amassé des connaissances de savant. Et, bien mieux, il avait conscience de la relation qui existait entre toutes choses. Il ne pouvait évidemment se contenter d'exécuter une œuvre magistrale. Il voulait tout révolutionner. Il voulait ramener la peinture à son état originel : la peinture pour la peinture. Dans un sens, on pourrait dire de lui qu'il avait déjà accompli son grand œuvre. Sa passion de la création avait fait de la maison et des jardins une des plus remarquables réalisations artistiques que l'Amérique puisse se vanter de posséder. Il vivait, il respirait au milieu de son propre chef-d'œuvre, sans le savoir, sans en mesurer l'étendue et la perfection. Son enthousiasme et sa générosité avaient amené d'autres peintres à créer ; il les avait pour ainsi dire mis au monde. Et pourtant il était inquiet, il brûlait du désir de s'exprimer entièrement, avec certitude. Je l'admirais et en même temps je le plaignais. Je sentais sa présence dans toute la maison, comme un puissant fluide magique. Il avait créé ce qui allait à son tour le recréer. Cet atelier hermétiquement clos, n'était-il pas en fait une expression symbolique de son moi replié sur lui-même ? L'atelier ne suffirait jamais à le contenir, pas plus que la maison ; il avait dépassé tout cela, il avait outrepassé ces limites. C'était un prisonnier volontaire qui habitait dans le cercle de sa propre création. Un jour il s'éveillerait, se libérerait des liens et des illusions qui s'étaient formées dans le sillage de la création. Un jour il regarderait autour de lui et s'apercevrait qu'il était libre ; alors il déciderait calmement s'il devait rester ou non. J'espérais qu'il resterait, qu'en tant qu'ultime chaînon de la chaîne ancestrale il fermerait le cercle et qu'en prenant conscience de la signification de cet acte, il étendrait la circonférence de sa vie jusqu'à des dimensions infinies.

Quand je pris congé de lui un ou deux jours plus tard, j'eus l'impression, à voir le regard qu'il me lança, qu'il en était venu lui-même à cette conclusion. Je le quittai en sachant qu'à tout moment, n'importe où, je pourrais le retrouver.

« Inutile de me téléphoner au milieu de la nuit, Weeks. Tant que vous demeurez ainsi concentré sur vous-même, je serai toujours de votre bord. Inutile de dire adieu, ni bonne chance ! Continuez simplement à être ce que vous êtes. La paix soit avec vous ! »

LE DOCTEUR SOUCHON : PEINTRE ET CHIRURGIEN

Un des faits qui me frappent le plus, à mesure que je voyage à travers l'Amérique, c'est que les hommes qui promettent, les messagers de joyeuse nouvelle, les hommes qui permettent encore d'espérer à ce moment le plus sinistre de notre histoire, sont soit des gamins qui n'ont pas vingt ans, soit de grands garçons de soixante-dix ans passés.

En France les vieillards, surtout ceux de souche paysanne, sont une joie et un réconfort pour les yeux. Ils sont comme de grands arbres qu'aucune tempête ne peut déraciner ; ils rayonnent de paix, de sérénité, de sagesse. En Amérique, les vieillards offrent d'ordinaire un triste spectacle, et surtout ceux qui ont réussi, qui ont prolongé leur existence bien au-delà des limites naturelles par une sorte de respiration artificielle. Ce sont d'horribles et vivants exemples de l'art de l'embaumeur, des cadavres ambulants aux mains de mercenaires grassement payés qui déshonorent leur profession.

Les exceptions à la règle — et le contraste est saisissant ! — sont les artistes et par artistes j'entends les créateurs, quel que soit leur champ d'activité. La plupart d'entre eux ont commencé à se développer, à révéler leur individualité passé l'âge de quarante-cinq ans, l'âge de la retraite dans l'industrie de ce pays. Il faut convenir d'ailleurs que le travailleur moyen, qui fonctionne comme un robot depuis l'adolescence, est à cet âge à peu près mûr pour la casse. Et ce qui est vrai du robot ordinaire l'est aussi du maître robot, du soi-disant capitaine d'industrie. Seule sa fortune lui permet de nourrir et d'entretenir la faible et vacillante flamme. Sur le chapitre de la vitalité, passé quarante-cinq ans, nous sommes une nation de déchets.

Mais il existe une catégorie d'hommes vigoureux, assez vieux jeu pour être restés de farouches individualistes, qui méprisent ouvertement les sentiers battus, sont passionnément attachés à leur métier, impossibles à séduire ni à acheter, qui travaillent de longues heures, souvent sans en tirer gloire ni récompense, mais qui sont poussés par un motif bien simple : la joie d'en faire à leur tête. Leur route sur un point du parcours s'est éloignée de celle des autres. Les hommes dont je parle se reconnaissent au premier coup d'œil : il y a dans leur attitude quelque chose de plus vital, de plus agissant que la simple soif de puissance. Ils ne cherchent pas à dominer mais à se réaliser eux-mêmes. Ils opèrent depuis un centre éloigné des remous. Ils évoluent, ils mûrissent, ils donnent l'exemple en étant simplement ce qu'ils sont.

Cette question, la relation entre la sagesse et la vitalité, m'intéresse fort, car, contrairement à l'opinion générale, je n'ai jamais pu considérer l'Amérique comme un pays jeune et débordant de vitalité, mais au contraire comme une nation prématurément vieillie, comme un fruit qui s'est gâté avant d'avoir pu parvenir à maturité. Le mot clef du mal qui nous ronge, c'est le mot gaspillage. Des gens qui gaspillent ne sont pas sages, pas plus qu'ils ne peuvent rester jeunes et vigoureux. Si l'on veut convertir l'énergie en formes plus hautes et plus subtiles, il faut d'abord la conserver. Le prodigue est vite à bout de ressources, il devient victime des forces mêmes dont il a usé avec tant d'insouciance. Même les machines demandent à être traitées d'une main experte pour donner le meilleur rendement. Ou alors, comme c'est le cas en Amérique, il faut les produire en quantités si énormes qu'on peut se permettre de les mettre au rebut avant que l'âge les ait rendues inutilisables. Mais quand il s'agit de jeter à la casse des êtres humains, c'est une autre histoire. On ne peut pas mettre des créatures humaines au rancart comme des machines. Il existe une curieuse corrélation entre la fécondité et les ferrailles de rebut. Il semble que le désir de procréer s'étiole quand on limite à quarante-cinq ans la période utile.

Rares sont ceux qui peuvent échapper à cette infernale routine. Se contenter de survivre à ce massacre organisé ne confère aucune distinction. Des animaux, des insectes survivent parfois quand les types supérieurs sont menacés d'extinction. Pour vivre au ban de la société, travailler pour le plaisir de travailler, pour vieillir avec grâce en conservant toutes ses facultés, ses enthousiasmes, son amour-propre, il faut posséder d'autres valeurs que celles auxquelles souscrit la foule. Il faut être un artiste pour faire une brèche dans le mur. Un artiste est avant tout quelqu'un qui a foi en lui-même. Il ne réagit pas aux stimulants classiques : ce n'est ni un esclave ni un parasite. Il vit pour s'exprimer et, ce faisant, il enrichit le monde.

L'homme auquel je pense en écrivant ces lignes, le docteur Marion Souchon, de La Nouvelle-Orléans, est rien moins que typique. On pourrait plutôt voir en lui une sorte d'anomalie et il m'en intéresse d'autant plus. Agé aujourd'hui de plus de soixante-dix ans, chirurgien distingué et fort coté, il s'est mis sérieusement à la peinture vers soixante ans. Sans pour autant abandonner la médecine. Quand, voilà cinquante ans, il commença ses études de médecine, suivant les traces de son père, il se créa un régime spartiate qu'il a toujours suivi depuis lors. C'est un régime, je dois dire, qui lui permet de faire le travail de trois ou quatre hommes tout en le laissant plein de vitalité et d'optimisme. Il a coutume de se lever à cinq heures, de prendre un petit déjeuner léger puis de passer dans la salle d'opérations, de là à son bureau où il s'acquitte de la partie administrative de son travail, puis il répond à son courrier, reçoit ses malades et trouve encore le temps de faire sa visite à l'hôpital. Quand vient l'heure du déjeuner, il a déjà fait le travail d'une journée bien remplie. Depuis dix ans, il s'est arrangé pour trouver chaque jour un peu de temps pour peindre, pour voir le travail d'autres peintres, discuter avec eux, et étudier son métier comme le ferait un jeune homme de vingt ans qui entre juste dans la carrière. Il ne quitte pas son cabinet pour aller peindre dans un atelier : il peint sur place. Dans un coin de la petite pièce tapissée de livres et de sculptures se dresse un objet qu'on pourrait prendre pour un instrument de musique recouvert d'une housse. Dès qu'il est seul, il s'en approche, l'ouvre et se met au travail ; tout son attirail de peintre tient dans cette mystérieuse boîte noire. Quand il ne fait plus assez clair, il continue à la lumière électrique. Parfois il dispose d'une heure, parfois de quatre ou cinq. Il est capable d'un instant à l'autre d'abandonner son chevalet pour entreprendre une délicate opération chirurgicale. C'est là un exploit peu banal et, pour un artiste, une méthode de travail assez peu orthodoxe.

Quand je lui demandai s'il n'avait pas songé à se consacrer tout entier à la peinture, surtout maintenant qu'il n'avait plus que quelques années devant lui, il me répondit qu'il avait écarté cette idée. « J'ai besoin », dit-il, « d'avoir une autre occupation pour varier le grand plaisir que j'éprouve à travailler et à ne jamais être las. » Plus tard, quand je le connus mieux, je m'enhardis à répéter ma question. Je ne pouvais arriver à croire qu'un homme aussi passionné de peinture que lui et qui, en outre, essayait manifestement de condenser en quatre ou cinq ans le travail de vingt années, ne recontrât pas de problèmes dans cette vie double et même multiple. S'il avait été un mauvais peintre, ou un piètre chirurgien, s'il avait excellé dans l'une des activités tout en n'étant qu'un amateur dans l'autre, je n'aurais pas pris la peine de poursuivre plus avant ce sujet. Mais on le tient pour un des grands chirurgiens de son temps et, quant à sa peinture, il est hors de doute, surtout pour d'autres peintres et qui font autorité, que c'est un artiste dont le talent se perfectionne de jour en jour avec une stupéfiante rapidité. Il finit par m'avouer qu'il commençait à se rendre compte que « ce qu'on appelle peindre est une affaire qui vous remue l'âme, vous triture le cerveau, vous prend tout votre temps, qui monopolise tout votre être et qui finit par transcender tous les autres intérêts qu'on peut avoir ». « Oui », ajouta-t-il d'un ton songeur, « je dois reconnaître que cela a bouleversé mon existence, que cela m'a jeté sur une nouvelle route. »

C'était cela que je voulais entendre. Sans cet aveu, j'aurais eu de lui une opinion toute différente. Quant aux raisons qu'il a de continuer à mener sa vie de chirurgien, j'estime qu'elles ne me regardent pas.

« Si vous deviez recommencer votre vie », lui demandai-je, « serait-elle bien différente de celle que nous vous connaissons ? Voyons, auriez-vous donné la première place à l'art et non pas à la médecine ? »

« Je referais exactement la même chose », me répondit-il, sans un instant d'hésitation. « J'étais destiné à être chirurgien. Mon père était un chirurgien connu et un modèle dans sa profession. La chirurgie combine à la fois la science de l'art, c'est pourquoi elle a, pour un temps, satisfait mes besoins artistiques. »

Je voulus savoir si ses préoccupations de peintre avaient aiguisé l'intérêt qu'il portait aux aspects métaphysiques de l'existence.

« Voici comment je vous répondrai », me dit-il. « Puisque j'ai consacré mon activité à la vie sous tous ses aspects humains, la peinture n'a marqué qu'un élargissement de cette sphère. Tous les succès que j'ai pu avoir comme médecin, j'en attribue le mérite à ma connaissance de la nature humaine. J'ai traité l'esprit des gens autant que leur corps. La peinture, voyez-vous, ressemble beaucoup à la pratique de la médecine. Bien que ces deux disciplines aient recours à des agents physiques, leur pouvoir et leur influence sont bien plus grands dans le domaine psychique. Pour un malade le mot tableau a la même couleur à peu près, la même ligne et la même forme que pour le peintre ; c'est incroyable, vous ne trouvez pas, comme un simple mot, un point ou une ligne peuvent influencer la vie d'un individu. »

Je fis, au cours de cette discussion, une autre découverte qui confirma mon intuition : j'appris que dès l'enfance il avait eu le désir de peindre et de dessiner. A vingt ans, il s'amusait à faire des aquarelles. Près de trente ans se passèrent avant qu'il ne se mît à sculpter de petites figurines d'argile ou de bois. Son petit bureau était encombré de témoignages de ce penchant : rien que des personnages historiques dont il s'était épris au hasard de ses lectures : c'était un autre exemple de sa passion et de son goût de tout faire à fond. Comme il allait entreprendre un grand voyage autour du monde, il s'était mis à lire des ouvrages d'histoire et de biographie. Pour des raisons indépendantes de sa volonté, ce projet avait échoué, mais les livres qui tapissaient les murs et qu'il avait lus avec une ardeur diligente témoignaient assez de la passion qu'il mettait à toute chose.

De tels hommes, me dis-je un soir que je venais de le quitter, sont ce qui dans le monde profane se rapproche le plus des sages et des saints. De ces derniers, ils ont le goût de la méditation, de la concentration, de la dévotion. Ils se consacrent tout entiers à une tâche ; leur travail, qui ignore tout compromis, est leur offrande quotidienne au Créateur. C'est seulement par le domaine dans lequel ils agissent ou par le mode qu'ils ont choisi pour s'exprimer qu'ils diffèrent des grandes figures religieuses.

C'est à Weeks Hall de New Iberia que je suis redevable de cette rencontre avec le docteur Souchon. Il a été le parrain et le défenseur et aussi le guide éclairé du docteur dès ses premiers pas dans la carrière artistique. Rattner et moi rencontrâmes celui-ci un quart d'heure après notre arrivée à La Nouvelle-Orléans. Nos bagages étaient encore dans la voiture arrêtée le long du trottoir ; nous ne nous étions même pas encore mis en quête d'une chambre. L'après-midi tirait à sa fin quand nous arrivâmes au cabinet du docteur au Whitney Building. Il avait sans nul doute déjà bien occupé sa journée. On ne l'aurait jamais cru à voir l'accueil qu'il nous fit. Sa présence même était électrisante. Avec cet esprit clair et la conscience d'un homme qui s'est acquitté de tous ses devoirs, il se mit à notre entière disposition, attentif à nos moindres désirs.

Je garde encore le souvenir de la façon dont il accueillit mon ami Rattner ; ce fut pour moi une preuve de plus de sa grandeur d'âme. « Voilà vingt ans que j'attends l'occasion de vous voir ! » s'écria-t-il en étreignant cordialement Rattner. « J'ai suivi votre œuvre depuis le jour où j'ai pour la première fois entendu parler de vous. Je connais par cœur toutes vos toiles : je vis avec depuis des années. Quel peintre vous êtes ! Seigneur, si j'avais votre talent, votre vision, où ne serais-je pas aujourd'hui ? » Il continua ainsi, abreuvant Rattner de compliments, tous empreints d'une humble et profonde sincérité. « Vous allez me dire mille choses », dit-il. « J'ai une foule de questions à vous poser. Combien de temps resterez-vous à La Nouvelle-Orléans ? Examinerez-vous mes tableaux ? Me direz-vous si je suis sur la bonne voie ? » Et ainsi de suite, une vague d'enthousiasme suivant l'autre, comme un jeune garçon qui se trouve en présence d'un maître vénéré.

Rattner, qui est la modestie personnifiée et qui, dans ce pays du moins a plutôt l'habitude de voir son œuvre critiquée et tournée en ridicule, était confus et embarrassé. Jamais, je crois, il n'avait reçu éloges aussi spontanés, aussi chaleureux, et surtout venant d'un autre peintre. Le docteur Souchon ne fit pas non plus suivre son éloge dithyrambique d'un long exposé de ce qu'il n'aimait pas chez Rattner, comme c'est l'usage chez les artistes. Au contraire, il tira prétexte de cette rencontre pour puiser autant qu'il put dans les connaissances et la vaste expérience de mon ami. Il était vraiment l'humilité et la déférence incarnées, ce qui, je le répète, est la marque d'une grande âme. Tout fier qu'il soit de son œuvre, il ne s'aveugle pas sur sa valeur. Considérant même la tranquille assurance avec laquelle il s'attaque à tous les problèmes qui se posent à lui, je fus assez surpris de le voir faire montre, quand il nous amena devant ses toiles, d'une telle timidité, d'une si grande perplexité. Mais qu'il s'agisse d'art ou de médecine, il garde apparemment la faculté d'avoir l'esprit toujours ouvert. Loin d'être éclipsée, sa personnalité se soumet tout entière à la tâche qu'elle doit accomplir. Il va droit au but, comme un monomaniaque chaussé de patins à roulettes. Il s'enquiert des lois qui gouvernent toutes choses. Il est le premier conscient de ses limites. Comme je lui demandai laquelle il admirait le plus des grandes figures historiques universelles, il me répondit aussitôt : « Moïse. » *Pourquoi ?* « Parce que les Dix Commandements sont les lois fondamentales du monde civilisé et la base aussi de toutes les religions. »

Lors de cette première visite, il nous montra une douzaine peut-être de toiles, qui suffirent à asseoir ma conviction que, Rattner excepté et aussi ce magicien de John Marin, j'avais devant moi le peintre le plus imprégné de vie, de joie, le plus intéressant d'Amérique. L'évolution était frappante depuis ses premières œuvres, conventionnelles, sombres et hésitantes. Ceux qui ont eu l'occasion de voir ses tableaux voici quelques années à la Galerie Julien Lévy, à New York, ne peuvent imaginer quels progrès il a faits depuis lors, particulièrement en ce qui concerne la couleur. Si le docteur Souchon s'était contenté de rester un amateur, comme eut alors le tort de le dire George Biddle, il aurait fait le bonheur des dilettantes qui hantent les galeries de tableaux. L'engouement passager pour les primitifs américains n'est qu'un aspect de l'attitude snob et superficielle de ces Américains toujours avides de sensations et d'amusements qui « s'entichent de peinture », mais que la peinture ne bouleverse jamais vraiment. Le docteur Souchon n'est pas un primitif et ne l'a jamais été ; tout au plus, comme nos « maîtres populaires de la réalité » révèle-t-il une sincérité, une passion, une audace, en même temps qu'une candeur et qu'une simplicité, qu'on ne découvre, semble-t-il, que chez ceux dont on n'a pas reconnu le talent et, comme chez ces derniers il passe dans les toiles du docteur Souchon une forte veine d'humour et de fantaisie, soulignée encore par une totale indifférence aux théories politiques et sociologiques. Comme eux encore, il peint surtout de mémoire, en puisant dans un trésor d'expériences, de visions, de rêves qui, libérés après avoir passé des années enfermés dans le grenier de son âme prennent des qualités que possèdent seuls les purs produits de l'imagination. S'il est un instinctiviste, il n'a rien en tout cas d'un barbare, ni d'un gorille. C'est quand il est le plus naturel, le plus spontané qu'il est le plus sensible, le plus profond. C'est dans celles de ses toiles où se révèlent le moins d'influences que le docteur Souchon approche le plus de la grande tradition de l'art européen. Bien qu'il confesse admirer Cézanne pardessus tout, son œuvre, à mon humble avis, n'a aucun point de ressemblance avec celle de cet inlassable génie du gris. Il a manifestement subi l'influence de Van Gogh, de Toulouse-Lautrec, de Rouault, de Matisse, de Seurat, de Gauguin et, j'ajouterais, sur le plan de la couleur, d'Abe Rattner. Même s'il n'était pas créole de naissance, s'il n'était jamais allé en France, s'il ne s'était jamais intéressé à l'histoire des époques révolues, le docteur Souchon n'en aurait pas moins été un être fin et cultivé, vibrant et sensible à toutes les influences civilisantes de notre temps. Sa vitalité, son enthousiasme, c'est à sa curiosité sans bornes qu'il les doit. Il reste jeune, frais, insouciant, parce qu'il est tourné vers l'avenir et non vers le passé. Et parce que chaque jour il fait ce qu'il s'était proposé de faire. Il commence chaque journée avec une ardoise vierge de tout arriéré. Il n'est pas étonnant après cela qu'il n'ai jamais connu d'échec. Même sa peinture fut aussitôt reconnue, bien qu'elle eût de quoi lui attirer plutôt le mépris et le ridicule.

Je n'oublierai jamais un geste qu'il eut un soir en

dînant, alors qu'on parlait « succès ». Quelqu'un avait cherché à lui arracher une explication plus complète de sa réussite phénoménale. En guise de réponse, il porta ses deux mains à ses lèvres, et les embrassant respectueusement, il dit : « *Je dois tout à celles-ci*[1]. » Sans être à proprement parler une réponse, ce geste révélait l'humilité, l'impersonnalité si caractéristique de l'artiste qui travaille avec ses mains. Il pensait alors à son habileté de chirurgien, acquise au prix d'un long et patient apprentissage. Mais cette faculté d'utiliser avec une merveilleuse dextérité ses mains et ses doigts était révélatrice d'une attitude mentale plus intéressante encore : de la conviction qu'il avait acquise dès son jeune âge que, pour faire son chemin dans le monde, il lui fallait s'appuyer sur les dons qu'il possédait, autrement dit sur la force et sur l'habileté de ses deux mains.

Un autre incident se produisit à ce même dîner qui me ravit. Quant le garçon vint apporter les menus, le docteur Souchon se tourna vers nous en disant : « Laissez cela, je vous en prie... ne les regardez pas. Dites-moi simplement ce qu'il vous plairait de manger ; on vous fera tout ce que vous voudrez. » Je n'ai pas souvenir d'avoir jamais entendu personne s'exprimer ainsi devant moi. Cela avait un accent royal, et même si j'avais commandé un mets abominable, je suis sûr qu'après une telle invite, il m'aurait paru délicieux. Je résolus sur-le-champ que, si un jour je pouvais moi aussi négliger le prix de la nourriture, je me traiterais avec la même indulgence dont il venait de faire montre à notre égard. J'ai toujours eu envie de monter dans un taxi et de dire au chauffeur : « Roulez donc un peu, je ne sais pas encore où je veux aller. »

1. En français dans le texte.

Quelle agréable impression d'aisance et d'assurance cela doit donner !

Les gens de La Nouvelle-Orléans sont extrêmement hospitaliers. J'ai fait là chez des particuliers des repas mémorables. C'est à ma connaissance la ville la plus gaie d'Amérique et cela est dû surtout, ce me semble, au fait que voilà enfin sur ce morne continent un endroit où l'on accorde aux plaisirs des sens l'importance qu'ils méritent. C'est la seule cité d'Amérique où, après avoir longuement savouré un repas agrémenté de bon vin et d'aimables propos, on puisse aller flâner dans le Quartier Français et se sentir un être humain civilisé.

Après ce dîner donc, le docteur Souchon nous laissa aux soins de son bon ami Charles Gresham qui possède une intéressante petite galerie de tableaux dans Royal Street. Et nous faisant visiter le Quartier Français, Gresham se conduisit en homme qui s'y rendait pour la première fois depuis bien des années. Son amour pour ce monde d'autrefois en miniature me rappela irrésistiblement les visites de Paris que je faisais faire à des amis de passage du temps que je n'étais pas encore las de ce genre d'expéditions. Gresham semblait connaître par cœur chaque pouce du chemin, comme seul en serait capable un homme qui nuit après nuit courrait les rues, fouillant toujours plus profond dans les couches secrètes du passé. M'arrêtant un moment à un carrefour pour lui permettre de terminer une histoire qu'il était en train de raconter, je perdis soudain tout intérêt à ce qu'il disait tant me revint vif le souvenir d'une soirée quasi identique que j'avais passée à guider un Américain dans les rues du quartier Latin à Paris. Et quand je dis guider, c'était plutôt lui en fait qui me guidait. C'était la première fois qu'il venait à Paris — il se rendait alors à Manille — et il n'avait qu'une soirée à y passer.

Ce fut une des visites les plus étranges que j'eusse jamais faites. Cet homme m'avait confié pendant le dîner qu'il écrivait une pièce sur la Révolution française et que, au cours de ses recherches, il avait étudié si minutieusement la carte qu'il était convaincu de pouvoir me guider dans les rues comme un authentique Parisien. Et de fait il s'avéra connaître mieux la ville que le premier Parisien venu. Mais c'était une ville morte qu'il visitait. C'était à peine s'il semblait remarquer le Paris vivant, réel, qui s'offrait à ses yeux à tous les coins de rue. Il assaisonnait ses observations de date et de chiffres puisés dans des livres poussiéreux. Jamais, je dois l'avouer, Paris ne me parut si dénué de vie et d'intérêt que vu à travers les yeux de ce dévot de l'histoire. Quand nous parvînmes au chevet de Notre-Dame, un endroit qui de nuit réduit généralement au silence l'imbécile le plus loquace, et que j'eus la consternation de l'entendre évoquer de plus belle les pantins morts de la Révolution, je lui annonçai que j'étais trop fatigué pour continuer notre promenade et nous nous séparâmes fraîchement. Sans doute un homme peut-il écrire un passionnant drame historique sans même visiter le lieu de l'action, mais un homme aussi imperméable au drame de la rue vivante, qui marche dans le présent en ne voyant que le passé, a pour moi autant d'attraits qu'en aurait un guide de Vienne si j'habitais la Sierra Leone.

Ma seconde visite au cabinet du docteur Souchon ne fit qu'accroître l'estime dans laquelle je tenais son œuvre. Nous vîmes encore une bonne douzaine de toiles couvrant une période de cinq ou six ans. La conversation avec Gresham semblait avoir rafraîchi ma vision. Et cette promenade que nous avions faite la veille au soir dans le Quartier Français avait réveillé pour moi cette Louisiane dont la splendeur est encore toute chaude sous les cendres. Au milieu de ce parc

Jackson, dont l'ambiance est unique, j'avais compris soudain pourquoi cet endroit exerçait sur moi une pareille fascination. Cette rangée d'immeubles de rapport qui flanque le parc — les premiers qu'on ait construits en Amérique, m'a-t-on dit — me rappelaient étrangement ces petits hôtels qui encadrent le coin de Paris que je préfère : la place des Vosges. Celle-ci est près de la Bastille ; ceux-là sont près du fameux marché français. Ici comme là on respire un air de paix et de recueillement et tous deux pourtant ne sont qu'à un jet de pierre de la vie grouillante du peuple. Rien de plus aristocratique que l'atmosphère de la place des Vosges, au cœur même du faubourg Saint-Antoine. Jackson Park a presque la même saveur. On a peine à croire qu'on est aux Etats-Unis.

Il en va des tableaux du docteur Souchon comme de toute l'ambiance de la Louisiane : c'est américain sans être américain. Beaucoup de ses toiles auraient pu être de la main d'un artiste français contemporain. Non pas tant dans le sujet que dans le sentiment, dans la manière. Elles ont toutes quelque chose de sage et de gai, quelque chose qui s'approche parfois du grand sentiment de la nature des peintres chinois. Quelque chose qui nous rappelle que « nous sommes bien près de nous éveiller quand nous rêvons que nous rêvons ». Qu'elles sont loin, ses rêveries, des stylisations stériles et blêmes d'un Grant Wood, des efforts maladroits d'un Thomas Benton ! Quel monde désolé, blafard et plagiaire que l'art pictural américain ! A l'exception des primitifs et de ce magicien de John Marin dont la présence parmi nous est un phénomène qui tient du miracle, qu'y a-t-il de valable ou de représentatif parmi la camelote peinte que nous fabriquons à la chaîne comme des bougies ? Où sont la puissance de vision, l'individualité, le courage et les audaces que déploient ces Européens qu'on taxe d'« efféminés » ?

Où sont notre Picasso, notre Van Gogh, notre Cézanne, notre Matisse, notre Braque, ou même un simple et honnête Utrillo ? Pourrions-nous jamais donner un Rouault, ou un Paul Klee, pour ne rien dire même de ces géants du passé italien, espagnol, hollandais, allemand ou français ? A toutes ces questions, on fait toujours la même réponse : *nous sommes encore un pays jeune !* Combien de siècles encore allons-nous nous cramponner à cette béquille ? Qu'on pense à ce que le Bouddha a accompli dans le cadre d'une existence. A ce que les Arabes ont réalisé dans les quelques décades qui ont suivit l'apparition de Mahomet. A l'incomparable bouquet de génies qu'a vu éclore la Grèce en moins d'un siècle. Jamais le génie d'un peuple n'a attendu que la vie économique et politique ait atteint un calme utopique. Quelle que soit la période que l'on choisisse, la condition des masses a toujours été misérable. Je crois même qu'on est en droit d'affirmer que les plus belles périodes d'art ont coïncidé avec les périodes de plus grande misère et de pires souffrances pour le peuple. Si un quart du peuple américain vit aujourd'hui bien audessous du niveau de vie normal, il n'en reste pas moins cent millions de personnes qui jouissent de conforts et d'avantages que personne avant elles n'avait jamais connus. Qu'ont-ils donc qui empêche leurs talents de se révéler ? Ou bien est-ce que le talent souffle ailleurs ? N'est-ce pas que la grande ambition du mâle américain est de devenir un homme d'affaires prospère ? Ou bien simplement de « réussir », sans s'embarrasser de la forme, ou de la signification de cette réussite ? Je suis absolument certain que l'art vient au dernier rang de nos préoccupations. On tient le jeune homme qui a l'air de vouloir devenir un artiste pour un fou, ou à tout le moins pour un paresseux, un boulet sans intérêt. Il lui faut suivre son inspiration au prix de la faim, de l'humiliation et du ridicule. Il ne peut gagner sa vie qu'en pratiquant le genre d'art qu'il méprise. S'il est peintre, le plus sûr moyen pour lui de survivre, c'est de faire de stupides portraits de gens plus stupides encore ou de vendre ses services aux pontes de la publicité qui, à mon avis, ont fait plus que n'importe qui ou quoi pour ruiner l'art. Prenez les peintures murales qui ornent nos édifices publics : la plupart relèvent de l'art commercial. Certaines n'atteignent même pas à ce niveau, pour ce qui est de la conception et de la technique. Le grand souci a été de plaire au public, à un public dont le goût a été gâté par les chromos et les affiches d'un Maxfield Parrish conçus dans le seul propos de « faire vendre ».

Si le docteur Marion Souchon avait peint ses toiles à vingt-cinq ou trente ans, s'il avait compté sur son art pour le faire vivre, il aurait fort probablement crevé de faim et aurait traîné d'échec en échec. Les critiques auraient ri de ses tableaux, et lui auraient conseillé d'aller apprendre à dessiner dans une académie; les marchands lui auraient dit d'attendre encore dix ans. Son succès est dû pour une part — et, bien malgré lui, croyez-moi ! — à ce qu'on a pu exploiter son talent comme une sensation, une monstruosité. C'est ainsi que l'on traite aujourd'hui l'œuvre des primitifs américains : comme une sorte de burlesque en peinture à l'usage des hoi polloi. Et pourtant ces monstres ont produit des toiles avec lesquelles aucun artiste américain n'a pu encore rivaliser de qualité, de conception et d'exécution. Il en va de même de l'œuvre des fous de nos asiles : beaucoup de leurs tableaux dépassent de cent coudées la production de nos maîtres académistes.

Dans l'un de nos pénitenciers fédéraux, l'aumônier irlandais qui me faisait visiter la chapelle me désigna les vitraux, œuvre d'un des prisonniers, comme s'il s'agissait d'une grosse plaisanterie. Ce qu'il admirait, c'étaient les illustrations de la Bible du style calendrier des postes exécutées par des prisonniers qui « savaient peindre », comme il disait. Quand je lui dis carrément que je n'étais pas de son avis, quand je me mis à lui parler avec un enthousiasme respectueux des humbles mais sincères efforts de l'homme qui avait dessiné les vitraux, il m'avoua qu'il ne connaissait rien à l'art. Tout ce qu'il comprenait, c'était que l'un des hommes savait dessiner et l'autre pas. « Est-ce cela qui fait d'un homme un artiste, est-ce de savoir dessiner des bras et des jambes, de savoir représenter un visage et poser comme il faut un chapeau sur une tête... est-ce cela ? » lui demandai-je. Il se gratta le crâne d'un air perplexe. Il ne s'était manifestement jamais posé la question. « Que fait ce garçon maintenant ? » demandai-je, parlant de l'auteur des vitraux. « *Lui ?* Oh, nous lui enseignons à copier des illustrations de magazines. » « Et comment s'en tire-t-il ? » « Il n'y prend aucun intérêt », me dit l'aumônier. « On dirait qu'il n'a pas envie d'apprendre. »

Idiot ! me dis-je en moi-même. Même en prison ils essaient de gâcher un tempérament artistique. La seule chose qui m'intéressait de tout le pénitencier, c'étaient ces vitraux. C'était la manifestation d'un esprit libre de cruauté, d'ignorance, de perversion. Et ils s'étaient emparé de cet esprit libre, et de cet homme humble et qui aimait son travail, ils essayaient de faire un perroquet savant. O progrès et lumières ! D'un bon prisonnier faire un prix Guggenheim en puissance ! Ecœurant !

« J'aime mieux ne pas penser à ce que doit subir l'artiste sans argent », me dit le docteur Souchon. « Je ne peux imaginer enfer plus affreux. » Comme toutes les grandes villes d'Amérique, La Nouvelle-Orléans est pleine d'artistes affamés ou à demi morts de faim.

Le quartier qu'ils habitent est l'objet de constantes démolitions et il est réduit en poudre par la grosse artillerie des vandales du monde industriel. Nous raillons le vandalisme des Huns, de nos anciens ennemis, les Allemands, mais chez nous, au cœur du dernier refuge architectural d'Amérique, dans le dernier coin de paradis d'un monde que nous avons saccagé de nos propres mains, l'insidieux travail de destruction se poursuit. Au train où l'on va, d'ici cent ans, il ne restera plus sur ce continent trace de la seule culture que nous ayons été capables de produire : la riche culture esclavagiste du Sud. La Nouvelle-Orléans a le culte du passé, mais elle regarde sans s'émouvoir les barbares de l'avenir ensevelir le passé. Quand le magnifique Quartier Français ne sera plus, quand on aura détruit tous les vestiges du passé, il n'y aura plus pour inspirer l'artiste que les immeubles de bureaux nets et stériles, les hideux monuments et édifices publics, les puits de pétrole, les cheminées d'usine, les aérodromes, les prisons, les asiles de fous, les hospices, les queues devant les boulangeries, les tristes cabanes des Noirs, les vieilles Ford ferraillantes, les trains aérodynamiques, les boîtes de conserves, les drugstores, et les vitrines éclairées au néon. *Ou bien,* ce qui est plus probable, pour l'amener au suicide. Peu d'hommes auront le cran d'attendre d'avoir soixante ans pour toucher à un pinceau. Plus rares encore seront ceux qui auront l'occasion de devenir chirurgiens. Quand un dentiste connu a l'audace de dire que pour le travailleur les dents — ses propres dents — sont un luxe, où allons-nous ? Bientôt médecins et chirurgiens diront : « A quoi bon chercher à protéger la vie quand elle n'a pas de raison ? » Bientôt, par pure bonté d'âme, ils se grouperont en une société d'euthanasie et feront un sort à tous ceux qui ne peuvent s'adapter aux terreurs de la vie moderne. Le champ de bataille ainsi que le domaine de l'industrie leur fourniront encore bien assez de malades à soigner. L'artiste deviendra peut-être comme l'Indien protégé du gouvernement ; peut-être le laissera-t-on traîner une vie ridicule simplement parce que, comme pour les Indiens, on n'aura pas le courage de le tuer carrément. Ou peut-être l'obligera-t-on à s'acquitter de ses « tâches » envers la société avant de lui permettre de s'adonner à son art. Il me semble que nous allons vers une impasse de ce genre. On dirait que seule l'œuvre des morts a pour nous quelque attrait, quelque valeur. On parvient toujours à persuader les riches de patronner un nouveau musée ; on peut toujours compter sur les académies pour nous pourvoir en chiens de garde et en hyènes ; on peut toujours acheter des critiques pour tuer tout ce qui est jeune et plein de vie ; on trouve toujours des éducateurs pour tromper les jeunes sur la signification de l'art ; on peut toujours pousser des vandales à détruire ce qui est puissant et heurte les habitudes. Les pauvres n'ont en tête que problèmes de logement, de nourriture ; les riches peuvent se distraire en amassant les gras revenus que récoltent pour eux les vampires qui font commerce du sang et de la sueur des artistes ; les bourgeois paient pour venir critiquer ou béer ; fiers de leurs connaissances artistiques mal digérées et trop timorés pour défendre des hommes qu'au fond de leur cœur ils craignent, ils savent bien que leur véritable ennemi ce n'est pas le maître devant qui il leur faut courber l'échine, mais le rebelle qui dévoile par la plume ou par le pinceau la pourriture de l'édifice que la molle bourgeoisie est obligée de soutenir. Les seuls artistes qui soient aujourd'hui largement récompensés de leur peine, ce sont les charlatans ; cette catégorie ne comprend pas seulement la variété importée, mais aussi la variété indigène qui compte bien des individus habiles à soulever un nuage de poussière chaque fois que se trouvent engagés des enjeux importants.

L'homme qui veut peindre, non pas ce qu'il voit, mais ce qu'il sent, n'a pas place parmi nous. Il est bon pour la prison ou pour l'asile d'aliénés. A moins que, comme le docteur Souchon, il ne puisse faire la preuve de sa santé d'esprit en consacrant trente ou quarante années de sa vie au service de l'humanité en qualité de chirurgien.

Telle est la situation de l'art dans les Etats-Unis d'aujourd'hui. Combien de temps cette situation se prolongera-t-elle ? Peut-être après un nouveau bain de sang, écouterons-nous enfin les hommes qui veulent concevoir la vie autrement qu'en termes d'avidité, de rivalité, de haine, de mort et de destruction. Peut-être... *Qui vivra verra* [1], comme disent les Français.

1. En français dans le texte.

L'ARKANSAS ET LA GRANDE PYRAMIDE

L'Arkansas est un grand Etat. Il *doit* être grand, sinon De Soto, qui a découvert à peu près tout ce qu'il y avait à découvrir dans le Sud-Ouest ne s'y serait pas arrêté, aurait passé outre. Quatre-vingt-dix ans avant le débarquement des Pèlerins à Plymouth [1], les Espagnols, qui étaient aussi des Blancs, ce me semble, pénétrèrent dans ce territoire. Après la mort de De Soto, une centaine d'années se passa avant que d'autres Blancs ne missent le pied dans cette région qui ne devait être admise à faire partie de l'Union qu'en 1836. Soixante mille personnes environ peuplaient alors l'Etat. Il compte aujourd'hui deux millions d'habitants. Et puis l'Arkansas a combattu sous la bannière des Confédérés, encore un point en sa faveur ! A Little Rock, on peut encore voir l'ancien Capitole construit en 1836, une des plus exquises œuvres architecturales de toute l'Amérique. Pour l'apprécier à sa juste valeur, il n'est que de voir la monstruosité qu'on a élevée à Des Moines. Will Rogers, cette grande figure américaine qui commence à prendre l'importance d'un Mark Twain ou d'un Abe Lincoln, a pensé assez de bien de l'Arkansas pour aller

1. En 1620, des Puritains anglais réfugiés à Leyde vinrent fonder en Amérique la colonie de New Plymouth. (*N.d.T.*)

y prendre femme dans la ville qui porte son nom. Les faits, comme on le voit, et les chiffres ne manquent pas pour faire de l'Arkansas un Etat privilégié. Je ne m'attarderai pas sur le fait qu'on y récolte les plus gros melons d'eau du monde (certains pèsent jusqu'à soixante-quinze kilos) ; que c'est près de Murfreesboro, dans le coin sud-ouest de cet Etat, que se trouve la seule mine de diamants des Etats-Unis, ainsi que le plus grand verger de pêchers du monde (sept mille hectares et un million et demi d'arbres) ; que le comté de Mississippi est la région du monde où l'on produit le plus de coton ; que quatre-vingt-dix-neuf pour cent de la population de l'Etat se compose de pionniers de pure race américaine ; que dans une cabane, aujourd'hui transformée en musée, à trois kilomètres au sud de Mont Gaylor, Albert Pike fit jadis l'école. Je passe sur ces intéressants détails pour m'étendre plus longuement sur deux hommes, morts aujourd'hui, et dont bien des Américains peut-être n'ont jamais entendu parler : le Brigadier Général Albert Pike, jadis Grand Commandeur Souverain de la Juridiction Méridionale de Franc-Maçonnerie d'Ancien Rite Ecossais et William Hope Harvey, dit « la Monnaie », constructeur de la Pyramide qui ne fut jamais érigée sur le Mont Ne, en Arkansas.

C'est chez le Juge Mac Haney, à Little Rock, que j'entendis pour la première fois parler de Harvey « la Monnaie », ce sobriquet lui venant de son amitié avec William Jennings Bryan à l'époque où celui-ci se faisait l'avocat de « l'argent libre ». Harvey était, semble-t-il, un de ces excentriques indépendants et libres penseurs, qui ont le courage de leurs opinions : un type rapidement en voie d'extinction en Amérique. Il avait gagné une petite fortune, paraît-il, grâce à la vente d'un livre (un petit ouvrage relié en toile verte, illustré, de deux cent vingt-quatre pages vendu vingt-cinq cents) qui était son œuvre et qu'il avait intitulé *Le Livre* (sic). *Le Livre* traitait de l'influence de l'usure « sur les organismes gouvernementaux depuis l'aube de la civilisation, et des effets destructeurs d'un système financier fondé sur l'usure aux Etats-Unis et dans le reste de monde ». Vers 1930, Harvey ayant perdu toute confiance dans le parti républicain comme dans le parti démocrate, réunit une convention afin de fonder un Nouveau Parti Politique. Un tract appelé « La Sonnerie de Clairon » et qui se vendait vingt-cinq cents, contient un intéressant rapport sur le Comité National ainsi improvisé et qui, si je ne me trompe, mourut en naissant. Harvey était d'avis que le lieu choisi pour la Convention Nationale de son nouveau parti devait être situé à l'*ouest* du Mississippi. C'est là, me semble-t-il, un symptôme assez significatif du schisme toujours plus marqué entre les Etats de l'Est et ceux de l'Ouest. Pour les lettres de créance des délégués à la Convention, Harvey avait eu une idée assez originale. « Toute demande d'admission dans une fraternité, dans une organisation quelconque, ou dans un service public doit être examinée », expliqua-t-il dans « l'Appel du Clairon ». « Le temps manquera pour examiner les candidatures de ceux qui voudront être nommés délégués à la Convention ; il convient donc de substituer à un examen une déclaration signée attestant que l'impétrant possède bien les connaissances qui se révéleraient à l'examen. » L'idée de Harvey, la voici : lesdits délégués, en place d'examen, devraient lire son livre, *Le Livre,* pour se rendre éligibles. « C'est », continue-t-il, « le seul livre à notre connaissance contenant les données historiques essentielles (c'est-à-dire celles concernant l'usure et la grandeur et la décadence des civilisations ; si le candidat a lu *Le Livre,* c'est la preuve qu'il possède bien les connaissances nécessaires pour être admis à notre convention. »

Inutile de dire que la Convention fut un véritable four. Mais je ne crois pas, par contre, que Harvey fût un raté, bien que son nom soit déjà oublié et que la grande idée de la Pyramide sommeille entre les pages poussiéreuses d'une brochure de vingt-cinq cents intitulée *La Pyramide.* Ayant fait par hasard la connaissance à Rogers d'un homme du pays fort obligeant, je réussis au prix de quelques recherches à acquérir l'un des trois ou quatre exemplaires existants de cet extraordinaire document. Je puiserai largement dans le texte de ce petit pamphlet pour expliquer le projet de Harvey qui, je dois le préciser, fut en partie réalisé, bien que la Pyramide elle-même ne fût jamais érigée.

Je visitai le lieu choisi pour la construction du monument dans les premières heures d'une belle journée de printemps. J'en rapportai le sentiment que Harvey n'était ni un imbécile, ni un fou, ni un illuminé. Et je songeai en même temps non sans tristesse que dans cent ans d'ici les raisons qui avaient inspiré cette construction avortée prendraient peut-être leur véritable importance.

Pourquoi cette Pyramide ? Je cite Harvey : « La Pyramide est destinée à attirer l'attention des peuples du monde sur le fait que bien des civilisations déjà sont venues et ont passé en occasionnant d'indicibles souffrances à des centaines de millions de personnes et que notre civilisation est actuellement en danger, qu'elle est sur le point de disparaître. L'avertissement que lance au monde la Pyramide amènera, nous l'espérons, les gens à réfléchir et à oublier tout égoïsme pour prendre les mesures qui s'imposent afin de protéger et de perfectionner la civilisation. Si l'on ne s'y emploie pas sans délai, avant que ne s'instaure le règne de l'absolue confusion, le temps usant des caractères indéchiffrables de l'oubli et de la barbarie, inscrira une épitaphe sur la tombe de notre civilisation. »

« Quand la Pyramide sera achevée », ajoute-t-il, « nous nous proposons d'y installer une station de radio et de maintenir le contact avec le monde entier, sans perdre de vue notre but qui est d'amener les peuples du monde à bâtir une civilisation parfaite. »

Harvey avait d'abord eu l'intention de financer lui-même le projet de la Pyramide, mais après avoir englouti dix mille dollars dans l'affaire, il se trouva un peu gêné et fit appel aux contributions volontaires. Des sommes allant de un à cinquante dollars lui parvinrent de tous les coins du monde et le total, à l'époque où il publia sa petite brochure, atteignait mille dollars. On estimait que le coût total de la Pyramide serait d'environ soixante-quinze mille dollars.

Ce qui impressionna fort Harvey et l'aiguillonna, ce fut le fait, comme il le dit lui-même, « qu'il n'existe plus de terre inconnue où l'on puisse fuir ! La Vérité et le Mensonge, le Bien et le Mal, Dieu et Satan sont aujourd'hui face à face dans le monde entier. C'est la même crise qu'ont subie les autres civilisations disparues ! L'égoïsme individuel qui s'est cristallisé sous la forme des lois des nations a détruit les démocraties et les républiques pour donner naissance à des monarchies despotiques. L'égoïsme sans frein est un feu dévorant qui ronge comme un cancer les organes vitaux des gouvernements, apportant avec lui corruption, préjugés, vanité et produisant une race anémique de nabots mal nourris. Comment faire face à cette crise ? Comment les peuples du monde lui feront-ils face ? »

La Pyramide devait avoir quarante mètres de haut sur une base carrée de douze mètres de côté. Au nord de la Pyramide on devait ériger une terrasse de béton où mille personnes pourraient prendre place. A la base de celle-ci, on aménagea effectivement un lac d'eau claire avec une île artificielle en béton. Un expert des Ciments de Portland déclara qu'une fois recouverte d'un enduit imperméable, « la Pyramide pourrait durer un million d'années, et plus longtemps même : indéfiniment ».

Le Mont Ne, lieu choisi pour la réalisation de ce projet, est situé au bord d'une vallée, à l'extrémité d'un éperon rocheux. Harvey, ayant constaté que l'érosion avait ramené de 4 200 à 420 mètres l'altitude des Monts Ozarks, prit la précaution de choisir un endroit qui n'était situé qu'à 75 mètres du sommet de la montagne. « Si », écrit-il, « par suite de l'érosion, la vallée se trouve peu à peu comblée et que l'altitude des montagnes environnantes diminue à la longue, la Pyramide, avec ses 40 mètres, sera encore bien visible. C'est par ailleurs une certitude géologique qu'il n'y a pas à craindre de tremblement de terre ni d'activité volcanique dans ces montagnes. La Pyramide est donc dans d'excellentes conditions pour résister au temps. »

Au sommet du puits intérieur on devait apposer une plaque faite du plus dur métal connu et portant l'inscription suivante : « Quand vous aurez pu déchiffrer ces mots, descendez et lisez un exposé des causes de la mort d'une civilisation antérieure. »

On devait apposer des plaques similaires sur la paroi extérieure des deux chambres fortes et de la salle à ceci près que « descendez » deviendrait ici « entrez ». Dans la grande salle située au bas du puits et dans les deux chambres fortes, on devait enfermer des exemplaires d'un « livre décrivant la naissance et le développement de notre civilisation, les dangers qui la menaçaient de destruction, et mentionnant un certain nombre d'opinions sur la cause de sa mort imminente. Ce sera un livre relié cuir de quelque trois cents pages, imprimé sur un papier choisi par un expert en papier de New York et dont chaque page sera recouverte d'un papier transparent qui permet la lecture mais empêche l'encre de pâlir. Quand la Pyramide sera achevée, mais avant qu'on ne scelle l'entrée de la salle et des deux chambres fortes, on la laissera sécher un an. Et durant cette année (*sic*) on rédigera le livre, on en imprimera trois exemplaires et on se préparera à les placer dans la Pyramide. »

La brochure explique ensuite que ces livres seraient enfermés dans des boîtiers étanches et que le produit de la vente servirait à l'entretien du terrain et à payer un gardien. On devait également sceller dans la Pyramide d'autres ouvrages : des livres sur l'industrie, sur la science, les découvertes et inventions, etc. La Bible aussi, et des encyclopédies et des livres d'histoire. Egalement des reproductions d'hommes et d'animaux à différents stades de notre civilisation. Dans la grande salle on devait disposer « des objets d'usage courant dans la vie domestique ou industrielle, depuis une épingle jusqu'à une victrola. »

On s'était montré fort prévoyant puisqu'on avait pensé aussi à un livre expliquant les lois fondamentales de la langue anglaise « qui facilitera la traduction quelle que soit la langue utilisée à l'époque où l'on ouvrira la Pyramide. » J'aime notamment beaucoup le passage suivant :

« Sans doute une nouvelle civilisation naissant des cendres de celle-ci s'élèvera-t-elle lentement, comme cela a été le cas de la nôtre, amenée de découverte en découverte par la raison humaine et n'en sachant pas plus sur ce que nous avons découvert que nous ne sommes au courant des progrès des civilisations préhistoriques ; et il lui faudra probablement attendre de posséder l'acier et la dynamite avant de pouvoir pénétrer à l'intérieur de la Pyramide. Ce qui présuppose une intelligence capable d'apprécier ce que l'on trouvera dans la Pyramide. Comme la salle et chacune des deux chambres fortes contiendront chacune des renseignements sur l'existence des deux autres, si l'explosion de la dynamite détruit le contenu de la première pièce ainsi découverte, les nouveaux venus se montreront plus prudents en pénétrant dans les deux autres.

« Les vestiges des anciennes civilisations que nous avons exhumés ne nous disent rien des avantages et des inconvénients de ces civilisations, des luttes menées par ces peuples et des raisons de leur décadence. La Pyramide que nous nous proposons d'élever contiendra tous ces renseignements. En ouvrant la Pyramide et en lisant les documents qu'elle contiendra, les hommes qui vivront des milliers d'années après nous apprendront l'existence des chemins de fer, du télégraphe, de la radio, du phonographe, du téléphone, de la linotype, de la machine volante et du phénomène de la circulation sanguine, bref de toutes les découvertes des quatre cents dernières années. Bien que notre civilisation progresse depuis cinq mille ans, ce n'est que dans les cinq derniers siècles qu'on a découvert que la Terre était ronde. Ceux qui pénétreront dans la Pyramide trouveront donc une mappemonde.

« Notre civilisation a fait de merveilleuses découvertes en ce qui concerne la connaissance de l'univers d'une part et les sciences dans leurs applications médicales ou industrielles d'autre part, mais elle en a fait bien peu dans le domaine de la politique et aucune dans l'étude de la civilistion en tant que science. C'est pourtant de ce dernier point que dépend la perfection d'une civilisation.

« Tel est donc le but que se propose cette Pyramide, et nul homme n'y aura son tombeau. La vanité n'y aura pas place et aucun nom ne figurera sur les parois extérieures. Elle ne portera d'autre inscription que celle gravée sur les plaques de métal. »

Harcelé qu'il était par le manque de fonds, Harvey avait pourtant cru bon de faire une ironique concession à la vanité humaine.

« Les noms et *adresses* (*sic*) de tous les souscripteurs seront inscrits sur un parchemin qu'on glissera dans un récipient de verre dans lequel on aura fait le vide et qui sera placé sur un piédestal au centre de la grande salle. Leurs noms figureront aussi dans le livre ci-dessus mentionné qui sera mis en vente. Ainsi sera-t-il rendu hommage à leur concours qui aura permis de terminer et de sceller plus tôt la Pyramide. »

En conclusion se trouvait une déclaration du directeur de la First National Bank, agence de Rogers, Arkansas : « Nous estimons que tant du point de vue historique que du point de vue archéologique, c'est là une entreprise d'importance mondiale et nous lui donnons bien volontiers notre appui. Nous connaissons personnellement Mr. Harvey, qui est un fidèle client de notre banque et un gentleman dont la réputation de probité et d'honorabilité n'est plus à faire. » *Et cœtera, et cœtera.*

Il était question de transcrire également sur le plus beau parchemin cette déclaration, de la mettre sous récipient de verre scellé et de l'enfermer avec les autres documents. Et, en admettant qu'on l'eût fait, je me demande si, munis de cette miraculeuse clef de la langue anglaise qu'on a prévue pour eux, les hommes des millénaires à venir, une fois qu'ils auraient retrouvé l'art de fabriquer l'acier et la dynamite, seraient capables aussi de démêler la signification du mot « gentleman ». Je les imagine se triturant la cervelle et cherchant des vestiges de cette espèce disparue. Je suis certain que avec toutes ces photographies et tous ces dessins d'hommes, de machines, de costumes, d'animaux, d'oiseaux, d'inventions et de je ne sais quoi encore dont il pensa à laisser un émouvant souvenir, jamais l'idée ne vint à Harvey que le terme de « gentleman » serait dénué de toute signification pour les hommes du futur. Je doute fort que les gens destinés à ouvrir un jour la Pyramide aient la moindre notion du type d'homme que représentait Mr. Harvey. Il serait extrêmement intéressant, si nous le pouvions, de lire la docte thèse d'un savant analysant le contenu de cet étrange reliquaire d'une civilisation qui aurait existé quelque deux cent cinquante mille ans auparavant. Nous qui avons suivi les ébats de tous nos experts en ...ologie quelconque, nous pouvons bien nous montrer sceptiques sur les possibilités de lecture de ceux qui viendront dans ce lointain avenir que seul le ciment de Portland peut espérer atteindre. Le ciment de Portland, en vérité ! C'est dans l'étouffante atmosphère d'une affaire de ciment que j'ai passé mes premières années au sortir du collège. De cette vie je ne me rappelle que le terme de FOB [1]. C'était lui qui me faisait descendre du tabouret sur lequel j'étais perché à remplir des formulaires pour aller deux étages plus bas m'enquérir des taux de fret pour Pensacola, Nagasaki, Singapour ou Oskaloosa. Durant les trois ans que j'ai passés à travailler pour ces gens, je n'ai jamais vu un seul sac de ciment. Je voyais des photographies des usines dans le bureau du vice-président, chaque fois que j'étais obligé ou que j'avais l'autorisation de pénétrer dans ce saint des

1. FOB : pour *free on board*, terme d'exportation désignant le prix d'une marchandise livrée à bord du bateau, les frais de transport et d'assurances maritimes non compris.

saints. Je me demandais souvent de quoi était fait le ciment. Et, à en juger par les lettres que nous recevions de clients furibonds, tous les ciments de Portland n'étaient pas de la même qualité supérieure. Certains d'entre eux ne résistaient pas, semblait-il, à une bonne averse. Mais la question n'est pas là. Ce que j'aimerais dire, avant d'en terminer avec la Pyramide, c'est que, à mon humble avis, les jeunes couples sur le point de partir en voyage de noces et qui ont brillamment passé leur Wassermann, feraient aussi bien, au lieu de prendre un billet pour les Chutes du Niagara, de s'en aller au Mont Ne. Ils devraient tâcher également de se procurer un exemplaire du *Livre.* Et à Rogers, qui est la ville où il est logique de s'arrêter pour aller en excursion au Mont Ne, ils devraient descendre à l'hôtel Harris : c'est un des meilleurs hôtels et des plus raisonnables des Etats-Unis. Je le recommande sans réserve.

Avec Albert Pike, nous trouvons un homme également préoccupé des aspirations et du bien-être de l'humanité dans son ensemble, mais dont le tempérament et le point de vue sont entièrement différents. Je n'avais jamais entendu parler de Pike avant de venir à Kansas City pour aller rendre visite à un peintre que j'avais connu à Paris. Mon ami était franc-maçon. Il me parlait souvent de la franc-maçonnerie et d'autres questions intéressantes tandis que nous déambulions le soir, entre le *Café du Dôme* et la rue Froideveaux, en face du cimetière Montparnasse, où il habitait et où il m'abrita à une période où je n'avais pas de quoi me loger ni de quoi manger. Je le jugeais en ce temps-là un drôle de type. Il m'entretenait de bien des sujets qui me semblaient sans queue ni tête. J'allais même jusqu'à le ridiculiser derrière son dos, ce que je regrettai plus tard et que je cherchai à racheter en faisant un détour de seize cents kilomètres pour aller lui dire bonjour à Kansas City. Je ne lui soufflai bien sûr pas mot de cette évolution. Je laissai mes actions parler d'elles-mêmes. J'en fus récompensé de façon bien inattendue quand, lors de mon départ, il me prêta un livre que j'avais grande envie de lire et dont je ne pensais jamais qu'il se séparerait un instant, surtout que je savais qu'il me tenait pour un individu un peu irresponsable. Ce livre intitulé *Le Phénix*, se présente comme une revue illustrée d'occultisme et de philosophie. L'auteur est un nommé Manly Hall. L'édition était de 1931-32. Bien avant d'arriver à Little Rock, où je fus admirablement reçu par un autre dignitaire franc-maçon, j'avais dévoré le contenu du livre. J'avais oublié aussi, en parcourant avidement les pages de cet ouvrage au format étrange — plutôt celui d'un atlas que d'une revue d'occultisme — qu'Albert Pike avait habité Little Rock. Je commençais à peine à m'orienter dans la ville que je tombai droit sur le Consistoire ! et quelques heures plus tard, j'écoutais le Juge Mac Haney parler des extraordinaires travaux de ce distingué citoyen du Monde qu'était Albert Pike. Je n'avais heureusement pas attendu pour connaître ce personnage le boniment du guide qui me fit visiter le Consistoire. Ce triste individu — sans doute un franc-maçon, lui aussi, de bas échelon — avait l'esprit tout encombré de statistiques qui avaient peut-être intéressé l'Evêque Chinois qu'il semblait si fier d'avoir piloté dans cette morne bâtisse, mais qui non seulement me laissèrent froid, mais encore abattu. Je garde un souvenir particulièrement pénible du tableau suédois dont, parce que l'auteur en était Suédois, il s'était mis en tête que c'était une œuvre plus remarquable que les autres chromos qui ornaient les murs. Quand nous arrivâmes à l'auditorium, il passa derrière le proscenium et fit jouer patiemment tous les tableaux d'allumage afin de me montrer toutes les gammes d'éclairage qu'on employait à l'occasion pour donner à cette horrible décoration de confiserie un air de poésie et de mystère. Ce fut une lugubre visite, ponctuée de chiffres secs concernant le nombre de gens qui pouvaient prendre place à la fois dans le réfectoire, le nombre de jours et de nuits nécessaires pour se préparer à passer du troisième au trente-deuxième degré, et ainsi de suite. Ce que je préférai, ce fut le vestiaire où, dans de petits placards bien rangés se trouvait une étonnante variété de costumes, dont le plus extraordinaire était celui de l' « homme pauvre ». Les plus beaux avaient un je ne sais quoi d'asiatique. De tibétain, presque, s'il ne s'en était dégagé par ci par là un détail caractéristique du goût des pompiers locaux. On distinguait les rites d'York, appris-je, pour les Juifs et « les autres » (quels autres ? je me le demande), et les rites écossais instaurés par Pike. Je fus très intrigué à la vue des masques. Mais quand je me mis à l'interroger, le guide se rendit aussitôt compte que je n'étais pas franc-maçon et les rangea en hâte comme s'il venait de commettre une indiscrétion. Je me demandais vaguement quels rapports il pouvait bien y avoir entre tout ce bric-à-brac et le génie d'Albert Pike. Il était inutile de poser la question car mon guide était manifestement très à l'aise dans cette ridicule atmosphère de mômerie. Il attendait avec impatience de me faire visiter le « club des millionnaires », petite plaisanterie de son cru sur la salle de billard où les maçons sans fortune cherchaient à se distraire pendant quelques brefs moments de l'interminable monotonie de leurs jours.

En retournant à mon hôtel ce soir-là, je pris dans mes bagages le livre de Manly Hall et je relus son essai tout à la fois lucide et inspiré sur le grand franc-maçon américain. En ouvrant le livre, mon regard tomba aussitôt sur ce paragraphe :

« La Franc-Maçonnerie d'Albert Pike est une conception trop vaste pour être appréciée par ceux qui n'ont pas déployé les ailes de l'inspiration pour s'élever vers les hautes sphères de la raison. Albert Pike était un véritable initié maçon. Il avait le sentiment de la dignité et de la grandeur du travail. Il connaissait la haute vocation des maîtres architectes. Perçant de son regard prophétique le voile de l'avenir, il a rêvé avec Platon et Bacon d'un monde gouverné par la sagesse et du retour de l'âge d'or. »

Selon Hall, Pike s'est efforcé de faire comprendre au monde que la franc-maçonnerie n'est pas *une* religion, mais *la* religion. « La franc-maçonnerie », dit Hall, « n'est comparable à aucune des autres fois qui ne semblent exister que dans le but de se réfuter l'une l'autre. La franc-maçonnerie sert et nourrit le besoin naturel qu'a l'homme d'adorer Dieu dans l'univers et dans le monde. Elle n'entre en conflit avec les croyances d'aucun homme car elle est au-dessus des croyances. Elle éloigne ses adeptes des vaines discussions pour les unir dans une harmonieuse adoration du Créateur universel. Elle invite les hommes à passer de la théorie à la pratique, de la vaine spéculation à l'application de ces grandes vérités éthiques qui permettent à la nature humaine de connaître la perfection. »

Pike était, paraît-il, un géant tant pour le corps que pour l'intelligence, le cœur et l'âme. Il a connu toute la gamme des honneurs terrestres. Durant les trente-deux ans qu'il fut Grand Commandeur Souverain il reçut la visite d'importants personnages venus du monde entier le consulter. « Qui sait », dit un de ses admirateurs, « si Albert Pike n'était pas une réincarnation de Platon en plein dix-neuvième siècle ? » On l'appelait Albert le Grand, l'Homère américain, le Maître Architecte, le Vrai Maître des Voiles, l'Oracle de la Franc-Maçonnerie et le Zoroastre de l'Asie moderne. Connaissant à fond le grec et le latin, il apprit tout seul un grand nombre de langues et de dialectes, parmi lesquels le sanscrit, l'hébreu, l'ancien samaritain, le chaldéen, le perse et le dialecte des Indiens d'Amérique. Il apprit le sanscrit alors qu'il avait plus de soixante-dix ans. « Les manuscrits inédits qu'il a laissés à la bibliothèque du Conseil Suprême constituent », dit Manly Hall, « les travaux les plus importants que l'on connaisse sur le symbolisme de la franc-maçonnerie. »

Je veux citer ici les fières paroles de Pike lui-même, les plus propres à donner une idée de son caractère et de sa puissance visionnaire. Ce passage est extrait de l'essai sur le « Symbolisme Maçonnique » :

« Mais ceux qui ont conçu les Degrés de la Maçonnerie ont adopté les symboles les plus sacrés et les plus significatifs d'une très lointaine antiquité — connus bien des siècles avant la construction du Temple du Roi Salomon — pour exprimer à ceux qui les comprenaient, tout en les laissant ignorées du profane, les doctrines les plus secrètes et les plus mystérieuses concernant Dieu, l'univers et l'homme. Et ceux qui ont conçu les Degrés et adopté ces symboles les ont utilisés pour exprimer la même doctrine sainte et sacrée et leur ont donné une tout autre interprétation que celle qui leur est aujourd'hui donnée dans les Loges. Telle est du moins la conclusion à laquelle je suis parvenu après des années de réflexion et de patiente étude. Je suis convaincu, et prêt à donner les raisons qui justifient ma foi, que les principaux symboles de la Franc-Maçonnerie, tous ceux qui remontent véritablement à une lointaine antiquité, concourent à enseigner les principes fondamentaux d'une vaste philosophie religieuse et constituent l'expression hiéroglyphique de certaines idées profondes sur l'existence, les manifestations et l'activité de la Divinité, l'harmonie de l'Univers, le Verbe Créateur et la Divine Sagesse, et sur l'unité du divin et de l'humain, du spirituel, de l'intellectuel et du matériel dans l'homme et dans la nature, idées que l'on retrouve dans toutes les religions et qui ont été exposées par les grandes écoles philosophiques de toutes les époques. Les antiques symboles de la Franc-Maçonnerie enseignent, à mon avis, les doctrines et les profondes vérités religieuses qui en réalité SONT la Franc-Maçonnerie. Loin de moi l'idée de croire que celle-ci n'enseigne aucune croyance ni doctrine religieuse ; je suis bien au contraire persuadé qu'elle réside tout entière dans la philosophie religieuse qu'elle enseigne et que le vrai Franc-Maçon est celui-là justement qui interprète comme il se doit les Symboles. »

Comme le fait remarquer Manly Hall : « Pike admet donc ici sans équivoque le principe fondamental de la métaphysique et de l'occultisme, à savoir que sous les symboles extérieurs et sous les dogmes de la religion se dissimule une révélation ésotérique des secrets de la Nature et du but de l'existence humaine. »

En poursuivant ma lecture, j'en arrivai enfin au message (lequel apportait une réponse à la question que je n'avais osé poser au Consistoire) de Pike aux Frères Maçons. C'est un message qui devrait séduire les artistes, et surtout l'artiste en mots qui, bien qu'il s'en rende rarement compte, est plus près des initiés que les représentants élus de Dieu.

« Ainsi les religions tombent-elles dans un formalisme vain et dans des mômeries inintelligibles. Les Symboles demeurent, comme les coquillages arrachés aux profondeurs, immobiles et morts sur le sable des grèves ; et les Symboles sont aussi muets, aussi inanimés que les coquillages. En sera-t-il toujours de même de la Maçonnerie aussi ? Ou bien ses antiques Symboles, héritage de fois primitives et de très anciennes initiations, seront-ils sauvés de l'asservissement des lieux communs et des erreurs d'interprétation et reprendront-ils leur haute place et deviendront-ils les Saints Oracles de la Vérité philosophique et religieuse, leur révélation de Divine Sagesse à nos doctes ancêtres ; et l'immense supériorité de la Franc-Maçonnerie se révélera-t-elle ainsi sur toutes ces éphémères sociétés modernes qui singent son rituel et caricaturent son Symbolisme ? »

On a peine à croire que dans un lieu aussi retiré que les Monts Ozarks, en un siècle adonné tout entier au plus bas matérialisme, ait émergé une figure comme celle d'Albert Pike, autodidacte et self-made man, qui combinait dans une personnalité rayonnante les éminentes qualités du poète, du juriste, du chef militaire, de l'érudit, du sage, du Cabbaliste, de l'Hermétiste et du haut dignitaire de la Maçonnerie. On trouve dans les photographies que l'on a de lui une certaine ressemblance avec Whitman, cette autre grande figure patriarcale du XIXe siècle. Tous deux présentaient des traces d'une forte sensualité. Pike, disait-on, était gourmand. « Haut de un mètre quatre-vingt-huit, il avait les proportions d'un Hercule et la grâce d'un Apollon. Une tête et un masque massifs, léonins, rappelant dans chaque trait un dieu grec rêvé par un sculpteur. » C'est ainsi que le décrit un contemporain. Un autre dit de lui : « Son large front proéminent, sa contenance sereine, et sa gigantesque stature me faisaient penser à une créature venue du fond des âges. L'habit d'un citoyen américain ne semblait pas convenir à une personnalité aussi forte. La tenue d'un ancien Grec aurait été plus en accord avec ce visage et cette silhouette, la robe par exemple que portait Platon pour parler de la divine philosophie à ses étudiants parmi les buissons de l'Académie d'Athènes, sous l'éclatant soleil de Grèce. »

Il est remarquable que d'une région considérée (bien à tort) par les autres Américains comme peuplée d'âmes primitives et frustes, soit issue cette figure vraiment royale d'un homme capable de discourir avec autant de science que de grâce des enseignements de Pythagore, de Platon, d'Hermès Trismegiste, de Paracelse, de Confucius, de Zoroastre, d'Eliphas Levi, de Nicolas Flamel, de Raymond Lulle et autres maîtres.

Il est extraordinaire aussi que tout en évoluant dans un milieu apparemment hostile à l'étude et à la poursuite des arcanes, cet homme, dans *Morales et Dogme,* ait pu résumer en un paragraphe ce que d'éminents érudits n'ont pas réussi à faire tenir en d'épais volumes. « On est empli d'admiration », écrit-il, « de voir, en pénétrant dans le Sanctuaire de la Cabbale, une doctrine aussi logique, aussi simple et en même temps aussi absolue. L'union nécessaire des idées et des signes, la consécration des réalités les plus fondamentales par les caractères primitifs ; la Trinité des Mots, des Lettres et des Nombres ; une philosophie simple comme l'alphabet, profonde et infinie comme le Verbe ; des théorèmes plus complets et plus lumineux que ceux de Pythagore ; une théologie qui peut se résumer en comptant sur ses doigts ; un Infini qu'un enfant peut tenir au creux de sa main ; dix chiffres, et vingt-deux lettres, un triangle, un carré et un cercle, tels sont les éléments de la Kaballe. Voilà les principes élémentaires du Verbe écrit, réflexion du Verbe énoncé qui a créé le monde ! »

LETTRE À LAFAYETTE

Je ne crois pas que je me serais jamais servi d'une automobile s'il n'y avait eu Dudley et Flo de Kenosha. Dudley est l'un de ces génies dont j'ai promis de parler au début de ce livre. Dudley et Lafe car, sans Lafe, Dudley aurait peut-être disparu avant de naître et la *Lettre à Lafayette* n'aurait jamais été écrite.

Dudley dit que cela a commencé avec la machine à ramer : « Je rêve un empire », etc. Mais, pour moi, cela commence au cœur même du Sud, avant l'arrivée de Salvador Dali et de son attirail à la Caligari. Non, cela commence même un peu avant, avec *Generation*, une mort-née dont émergea une grande amitié. Mais, soyons précis... Vers quatre heures du matin, un de mes amis reçut un coup de téléphone de Kenosha, ou de Des Moines, je ne sais pas. Un jeune homme du nom de Dudley (à ne pas confondre avec Joe Dudley, le batteur) et un autre jeune homme du nom de Lafayette Young, tous deux de bonne famille, sains de corps et d'esprit, mais légèrement exaltés semblait-il, appelaient pour savoir si Henry Miller était là et s'ils pouvaient le rencontrer. Environ un mois plus tard, ils arrivèrent dans une Ford délabrée, avec une petite malle noire, des disques de phonographe et autres objets de première nécessité. En un mot comme en cent, nous devînmes amis tout de suite. Ils avaient avec eux leur embryon, *Generation.* Je crois que nous étions, alors, à la fin de l'hiver ou au début du printemps. Derrière *Generation,* il y avait un autre livre, non encore né et qui devait s'appeler *Lettre à Lafayette,* Lafayette n'étant rien autre que le petit Lafe Young de Des Moines. En quelques semaines, *Generation* était mort. Mais la *Lettre à Lafayette* survécut. Bien plus, elle bourgeonna comme un rameau au printemps. Vers l'été, nous nous trouvâmes tous ensemble sous le même toit d'une grande propriété du Sud. Tous, c'est-à-dire Dudley, la petite Flo, sa femme, et moi. Lafe était quelque part à l'ombre mais promettait d'arriver d'un jour à l'autre. Mais une nuit, vers trois heures du matin, nous eûmes un visiteur inattendu et nous nous enfuîmes tous précipitamment. Mais c'est là une autre histoire et qu'il me faudra peut-être raconter dans une œuvre posthume, si je puis dire, car c'est une histoire de diffamation.

Nous nous retrouvâmes à Kenosha, dans la maison de Dudley et Flo. Lafe était à Des Moines. A ma grande joie, Dudley avait commencé la *Lettre à Lafayette.* Il l'écrivait avec un bout de crayon et dans un gribouillis microscopique sur un énorme registre. Ce n'était plus un rêve mais une réalité obstinée et bien en chair. Je venais de voir la machine à ramer au grenier où nous étions allés répandre le contenu de la mystérieuse malle noire. « J'ai un autre véhicule », me dit Dudley, « une voiture abandonnée que j'ai sauvée du cimetière des autos : *mon empire.* Je peux aller partout et rester sur place. Pas de roues, pas de moteur, pas d'éclairage, pas de traction. Je traverse des forêts vierges, des fleuves, des marais, des déserts... à la recherche des Mayas. Nous essayons de trouver notre père, notre nom, notre adresse. »

A cette dernière phrase, je sursautai. C'était comme s'il m'avait dit qu'il avait trouvé la clef. Quelques mois plus tôt, il était encore en pleine confusion, en pleine obscurité, luttant pour se détacher de l'homme au piano, figure obsédante et paranoïaque qu'il avait représentée dans des centaines de dessins et dont il parlait si magnifiquement que j'en étais presque arrivé à en être obsédé moi-même.

« C'est comme un grand accès de nausée », me dit Dudley, me parlant de la lettre qu'il avait enfin commencée. « Je veux laver à grande eau ma vie, et la littérature du même coup. Le livre s'ouvre sur un cauchemar, une évacuation, un flot d'images jetées à l'égout. »

Encore une phrase qui me captiva. Imaginez un jeune garçon de Kenosha, qui n'avait jamais écrit une ligne, et qui déclarait qu'il commençait par « un flot d'images jetées à l'égout » !

Comme je l'ai dit, Lafe était toujours à Des Moines, installé dans le w.-c. dont il avait fait un atelier. Lafe est un maître épistolier s'il en fut. « Tout sera bleu », écrit-il. « Je démissionne. J'abdique. Je renonce. » Ou encore : « J'ai foi... *dans la mort.* » Les mots s'éparpillent sur ses pages comme des feuilles jetées là par une tempête. Et toujours il y a le vent vert, les rameaux verts, le bruissement du printemps, le battement du tam-tam, le cliquetis de la machine à calculer, les râles de déments. « Tout ça, c'est du grand nettoyage », écrit-il, puis il continua, parlant de Stavroguine, de Sade, de Villon ou de Rimbaud, ou des petits hommes de paille qu'il a aperçus en parcourant l'enfer avec Dante et Virgile. « Qu'est-ce qu'une lettre ? » dit Lafe. « Quelques centaines de mots, une rame de papier, une boîte de jambon, un vomissement ici, là, ou dans n'importe quel endroit public. Je n'ai pas besoin de vous. J'abdique. Je démissionne. » Etc. Il est comme un homme qui va allumer un feu de joie sous vos fesses. Il n'a rien d'autre à faire que de vivre toute une vie de grand duc dans une maison de fous au cœur d'une ville peuplée de fantômes, s'offrant jusqu'au dernier des caprices qui lui passe par la cervelle et transposant dans la réalité le comportement des personnages qu'il admira dans les livres qu'il dévore comme un ténia. D'ici quelque temps, Lafe va faire sa valise et s'en aller à Mexico où il écrira un livre sur Norman Douglas ou Henry Miller. Il en fera tirer juste deux exemplaires, un pour son sujet et un pour sa famille... juste pour prouver qu'il n'est pas tout à fait bon à rien.

« Cher Lafayette »... C'est ainsi que commence le livre... le lendemain matin, dans le studio. *Quel studio ?* Ne me le demandez pas ! Flo a la fièvre. Elle devient prophétique. Elle annihile dans toutes les directions. Les soliloques se succèdent, dans le grand style. « Je commence », dit Dudley, « au point le plus bas de ma vie. Je vais de l'avant et je retourne en arrière... en contrepoint. Oui, ce sera une obsession perpétuelle. Je continuerai ce livre jusqu'à la fin des temps. Il ne sera jamais terminé. C'est le livre de la vie qui continue à jamais. C'est la *marche en avant*, voilà ce que c'est. » (Voilà, on l'imagine, qui va combler d'aise les auditeurs de « Information Please ».)

A la base, il y a l'homme au piano qu'il a rencontré une nuit dans une petite boîte de Chicago. J'ai vu les croquis qu'il en a fait et ils m'ont hanté. Il en fait des gravures aussi, dans du savon... « toujours le moi solitaire ». Il lui fait des petits vêtements, une petite chaise, un petit urinoir, une petite maîtresse... tout cela pour le petit homme, son moi. L'homme au piano est devenu pour Dudley le symbole du dernier artiste dans le monde. « Il est étouffé dans la matrice », dit-il. « Il est drogué, hypnotique et hypnotisé, obsédé. Mais, *en même temps il est évolution.* » (Ce « en même temps » est aussi une magnifique idiosyncrasie.) Et il continue ainsi à broder sur le moi solitaire, l'homme oublié qui est mi-singe mi-nègre, l'homme au piano jouant dans la matrice sous l'eau au milieu des varechs que rejette la roue de l'évolution. Par moments, il est squelette, ou aristocrate seulement avec un éclairage fluorescent. Ou alors il est système nerveux. Ou encore Dieu, le Dieu du monde conceptuel de Dudley. A la fin, quand il ne reste rien que le sable et un vent vert qui souffle sur toutes choses, il devient un poulpe s'escrimant à ouvrir une huître perlière. L'essentiel, explique Dudley, est qu'il fait du rêve une marche en avant. En tant que dernier artiste, il devient le rêve réalisé... Comme dirait Lafe : « Jésus... *c'est ça !* » En attendant, tandis que le personnage se révèle, que l'oracle se fond dans la prophétie, que les images s'éjectent, il semble que quelqu'un dorme en haut, dorme aussi profondément que la figure cataleptique au premier plan du fameux tableau de Marc Chagall. Un homme, ou peut-être une femme, sur la route de Vérone, s'arrêtant pour passer la nuit à Gary avec un sandwich dans la poche et un revolver aux lèvres. L'homme écrit une lettre à quelqu'un qu'il ne verra peut-être plus jamais, un homme sans adresse, un homme dont aucun appareil respiratoire ne pourrait ressusciter le père bien que les pompiers aient été appelés. Un homme, disons-le tout net, qui vient tout juste d'être libéré de chez les fous. Il est indispensable, alors, de définir, de redéfinir toutes choses : la vie, l'art, les relations humaines, les mœurs des oiseaux et des chiens, la classification et le mode de reproduction des végétaux, la faune marine, les courants marins, les marées, la courbure du globe terrestre, les météores, etc. Même la perspective est discutée, et l'herbe des marais, et la rouille, la vapeur, l'humus. « Je ne suis pas un écrivain », ne cesse-t-il de répéter. « Je ne fais que parler. Je suis une âme perdue. Je communique avec le seul être humain que je connaisse. Je parle dans le vide. » Et ses paroles vont vers l'avant et vers l'arrière, du studio où gît Cassandre qui lance des prophéties au trou dans les bois qu'il avait creusé pour y mourir après avoir volé tous les livres de la bibliothèque municipale de Chickamauga. Il y a le costume sur mesures aussi, un objet aux conséquences rares et imprévisibles : la période Daniel Boone, quand tout devait être unique et intentionnel. Il y a de nostalgiques tableaux où l'on voit la petite Flo, sur la pelouse, ciseaux en main et Samson privé de ses boucles. Cela continue en mesure à deux-quatre, lente et décroissante procrastination qui attend tout son développement sous un sycomore.

Il y a des passages qui attirent particulièrement, qui font l'effet un peu de vitraux, comme celui où Nellie, Nellie d'Arkadelphie, s'apprête à jouer au bridge avec les riches veuves de je ne sais quelle ville. Ou bien le passage décrivant le défilé de l'American Legion devant une banque et la première rencontre de Lafe et Dudley. Ou encore le passage qui décrit l'arrivée de Lafe à Kenosha : il descend d'un superbe train aérodynamique, avec un costume bleu croisé, de grandes bottes, des lunettes à monture d'écaille, les cheveux longs et un bouc. Et il pose sur le sol sa canne et s'avance, le regard fixe. *Qu'en pensez-vous ?* Et Lafe de dire : « C'est formidable. C'est *inexplicablement* formidable ! » Il y a aussi le passage où Lawrence Vail apporte un pigeon qui saigne du rectum ; Lafe, plein de compassion, le prend, l'examine avec révérence et puis, sans explication, tord le cou du pigeon en disant mystérieusement : *Hémorroïdes !*

Cette *Lettre à Lafayette* sera, je crois, tout à la fois le déluge et l'arche. Les conditions météorologiques sont on ne peut plus favorables. Il suffit que quelqu'un déclenche le levier qui ouvrira les célestes écluses. Je crois que Dudley est l'homme qu'il faut. Sinon, il se trouvera bien quelque autre homme de génie pour le faire. Les jeunes gens d'Amérique se désespèrent : ils savent qu'il ne leur reste plus une chance. Ce n'est pas seulement que chaque jour la guerre approche plus près, c'est que, guerre ou pas guerre, tout cela ne peut que finir dans la violence.

Un homme né à Kenosha, à Oshkosh, à White Weter, à Blue Earth ou à Tuscaloosa a droit aux mêmes privilèges qu'un homme né à Moscou, à Paris, à Vienne ou à Budapest. Mais l'Américain de race blanche (pour ne pas parler de l'Indien, du Nègre ni du Mexicain) n'a pas l'ombre d'une chance. S'il a le moindre talent, il est condamné à le voir foulé aux pieds d'une façon ou d'une autre. La méthode américaine consiste à séduire un homme en le corrompant et à faire de lui une prostituée. Ou alors à l'ignorer, à le contraindre par la faim à se soumettre et à faire de lui un barbouilleur de papier. Ce ne sont pas les océans qui nous séparent du reste du monde : c'est le point de vue américain sur la vie. Rien ici ne peut s'accomplir que ce qui est utilitaire. On peut parcourir des milliers de kilomètres sans même se douter qu'il existe un art. Vous apprendrez des tas de choses sur la bière, le lait condensé, les articles en caoutchouc, les conserves et les matelas pneumatiques, mais jamais vous ne verrez ni n'entendrez rien qui concerne les chefs-d'œuvre artistiques. C'est pour moi un véritable miracle que les jeunes Américains aient jamais entendu parler de gens comme Picasso, Céline, Giono, etc. Il doit s'escrimer comme un beau diable pour voir leurs œuvres et, quand il finit par se trouver face à face avec l'œuvre des maîtres européens, comment pourrait-il comprendre les raisons de cette création ? Quel rapport entre ces œuvres et lui ? Pour peu qu'il soit un être sensible, à l'âge où il prend contact avec l'œuvre de maturité des Européens, il est déjà devenu à moitié fou. La plupart des jeunes gens de talent que j'ai rencontrés dans ce pays m'ont donné l'impression d'être un peu déments. Et comment ne le seraient-ils pas ? Ils sont là qui vivent parmi des gorilles à peine évolués, des boulimiques et des alcooliques, des marchands de succès, des lanceurs de petites inventions stupides, des aboyeurs de la publicité. Mon Dieu, si aujourd'hui j'étais un jeune homme, si je devais me trouver aux prises avec un monde tel que celui que nous avons créé, je me ferais sauter la cervelle. Ou peut-être, comme Socrate, m'en irais-je répandre ma semence sur la place du marché. L'idée ne me viendrait assurément pas d'écrire un livre, de peindre un tableau, ou de composer une œuvre musicale. Pour qui ? Qui, en dehors d'une poignée de désespérés, est capable de reconnaître une œuvre d'art ? Que peut-on faire de soi si l'on a consacré sa vie à la beauté ? Peut-on envisager de sang-froid la perspective de passer le reste de ses jours dans une camisole de force ?

Va vers l'ouest[1], jeune homme, disait-on jadis. Aujourd'hui il faut dire : fais-toi sauter la cervelle, jeune homme, il n'y a pas d'espoir pour toi ! J'en connais qui ont tenu et qui sont parvenus au sommet — c'est-à-dire à Hollywood — autant dire qu'ils sont parvenus au sommet d'une tente de cirque. L'autre jour encore, je parlais à l'un d'eux ; un garçon qui, un jour qu'il avait trop faim, avait tué un veau dans un champ à coups de marteau et l'avait traîné jusque chez lui pour le manger en secret. Je me promenais le long de la plage de Santa Monica tandis qu'il me racontait cette histoire. Nous venions de passer

1. Formule célèbre lancée par le journaliste Horace Creeley en 1851.

devant la demeure d'une ancienne vedette de cinéma qui avait fait poser un parquet dans son chenil pour que son petit pékinois chéri ne se salisse pas les pattes. En face s'élevait la maison d'une riche veuve qui était devenue d'une telle corpulence qu'elle n'était plus capable de monter ni de descendre les escaliers et qu'il avait fallu installer un ascenseur pour la mener de son lit à sa table. Cependant j'avais reçu une lettre d'un autre jeune écrivain qui m'annonçait que son éditeur lui avait trouvé dans sa maison un poste d'homme à tout faire : il travaillait quatorze heures par jour à taper à la machine, à tenir la comptabilité, à expédier le courrier, à vider les poubelles, à conduire la voiture, etc. Son éditeur, qui est riche comme Crésus, proclame à qui veut l'entendre que ce jeune écrivain est un génie. Et il ajoute qu'il est excellent pour ce jeune homme de travailler un peu.

Ce qui me plaît chez Dudley et chez quelques autres, c'est qu'ils ont l'intelligence de refuser tout travail. Ils préféreraient mendier, emprunter, voler. Six mois sous le joug et ils ont compris. Dudley pourrait être metteur en scène s'il le voulait. Lafe pourrait être, s'il le désirait, à la tête d'une compagnie d'assurances. Mais ils ne le désirent pas. Nage ou coule, telle est leur devise. Ils regardent leurs pères, leurs grands-pères, qui ont tous fait une brillante carrière dans le monde des jacasseurs américains. Ils aiment mieux rester dans la merde. Bravo ! Je les salue. Ils savent ce qu'ils veulent au moins.

« Cher Lafayette, me voilà assis avec le cadavre de ma jeunesse... » Je ne me rappelle plus comment cela commence, mais c'est quelque chose comme ça. Cela commence avec le guano, avec la petite boîte noire pleine de souvenirs du passé. Avec le terrain vague qui est juste devant Gary. Avec la puanteur des produits chimiques, des espoirs éclatés, des promesses mangées aux vers. Avec les puits de pétrole jaillissant du fond de la mer. Cela commence avec le programme de défense et une flotte de bateaux à ciment. Avec les Bons du Trésor et la mort pour les Philippins. Cela commence quelque part dans le désert de la noire misère, de l'oppression et du tohu-bohu. Allez, mettez la dynamo en route. Installez l'homme au piano sur son tabouret et donnez-lui une cigarette de marihuana. Remettez sur la chaussée les 58 946 tués ou invalides qu'ont faits cette année les accidents de la circulation et ramassez l'argent de l'assurance. Appelez la Western Union et chantez *Bon Anniversaire.* Achetez six Packards et une vieille Studebaker. Faites nettoyer vos bougies. Prenez donc sur 96 m. 76 Bing Crosby ou Dorothy Lamour. Faites nettoyer votre panama et donner un coup de fer à votre pantalon blanc. Si vous êtes pratiquant, veillez à avoir un enterrement de rite israélite : cela ne vous coûtera pas plus cher qu'un autre rite. N'oubliez pas de mâcher votre tablette de chewing-gum, vous aurez l'haleine fraîche. Faites n'importe quoi, soyez ce que vous voudrez, dites tout ce qui vous passe par la tête, parce que de toute façon tout cela ne rime à rien et que personne n'y fera attention. On trouve aujourd'hui 9 567 publications en vente dans les kiosques à journaux d'un bout à l'autre du pays. Alors une voix de plus, même si c'est un hurlement hystérique, ne se fera guère remarquer. Ce sont toujours les *best-sellers* qui se vendent le mieux. Noël sera plus tôt cette année à cause de la guerre. L'an prochain, vous aurez une jambe de platine à moins que le gouvernement ne réquisitionne le platine pour fabriquer des ailes d'avion. Chantez, dansez : le temps presse. En 1943 ce sera fini, plus tôt même si les « sales communistes » nous le permettent. Achetez des colis pour l'Angleterre ; cela sauvera un Hindou de plus. Quand vous faites des exercices de combat à la baïonnette, souvenez-vous toujours de viser les parties charnues, jamais les os ni les cartilages. Si vous êtes bombardier en piqué, assurez-vous que votre parachute est en état. Si vous vous ennuyez, descendez donc au cinéma d'à côté voir aux actualités le bombardement de Chungking ; c'est très beau malgré le bruit et la fumée. Bien entendu, vous voulez vous assurer que vous lancez vos bombes où il faut, sur les Japonais et pas sur les Chinois, sur les boches et pas sur les tommies, *et cætera*. Quand les gens poussent des hurlements de terreur et de douleur, bouchez-vous les oreilles : *ce n'est que l'ennemi qui crie, ne l'oubliez pas*. Ce sera une bonne année pour les hommes d'affaires américains. Réconfortante pensée. Les salaires vont monter jusqu'à en éclater. On écrira 349 nouveaux romans, on peindra 6008 nouveaux tableaux, œuvres de talents consacrés, et dont chacun sera meilleur que le précédent. Dans le courant de l'année, on ouvrira quelques nouveaux asiles de fous. Alors, Dudley, installez-vous dans votre machine à ramer et souquez ferme. Ce sera une année exceptionnelle à tous points de vue.

Aux dernières nouvelles que j'ai reçues de lui, Dudley s'apprêtait à partir pour un voyage à bicyclette parce que la *Lettre à Lafayette* le rendait fou. La petite Flo devait rester pour ouvrir une maison de repos. Sans Dudley, je n'aurais jamais acheté de voiture, c'est ce que j'avais commencé à expliquer. A force de rouler d'un endroit à un autre, je finis par m'attacher à la Ford 1926 de Dudley. Surtout après ce voyage effectué en un temps record pour aller chercher le grand Salvador Dali et le ramener à la maison avec armes et bagages sans rien casser d'autre que la cage à oiseaux et l'encrier à musique. Les soirs où nous n'avions rien d'autre à faire que d'aller faire un tour jusqu'au bout de la route et revenir, je discutais avec Dudley. Nous parlions de l'univers et de la façon dont tous les rouages s'enclenchent les uns dans les autres. Dudley, je ne tardai pas à m'en rendre compte, était un artiste jusqu'aux bouts des ongles. Je m'en apercevais d'autant mieux quand je le comparais au grand Salvador Dali. Dali travaillait tout le temps. Quand il avait terminé, il n'était plus rien, pas même une serpillière dont on pourrait encore extraire une goutte d'eau. Dudley semblait incapable de travailler, du moins à cette époque. Il était en pleine gestation. Quand il parlait, il se mettait en nage. Certains le prenaient pour un névrosé. C'était à peine si Dali le remarquait. Dali ne remarquait rien. Peu lui importait, disait-il, d'être ici ou ailleurs ; il pourrait aussi bien travailler au Pôle Nord. Dudley, lui, était impressionnable. Tout l'emplissait d'émerveillement et de curiosité. Parfois, pour éviter de nous encroûter, nous allions à Fredericksburg manger dans un restaurant italien. Il ne se passait jamais rien. Nous nous contentions de manger et de parler. Nous parlions de tout. Nous nous sentions en pleine euphorie. Nous n'avions rien résolu. A midi le lendemain, il ferait comme toujours plus de 40 degrés à l'ombre. Nous en étions réduits à rester assis en caleçon et à boire des Coca-colas pendant que Dali travaillait. Nous regardions la pelouse, les hannetons, les grands arbres, les Nègres au travail, les mouches qui bourdonnaient. Le matin, à midi et le soir nous avions du Count Basie. En fin de journée, un gin-fizz ou un scotch soda. Et nous parlions toujours. Et nous étions oisifs et alanguis. Et nous parlions de l'univers. Nous le démontions comme une montre suisse. Dali pendant ce temps avait couvert au moins trois centimètres carrés de toile. On l'aurait cru collé à son tabouret. Quand il venait nous rejoindre, il croyait de son devoir de nous distraire. Dudley avait le plus grand mal à rire des pitreries de Dali. Il n'avait pas envie d'être fou dans ce style-là. Nous nous amusions mieux quand nous allions voir Shep et sa femme dans leur cabane. La famille comptait huit ou neuf gosses et ils avaient toujours faim et soif. Parfois nous apportions le phonographe et les gosses chantaient et dansaient. Pas d'images paranoïaques, rien que Shep et sa famille. Au retour, Dudley se lançait dans une tirade mélancolique. Il avait toujours « un flot d'images » à jeter dans la conversation. Il nous saoulait à force de parler. Quand nous étions fatigués, il descendait à la cave où il s'était installé un atelier et il dessinait l'homme au piano dans soixante attitudes différentes. Il avait l'air d'un mineur qui descend dans le puits. Il cherchait du minerai. De temps en temps, il tombait sur un filon et cachait ses trouvailles dans le grand manteau qui devait lui durer dix ans. Tout ce à quoi il tenait, il le gardait dans les poches de son manteau. Quand il n'avait rien d'autre à faire, quand il en avait assez de perdre son temps, il se mettait à tailler tous ses crayons, et il en possédait une surprenante collection. Parfois, il allait jusqu'à la voiture et soulevait le capot, comme pour voir si les organes essentiels étaient toujours là. Parfois aussi, il s'en allait avec une pelle et une pioche réparer la route. Dali devait le croire fou. Mais il n'était pas fou. Il était en gestation. Si nous nous ennuyions vraiment, il s'asseyait en face de nous et imitait Lafe arrivant dans une petite ville et demandant un timbre. Dudley connaissait dans les moindres détails la psychologie de Lafe. Il réussissait même à diminuer sa taille d'une bonne quinzaine de centimètres pour jouer le rôle de Lafe demandant un horaire propre et à jour. Ou bien, si nous nous lassions aussi de ce numéro, il ôtait ses dents de derrière et imitait le bruit de Dali mâchant des pommes de terre bouillies en parlant espagnol. Il pouvait aussi s'allonger de tout son long sur la pelouse et se couvrir de feuillage comme il l'avait fait le jour où il s'était suicidé à Saint-Pétersbourg, en Floride. Il pouvait faire n'importe quoi, sauf voler, non pas parce qu'il n'avait pas d'ailes, mais parce qu'il n'en avait pas envie. Il aurait voulu s'enfoncer toujours plus profond dans la terre, devenir une taupe et produire un jour du magnésium ou du chlorure de chaux. Et durant tout ce temps, il ne cessait de chercher son père, qui avait jadis été un grand joueur de rugby. Et c'est ainsi que petit à petit vint le temps où il coucha tout cela sur le papier et commença à écrire : « Cher Lafayette... » Je suis sûr que ce sera la plus belle lettre que jamais un homme ait écrit à un autre homme, plus belle même que la lettre de Nijinsky à Diaghilev. Et, comme il le dit, elle n'aura pas de fin, car on n'écrit pas une pareille lettre en une semaine, en un mois ni en un an, c'est une œuvre infinie, une création infiniment pénible, infiniment instructive. Peut-être Lafayette sera-t-il mort avant d'en avoir lu la dernière ligne. Et tout le monde. Le livre continuera à s'écrire tout seul avec un pistolet automatique. Il tuera tout ce qui passera à sa portée. Il fera table rase de tous ces lieux horribles et hantés de fantômes, afin que ceux qui viendront plus tard aient le champ libre, afin qu'ils puissent donner libre cours à leur imagination, à leur fantaisie. Il réglera leur compte une fois pour toutes à Meurtre, Mort, Fléau et Cie. Il libérera les esclaves. Bonne chance, Dudley, et à vous aussi, petit Lafe ! Et maintenant asseyons-nous tous et écrivons une autre Lettre à Lafayette. Amen !

AVEC EDGAR VARÈSE
DANS LE DÉSERT DE GOBI

Que le Monde s'éveille. L'Humanité en Marche. Rien ne peut l'arrêter. Une Humanité consciente, qu'on ne peut ni exploiter ni prendre en Pitié. En avant ! Allons ! Ils marchent ! Le piétinement de millions de pas, qui résonne, sourdement, inlassablement. Le rythme change. Vite, lentement, staccato, traînant, piétinement sourd. Allez. Crescendo final donnant l'impression que l'impitoyable Marche en avant ne s'arrêtera jamais... se projetant dans l'Espace...

Des Voix dans le Ciel, comme si des Mains magiques et invisibles tournaient les Boutons de Postes de Radio fantastiques, des Voix emplissant tout l'Espace, se croisant, se brisant, se superposant, se repoussant, s'écrasant, se broyant les unes contre les autres. Des Phrases, des Slogans, des Formules, des Chants, des Proclamations : la Chine, la Russie, l'Espagne, les Etats fascistes et les Démocraties brisant toutes les Gangues qui les emprisonnent...

Qu'est-ce donc que cette proclamation ? Un anarchiste déchaîné ? Un habitant des îles Sandwich sur le sentier de la guerre ?

Non, mon ami, ces mots sont d'Edgar Varèse, un compositeur. Il expose le thème d'une de ses œuvres. Ce n'est d'ailleurs pas tout :

« Ce qu'il faudrait éviter : les accents de la propagande, aussi bien que les spéculations journalistiques sur les événements et les doctrines du jour. Je veux rendre la puissance de choc de notre époque, dépouillée de tous ses maniérismes et de tous ses snobismes. Je propose d'utiliser çà et là des bribes de phrases empruntées aux révolutions américaine, française, russe, chinoise, espagnole et allemande : des étoiles filantes et des mots aussi qui tombent comme des coups de marteau-pilon. J'aimerais un ton exalté, prophétique, incantatoire, l'écriture restant toutefois sèche, dépouillée. Et aussi quelques phrases de folklore, pour leur qualité humaine, terrestre. Je voudrais embrasser tout ce qui est humain, depuis ce qu'il y a de plus primitif jusqu'aux plus lointaines frontières de la science. »

Je vois d'ici les réactions que provoquera le texte cidessus. « Il est fou », dira-t-on. Ou bien : « Qui est-ce... un fou ? » Et : « Qui diantre est-ce que cet Edgar Varèse ? »

Des millions d'imbéciles heureux d'Américains sont capables aujourd'hui de réciter sans reprendre haleine une kyrielle de noms tels que Picasso, Strawinski, Joyce, Freud, Einstein, Blavatsky, Dali, Ouspenski, Krishnamurti, Nijinsky, Blenheim, Mannerheim, Messerschmitt, *et cætera*. Tout le monde bien sûr sait qui est Shirley Temple. Beaucoup de gens même connaissent le nom de Raimu. Mais Ramakrishna, il n'est sans doute pas une personne sur cent mille qui ait jamais entendu ce nom ou qui l'entendra jamais... à moins que ce livre ne devienne un *best-seller*, ce dont je doute.

Où est-ce que je veux en venir ? A ceci : il y a quelque chose de louche dans ce meilleur des mondes démocratiques en ce qui concerne la diffusion des informations essentielles. Un homme comme André Breton, qui est le père du surréalisme, peut se promener pratiquement incognito dans les rues de Manhattan. Depuis l'histoire Bonwit Teller[1], des millions d'Américains connaissent maintenant fort bien le terme de surréalisme. Si vous interrogez quelqu'un à brûle-pourpoint, surréalisme, cela le fait penser à Salvador Dali. Et dire que nous sommes à l'âge d'or de l'information. Si vous voulez vous instruire sur le passé, écoutez les émissions intitulées « Miroir de l'Histoire ». Si vous voulez de fausses informations sur les événements mondiaux, achetez un journal ou écoutez à la radio le Président vous parler « de vous à lui » de la politique internationale. Si c'est encore trop pour vous, que cette pléthore d'informations justes et erronées, eh bien achetez donc le *Reader's Digest*... comme tout le monde.

Si vous voulez des renseignements exacts sur Edgar Varèse, et rédigés sur le mode lyrique, je vous renvoie à l'article de Paul Rosenfeld dans le dernier numéro de *Deux fois par an*, une anthologie semestrielle publiée par Dorothy Norman, 509 Madison Avenue, New York. Vous trouverez là Alfred Stieglitz, toujours sur la brèche. Je vous signale en passant que c'est une maison « cent pour cent américaine », comme on dit. Alors vous pouvez y aller en confiance.

Rosenfeld a traité si amplement et avec une telle

1. Magasin de modes de la Cinquième Avenue à New York, célèbre par la hardiesse de ses étalages. Salvador Dali, notamment, en conçut un jour la décoration. (*N.d.T.*)

intelligence de la musique de Varèse que tout ce que je pourrais dire ne ferait que répéter ce qu'il a écrit. Ce qui m'intéresse à propos de Varèse, c'est le fait qu'il semble incapable de trouver audience. Il est à peu près dans la situation où se trouverait aujourd'hui John Marin, après cinquante ans de travail s'il n'avait pas eu pour lui le fidèle dévouement de son grand ami Alfred Stieglitz. Le cas de Varèse est d'autant plus incompréhensible que sa musique est certainement la musique de l'avenir. Et l'avenir est déjà là puisque Varèse est là et qu'il a déjà révélé à une petite élite sa musique. Ce n'est évidemment pas une musique susceptible d'attirer d'emblée les foules.

Certains hommes, et Varèse est de ceux-là, sont comme de la dynamite. Ce fait seul, je pense, suffit à expliquer pourquoi on les traite, avec une prudente timidité. Nous n'avons pas jusqu'à ce jour encore connu de censure en matière musicale, bien que je me souvienne avoir lu quelque part un article où Huneker se déclarait surpris qu'on n'eût pas censuré certaines œuvres musicales. En ce qui concerne Varèse, je suis intimement convaincu que, si on lui laisse le champ libre, on ne se contenterait pas de le censurer, mais qu'on le lapiderait. Pourquoi ? Pour la raison bien simple que sa musique n'est *pas comme les autres*. Sur le plan esthétique, nous sommes sans doute les gens les plus conservateurs du monde. Nous attendons d'avoir le tournis pour nous détendre. Nous nous cassons alors mutuellement la tête avec l'allégresse que donne la certitude de l'impunité. On nous a donné une éducation tellement poussée — ou tellement peu poussée — que nous sommes incapables d'apprécier quelque chose de neuf, de différent, si on ne nous en a pas parlé d'abord. Nous ne nous fions pas à nos cinq sens ; nous nous fions à nos critiques, à nos éducateurs, qui sont tous autant de ratés en ce qui concerne la création.

Bref, ce sont les aveugles qui guident les aveugles. Et c'est ainsi que l'avenir, qui nous talonne, se trouve avorté, bousculé, étouffé, mutilé, anéanti parfois et que se crée l'illusion d'un univers einsteinien ni chair ni poisson, un monde de courbes finies qui mènent au tombeau, ou à l'asile de vieillards ou de fous, ou au camp de concentration, ou dans les tièdes replis du parti démocrate-républicain. C'est ainsi que des fous se dressent pour restaurer l'ordre et la légalité à coups de hache. Quand des millions de vies humaines ont été sacrifiées, quand nous sommes enfin parvenus à les assommer, nous respirons un peu plus à l'aise dans nos cabanons capitonnés. Dans ces conditions, c'est un repos bien sûr, que d'écouter Mozart se faire hypnotiser par un grand magnétiseur comme Toscanini. Si vous avez les moyens de consacrer dix ou vingt-cinq dollars par jour à payer une âme compréhensive pour écouter vos doléances, on peut alors vous réadapter au rythme insensé de la vie que nous vivons et cela vous épargnera l'humiliation de devenir un adepte de la Science Chrétienne. Vous pouvez, à votre choix, faire ravaler votre moi ou vous le faire arracher, comme un oignon ou une verrue. Vous pourrez alors savourer Mozart davantage encore, et aussi les roucoulements de Tetrazzini ou les berceuses de Bing Crosby. A condition de ne pas la prendre trop au sérieux, la musique est un merveilleux calmant.

QUE LE MONDE S'ÉVEILLE !

Vous n'avez qu'à vous répéter cela cinq fois par jour pour devenir un anarchiste accompli. Comment éveilleriez-vous le monde, si vous étiez musicien ? Avec une sonate pour ouvre-boîtes rouillés ? Y avez-vous jamais songé ? Ou préféreriez-vous rester endormi ?

UNE HUMANITÉ CONSCIENTE !

Avez-vous jamais essayé d'imaginer ce que cela représenterait ? Allons, un peu de franchise. Avez-vous jamais pris le temps de réfléchir à ce que cela serait pour l'humanité que de devenir pleinement consciente, que de ne plus être exploitée ni prise en pitié ? Rien ne pourrait entraver la marche d'une humanité consciente. Rien ne l'entravera.

Comment devenir conscient ? C'est très dangereux, vous savez. Cela ne veut pas forcément dire que vous aurez deux automobiles et une maison à vous avec grandes orgues dans le salon. Cela veut dire que vous souffrirez davantage encore : c'est la première chose à comprendre. Mais vous ne serez plus mort, vous ne serez plus indifférent, ni insensible, vous ne serez pas sans cesse affolé, ni nerveux, vous ne jetterez pas le manche après la cognée parce que vous ne comprenez pas. Vous aurez envie de tout comprendre, même les choses désagréables. Vous aurez envie d'accepter de plus en plus de choses, même celles qui vous semblent hostiles, mauvaises, menaçantes. Oui, vous deviendrez de plus en plus semblable à Dieu. Vous n'aurez pas besoin de répondre à une annonce parue dans le journal pour savoir comment parler à Dieu. Dieu sera sans cesse à vos côtés. Et, si je ne me trompe, vous écouterez plus souvent et vous parlerez moins.

LES ARRIVÉES SONT DES DÉPARTS

C'est de vous qu'il dépend de rester longtemps ou non avec Mr. Jordan. Il est des âmes qui évoluent rapidement, d'autres qui progressent avec une démarche d'escargot. « Tout est mouvement », comme dit Varèse. C'est la loi de l'univers. Si vous n'adaptez pas votre rythme à celui de l'univers, vous retombez, vous êtes en régression, vous devenez un légume, une amibe ou une incarnation de Satan.

Personne ne vous demande de jeter Mozart par la fenêtre. Gardez donc Mozart. Choyez-le. Et gardez Moïse aussi, et Bouddha, et Confucius et le Christ. Gardez-les dans votre cœur. Mais faites de la place pour les autres, pour ceux qui viennent, qui grattent déjà à votre porte.

Rien n'est plus mort qu'un statu quo, qu'il ait nom Démocratie, Fascisme, Communisme, Bouddhisme ou Nihilisme. Si vous avez un rêve de l'avenir, sachez qu'un jour il se réalisera. Les rêves deviennent vérité. Ils sont l'essence même de la réalité. La réalité n'est pas protégée ni défendue par les lois, les proclamations, les ukases, les canons et les armadas. La réalité, c'est ce qui jaillit sans cesse de la mort et de la désintégration. On n'y peut rien ; on ne peut pas ajouter ni soustraire, on ne peut que devenir de plus en plus conscient. Ceux qui sont en partie conscients sont les créateurs ; ceux qui sont pleinement conscients sont les dieux, et ils évoluent parmi nous, silencieux et inconnus. La fonction de l'artiste, qui n'est qu'un type de créateur, est de nous éveiller. Les artistes stimulent notre imagination. (« L'imagination », dit Varèse, « c'est l'ultime recours ».) Ils nous donnent accès à des domaines nouveaux de la réalité, ils ouvrent des portes qu'on tenait d'ordinaire fermées. Ils nous troublent, et certains plus que d'autres. D'aucuns comme Varèse me font penser à ces Russes qui sont entraînés à aller seuls au-devant des tanks ennemis. Ils ont l'air si minuscules et si désarmés, mais quand ils font mouche ils causent des ravages. Ceux d'entre nous qui dorment ont de bonnes raisons de les redouter. Ils sont porteurs en effet de la lumière qui tue tout comme elle éclaire. Ils sont les combattants solitaires, avec des idées pour toute arme et parfois même une seule idée, qui font sauter des époques entières où nous sommes enrobés comme dans des cocons. Certains sont même assez puissants pour ressusciter les morts. D'autres se glissent à notre insu pour jeter un sort dont nous mettons des siècles à nous débarrasser. D'autres encore maudissent notre stupidité, notre inertie et il semble que Dieu lui-même soit impuissant à soulever le poids de cette malédiction.

Derrière chaque création et l'étayant comme une arche, se trouve la foi. L'enthousiasme n'est rien : il s'en va comme il vient. Mais si l'on *croit* vraiment, alors il se produit des miracles. La foi se soucie peu des profits ; c'est le domaine plutôt des prophètes. Des hommes qui savent et qui croient peuvent voir l'avenir. Non pas qu'ils cherchent à nous jeter la poudre aux yeux : ils cherchent plutôt à donner des fondations solides à nos rêves. Le monde ne continue pas à tourner parce que c'est une affaire qui rapporte. (Dieu ne gagne pas un sou dans l'opération.) Le monde continue parce que dans chaque génération il se trouve une poignée d'hommes qui ont en lui une foi sincère, qui l'acceptent sans restriction ; ils lui donnent la caution de leur vie. Dans la lutte qu'il leur faut mener pour se faire comprendre, ils créent de la musique ; à partir des éléments discordants de la vie, ils tissent une mélodie lourde de signification. Sans le constant effort de quelques créateurs pour développer chez l'homme le sens de la réalité, le monde à la lettre mourrait. Ce ne sont pas les législateurs ni les militaristes qui nous font vivre, c'est évident. Nous le devons aux croyants, aux visionnaires, qui sont comme des germes de vie dans l'infini mouvement du devenir. Place donc à eux, place aux donneurs de vie !

« L'époque révolutionnaire que nous traversons », dit un contemporain (Dane Rudhyar dans *L'Art, expression de puissance*), « ne marque pas seulement la transition entre deux cycles mineurs de culture, entre ce qu'on appelle l'Age des Poissons et l'Age du Verseau. Elle marque un début autrement important, l'ouverture des portes qui annoncent peut-être des centaines de milliers d'années ; des périodes peut-être plus vastes encore... »

Parlant de « l'espace musical », l'auteur écrit :

« La musique classique occidentale a consacré pratiquement toute son attention au cadre musical, à ce qu'on appelle la forme musicale. Elle a oublié d'étudier les lois de l'Energie Sonore, de penser la musique en terme de réelles entités sonores, en terme d'énergie c'est-à-dire de vie. C'est ainsi qu'on en est venu à produire les cadres les plus magnifiquement abstraits et vides de toute peinture. C'est pourquoi les musiciens orientaux disent souvent que notre musique est une musique de trous. Nos notes sont des arêtes d'intervalles, d'abîmes vides. Les mélodies sautent d'arête en arête. Elles ne volent pas ni ne planent.

C'est à peine si elles ont encore des contacts avec la terre vivante. C'est une musique de momies, d'animaux empaillés qui gardent peut-être l'apparence de la vie, mais qui n'en sont pas moins morts et immobiles. *L'espace intérieur est vide.* Les entités tonales sont mortes car elles manquent d'énergie sonique, de sang sonique. Elles n'ont que la peau et les os. Nous les appelons des tons « purs ». Et ils sont si purs qu'ils ne risquent pas de jamais bouger pour faire du mal ! C'est le véritable idéal religieux de la virilité : le chanteur de la Sixtine, des hommes qui n'ont plus le pouvoir de créer. Voilà le symbole de la musique européenne classique, de la musique pure...

« Mais maintenant que l'on a de plus en plus le sens de ce qu'on appelle l'atonalisme, que l'on comprend sans cesse plus clairement que, comme l'a dit Edgar Varèse, « la musique doit *rendre un son* », qu'elle n'est rien d'autre que l'expérience traduite en notes d'une créature humaine vivante, eh bien, nous en venons lentement et non sans hésitation, et en dépit du mouvement de réaction qui s'ébauche en Europe sous l'étiquette de néo-classicisme, nous en venons à une nouvelle conception de la musique fondée sur ce que les Russes appelaient la « Pansonorité », que nous avions baptisé quelques années plus tôt *Tonepleromas* et qu'un autre novateur, Henry Cowell a essayé de rendre, grâce à ce qu'il appelle ses « groupes d'accords ».

Dans ce passage sur l'espace musical, l'accent, on le voit est mis sur l'accord. « Un accord est une entité complexe composée de divers éléments disposés de différentes façons et suivant des rapports précis. Chaque accord, en d'autres termes, est une molécule de musique que l'on peut donc dissocier en atomes et en électrons soniques ; ceux-ci n'étant au bout du compte que des ondes de cette *énergie sonique* omniprésente et irradiant tout l'univers, comme les rayons cosmiques que le docteur Millikan appelle « les *vagissements de nouveau-nés* des éléments fondamentaux : hélium, oxygène, silice, fer. »

Mais est-ce de la musique ? C'est la question qui vient inévitablement chaque fois que l'on prononce le nom de Varèse. Varèse, lui-même, élude ainsi la question : je cite un de ses derniers articles intitulé *Son organisé pour Piste Sonore.*

« Comme le terme de « musique » me paraît avoir perdu de plus en plus de sa signification, je préférerais employer l'expression de « son organisé » et éviter la question monotone : « Mais est-ce de la musique ? » « Son organisé » semble mieux souligner le double aspect de la musique, à la fois art et science, alors que les récentes découvertes de laboratoire nous permettent d'espérer une libération inconditionnelle de la musique, en même temps que la possibilité pour ma musique de s'exprimer et de satisfaire ses exigences. »

Mais est-ce de la musique ? Vous pouvez dire ce que vous voulez, les gens enragent de ne pouvoir lui donner un nom, de ne pouvoir la classer. Toujours la crainte, toujours la panique en face du nouveau. Et n'entendons-nous pas ce même cri à propos d'autres arts ? Mais est-ce de la *littérature* ? Mais est-ce de la *sculpture* ? Mais est-ce de la *peinture* ? Il va de soi que c'en est et aussi que ce n'en est pas. Bien sûr, ce n'est pas de la plomberie, ni de la construction mécanique ni du hockey ni du jeu de puce. Si vous vous mettez à cataloguer tout ce qu'une nouvelle œuvre d'art ou tout ce qu'une nouvelle forme d'art ne sont pas, vous finirez pas en arriver à quelque chose qui est de la musique, de la peinture, de la sculpture ou de la littérature, selon les cas. Quand le juge Woolsey rendit sa mémorable décision sur l'*Ulysse* de Joyce, cela provoqua des remous. Mais nous avons tendance à oublier qu'en défendant le livre, le vénérable vieux singe a bien souligné que le succès qu'il pourrait avoir serait limité à une infime minorité, que c'était dans l'ensemble un livre d'une lecture difficile et que par conséquent le tort que pourraient causer les passages obscènes qu'il contenait se limiterait à un nombre négligeable de nos bons citoyens. C'est une façon timide et prudente de capituler devant une œuvre dont le mérite est l'objet de multiples controverses, une façon qui n'est pas à l'honneur de qui la pratique, disais-je. Au lieu de demander « Quel mal l'œuvre en question est-elle susceptible de provoquer ? », pourquoi ne pas demander « Quel bien ? Quelle joie ? » Les tabous, tout inavoués qu'ils soient, sont puissants. Que craignent donc les gens ? *Ce qu'ils ne comprennent pas.* A cet égard l'homme civilisé ne diffère pas d'un iota du sauvetage. La nouveauté apporte toujours avec elle un sentiment de violation, de sacrilège. Ce qui est mort est sacré ; mais ce qui est neuf, c'est-à-dire *différent,* voilà qui est pernicieux, dangereux, voire subversif.

Je me souviens très bien de la première fois où j'entendis la musique de Varèse, sur un magnifique phonographe. J'en restai abasourdi. J'étais comme assommé. Quand j'eus retrouvé mes esprits, j'écoutai encore une fois. Je reconnus alors les émotions que j'avais éprouvées lors de la première audition mais que, en raison même de leur nouveauté, de cette cascade ininterrompue de nouveauté qu'elles formaient, j'avais été incapable d'identifier. Mes émotions s'étaient accumulées jusqu'au point de parvenir à un crescendo dont le choc fut comparable à un coup de poing en pleine mâchoire. Plus tard, comme je discutais avec Varèse d'une nouvelle œuvre à laquelle il travaillait, il me demanda si je voulais bien écrire quelques phrases pour le chœur — « des phrases magiques », dit Varèse — et tout ce que j'avais entendu déjà me revint en mémoire avec une force redoublée. « Je voudrais », dit Varèse, « quelque chose qui donne l'impression du Désert de Gobi. »

Le Désert de Gobi! Ma tête se mit à tourner. Il n'aurait pu trouver l'image plus exacte pour décrire l'effet que ce son organisé avait sur mon esprit. Ce qu'il y a de curieux dans la musique de Varèse, c'est qu'après l'avoir écoutée, vous gardez le silence. Ce n'est pas une musique à sensation, comme le croient les gens, mais une musique qui vous emplit d'une sorte de crainte respectueuse. C'est une musique qui vous ébranle, certes, si vous tenez à ce que la musique ait sur vous une action apaisante et rien de plus. C'est cacophonique aussi, si vous estimez que la mélodie est tout. C'est une musique qui vous porte sur les nerfs bien sûr si vous êtes incapable de supporter qu'une dissonance ne finisse pas par être résolue. Mais quels ont été les résultats de ce soin appliqué à éviter les éiéments déconcertants, voire désagréables? Notre musique reflète-t-elle la paix, l'harmonie, l'inspiration? De quelle nouvelle forme musicale pouvons-nous nous vanter hormis le boogie-woogie? Que nous donnent nos chefs d'orchestres année après année? rien d'autre que des cadavres frais. Et par-dessus ces sonates somptueusement embaumées, ces toccatas, ces symphonies, ces opéras, le public danse le jitterbug. Jour et nuit, sans répit, la radio déverse sur nous la lavasse des chansons sentimentales les plus écœurantes. Et des églises vient la triste mélopée du Christ mort, une musique qui est aussi proche du sacré qu'un navet pourri.

Varèse cherche à propoquer un véritable bouleversement cosmique. S'il pouvait contrôler les ondes et faire tout sauter en tournant un bouton, je crois bien qu'il mourrait dans l'extase. Quand il parle de sa nouvelle œuvre et de ce qu'il se propose de faire, quand il parle de la terre et de ses habitants inertes et abêtis, on le voit qui essaie de l'attraper par la queue et de la balancer par-dessus sa tête. Il veut la faire tourner comme une toupie. Il veut qu'on tue, qu'on fasse l'amour et qu'on vole plus souvent. Etes-vous idiots, sourds et aveugles ? semble-t-il demander. Bien sûr, il y a une musique contemporaine, mais elle est vide de tout son. Bien sûr, on continue à tuer, mais à quoi cela sert-il ? Et les manchettes des journaux sont riches de tragédies, mais où sont les larmes ? Vivons-nous dans un monde où l'on frappe sur des balles de caoutchouc avec des maillets de caoutchouc ? Est-ce que c'est du croquet ou du boniment ? *La mort est une chose et la torpeur en est une autre.*

Si nous ne sommes pas capables d'entendre les hurlements d'angoisse des gens, comment pouvons-nous entendre quoi que ce soit ? Tous les jours, je passe devant un établissement de la Cinquième Avenue qui s'appelle Sonotone, et où les gens sont invités à entrer pour venir faire examiner leur ouïe. Nous avons fini par nous rendre compte que nous avions des oreilles et qu'elles ne fonctionnaient peut-être pas parfaitement. Cela ne veut pas dire que nous entendons mieux : cela signifie seulement qu'un nouvel article vient de s'ajouter à la longue liste de nos soucis. Quoi qu'il en soit, nous savons maintenant que des millions d'Américains sont sourds ou au bord de la surdité. C'est un véritable miracle que nous continuions à vaquer à nos occupations, alors que les statistiques nous décrivent comme infirmes, empoisonnés, et mutilés. Nous voilà maintenant qui devenons sourds. Bientôt nous serons muets.

Quand les bombes commenceront à dégringoler du ciel, même ces retentissants gongs chinois auxquels Varèse a recours demeureront sans effet sur l'auditoire. Il reste, il est vrai, les amplificateurs électriques : on peut donner à ces instruments une intensité quasi diabolique. Mais il faudra encore en trouver qui puissent rivaliser avec le fracas du bombardier en piqué. Quiconque a vu et entendu le documentaire intitulé *Kukan* n'oubliera certainement jamais le bruit de ces avions japonais grouillant dans le ciel de Chungking. Et l'on n'oublie pas facilement non plus le rugissement des flammes après le passage des bombardiers. Et puis le silence, un silence qui ne ressemble à rien de ce que nous avons connu. Une ville entière assommée, prostrée. Quel horrible silence cela fait ! Imaginez ce que cela serait si New York, San Francisco, Los Angeles ou d'autres grandes villes subissaient le même sort ! Evidemment ce ne sera pas pour nous de la musique. Mais ce sera du *son*. Même le silence sera lourd de son. Ce sera une sorte de musique de chambre qui viendra combler le vide de nos âmes insensibles.

Demain peut-être tout ce que nous trouvons tout naturel changera de visage. New York ressemblera peut-être à Petra, la cité maudite d'Arabie. Les champs de blé auront peut-être l'air de déserts. Les habitants de nos grandes villes seront peut-être réduits à se réfugier dans les bois pour y chercher leur pâture à quatre pattes, comme des animaux. Ce n'est pas impossible. C'est même très probable. Dès l'instant où la rage de destruction se sera emparé de nous, il ne sera pas un coin de cette planète qui puisse s'estimer en sûreté. Le grand organisme qu'on appelle la Société peut se briser en molécules et en atomes ; il peut ne pas demeurer un vestige du moindre corps social. Ce que nous appelons « société » peut devenir une dissonance que jamais aucun accord ne viendra résoudre. C'est bien possible.

Nous ne connaissons qu'une infime fraction de

l'histoire de l'homme sur cette terre. C'est un long recueil péniblement monotone de bouleversements catastrophiques allant parfois jusqu'à provoquer la disparition de continents entiers. Nous présentons cette histoire comme si l'homme était une innocente victime, entraîné à son corps défendant dans les révolutions imprévisibles de la nature. Peut-être en était-il ainsi jadis. Mais plus maintenant. Tout ce qui se passe aujourd'hui sur cette terre est l'œuvre de l'homme. L'homme a donné la preuve qu'il était le maître de tout... sauf de lui-même. S'il était hier encore un enfant de la nature, il est aujourd'hui un être responsable. Il est parvenu à un point de conscience qui ne lui permet pas de se mentir à lui-même plus longtemps. La destruction désormais est délibérée, volontaire. Nous sommes au nœud du problème : nous pouvons aller de l'avant ou régresser. Nous avons encore la faculté de choisir. Demain nous ne l'aurons peut-être plus. C'est parce que nous refusons de faire ce choix que nous sommes rongés de remords, tous autant que nous sommes, ceux qui font la guerre et ceux qui ne la font pas. *Nous baignons tous dans le meurtre.* Nous nous méprisons les uns les autres. Nous haïssons ce que nous voyons quand nous regardons dans les yeux d'autrui.

Quel est donc le mot magique de cette époque ? Que vais-je offrir à Varèse pour son Désert de Gobi sonore ? Paix ? Courage ? Patience ? Foi ? J'ai bien peur qu'aucun de ces mots ne soit plus utilisé. Nous les avons usés à force de les prononcer à tout propos et hors de propos. A quoi bon des mots quand il ne reste plus rien de l'esprit qui anime la lettre ?

Tous nos mots sont morts. La magie est morte. Dieu est mort. Les morts s'entassent autour de nous. Ils ne tarderont pas à emplir le lit des fleuves, et des mers, à inonder les vallées et les plaines. Peut-être faudra-t-il à l'homme fuir dans le désert pour respirer sans être asphyxié par la puanteur de la mort. Varèse, devant quel dilemme m'avez-vous placé ? Tout ce que je puis faire, c'est ajouter une note en marge de votre nouvelle composition. La voici...

« Que le chœur représente les survivants. Que le Désert de Gobi soit le lieu de refuge. Aux confins du désert que les crânes s'empilent en une formidable barricade. Un silence plane sur le monde. C'est à peine si l'on ose respirer. Ou écouter. Tous se sont figés sur place. Un calme absolu règne. Seul le cœur bat encore. Il bat dans un silence suprême. Qu'un homme se lève et fasse le geste d'ouvrir la bouche. Qu'il ne puisse émettre un son. Qu'un autre homme se lève et échoue à son tour. Alors un étalon blanc descend du ciel. Il caracole dans un silence de mort. Il agite la queue.

« Le silence se fait plus profond. Le silence devient presque intolérable. »

« Un derviche se lève d'un bond et se met à tourner comme une toupie. Le ciel devient blanc. L'air fraîchit. L'éclair d'un couteau brille soudain et dans le ciel une lueur apparaît. Une étoile bleue s'approche, s'approche... une étoile étincelante, aveuglante.

« Une femme maintenant se lève et se met à hurler. Puis une autre, une autre encore. L'air résonne de leurs clameurs. Soudain un grand oiseau se laisse tomber du ciel. Il est mort. Personne ne fait le geste de s'approcher.

« On entend le faible bruissement des cigales. Puis les trilles d'une alouette, puis le chant de l'oiseau moqueur. Quelqu'un rit... un rire dément qui vous brise le cœur. Une femme éclate en sanglots. Une autre commence à se lamenter. Un homme pousse un grand cri : NOUS SOMMES PERDUS ! Une voix de femme : NOUS SOMMES SAUVÉS ! Des cris éclatent de toute part : Perdus ! Sauvés ! Perdus ! Sauvés ! »

SILENCE

« Un énorme gong résonne, dont le fracas noie tout le reste. Encore, et encore, et encore.

« Puis un silence terrible. Au moment où il devient presque insupportable, on entend une flûte... la flûte d'un berger invisible. La musique, fugitive, monotone, presque jusqu'à la démence continue, continue, inlassablement. Le vent frémit.

« Le son de la flûte s'éteint et au même instant éclate le vacarme d'un gigantesque chœur de cuivres. »

LE MAGICIEN APPARAÎT

« Levant ses mains vers le ciel, il commence d'une voix claire, calme, ni trop forte, ni trop perçante : une voix qui porte, qui apaise le cœur. Et voici ce qu'il dit :

« Ne croyez plus ! N'espérez plus ! Ne priez plus ! Ouvrez grands vos yeux. Debout. Bannissez toute peur. Un monde neuf va naître. Il est à vous. Désormais tout va changer. Qu'est-ce que la magie ? C'est la révélation que vous êtes libres. *Vous êtes libres !* Chantez ! Dansez ! Volez ! La vie vient de commencer. »

Coup de gong !
tout s'éteint. »

Nous quittons la salle de concert et le vacarme familier de la rue nous accueille. Ce n'est pas le bruit des pieds nus grimpant le long de l'échelle d'or ; ce n'est même pas le tintement de la chaîne d'or qui maintient en place la hiérarchie humaine. C'est le tintement de la mort. Ce graillonnement dans la gorge, cet horripilant glou-glou du noyé, voilà la musique de chambre du vaincu.

Voici maintenant le point d'orgue. Il est marqué du fracas des poubelles et des meules. Perforé de balles qu'on pourrait prendre pour le crépitement des applaudissements. De la *musique* ? Parfaitement, une sorte de marche funèbre, étrange et anachronique. Titre : *Mort à crédit*.

Je traverse un terrain vague qui est justement le Désert de Gobi et, pensant aux derniers deux ou trois millions de survivants qu'on massacre sous une lune glacée, je dis à Varèse : « Maintenant embouchez votre cor ! »

Quel vacarme cela fait dans un monde froid et mort ! *Est-ce de la musique ?* Je ne sais pas. Je n'ai pas besoin de savoir. On vient de liquider le dernier crétin. A l'Ouest, à l'Est, au Sud, au Nord, rien de nouveau. Nous sommes enfin dans le Désert de Gobi. Il ne reste que le chœur. Et les éléments : l'hélium, l'oxygène, l'azote, le soufre *et cætera.* Le temps se déroule. L'espace se replie. Il ne reste plus de l'homme que l'essence même d'HOMME. Et l'on entend s'éloigner avec l'homme d'autrefois Radio Auckland qui joue *It's a long, long way to Tipperary !* Varèse éternue. « Allez, houp ! » dit-il, et nous repartons...

MON RÊVE DE MOBILE

L'autre soir, n'ayant pas de quoi manger, je décidai d'aller à la bibliothèque municipale regarder un chapitre d'un livre fameux que j'avais promis à un de mes amis de Washington de lire. Le livre s'intitulait *Les Voyages de Marco Polo ;* le chapitre en question était celui consacré à la description de la ville de Kinsai ou Hang-cheu. L'homme qui m'a demandé de lire le passage qui concerne cette cité de splendeur est un érudit ; il a lu des milliers de livres et il en lira sans doute encore des milliers d'autres avant de mourir. Il m'a dit un jour au déjeuner : « Henry, je viens de trouver la ville où j'aimerais vivre. C'est Hang-cheu, telle qu'elle fut au XIIIe siècle. » Voici un an que nous avons eu cette conversation. Je n'y pensais plus jusqu'à l'autre soir où la faim m'a pris. Alors au lieu de recourir aux nourritures terrestres, je me suis offert un petit festin spirituel.

Je dois dire que Marco Polo m'a déçu. Il m'ennuie. Je me souviens avoir essayé de le lire il y a quelque trente ans et être parvenu à la même conclusion. Ce qui m'intéressa pourtant à l'époque, ce fut l'introduction que John Masefield a écrite pour ce livre. « Quand Marco Polo s'en fut en Orient », écrit Masefield, « toute l'Asie centrale, avec sa splendeur et sa magnificence, grouillante de nations et de rois, était comme un rêve né dans l'esprit des hommes. » J'ai relu plusieurs fois cette phrase. Elle me remue. Je voudrais l'avoir écrite. En quelques traits de plume, Masefield brosse un tableau que Marco Polo, qui avait pourtant vu la splendeur et la magnificence de l'Orient, est incapable d'évoquer... *pour moi.*

Je veux citer quelques lignes encore de cette magnifique préface de Masefield. Elles ne sont pas sans rapport avec mon voyage à travers les Etats-Unis et mon rêve de Mobile.

« On considère comme romanesque de voyager parmi des étrangers et de manger leur pain près de leurs feux de camp à l'autre bout du monde. C'est une aventure, certes, mais dont l'attrait a fait naître un goût abusif pour l'action. Marco Polo a erré parmi des étrangers mais c'est là un exploit à la portée de quiconque est doué d'un peu de courage et de la possibilité de remuer. La vie errante en soi n'est qu'une forme de sybaritisme. Si elle n'ajoute rien à la connaissance humaine, si elle ne donne pas aux autres la possession imaginaire de quelque lointaine partie du monde, ce n'est qu'une habitude nuisible. Et encore l'acquisition de connaissances nouvelles, l'accumulation de faits ne sont-ils nobles que chez les rares êtres qui connaissent l'alchimie capable de faire de cette argile un or éternel.

« ... Seul le merveilleux voyageur voit des merveilles, et cinq voyageurs seulement dans l'histoire du monde ont vu des merveilles. Les autres ont vu des oiseaux et des bêtes, des rivières et des déserts, la terre et ce qu'elle renfermait là où ils ont été. Ces cinq voyageurs sont Hérodote, Gaspar, Melchior, Balthazar et Marco Polo lui-même. Le miracle de Marco Polo c'est qu'il a donné à l'esprit européen une conception de l'Asie... »

Marco Polo avait dix-sept ans quand il quitta Venise

avec ses oncles. Dix-sept ans plus tard il rentra à Venise en haillons. Il s'engagea presque aussitôt pour participer à la guerre contre Gênes, il fut fait prisonnier et c'est pendant cette période d'incarcération qu'il écrivit le livre qui immortalise son voyage. Vous trouvez cela curieux ? Songez un peu à ce que pouvait être son état d'esprit, enfermé comme il était dans un donjon après avoir vécu un rêve de splendeur et de magnificence. *Quand Marco Polo s'en fut en Orient...* La phrase sonne comme un refrain. *Comme un rêve né dans l'esprit des hommes...* Pensez à Balboa, à Colomb, à Americo Vespuce ! Aux hommes qui ont rêvé puis qui ont réalisé leurs rêves. Des hommes lourds de merveilles, de nostalgie, d'extase. Qui mettaient le cap droit sur l'inconnu, qui le trouvaient et puis qui s'en revenaient vers la camisole de force. Ou qui mouraient de fièvre, perdus dans leurs mirages. Cortez, Ponce de Leon, de Soto ! Des fous. Des rêveurs. Des fanatiques. En quête de merveilleux. De miracle, Tuant, violant, pillant. La Fontaine de Jouvence. L'or. Les dieux. Les empires. Splendeur et magnificence, certes, mais aussi la fièvre, la faim, la soif, les flèches empoisonnées, les mirages, la mort. Semant la haine et la terreur. Répandant le poison de l'homme blanc. Répandant les craintes et les superstitions de l'homme blanc, son avidité, son envie, sa malice, son inquiétude.

Quand les Espagnols mirent le cap à l'Ouest... Mais c'est une tout autre histoire.

La Ruée vers l'or. Le piétinement des légions en marche. Le porc de Gadarène. Le flambeau repris par leurs successeurs, les Américains. Finies la splendeur et la magnificence. Partout maintenant le fracas des dynamos et des sirènes d'usine. On a arraché les merveilles, la grande quête est finie. On a enfoui de nouveau l'or dans la terre, bien profondément, là où aucune bombe ne pourra jamais l'atteindre. Nous possédons presque tout l'or du monde et il est là à pourrir, sans servir à personne ; et surtout pas à ceux qui veillent sur lui.

Quand Marco Polo s'en fut en Orient... Il n'y a qu'à répéter la phrase et toute la richesse de la terre s'étale devant soi. L'imagination est submergée avant même qu'on ait fini la phrase. L'Asie. A ce seul mot l'esprit vacille. Qui peut peindre de l'Asie un tableau complet ? Marco Polo nous donne des milliers de détails, mais ils sont comme une goutte dans un seau. Peu importe ce que l'homme a accompli depuis lors, peu importent les miracles qu'il a réalisés, le mot d'Asie fait déferler dans sa mémoire une vague inégalée de splendeur et de magnificence. Des prophètes, des docteurs, des sages, des mystiques, des rêveurs ; des fous, des fanatiques, des tyrans, des empereurs, des conquérants, et tous les plus grands de ceux-là, sont venus d'Asie. Les religions, les philosophies, les temples, les palais, les murailles, les forteresses, les tableaux, les tapisseries, les joyaux, les drogues, l'encens, les vêtements, l'art culinaire, les métaux, les grandes inventions, les grandes langues, les grands livres, les grandes cosmogonies, c'est d'Asie qu'ils sont tous venus. Même les étoiles sont venues d'Asie. L'Asie avait des dieux et des demi-dieux, par milliers. Et des hommes-dieux, au hasard des avatars. Des précurseurs. L'Asie a toujours été inspirée. Elle est encore inspirée. Si au milieu du XIIIe siècle, l'Asie était comme un rêve né dans l'esprit des hommes, il en va de même aujourd'hui. L'Asie est inépuisable. Il y a la Mongolie, le Tibet, la Chine, l'Inde. Nous ne savons pratiquement rien de ces régions, des peuples qui les habitent, de la sagesse qu'ils possèdent, de l'esprit qui les anime, de leurs efforts, de leurs buts suprêmes et de leurs accomplissements. Nos aventuriers et nos explorateurs se perdent là-bas, nos savants sont confondus, nos missionnaires, nos fanatiques perdent tout leur zèle, nos coloniaux pourrissent sur place, nos machines ont l'air de joujoux insignifiants, nos armées s'engloutissent. Immense, multiforme, polyglotte, lourde d'une énergie indomptée, tantôt stagnante, tantôt en alerte, toujours menaçante et mystérieuse, l'Asie écrase le monde de sa grandeur. Nous sommes comme des araignées qui essaient de se mesurer avec des cèdres géants. Nous tissons nos toiles mais le moindre frémissement du colosse endormi qu'est l'Asie suffit à détruire l'œuvre de plusieurs siècles. Nous y perdons nos tripes, nous nous vidons par l'intérieur, mais les Asiatiques se laissent porter par le flot d'un océan puissant, ils sont infatigables, innombrables, inlassables. Ils marchent dans le sens des grands courants terrestres, et c'est en vain que nous luttons contre le flux. Nous sacrifions tout à la destruction ; eux sacrifient tout à la vie.

Pour en revenir à *Mobile...* Supposons que vous êtes à ma place : vous habitez Paris et vous ne songez pas à finir ailleurs vos jours. Tous les soirs en rentrant dans votre atelier, vous restez quelques minutes sans enlever votre chapeau ni votre manteau, un crayon à la main et vous écrivez dans un gros cahier tout ce qui vous passe par la tête. Bien sûr, si vous alliez vous coucher avec des noms de ville qui vous résonnent dans la tête, vous auriez des rêves fantastiques. Il vous arriverait même parfois de rêver les yeux ouverts, ne sachant plus très bien si vous êtes dans votre lit ou debout devant la grande table. Et parfois aussi, quand vous espéreriez fermer les yeux et vous abandonner aux rêves les plus délicieux, vous vous débattriez dans un affreux cauchemar. Tenez, celui-ci par exemple...

Quelqu'un que vous croyez être vous se regarde dans un miroir. Il voit un visage qu'il ne reconnaît pas. C'est un faciès d'idiot. Il est saisi de terreur et très vite après, il se retrouve dans un camp de concentration où il est ballotté comme un ballon de football. Il a oublié qui il était, son nom, son adresse et même son visage. Il sait qu'il est fou. Après des années d'abjectes tortures, il se retrouve soudain devant la sortie et au lieu de le ramener à coups de baïonnette dans le camp, on le pousse dehors. Oui, par miracle, le voilà libre de nouveau. Son émotion est indescriptible. Mais alors, en regardant autour de lui, il s'aperçoit qu'il n'a pas la moindre idée de l'endroit où il peut se trouver. Ce pourrait aussi bien être Queensland, la Patagonie, les Somalis, la Rhodésie, la Sibérie, Staten Island, le Mozambique ou quelque coin d'une planète inconnue. Il est perdu, plus perdu que jamais. Un homme s'approche alors et il entreprend d'expliquer sa triste situation, mais avant même d'avoir pu former une phrase, il s'aperçoit qu'il ne sait plus parler non plus. Et heureusement, à ce moment, il s'éveille...

Si vous n'avez jamais connu ce genre de cauchemar, essayez donc une fois : le moins que cela puisse vous faire c'est que vos cheveux se dressent sur votre tête.

Le rêve de Mobile est autre chose et je ne sais pourquoi je les accouple ainsi, mais pour quelque obscure raison ils vont de pair dans ma mémoire. Sans doute nos petits freudiens sauront-ils pourquoi. Ils démêlent tout, sauf leurs propres dilemmes.

Je crois que ce qui m'a véritablement amené à rêver de Mobile et à d'autres villes d'Amérique que je n'avais jamais visitées, ce fut l'extraordinaire curiosité que manifestait mon ami Alfred Perlès chaque fois que l'on prononçait le mot Amérique. Il m'attrapait par la manche et me suppliait les larmes aux yeux de lui promettre solennellement de l'emmener là-bas si jamais j'y retournais. L'Arizona surtout le fascinait. On pouvait lui parler toute la nuit de Sud, des Grands

Lacs ou du bassin du Mississippi, il restait bouche bée, l'œil fixe, la sueur au front, perdu, semblait-il, dans ses rêves. Mais quand on avait fini, il retrouvait tout son sang-froid pour demander : *Et maintenant parle-moi de l'Arizona !* Parfois, après avoir parlé la moitié de la nuit, m'être épuisé et avoir assez bu pour emplir une citerne, je lui répondais : « La barbe pour l'Arizona. Je vais me coucher. » « Très bien », disait-il, « va te coucher. Tu peux parler une fois au lit. Je ne partirai pas avant que tu ne m'aies parlé de l'Arizona ». « Mais je t'ai déjà raconté tout ce que je sais », objectais-je. « Ça ne fait rien, mon vieux », répondait-il, « je veux l'entendre encore ». C'était à peu près comme le dialogue entre Lennie et George dans *Des souris et des hommes* de Steinbeck ! Il ne se lassait jamais de l'Arizona. Aujourd'hui, il est « quelque part en Ecosse », avec une unité du Génie, mais je suis bien tranquille que si jamais il tombe sur un Américain dans ce pays perdu, la première chose qu'il lui dira, ce sera : « Parlez-moi de l'Arizona ! »

Il va de soi que quand un homme professe une admiration aussi illimitée pour un endroit que vous connaissez bien, que vous croyez connaître à fond, vous commencez à vous demander si après tout vous le connaissez si bien que cela. L'Amérique est un grand pays et je doute que personne la connaisse vraiment à fond. On peut très bien aussi vivre dans un pays et ne rien en connaître du tout parce qu'on n'a pas envie de savoir. Je me souviens d'un ami qui était venu à Paris en voyage de noces et n'avait pas trouvé la ville à son goût si bien qu'il était venu un jour me demander si je n'aurais pas des travaux de dactylo à lui confier parce qu'il ne savait que faire de ses journées.

Il y avait certaines villes, comme Mobile, dont je n'avais jamais parlé en présence de Perlès. Le Mobile que je connaissais était entièrement imaginaire et je voulais être le seul à en profiter. Je dois dire que j'éprouvais un vif plaisir à résister à sa curiosité harcelante. J'étais un peu comme une jeune épouse qui retarde le moment d'avouer à son mari qu'elle est enceinte. Je gardais Mobile bien enfermé dans une matrice, et il se développait de jour en jour, il lui venait des bras et des jambes, des cheveux, des dents, des ongles, des cils comme à un vrai fœtus. Quel merveilleux accouchement ç'aurait été si j'avais pu tenir le rôle jusqu'au bout. Imaginez un peu une ville entière sortie du ventre d'un homme ! Mais bien entendu, cela n'arriva jamais. L'embryon mourut dans l'œuf, d'inanition sans doute, parce que j'étais tombé amoureux d'autres villes : Dômme, Sarlat, Rocamadour, Gênes et d'autres encore.

Comment est-ce que je me représentais Mobile ? A dire vrai, tout cela est assez flou aujourd'hui. Flou, brouillé, amorphe, croulant. Pour en retrouver la saveur, il faut que j'évoque le nom de l'*Amiral-Farragut*. L'Amiral-Farragut *est entré en rade de Mobile.* J'ai dû lire ça quelque part quand j'étais enfant. Et ne jamais l'oublier depuis. Je ne sais toujours pas s'il est exact ou non que l'*Amiral-Farragut* soit jamais entré en rade de Mobile. A l'époque, je l'ai pris pour argent comptant et j'ai bien fait. C'est tout le rôle que l'*Amiral-Farragut* joue dans cette histoire. Il disparaît illico. Ce qui subsiste de l'image, c'est le mot Mobile. Mobile est un mot trompeur. Il a un son bref et pourtant il suggère l'immobilité : la *vitrification.* C'est un miroir fluide qui reflète les nappes d'éclairs tout aussi bien que les arbres endormis et les serpents somnolents. C'est un nom qui fait penser à l'eau, à la musique, à la lumière, à la torpeur. Il évoque aussi l'idée d'un endroit lointain, bien abrité, un peu exotique et s'il faut lui donner une couleur, c'est sans conteste le blanc. Musicalement, je dirais que c'est un son de guitare. Peut-être même moins sonore que cela : de mandoline plutôt. En tout cas une musique d'instrument à cordes accompagnée de bruit des fruits qui éclatent et de minces colonnes de fumée qui montent dans l'air. Pas de danse, sinon celle des grains de poussière dans un rayon de soleil, le battement évanescent de l'ascension, de l'évaporation. La peau toujours sèche, malgré l'humidité excessive. Le claquement des batteurs de tapis et des silhouettes qui se découpent derrière les volets mi-clos. Des silhouettes rouillées.

Jamais je n'ai pensé au travail en association avec Mobile. *Personne ne travaille là-bas.* Une ville entourée de coquilles, les coquilles vides des fiestas de jadis. Partout des oriflammes et les fragiles reliques du carnaval d'autrefois. La gaieté toujours en retraite, toujours s'éloignant, comme la buée qui s'efface sur un miroir. Et au centre de ce glissando, Mobile, très digne, très convenable ; une ville du Sud sans être tout à fait du Sud, nonchalante tout en étant guindée, négligente et pourtant respectacle, brillante sans être perverse. Mozart pour mandoline. Pas tant de grâce et de délicatesse que d'anémie. Une fièvre froide. Une odeur fauve. Des cendres parfumées.

Dans mon rêve, je ne me voyais jamais arrivant à Mobile en voiture. Comme l'*Amiral-Farragut*, j'entrais en rade de Mobile, mû par ma propre énergie. Je n'avais jamais pensé que je traversais des villes comme Panama. Apalachicola, Port Saint-Joe, ni que je me trouverais à un jet de pierre de Valparaiso et de Bagdad ni qu'en prenant le pont transbordeur de Millers, je me trouverais sur la route des sources Ponce de Leon. Les Espagnols rêvant d'or m'avaient précédé. Ils avaient dû franchir comme des insectes affolés les marais et les forêts de Floride. Et quand ils étaient arrivés à Bon Secours, ils devaient être complètement siphonnés pour lui avoir donné un nom français. C'est grisant de faire une croisière le long du Golfe ; toutes les voies d'eau s'émiettent si l'on peut dire. Le Golfe n'est qu'un drame où la lumière et la vapeur jouent leur rôle. Les nuages sont lourds et toujours épanouis comme des choux-fleurs de rêve ; parfois, ils éclatent en plein ciel, déversant un précipité de mercurochrome ; parfois, ils chevauchent à l'horizon sur leurs minces jambes de fumée. A Pensacola, j'avais une chambre invraisemblable dans un hôtel invraisemblable. Je me croyais revenu à Perpignan. Vers la fin du jour, je regardai par la fenêtre et je vis que les nuages se battaient ; ils entraient en collision comme des dirigeables infirmes, laissant traîner dans le ciel des lambeaux de nuées. Il me semblait être posté à la frontière de deux mondes qui luttaient pour avoir l'hégémonie. Dans la chambre se trouvait une affiche monstrueuse qui remontait à l'invention de la machine à coudre. Je m'allongeai sur mon lit et devant mes yeux défilèrent toutes les abominations que l'art de l'affiche publicitaire avait exposées jadis à mes regard innocents d'enfant. Je pensai soudain à Dolly Varden — Dieu seul sait pourquoi ! — et puis une véritable avalanche de noms auxquels se rattachaient des souvenirs théâtraux ou sentimentaux, déferla sur moi : Elsie Ferguson, Frances Starr, Effie Shannon, Julia Sanderson, Cyril Maude, Julian Eltinge, Marie Cahill, Rose Coghlan, Crystal Herne, Minnie Maddern Fiske, Arnold Daly, Leslie Carter, Anna Held, Blanche Bates, Elsie Janis, Wilton Lackaye, Kyrle Bellew, William Collier, Rose Stahl, Fritzi Scheff, Margaret Anglin, Virginia Harned, Henry Miller, Whiteside, Julie Opp, Ada Rehan, Cecilia Loftus, Julia Marlowe, Irène Franklin, Ben Ami, Bertha Kalich, Lulu Glaser, Olga Nethersole,

John Drew, David Warfield, James K. Hackett, William Faversham, Joe Jackson, Weber et Fields, Valeska Suratt, Snuffy le chauffeur de taxi, Richard Carle, Montgomery et Stone, Eva Tanguay, le grand Lafayette, Maxime Elliott, David Belasco, Vesta Victoria, Vesta Tilly, Roy Barnes, Chick Sales, Nazimova, Modjestka, la Duse, Ida Rubinstein, Lenore Ulric, Richard Bennett et sa belle et charmante femme dont j'ai oublié le nom, la seule actrice à qui j'aie jamais envoyé une lettre d'amour.

Etait-ce à l'hôtel *Talafax* ? Je ne m'en souviens plus. En tout cas, c'était à Pensacola, et pourtant ce n'était pas à Pensacola. C'était à une frontière et un drame se jouait dans les airs qui prêtait à la terre des couleurs violentes. Les vedettes de théâtre allaient et venaient derrière mes paupières closes, en collants, en décolleté, en perruques d'un rouge flamboyant, en corsets lacés, ou en pantalons, les unes en pleine extase, les autres alanguies, certaines fumées comme des jambons, d'autres pleines de défi, ou piquantes, mais toutes gesticulant, déclamant, chacune essayant de tirer à soi la couverture.

Quand je me voyais en rêve entrant en rade de Mobile, jamais je n'avais imaginé un banquet pareil. C'était comme si j'étais dans les limbes, comme un phénomène de lévitation sur le seuil du rêve. La veille ou l'avant-veille, j'avais traversé le Suwanee. A Paris, j'avais rêvé de prendre un bateau et de m'enfoncer dans le marais d'Okefinokee pour remonter le fleuve jusqu'à sa source. C'était un beau rêve. Si j'avais encore cent ans à vivre au lieu de cinquante, je le ferais peut-être encore, mais le temps presse. Il y a d'autres endroits à visiter : l'île de Pâques, la Papouasie, terre des Merveilles, Yap, Johore, les îles Caroline, Bornéo, la Patagonie, le Tibet, la Chine, l'Inde, la Perse, l'Arabie et la Mongolie. Les esprits de mes ancêtres m'appellent; je ne puis leur résister plus longtemps. *Quand Henry Miller s'en fut au Tibet...* J'imagine mon futur biographe écrivant cela dans cent ans d'ici. Qu'est-il donc arrivé à Henry Miller ? Il a disparu. Il avait dit qu'il partait pour le Thibet. Est-ce qu'il y est jamais parvenu ? Nul ne le sait... Voilà comment ce sera. Disparu mystérieusement. Disparu avec deux valises et toute une malle d'idées. Mais je reviendrai un jour dans une autre enveloppe charnelle. Et peut-être sans crier gare, pour faire la surprise à toute le monde. On reste absent juste assez longtemps pour apprendre la leçon. Certains apprennent plus vite que d'autres. Je suis de ceux-là. J'ai fini mes devoirs. Je sais que la terre est ronde. Je sais aussi que c'est sa qualité la plus négligeable. Je sais qu'il existe des cartes de la terre sur lesquelles figure un pays qu'on appelle l'Amérique. Cela n'est guère important non plus. Rêvez-vous ? Abandonnez-vous votre petit chez vous pour vous mêler aux autres habitants de la terre ? Vous arrive-t-il de visiter les autres terres, quelque nom qu'on leur donne ? Brûlez-vous de l'envie de visiter les étoiles ? Trouvez-vous l'aéroplane trop lent, trop limité ? Etes-vous un errant qui joue sur un instrument aux cordes muettes ? Ou êtes-vous une noix de coco qui tombe sur le sol avec un bruit sourd ? J'aimerais dresser un inventaire des désirs de l'homme et faire la comparaison avec ce qu'il accomplit. J'aimerais rien que pour un jour être le maître des cieux et arroser de pluie tous les rêves, tous les désirs, toutes les aspirations de l'homme. J'aimerais les voir prendre racine, non pas lentement au cours des âges, *mais tout de suite.* Dieu protège l'Amérique ! C'est ce que je dis aussi, car sinon qui saura s'en charger ? Et maintenant avant de sauter jusqu'à Mobile *via* Pascagoula, voici le message de bienvenue à ses clients d'un « hôtel de luxe », le *Lafayette* à La Nouvelle-Orléans :

« Vous qui pénétrez en hôte dans cette chambre, la direction de cet hôtel vous salue bien cordialement.

« Peut-être ne nous sera-t-il jamais donné de vous connaître personnellement, mais nous tenons quand même à vous donner l'impression que vous êtes ici dans une « maison habitée » et non pas dans un établissement sans âme.

« Vous êtes ici chez vous, fût-ce pour un seul jour, pour une seule nuit.

« Ce sont des êtres humains qui tiennent cette maison.

« Des êtres humains qui s'occupent de vous, qui font votre lit et nettoient votre chambre, qui vous répondent au téléphone, qui font vos courses. C'est un être humain qui est à la réception et ce sont des êtres humains qui portent vos valises. Ils sont faits de chair et se sang, comme vous ; ils ont leurs intérêts dans la vie, leurs sympathies et leurs antipathies, leurs ambitions, leurs rêves et leurs déceptions, comme vous.

« Bien sûr, il vous faut payer le prix. Il en est de même partout. Mais ce qui compte avant tout dans une affaire, c'est le flux d'intérêt humain qu'elle comporte.

« Nous allons bien vous soigner. Tous les règlements de cet hôtel ont été conçus dans le seul but de vous servir et d'assurer votre confort, non pas de vous ennuyer. Dans un hôtel, comme n'importe où, la grande règle c'est : Traitez autrui comme vous aimeriez qu'il vous traitât.

« Nous essaierons de nous mettre à votre place. Nous nous demanderons : « Comment aimerais-je être traité si je descendais à l'hôtel ? » Essayez de vous mettre à la nôtre. Demandez-vous : « Que ferais-je si je tenais un hôtel ? » avant de nous condamner.

« Si nous ne nous montrons pas à votre hauteur, veuillez nous le faire savoir.

« Nous supposons que tous les voyageurs qui descendent ici sont des gentlemen et toutes les voyageuses des femmes du monde. Nous avons la conviction que l'Américain moyen est courtois, paisible, tranquille, soucieux de ne pas faire d'histoires, plein d'égard pour autrui et qu'il ne rechigne jamais à payer.

« Puissiez-vous bien vous porter sous notre toit et que le malheur vous épargne.

« Puissiez-vous trouver ici une atmosphère agréable et gaie et puisse votre journée vous donner le succès, afin que vous gardiez de votre séjour à l'hôtel un plaisant souvenir.

« Pour un bref instant, vous habitez avec nous, que Dieu donc, étranger, veille sur vous et comble vos vœux. Et puissiez-vous en quittant cet hôtel y laisser un peu de votre cœur. »

(Quel ami nous avons en Jésus ! J'essuie les larmes qui perlent à mes yeux, je crache un bon coup et j'éventre paisiblement les cafards que j'ai laissés dans le crachoir de la chambre 213. Penser à relire le *Tertium Organum* d'Ouspenski. En avant, marche !)

Me revoilà dans le quatorzième arrondissement et le matelas sur lequel je suis allongé entre dans la rade de Mobile. Le tuyau d'échappement est ouvert, l'homme de barre est à la barre. Sous moi sont les crustacés de l'âge du zinc et de l'étain, les anémones omnivores, les icebergs fondus, les bancs d'huîtres, les coquilles Saint-Jacques et les coquillettes aux œufs frais. La Lufthansa est en pèlerinage à Hattiesburg. L'*Amiral-Farragut* est mort depuis près d'un siècle. Il attend dans les limbes, fort probablement. Tout cela a un aspect si familier, les mandolines aux accords secs, le parfum de cendres, les silhouettes torses, le regard vitreux de la baie. Les canons contemplent le fossé et le fossé ne répond pas. La ville est blanche comme un sépulcre. Hier, c'était la Toussaint et les trottoirs sont parsemés de confettis. Les gens ont sauté du lit pour enfiler leurs pantalons blancs. Les ondes de chaleur montent en oblique, les ondes sonores suivent une courbe de sismographe. Pas de rataplan, pas de rat-a-tat, mais un slap-slap, slap-slap. Les canards remontent en foule la baie, dressent leurs becs aux reflets d'or et d'arc-en-ciel. On sert de l'absinthe sur la véranda, avec des brioches et des beignets. Le corbeau, la corneille et le loriot ramassent les miettes. Ainsi en allait-il du temps de Saül, des jours des Colossiens et des nuits des Egyptiens, ainsi en va-t-il encore aujourd'hui. Au sud, c'est le cap Horn, à l'est, le Bosphore. Est, ouest, vers la droite, vers la gauche, Mobile tourne comme un astrolabe languide. Des hommes qui ont connu l'ombre du baobab se balancent indolemment dans leurs hamacs. Les femmes-lianes de l'équateur passent nonchalantes sous leur hâle. Il y a dans l'air quelque chose qui rappelle Mozart, Ségovie. Le Maine apporte sa virginité, l'Arabie ses épices. C'est un manège immobile, avec les lions bonshommes et les flamants figés dans l'envol. Prenez du lait d'aloès, mélangez du cognac et des clous de girofle et vous avez l'élixir spirituel de Mobile. Il n'est pas une heure où les choses soient autres, pas un jour qui ne soit pareil aux précédents. La ville est dans son trou, criblée de lumière, et vibre comme un boyau qu'on vient de pincer. Elle est mobile, fluide et fixée sans pourtant être collée sur place. Elle n'apporte pas de réponse, pas plus qu'elle ne pose de problème. C'est une ville agréablement déconcertante, comme les premières leçons de chinois ou les premières passes d'un hypnotiseur. Les événements connaissent un rapide déclin sans jamais se conjuguer. Tout ce qui n'est pas Gog est Magog, et à neuf heures pile Gabriel souffle toujours dans sa trompe. *Mais est-ce de la musique ?* Qu'est-ce que cela peut faire ? Le canard est plumé, l'air est moite, la mer est basse et la chèvre solidement attachée. Le vent vient de la baie, les huîtres de la vase. Rien ne parvient à noyer le ping-ping des mandolines. Les limaces glissent de planchette en planchette ; leur petit cœur bat vite, leur cerveau rêvant d'ordures. Le soir, il ne reste sur la baie que le clair de lune. Les lions ont toujours l'air affable et surpris et l'on fait main basse sur tout ce qui ronfle, crache, grogne et siffle. *C'est la mort du carrousel, la mort douce des choux-bruxelles*[1].

1. En français dans le texte.

UN JOUR DANS LE PARC

Hollywood me rappelle étonnamment Paris parce que là non plus il n'y a pas d'enfants dans les rues. Et d'ailleurs, maintenant que j'y pense, je ne me rappelle pas avoir vu d'enfants nulle part sauf dans les quartiers noirs de certaines villes du Sud. A Charleston et Richmond notamment. Je me souviens d'un garçon de Charleston, un petit Noir d'environ huit ans dont la désinvolture me fit grande impression. C'était un petit bout d'homme ratatiné en pantalons longs, avec un mégot éteint au coin de la bouche. Il entra d'un pas nonchalant dans le drugstore où je prenais un verre, véritable maquette de Sam Langford[1]. Je le pris d'abord pour un nain, mais non, c'était simplement un gosse, de sept ou huit ans. Malgré le chapeau de grande personne qu'il arborait, sa tête n'arrivait même pas au niveau du comptoir. Mais il avait beau lever les yeux pour nous regarder, on aurait dit qu'il nous regardait de tout son haut, qu'il nous toisait comme des marchandises à l'étal. Il traversa le bar jusqu'à l'endroit où se trouvait le barman et demanda tranquillement une allumette. Le serveur feignit de se mettre en colère et voulut l'éloigner comme on chasse

1. Sam Langford : célèbre pugiliste noir, de très petite taille, mais très large d'épaules. (*N.d.T.*)

un taon. Mais le gosse ne broncha pas, le dévisageant avec un air de défi amusé. Il avait une main dans sa poche et de l'autre il faisait nonchalamment tournoyer un trousseau de clefs attaché à une ficelle. Comme derrière son comptoir l'homme prenait une attitude plus menaçante, le gosse lui tourna paisiblement le dos et s'en fut jusqu'au comptoir des magazines. Il y avait une multitude d'illustrés sur le rayon le plus bas qui se trouvait juste à la hauteur de sa tête. Il arpenta toute la longueur du comptoir, lisant lentement les titres : *Planètes, Les Héros, Aventure, Vite, Boum, Jungle, Combats, Les Ailes, Confession, Le Magicien, Les Merveilles,* etc., etc., d'inépuisables variations sur le même thème. Il finit par en choisir un dont il se mit à feuilleter négligemment les pages. Quand il fut bien sûr qu'il prendrait celui-là, il le fourra sous son bras et revint vers le bar, ramassant au passage une allumette par terre. Arrivé devant le bar, il lança une pièce en l'air ; elle rebondit sur le comptoir et retomba derrière. Il fit cela avec un air fanfaron de jongleur professionnel qui exaspéra le barman. Puis, nous toisant tous encore une fois, il frotta son allumette sur le marbre du comptoir et alluma sa cigarette. Il tendit la main pour recevoir sa monnaie sans regarder le barman, comme un homme d'affaires trop absorbé dans ses pensées pour faire attention à un détail aussi trivial. Quand il sentit les pièces dans sa main, il tourna légèrement la tête et cracha sur le sol. Le barman fit alors un geste pour le saisir, mais le manqua : le gosse était déjà à la porte. Là, il s'arrêta un instant, nous décocha un sourire insolent et brusquement nous fit un pied de nez. Sur quoi il détala comme un lapin affolé.

Un peu plus tard, alors que je me promenais en compagnie de Rattner dans le quartier noir, je le rencontrai encore, adossé cette fois à un réverbère et en train de lire l'illustré qu'il venait d'acheter. Il avait l'air plongé dans sa lecture, loin de ce monde. Son chapeau était renversé en auréole sur sa tête et il mordillait un cure-dent. On aurait dit un courtier qui vient d'avoir une dure journée à la Bourse. J'eus envie de commander un scotch soda pour lui et de le placer à la portée de sa main sans le déranger. Je me demandais ce qu'il pouvait bien lire qui le passionnait tellement. Il avait acheté un illustré intitulé *Jungle* dont la couverture criarde montrait une fille à demi nue dans les bras d'un gorille en chaleur. Nous nous arrêtâmes à quelques mètres de lui pour l'observer. Pas une fois il ne leva les yeux ; il était absolument inaccessible au monde.

Quel contraste avec Bruce et Jacqueline que j'avais rencontrés à Albuquerque ! Bruce avait six ans et Jacqueline quatre environ. C'étaient les enfants de Lower et Lona Springer qui géraient le motel [1] où je m'étais arrêté quelques jours. Lowel travaillait à la Station Standard à l'ouest de la ville ; sa femme Lona, tenait un bar à l'entrée du motel. Des gens simples, naturels qui semblaient heureux de vivre. C'était un délice que de leur parler. Ils étaient intelligents, sensibles et aimables, comme seuls savent l'être les gens simples. Lowel, le jeune mari, m'intriguait fort. Il me semblait le meilleur caractère du monde. Peu importait qu'il eût ou non d'autres qualités, sa bonté d'âme était comme un tonique. Sa patience et sa gentillesse extraordinaire vis-à-vis des enfants faisaient mon admiration. Si occupé qu'il fût, et il semblait travailler à toute heure du jour et de la nuit, il avait toujours le temps de répondre à leurs innom-

1. *Motel* : groupe de bungalows meublés que l'on peut louer comme des chambres d'hôtel. (*N.d.T.*)

brables questions ou de leur réparer leurs jouets ou de leur apporter à boire quand ils réclamaient un soda.

Les enfants jouaient toute la journée dans la cour. Au bout d'un moment, voyant que je laissais toujours ma porte ouverte, ils me témoignèrent de l'amitié et se mirent à me rendre visite. Ils ne tardèrent pas à me faire savoir qu'il y avait un parc à proximité, plein de lions, de tigres, de poissons dans des bassins et de tas de sable. Ils étaient trop bien élevés pour me demander carrément de les y emmener, mais ils multipliaient les allusions à peine voilées. « Vous êtes obligé de travailler tous les jours toute la journée ? » demandaient-ils. « Non », dis-je, « un jour je me donnerai congé et nous irons voir les lions et les tigres, d'accord ? » Ils en furent tout excités. Dix minutes plus tard, la petite Jacqueline passa la tête par la porte et me demanda si j'allais travailler encore beaucoup aujourd'hui. « Allons dans votre voiture », dit-elle. « C'est une belle auto. »

J'avais peur de les emmener en voiture, aussi demandai-je à Lona si je pouvais les conduire à pied jusqu'au parc, et si ce n'était pas trop loin. « Oh, seigneur non », dit-elle, « je suis fatiguée avant eux quand je les promène. »

Je revins dire aux enfants de se préparer. « Nous sommes prêts », dit Bruce, « nous vous attendons. » Et là-dessus, chacun d'eux me prit une main et ils m'entraînèrent.

Le parc était à un bon kilomètre et demi et nous nous amusâmes beaucoup à faire mine de nous perdre et de retrouver ensuite notre chemin. Ils couraient presque toujours devant moi, prenant des raccourcis à travers les champs. « Dépêchez-vous ! Dépêchez-vous ! » criaient-ils. « Il va bientôt être l'heure de donner à manger aux lions. »

J'aperçus soudain un extraordinaire bouquet d'arbres dans une tache de lumière dorée, un paysage de conte de fées comme je n'aurais jamais cru en trouver à Albuquerque. Cela me fit penser à un paysage de Derain. Je me jetai sur l'herbe et les gosses se mirent à faire mille galipettes comme des acrobates. Dans le lointain, j'entendis les lions rugir. Jacqueline avait soif et me tirait par ma manche pour que je l'emmène boire une limonade. Bruce voulait aider à donner à manger aux lions. Moi, j'avais simplement envie de rester couché jusqu'à la fin des temps dans ce lac doré de lumière et de regarder la sève neuve circuler comme du mercure dans la transparence des feuilles. Les enfants s'affairaient autour de moi comme des lutins industrieux, cherchant à me tirer de ma torpeur ; ils me chatouillaient les oreilles avec des brins d'herbe, me poussaient, me tiraient comme un monstre géant. Je les attirai sur moi et me mis à les faire rouler dans l'herbe comme des jeunes chiots.

« Henry, je voudrais boire », implora Jacqueline.

« Il ne s'appelle pas Henry, il s'appelle Mr. Miller », rectifia Bruce.

« Savez-vous quel est mon nom à moi ? » dit Bruce. « C'est Bruce Michael Springer. »

« Et vous, quel est votre nom ? » demanda Jacqueline.

« Henry Valentine Miller. »

« Valentine ! C'est joli », dit Bruce. « Mon père s'appelle Lowell, et ma mère, Lona. Autrefois, nous habitions dans l'Oklahoma. Il y a des années. Et puis nous sommes venus nous installer dans l'Arkansas. »

« Et après à Albuquerque », dit la petite Jacqueline, en me tirant par ma manche pour me remettre debout.

« Est-ce qu'il y a des chameaux ou des éléphants dans ce pays ? » demandai-je.

« Des éléphants ? Qu'est-ce que c'est que des éléphants ? » interrogea Bruce.

« Je veux voir les tigres », dit Jacqueline.

« Oui, voyons les éléphants », dit Bruce. « Sont-ils apprivoisés ? »

Nous nous remîmes en route, les enfants me précédant en battant joyeusement des mains. Jacqueline voulut faire de la balançoire. Et Bruce aussi. Je les installai chacun sur une escarpolette et je les poussai doucement. « Plus haut ! » criait Jacqueline. « Plus haut ! Plus haut ! » Je courais de l'un à l'autre, poussant aussi dur que je pouvais. Je craignais que Jacqueline ne lâchât prise. « Poussez plus fort ! » criait-elle. « Poussez-*moi !* » clamait Bruce.

Je crus que je ne pourrais jamais les faire descendre. « J'ai presque touché le ciel, n'est-ce pas ? » dit Bruce. « Je suis sûr que mon père pourrait toucher le ciel. Mon père nous emmenait tous les jours. Mon père... » Il continua, mon père ceci, mon père cela...

« Et Lona ? » dis-je, « et Lona ? »

« C'est ma mère », dit Bruce.

« C'est ma mère à moi aussi », dit Jacqueline.

« Oh », dit Bruce, « elle vient aussi quelquefois. Mais elle n'est pas aussi forte que mon père. »

« Elle se fatigue », dit Jacqueline.

Nous approchions des oiseaux et des animaux. « Je veux des cacahuètes », dit Jacqueline. « S'il vous plaît, Henry, je voudrais des cacahuètes », reprit-elle d'un ton suppliant.

« As-tu de l'argent ? » demandai-je.

« Non, mais vous vous en avez, n'est-ce pas ? » dit-elle.

« Mon père en a plein », dit Bruce. « Hier, il m'a donné vingt cents. »

« Qu'est-ce que tu en as fait ? » demandai-je.

« Je les ai dépensés. Il me donne de l'argent tous les

jours... tout ce que je veux. Mon père gagne plein d'argent. Plus que Lona. »

« Je veux des cacahuètes ! » fit Jacqueline en tapant du pied.

Nous achetâmes des cacahuètes, et des cornets de glace, des pâtes de fruits et du chewing-gum. Les enfants engloutirent tout comme s'ils étaient affamés.

Nous étions arrêtés devant les dromadaires.

« Donne-leur un peu de ta glace », suggérai-je à Jacqueline. Elle objecta que cela les rendrait malades. Je remarquai que Bruce se hâtait de vider son cornet.

« Si nous leur donnions de la bière », dis-je.

« Oh, oui, oui », s'écria Bruce, « donnons-leur de la bière. » Comme si c'était tout naturel. Puis il s'arrêta, l'air songeur. « Est-ce que ça ne va pas les enivrer ? » demanda-t-il.

« Bien sûr que si », dis-je. « Ils vont être complètement ivres. »

« Qu'est-ce qu'ils feront ? » demanda-t-il, ravi.

« Ils se mettront peut-être debout sur leurs mains, ou bien... »

« Où sont leurs mains ? » fit-il. « C'est ça ? » dit-il, désignant leurs pattes de devant.

« Il a les mains dans ses poches pour le moment », dis-je. « Il compte ses sous. »

Cette idée charma Jacqueline. « Où sont ses poches ? » demanda-t-elle. « Pourquoi a-t-il besoin d'argent ? » interrogea Bruce.

« Pourquoi as-tu besoin d'argent, toi ? » rétorquai-je.

« Pour acheter des bonbons. »

« Eh bien, tu ne crois pas que lui aussi il a envie d'acheter des bonbons une fois de temps en temps ? »

« Mais il ne sait pas parler ! » dit Bruce. « Il ne saurait pas demander ce qu'il veut. »

« Il sait parler ! » dit Jacqueline.

« Tu vois ! » dis-je, me tournant vers Bruce. « Et il sait siffler. »

« Parfaitement, il sait siffler », dit Jacqueline. « Je l'ai entendu une fois. »

« Faites-le donc siffler maintenant », dit Bruce.

« Maintenant, il est fatigué », dis-je.

« Oui, il est très fatigué », dit Jacqueline.

« Et il ne sait pas siffler », dit Bruce.

« Mais si il sait siffler », dit Jacqueline.

« Mais non ! » dit Bruce.

« Mais si ! » dit Jacqueline. « N'est-ce pas, Henry ? »

Nous nous dirigeâmes vers les cages des ours, des renards, des pumas et des lamas. Je dus m'arrêter pour lire chaque inscription à Bruce.

« Où est l'Inde ? » me demanda-t-il, quand je lui lus ce qu'on disait du tigre du Bengale.

« L'Inde est en Asie », répondis-je.

« Où est l'Asie ? »

« L'Asie est de l'autre côté de l'océan. »

« Très loin ? »

« Oui, très loin. »

« Combien faut-il de temps pour y aller ? »

« Oh, environ trois mois », dis-je.

« Par bateau ou par avion ? » demanda-t-il.

« Dis donc, Bruce », dis-je, « combien crois-tu qu'il faudrait de temps pour aller dans la lune ? »

« Je ne sais pas », dit-il. « Peut-être deux semaines. Pourquoi, est-ce qu'il y a des gens qui y vont, dans la lune ? »

« Pas très souvent », dis-je.

« Et est-ce qu'ils en reviennent ? »

« Pas toujours. »

« Comment est-ce sur la lune ? Vous y êtes déjà allé ? Il fait froid ? Il y a des animaux, et des arbres et de l'herbe ? »

« Ils ont de tout là-haut, Bruce, exactement comme ici. Des cacahuètes aussi. »

« Et de la glace ? » dit-il.

« Oui, seulement elle n'a pas le même goût. »

« Elle a goût de quoi ? »

« Elle a plus le goût de chewing-gum. »

« Vous voulez dire qu'elle ne fond pas ? »

« Non, elle ne fond pas », dis-je.

« C'est drôle », dit-il. « Pourquoi est-ce qu'elle ne fond pas ? »

« Parce que c'est du caoutchouc. »

« Je préfère les glaces d'ici », dit-il. « J'aime bien quand ça fond. »

Nous allâmes jusqu'aux volières où sont séquestrés les oiseaux. Je plaignais les condors et les aigles entassés dans des cages exiguës. Ils étaient tristement posés sur leurs perchoirs comme s'ils savaient que leurs ailes s'atrophiaient. Il y avait des oiseaux au plumage étincelant qui sautillaient sur le sol en tortillant de la croupe comme des putains ; ils venaient de pays lointains et avaient l'air aussi exotiques que les contrées où ils vivaient. Il y avait aussi des paons, incroyables de vanité et, comme les femmes du monde, ne servant à rien apparemment, qu'à faire étalage de vulgarité. Les autruches étaient plus intéressantes — ce sont de rudes gaillardes, des animaux dotés de fortes personnalités et pleins de malice. Rien qu'à voir leurs longs cous musclés, je pensais à des dés à coudre, à du verre pilé et autres articles non comestibles. Je ne vis pas de kangourou ni de girafe, ces créatures d'apparence toujours si esseulée et si intimement liées à notre existence intra-utérine. Il y avait aussi des renards, évidemment ; je ne les ai jamais pour ma part trouvés si rusés qu'on veut bien le dire, peut-être parce que je n'en ai jamais vu qu'en cage. Et nous arrivâmes enfin devant les souverains de la jungle, qui faisaient les cent pas inlassablement, comme des obsédés. Voir le lion et le tigre en cage, c'est pour moi un des spectacles les plus cruels qui soient. Le lion a toujours un air d'inexprimable tristesse, il semble plus surpris que furieux. On a l'envie irrésistible d'ouvrir la cage et de le laisser s'en aller en liberté. Un lion en cage, cela n'est jamais flatteur pour la race humaine. Chaque fois que je vois des lions et des tigres dans un zoo, je pense que l'on devrait avoir une cage pour les humains aussi, une pour chaque espèce et chacune avec panoplie : le prêtre avec son autel, l'homme de loi avec ses gros bouquins de droit, le docteur avec ses intruments de torture, le politicien avec son sac d'or et ses folles promesses, le professeur avec son bonnet d'âne, le policier avec sa matraque et son revolver, le juge avec ses robes de femme, son marteau *et cœtera*. Il devrait y avoir une cage séparée pour le couple afin que l'on puisse étudier le bonheur conjugal avec impartialité. Comme nous aurions l'air ridicule, si on nous exposait ainsi ! Le paon humain ! Et pas d'éventail à déployer pour cacher notre frêle silhouette ! Nous serions la risée de la création !

Il était temps de rentrer. Je dus arracher doucement les enfants à leur contemplation. Nous passâmes encore sous les feuilles vert tendre des arbres debout dans la lumière d'or. Non loin de là coulait le Rio Grande, dont le lit était jonché de rocs luisants. Autour de la vaste plaine d'Albuquerque se dresse un grand cirque de collines qui vers le soir prennent des teintes extraordinaires. Oui, c'est un pays d'enchantement, non pas tant à cause de ce que l'on voit qu'à cause de ce qui se cache dans les immenses déserts. Tout en marchant avec les enfants au milieu de cette splendeur infinie, je pensai soudain à cet écrivain sud-américain, à ce poète qui avait parlé des rapts d'enfants et d'un étrange voyage à travers les pampas dans des paysages d'une beauté lunaire. Je me demandai ce que ce serait que de faire le reste du voyage avec Bruce et Jacqueline. Comme mes impressions seraient différentes ! Et quelles charmantes conversations nous aurions aussi ! Plus j'y pensais, plus obsédant était mon désir de les emprunter à leurs parents.

Je finis par remarquer que Jacqueline était fatiguée. Elle s'assit sur un rocher et promena autour d'elle un regard mélancolique. Bruce trottait en éclaireur, à toutes jambes. « Veux-tu que je te porte ? » demandai-je à Jacqueline. « Oui, Henry, s'il vous plaît, portez-moi, je suis si fatiguée », dit-elle, me tendant les bras. Je la soulevai de terre et passai ses petits bras autour de mon cou. Un instant plus tard, j'avais les larmes aux yeux. J'étais tout à la fois heureux et triste. Par-dessus tout, j'éprouvais le besoin de me sacrifier. Passer sa vie sans enfants, c'est se priver d'une grande richesse d'émotions. Un jour j'avais porté ainsi mon propre enfant. Comme Lowell Springer, j'avais cédé à tous ses caprices. Comment peut-on dire non à un enfant ? Comment peut-on ne pas être l'esclave du fruit de sa propre chair ?

La route était longue jusqu'à la maison. Je dus reposer plusieurs fois Jacqueline à terre pour reprendre haleine. Elle se montrait très réservée soudain, on aurait dit qu'elle flirtait. Elle savait qu'elle me tenait à sa merci.

« Tu ne peux pas marcher jusqu'à la maison maintenant, Jacqueline ? » fis-je pour l'éprouver.

« Non, Henry, je suis trop fatiguée. » Et elle me tendit les bras d'un air enjôleur.

Ah, ses petits bras ! Je me sentais fondre à leur contact autour de mon cou. Bien sûr, elle n'était pas moitié aussi fatiguée qu'elle prétendait l'être. Elle exerçait sur moi sa séduction féminine, voilà tout.

Quand nous arrivâmes à la maison et que je la posai à terre, elle se mit à gambader comme un cabri. Dans le jardin, nous trouvâmes un vieux jouet mis au rancart. La découverte inattendue de quelque chose qu'elle avait complètement oublié la ranima comme par magie. Un vieux jouet, c'est tellement mieux qu'un neuf. Même moi qui n'avais jamais joué avec, je lui trouvai un charme secret. Il semblait recéler le souvenir de moments heureux. Le fait même qu'il fût usé et un peu délabré vous rendait plus tendre à son égard. Oui, Jacqueline était très heureuse maintenant. Elle m'avait complètement oublié. Elle avait retrouvé un amour d'autrefois.

Je l'observai, fasciné. Cela paraissait si normal, si naturel, ce brusque passage d'une chose à une autre, sans considération aucune. C'est un don que les enfants partagent avec les grands sages. Le don d'oubli. Le don de détachement. Je revins à mon bungalow et restai là à rêver une heure. Sur ces entrefaites un télégraphiste vint m'apporter un mandat. Je retombai sur la terre, au milieu du monde mesquin des soi-disant valeurs humaines. L'argent! Le mot même avait une résonance insensée à mes oreilles. Le jouet cassé retrouvé parmi des déchets me semblait infiniment plus valable, plus chargé de signification. Je compris brusquement qu'Albuquerque était une ville avec des magasins, des banques et des salles de cinéma. Une ville comme une autre. Elle n'avait plus rien de magique. Les montagnes commencèrent à prendre un air touristique. Il se mit à pleuvoir. Il ne pleut jamais à Albuquerque à cette époque de l'année. Mais il se mit quand même à pleuvoir. A seaux. Dans la petite clairière où jouaient les enfants s'étendait une vaste flaque. Tout avait changé. Je commençai à penser à des sanatoria et à des pneumo-thorax, aux petits récipients que les compagnies aériennes installent si opportunément à proximité de votre siège. Entre les bungalows, un lourd rideau de pluie tombait, en oblique. Les enfants avaient disparu on ne les entendait plus. L'excursion était terminée. Il ne restait plus ni tristesse ni joie, rien qu'un sentiment de vide.

LE MENUET DES AUTOMOBILES

J'aimerais écrire un petit menuet des automobiles. Depuis le jour où j'ai décidé de vendre la mienne, elle marche à merveille. Cette satanée bagnole se conduit comme une femme coquette.

Avant que je n'arrive à Albuquerque où je tombai sur Hugh Dutter, un expert en matière automobiles, tout chez elle allait mal. Peut-être après tout était-ce la faute de ce vent arrière qui m'avait suivi à travers tout l'Oklahoma et dans l'enclave du Texas. Ai-je déjà parlé de ma rencontre avec l'ivrogne qui cherchait à me faire perdre courage ? Il avait presque réussi à me convaincre que j'avais perdu ma dynamo. J'avais un peu honte, bien sûr, de demander aux gens si c'était vrai que je n'avais plus de dynamo, mais chaque fois que j'avais l'occasion d'engager la conversation avec un garagiste, je l'amenais à parler dynamos, dans l'espoir d'abord qu'il me montrerait où se trouvait ce maudit ustensile, et aussi qu'il me dirait si une voiture pouvait ou non fonctionner sans. J'avais la vague idée que la dynamo avait quelque chose à voir avec la batterie, mais aujourd'hui encore je n'en sais pas plus long.

Ce que j'aime chez les garagistes, c'est qu'ils se contredisent tous. C'est exactement comme les médecins ou les critiques littéraires. Au moment précis où vous croyez que vous tenez la réponse, vous vous apercevez que vous vous êtes trompé. Un petit bonhomme, après une heure passée à chatouiller votre moteur, vous demandera en rougissant dix cents, et qu'il ait touché juste ou non, vous rendra une voiture qui roule ; dans les grandes stations-service au contraire, on vous mettra votre voiture en cale sèche pour plusieurs jours, on la démontera en pièces détachées et après cela, elle vous fera tout au plus quelques kilomètres avant de retomber en panne.

J'aimerais en tout cas donner un conseil à quiconque songe à traverser l'Amérique en voiture : c'est de veiller à emporter une paire de pinces et une clef anglaise. Vous vous apercevrez sans doute que votre clef ne s'adapte pas à vos écrous, mais cela n'a pas d'importance ; pendant que vous ferez mine de vous escrimer avec, il s'arrêtera bien quelqu'un qui vous donnera un coup de main. Il a fallu que je tombe en panne au milieu d'un marécage de Louisiane pour que je me rende compte que je n'avais pas d'outils. J'avais déjà mis une demi-heure à deviner que s'il y avait des outils, ils devaient être cachés sous la banquette avant. Si un automobiliste vous promet de s'arrêter à la ville la plus proche pour envoyer quelqu'un vous remorquer, ne le croyez pas. Demandez au prochain automobiliste qui passera, et au suivant et encore au suivant. Ne laissez pas un instant de répit au garagiste dont vous attendez la venue, sinon vous serez encore là le jour du jugement dernier. Et ne dites jamais que vous n'avez pas d'outils : cela fait bizarre, on croirait que vous avez volé la voiture. Dites que vous les avez perdus ou bien qu'on vous les a volés à Chicago. Autre chose encore : si vous venez de faire resserrer vos roues avant par exemple, n'allez pas vous imaginer que vos roues sont bien fixées. Arrêtez-vous au prochain garage et faites bloquer les boulons, comme cela vous serez sûrs de ne pas perdre une roue en pleine nuit. Dites-vous bien que personne, fût-ce un génie, ne peut vous garantir que votre voiture ne va pas s'éparpiller en morceaux cinq minutes après avoir été examinée. Une voiture est bien plus délicate qu'une montre suisse. Et infiniment plus diabolique, vous pouvez me croire.

Si vous n'y connaissez pas grand-chose en voitures, il est tout naturel que vous vouliez conduire la vôtre dans un grand garage si quelque chose ne va pas. C'est là naturellement une grave erreur, mais mieux vaut s'instruire par expérience que par ouï-dire. Comment sauriez-vous que ce petit bonhomme qui a l'air d'un dangereux bricoleur est peut-être un sorcier ?

Vous vous rendez donc dans une station-service. Et vous tombez aussitôt sur un homme vêtu d'une blouse de boucher, avec un bloc à la main et un crayon derrière l'oreille, l'air affairé et docte, un homme qui ne vous assure jamais catégoriquement que votre voiture sera tout à fait au point quand elle sortira des ateliers mais qui laisse entendre que le travail sera impeccable, confié à des spécialistes hautement qualifiés *et cætera*. Ces entrepreneurs de l'industrie automobile ont quelque chose du chirurgien. Vous comprenez, semblent-ils dire, vous êtes venu chez nous à la dernière extrémité ; nous ne pouvons pas faire des miracles, mais nous avons vingt ou trente ans d'expérience et nous pouvons fournir les meilleures références. Et, tout comme avec un chirurgien, vous avez l'impression, quand vous confiez la voiture à leurs mains immaculées, qu'ils vont vous téléphoner au milieu de la nuit, une fois le moteur déposé et les pièces éparpillées en tous sens, pour vous annoncer que c'est encore plus grave qu'ils ne croyaient. Oh, c'est sérieux ! Cela commence avec une bronchite et on finit par vous enlever l'appendice, la vésicule biliaire, le foie et les testicules. La facture est toujours exempte d'erreur et se termine par un total rien moins qu'astronomique. Tout y est minutieusement reporté, sauf le niveau intellectuel du contremaître. Vous la rangez soigneusement pour pouvoir l'exhiber au prochain hôpital où vous ferez soigner votre voiture ; vous tenez à prouver que vous avez toujours su ce qui n'allait pas.

Après quelques expériences de cette nature, vous finissez par devenir méfiant, même si vous êtes un peu lent à comprendre, comme c'est mon cas. Quand vous séjournez quelque temps dans une ville et que vous commencez à vous y acclimater, à vous y sentir chez vous, tâtez un peu le terrain ; vous apprenez alors que juste au coin de la rue, après la grande station-service, il y a un petit bonhomme (ils sont toujours installés dans le fond d'une cour ou derrière une boutique et donc difficiles à trouver) qui n'a pas son pareil pour réparer les voitures et qui travaille à des prix ridiculement bas. Et, vous dit-on, il fait ces prix-là *à tout le monde*, même aux gens qui ne sont pas du pays.

C'est exactement ce qui m'est arrivé à Albuquerque, grâce à l'amitié du Dr. Peters qui est aussi grand chirurgien que bon vivant. Un jour où je n'avais rien de mieux à faire — un de ces jours où on donne des coups de téléphone ou bien où l'on va se faire détartrer les dents —, au beau milieu d'une terrible averse, je décidai d'aller consulter le maître, le Docteur Miracle du monde automobile : Hugh Dutter. Ma voiture n'avait rien de bien grave, juste un peu de fièvre. Les gens de la station-service n'y attachaient pas une grande importance : cela tenait, d'après eux, à l'altitude, à l'âge de la voiture, à mille choses. Sans doute ne trouvaient-ils plus rien à réparer ni à remplacer. Mais quand, par une froide journée de pluie, l'eau de votre radiateur atteint une température de 75 à 80 degrés, il doit y avoir quelque chose qui cloche. Si c'était comme ça à 1 500 mètres, que se passerait-il à 2 000 ou 3 000 ?

J'attendis plus d'une heure sur le seuil de l'atelier le retour de Dutter. Il était parti manger un morceau avec des amis, ne s'imaginant pas que des clients pourraient survenir par un temps pareil. Son compagnon, qui était du Kansas, me régala d'histoires de torrents : à l'entendre, les gens de chez lui n'avaient rien de mieux à faire quand il pleuvait que de traverser les torrents avec leurs guimbardes. Il me raconta comment un jour un car avait été pris en amont d'un torrent, puis culbuté par les eaux et entraîné par le courant : on ne l'avait jamais retrouvé. Il aimait bien la pluie : cela lui rappelait le pays.

Dutter finit par arriver. Je dus encore attendre qu'il eût rangé quelques accessoires sur un rayon. Je lui expliquai timidement mes ennuis, il se gratta le crâne avec application et sans même lancer un coup d'œil dans la direction du moteur, déclara : « Il pourrait y avoir un tas de raisons à cet échauffement. Avez-vous fait détrartrer votre radiateur : »

Je lui dis que oui, à Johnson City, dans le Tennessee.

« Il y a combien de temps ? » dit-il.

« Oh, à peine quelques mois. »

« Ah bon. Je croyais que vous alliez me dire quelques années. »

La voiture était toujours dehors sous la pluie. « Vous ne voulez pas y jeter un coup d'œil ? » dis-je, craignant qu'il perdît tout intérêt à mon cas.

« Vous pouvez toujours l'amener ici », dit-il. « Ça ne fera pas de mal de jeter un coup d'œil. Neuf fois sur dix, ça vient du radiateur. Ils n'ont peut-être pas fait leur boulot convenablement à Cleveland. »

« Johnson City ! » rectifiai-je.

« Oui, enfin, là ou ailleurs. » Il dit à son compagnon d'amener la voiture à l'intérieur.

Je voyais bien qu'il manifestait peu d'enthousiasme : ce n'était pas comme si je lui avais amené une vésicule biliaire gonflée à éclater ou une paire de jambes atteintes d'éléphantiasis. Mieux vaut le laisser un moment seul, me dis-je ; peut-être s'il commence à y fourrer son nez finira-t-il par s'y intéresser. Je m'excusai donc et partis déjeuner.

« Je reviendrai bientôt », dis-je.

« Oh, ne vous bousculez pas », répondit-il. « Il faudra peut-être des heures pour trouver ce qui ne va pas. »

J'allai prendre un *chop-suey* au restaurant chinois et je flânai un peu sur le chemin pour lui laisser le temps de formuler un diagnostic correct. Histoire de tuer le temps, je passai par la Chambre de Commerce pour m'enquérir de l'état des routes en direction de Mesa Verde. J'appris qu'au Nouveau-Mexique on ne peut absolument pas juger de l'état des routes d'après la carte. D'abord la carte ne vous dit pas combien vous pouvez être obligé de payer si vous vous embourbez dans un terrain argileux et que vous soyez obligé de vous faire prendre en remorque pendant quatre-vingts ou cent vingt kilomètres. Et entre des routes simplement sablées et celles où l'on a aménagé les pentes, il y a une énorme différence. Je revis l'employé de l'Automobile Club de New York qui, muni d'un gros crayon rouge, m'avait tracé une route à l'envers tout en répondant à deux téléphones et en encaissant un chèque.

« La route de Mesa Verde ne sera pas officiellement ouverte à la circulation avant le milieu de mai », me dit-on. « Je serais vous, je ne m'y risquerais pas. Pour peu qu'il y ait une bonne pluie, Dieu sait ce qui peut arriver. »

Je décidai donc si je n'attrapais pas d'engelures de

passer par l'Arizona. Mais j'étais un peu déçu de manquer Shiprock et Aztec.

Quand je revins au garage, je trouvai Dutter penché sur le capot ; il avait l'oreille collée au moteur, comme un docteur qui ausculte un malade. Au milieu des organes essentiels se balançait une ampoule électrique attachée à un long fil. Je suis toujours rassuré par la vue d'une lampe baladeuse : cela fait sérieux. En tout cas, Dutter était plongé dans mon moteur et il avait l'air d'y faire quelque chose.

« Vous avez trouvé ce qui n'allait pas ? » me risquai-je à demander.

« Non », dit-il, sa main disparaissant au milieu d'un fatras ronflant qui me parut être la partie proprement automotrice de la voiture. C'était la première fois que je voyais ce qui fait marcher une voiture. Je trouvai cela assez beau, du point de vue mécanique. Cela me fit penser à un calliope à vapeur jouant du Chopin dans un bain de graisse.

« Elle ne tournait pas rond », expliqua Dutter, tordant le cou pour me regarder, mais continuant à travailler de sa main droite, en habile chirurgien qu'il était. « Je le savais même avant de l'avoir regardée. Il n'y a rien qui fasse chauffer une voiture plus vite. » Et il entreprit de m'expliquer ce que c'était que l'allumage. Autant que je m'en souvienne aujourd'hui, sur une voiture à huit cylindres, une came déclenche l'allumage des 1, 3, 5, 7 et l'autre des 2, 4, 6, 8. Je me trompe peut-être sur les chiffres, mais c'est le mot came qui me fascine. C'est un beau mot et quand Dutter essaya de me montrer ce que c'était qu'une came, il me plut encore davantage, je parle du mot évidemment. Cela vous a un son franc comme piston ou embrayage. Même un ignorant comme moi comprend rien qu'au son que le piston est pour quelque chose dans l'énergie motrice, que c'est un peu grâce à lui si la voiture avance. Il me reste encore à voir un piston en soi, mais je crois aux pistons même si je ne dois jamais en voir un à froid et tout seul.

Le réglage de l'allumage l'occupa quelque temps. Il m'expliqua ce que peut faire une différence d'un quart de degré. Si je ne m'abuse, il travaillait sur le carburateur. J'acceptai cette explication comme les précédentes, sans discuter. Cependant je faisais la connaissance du volant d'entraînement et de divers autres organes plus ou moins essentiels du mystérieux mécanisme. Je dois dire en passant que presque tout dans une voiture est plus ou moins essentiel. A peu près tout à l'exception des boulons qui sont sous le châssis ; ceux-là, ils peuvent être branlants ou s'en aller complètement comme de vieilles dents, ce n'est pas bien grave. Attention, je ne parle pas ici du joint de cardan, ça c'est autre chose. Mais tous ces boulons rouillés que vous voyez tomber quand on met votre voiture sur cric, en fait ils ne servent pas à grand-chose. Vous risquez tout au plus de perdre un marchepied, mais dès l'instant où vous savez que vous n'avez plus de marchepied, il ne peut pas vous arriver grand-chose.

Je ne sais plus à propos de quoi, Dutter me demanda à quelle température était réglé le thermostat. Je fus incapable de le lui dire. J'avais souvent entendu parler de thermostats et je savais qu'il en existait un quelque part sur la voiture, mais où exactement et comment il était fait, je n'en savais rien. Je détournai la conversation aussi habilement que je pus. Une fois de plus, j'avais honte de ne pas savoir ce qu'était cette pièce et à quoi elle ressemblait. A mon départ de New York, où j'avais écouté de brèves explications sur le fonctionnement et le non-fonctionnement du thermostat, je croyais que les volets du capot allaient s'ouvrir automatiquement quand la température atteindrait

80 à 90°. Je me figurais que le thermostat était quelque chose comme le coucou dans une pendule. J'avais les yeux constamment fixés sur le thermomètre, attendant qu'il atteigne 80°. Rattner qui était à cette époque mon compagnon de route s'agaçait de me voir surveiller le thermomètre. Mon obsession nous valut plus d'une fois de quitter la route. Mais je m'attendais toujours à ce qu'un génie invisible vînt ouvrir la cage du coucou et bang ! faire sauter les volets ; l'air alors s'engouffrerait dans le moteur qui se mettrait à ronronner harmonieusement. Bien entendu ces maudits volets ne s'ouvrirent jamais tout seuls. Et quand le thermomètre un jour atteignit 88° je me retrouvai presque aussitôt avec un radiateur en ébullition à soixante kilomètres du village le plus proche.

Enfin, une fois l'allumage dûment réglé, les gicleurs vérifiés, le carburateur nettoyé, l'accélérateur ragaillardi et tous les boulons, vis et écrous soigneusement remis dans leurs positions primitives, Dutter me proposa de l'accompagner pour faire un essai. Il décida d'aller jusqu'au Canon de Tijeras où il y avait une forte côte. Il partit à quatre-vingts à l'heure, ce qui ne laissa pas de m'inquiéter parce que le mécanicien de la station-service m'avait dit de conduire doucement pendant quinze cents kilomètres, le temps que les pièces neuves se rodent. Le thermomètre monta lentement à 75° et quand nous abordâmes le col proprement dit, il passa à 80° et continua à monter.

« Je ne crois pas que l'eau va se mettre à bouillir », dit Dutter en allumant une cigarette. « Par ici on a pour principe de ne pas s'en faire tant que l'eau ne bout pas. A ces altitudes, les voitures sont capricieuses, c'est comme les gens. Ça peut venir du climat, du moteur..., d'un tas de choses. Chez Buick, ils n'ont jamais fait de radiateurs assez grands par rapport à la voiture. » Je trouvai cette conversation fort encourageante. Cela me rappelait les docteurs français. Le médecin américain, lui, commence toujours par vous dire : « Il faudrait faire une radio ; il vaudrait mieux vous faire arracher toutes vos dents du fond ; il vaudrait mieux vous mettre une jambe artificielle. » Il ne vous a pas encore regardé la gorge que vous êtes déjà découpé de partout et sanguinolent. Si vous avez tout simplement des vers, il trouvera que vous souffrez depuis votre enfance d'une constriction héréditaire du phylactère cornéal. Sur quoi vous vous saoulez une bonne fois et décidez de garder vos vers ou quoi que ce soit qui vous ronge.

Dutter continua à discourir calmement, parlant des vieilles Buicks et des nouveaux modèles, de la compression trop forte et de l'exiguïté de la surface de refroidissement et se lançant dans de filandreuses histoires de pièces détachées comparées à celles de la Dodge ou de la Chevrolet. Non pas que la Buick fût une mauvaise voiture, fichtre non, bien au contraire, seulement elle avait ses points faibles comme toutes les voitures. Il me raconta des histoires de radiateur en ébullition sur la route d'Espanola à Santa Fe. Comme pareille mésaventure m'était arrivée au même endroit, j'écoutai d'une oreille sympathique. Je me souviens d'être arrivé non loin du sommet et d'avoir fait demi-tour pour pouvoir repartir avec un moteur un peu refroidi. Et puis soudain ç'avait été la nuit, et les lézards s'étaient mis à murmurer entre eux et on les entendait à des kilomètres à la ronde, tant tout était muet et désolé.

Pendant le retour, Dutter se mit à parler de pièces détachées et de pièces détachées de pièces, ce qui devint assez difficile à suivre pour moi, surtout quand il entreprit une comparaison des pièces de la Pontiac avec les pièces de la Plymouth et de la Dodge. La

Dodge était d'après lui une bonne voiture, mais il préférait encore la vieille Studebaker. « Pourquoi ne vous achetez-vous pas une bonne vieille Studebaker ? » demandai-je. Il me lança un drôle de regard, et j'en conclus que la Studebaker avait dû être retirée du marché depuis des années. J'enchaînai en parlant des Lancias et des Pierce Arrows. Je ne savais pas exactement si on en fabriquait encore, mais je savais qu'elles avaient toujours eu bonne réputation. Je tenais à lui montrer que j'étais tout disposé à parler voitures si c'était cela la règle du jeu. Mais sans attacher d'importance à ces incidents, il se lança dans des explications techniques sur la fonte et le moulage des matrices ; il m'expliqua qu'on les essayait avec un pic à glace pour vérifier si elles étaient trop minces ou trop épaisses. Il passa ensuite à une digression sur la transmission et le différentiel, sujet si abscons pour moi que je ne savais même pas où il voulait en venir. J'observai que le thermomètre était descendu à 70°. Comme il serait agréable, songeai-je, d'engager un homme comme Dutter pour m'accompagner durant mon voyage. Même si la voiture tombait en morceaux, ce serait à la fois divertissant et instructif de l'entendre parler des pièces détachées. Et je comprenais comment des gens pouvaient s'attacher à leur voiture, quand ils en venaient ainsi à en connaître les moindres pièces.

Quand nous fûmes de retour au laboratoire, il alla chercher un thermomètre. Puis il enleva le bouchon du radiateur et plongea le thermomètre dans l'eau bouillante. Il fit plusieurs lectures, comparant avec les indications fournies par le thermomètre de bord, un peu comme un théologien comparant divers textes sacrés. Il en ressortit qu'il y avait une différence de neuf degrés entre son thermomètre et le mien. La différence, me dit-il, était en ma faveur. Je ne compris pas exactement ce qu'il entendait par là, mais j'enregistrai pourtant. La voiture avait un air pathétiquement humain avec ce thermomètre qui lui sortait de la gorge. On aurait dit qu'elle avait une angine ou les oreillons.

J'entendis Dutter marmonner je ne sais quoi à propos de tubulures, et d'opération délicate. Je perçus soudain le mot acide chlorhydrique. « Il ne faut faire ça qu'à la dernière extrémité », dit-il d'un ton solennel.

« Faire quoi ? » demandai-je, mais je crois qu'il ne m'entendit pas.

« On ne peut jamais dire ce qui va se passer au moment où l'acide attaque », marmonna-t-il entre ses dents.

« Voilà », poursuivit-il après s'être assuré qu'il n'y avait rien de vraiment grave. « Je vais bloquer ce thermostat un peu plus ouvert avec un morceau de bois, et changer la courroie du ventilateur. Nous allons régler la pression à quatre et quand vous aurez fait six cents kilomètres, vous verrez bien si elle redescend. » Il se gratta le crâne, l'air songeur. « Si j'étais vous », reprit-il, « je retournerais à cette station-service leur demander de desserrer un peu les taquets de soupape. Dans la brochure, ils disent de régler à dix dixièmes, mais vous pouvez bien aller jusqu'à huit dixièmes... jusqu'à ce que vous entendiez le drôle de petit bruit, comme un cliquetis de bracelet, vous savez. J'ai essayé de repérer ce bruit avant qu'elle ne refroidisse, mais je n'ai pas pu. Vous comprenez, vous avez là dedans une flamme bleue très chaude et si vos soupapes sont trop serrées, la flamme les brûle en moins de deux. Et ça aussi, ça peut faire chauffer une voiture ! N'oubliez pas, hein, les *taquets de soupape !* »

Nous échangeâmes quelques propos sur la guerre

d'Europe puis nous nous serrâmes la main. « Je ne crois pas que vous ayez d'autres ennuis avec », dit-il. « Mais pour plus de sûreté, revenez quand vous aurez fait desserrer vos taquets et je verrai comment elle tourne. Elle devrait vous faire encore trente mille kilomètres... *au moins.* »

Je retournai donc à la station-service pour faire arranger les taquets. Ils se montrèrent fort polis, je dois dire. Ils ne me firent même pas payer cette fois. Cela me parut assez étrange. J'allais repartir quand l'homme à la blouse de boucher me dit avec une douceur démoniaque que, malgré tout ce qu'on avait pu me dire, le petit bruit que je cherchais à repérer n'avait rien à voir avec les taquets de soupapes. C'était autre chose. « Nous n'en sommes pas pour les taquets trop desserrés », dit-il. « Mais nous avons fait ce que vous aviez demandé. »

Je ne pouvais faire mine de discuter avec lui, n'ayant pas pour étayer mon argumentation les connaissances de Hugh Dutter ; je décidai donc de faire laver et graisser la voiture et de trouver par la bande ce qu'il voulait dire.

Quand je revins chercher la voiture, le contremaître m'annonça poliment qu'il y avait encore autre chose de très important que j'aurais dû faire faire avant de partir. « Et quoi donc ? » demandai-je.

« Graisser la boîte de vitesse. »

Je voulus savoir combien cela me coûterait. Il dit que c'était l'affaire d'une demi-heure et que cela ne ferait même pas un dollar.

« Bon », dis-je. « Graissez la boîte de vitesse. Graissez tout ce qui vous tombera sous la main. »

J'allai faire un tour, m'arrêtant au passage pour prendre un verre ; quand je revins, le graisseur me dit que la boîte de vitesse n'avait pas besoin d'être graissée.

« Ah non ? » fis-je. « Pourquoi m'a-t-il dit alors qu'il fallait la faire graisser ? »

« Il dit ça à tout le monde », fit le graisseur en souriant.

Comme je reculais pour sortir, il me demanda sournoisement si elle chauffait beaucoup.

« Un peu », dis-je.

« Bah, ne vous en faites pas », dit-il. « Attendez qu'elle se mette à bouillir. C'est une bonne bagnole, cette Buick. Une jolie mécanique. Allez, à un de ces jours. »

Et voilà. Si jamais vous avez servi dans l'artillerie côtière, vous savez ce que c'est que de prendre l'azimut. Il faut commencer par suivre des cours de trigonométrie supérieure, avec calculs différentiels et logarithmes. Quand vous avez placé l'obus dans la culasse, faites bien attention à enlever vos doigts avant de verrouiller. Une voiture, c'est pareil. C'est comme un cheval. Au diable ce qui l'échauffe. Nourrissez-le bien, donnez-lui à boire, flattez-le quand il est fatigué et il se crèvera pour vous. L'automobile a été inventée pour nous enseigner la patience et la tolérance. Ne vous occupez pas des pièces détachées, ni du modèle ou de l'année de votre voiture, tant que vous la traitez bien. Un différentiel desserré peut très bien être ou n'être pas une cause de friction et aucune voiture, pas même une Rolls Royce, ne marchera sans joint de cardan, mais toutes choses étant égales d'ailleurs, ce n'est pas la pression ou le manque de pression à l'extrémité du tuyau d'échappement qui compte : c'est la façon dont vous conduisez, le petit mot gentil que vous savez dire de temps en temps, l'esprit de tolérance et de pardon dont vous faites preuve. Faites aux autres ce que vous voudriez qu'on vous fît est le principe fondamental de la mécanique automobile. Henry Ford l'avait compris tout de suite.

C'est pourquoi il payait si bien ses ouvriers. Et il équilibrait son budget. Il faut ne jamais oublier une chose quand on conduit un engin automobile : c'est que quand il commence à avancer comme s'il avait le vertige, il est temps de lui donner le coup de grâce. En Amérique, nous avons toujours été bons pour tous les animaux de la création. Nous avons ça dans le sang. Soyez bons pour votre Buick ou pour votre Studebaker. Dieu vous les a données pour enrichir les fabricants d'automobiles. Et non pour nous faire perdre patience à tout propos. Sinon, nous pouvons toujours aller chez Gallup l'échanger contre une mule boiteuse...

UN RAT DU DÉSERT

Dès l'instant où je le vis, je devinai que c'était un rat du désert. Il était silencieux, effacé, tranquille, avec des yeux larmoyants et des lèvres desséchées. Il avait le blanc des yeux injecté de sang. Ce furent ses yeux qui me donnèrent à penser qu'il avait dû vivre sous un soleil aveuglant. Mais quand, quelques instants plus tard, je l'interrogeai, il me répondit, à ma grande surprise, que leur état était dû à la rougeole. Il avait failli perdre la vue, me dit-il, quand l'idée lui était venue d'essayer de manger du beurre, énormément de beurre, par quarts entiers. L'état de ses yeux dès lors s'était amélioré. C'était, d'après lui, les graisses naturelles du beurre, qui avaient provoqué cette amélioration.

La conversation entre nous s'engagea sans mal et dura plusieurs heures. La serveuse était assez surprise de me voir discuter avec une telle ardeur. Elle avait hésité à placer ce client à ma table, parce qu'il était assez misérablement vêtu et qu'on aurait pu le croire sale aussi. La plupart des gens qui s'arrêtent à l'*Hostellerie de l'Ange Etincelant* sont habillés comme des princes, et les hommes plus encore que les femmes. Certains prennent le genre cow-boy aux abords du Grand Canyon et viennent à table avec de larges sombreros leur pendant dans le dos, des bottes et des chemises à carreaux. Les femmes ont l'air de raffoler du pantalon, surtout les grosses dondons avec des diamants à tous les doigts et les pieds déformés par les cors et les oignons.

Je dois mentionner en guise de préambule que la direction de l'*Hostellerie de l'Ange Etincelant* semblait surprise de me voir prolonger à ce point mon séjour, la plupart des visiteurs ne restant d'ordinaire qu'un jour ou deux, certains même moins longtemps, une demi-heure parfois, juste le temps, aurait-on dit, de jeter un coup d'œil dans le grand abîme pour pouvoir dire qu'ils l'avaient vu. Moi, j'y passai dix jours. Ce fut le neuvième jour que j'engageai la conversation avec le prospecteur de Barstow. Depuis mon départ d'Albuquerque, je n'avais parlé à âme qui vive, sinon pour prendre de l'essence ou de l'eau. C'était merveilleux de pouvoir rester silencieux aussi longtemps. Tout en flânant au bord du canyon, je surprenais les plus étranges fragments de conversation, stupéfiants en raison du cadre où elles avaient lieu. C'est ainsi que survenant derrière une jeune fille insipide qui flirtait avec un Indien Hopi [1] bas sur pattes.

ELLE : « Dans l'armée vous ne pourrez pas... »

LUI : « Mais je ne serai pas dans l'armée ! »

ELLE : « Oh, c'est vrai, vous serez dans la marine. » Et elle ajouta d'un ton enjoué : « Vous aimez l'eau... les bateaux... tout ça ? » Sous-entendu : « parce que dans ce cas, nos amiraux et vice-amiraux vous fourniront toute l'eau que vous voulez... de la bonne eau salée avec des vagues et tout. Attendez un peu d'avoir vu l'océan : c'est de la vraie eau. Et puis vous aurez aussi plein de canons pour tirer... et puis des aéroplanes et Dieu sait quoi encore. Oh, ce sera passion-

1. Hopi : tribu indienne qui vit aux confins de l'Arizona et du Nouveau-Mexique. (*N.d.T.*)

nant, vous verrez. Nous nous arrangeons toujours pour faire une guerre de temps en temps, histoire de maintenir nos garçons en forme. Je suis sûre que vous adorerez ça ! »

Un autre soir, en revenant de Yavapai Point, j'entendis une vieille fille, un cornet de glace à la main, déclarer tout en léchant sa cuiller à son compagnon, un type du genre universitaire miteux : « Ça n'a rien de si extraordinaire, vous ne trouvez pas ? » Il était environ sept heures du soir et elle brandissait sa cuiller dégoulinante dans la direction du canyon. Le coucher de soleil n'était manifestement pas à sa convenance. Ce n'était pas un flamboiement doré comme une omelette qui tomberait du ciel. Non, c'était un coucher de soleil modeste, réservé, qui n'allumait qu'une mince ligne de feu tout au fond. Mais, si elle avait pris la peine de regarder le sol à ses pieds, elle aurait pu constater qu'il avait pris une étrange teinte lavande et vieux rose ; et si elle avait levé les yeux jusqu'à la plus haute couche rocheuse qui supporte le sol du plateau, elle aurait vu que la roche était d'un noir extraordinaire, poétique, et comparable seulement à celui d'une rivière ou d'un tronc de chêne ou à cette route si magnifique qui va de Jacksonville à Pensacola sous un ciel chargé de nuages dramatiques.

Mais, ce fut le dernier soir de mon séjour que j'entendis le plus beau. Une jeune fille, flanquée de trois jeunes frappes, déclara soudain d'une voix qui parut franchir sans effort toute la largeur du canyon : « Vous avez vu les journaux ce soir ? » Elle faisait allusion à un crime commis à San Bernardino et auquel un bossu se trouvait mystérieusement mêlé. « C'est drôle », dit-elle, « je suis pas plus tôt partie que mes amis commencent à se faire descendre. Vous vous souvenez de Violette ? Je l'avais amenée un soir à la maison. » Et elle continua, d'une voix aussi claire que si elle utilisait un mégaphone, à parler de Violette, Raymonde et Jesse, si je me souviens bien. Tout lui paraissait drôle, même le séjour qu'un de ses amis avait fait à la prison de San Quentin. « Il devait être timbré ! » répétait-elle inlassablement. J'observai le visage d'une femme du monde en pantalon assise non loin de là et qui semblait horriblement choquée des remarques de la jeune personne. « D'où viennent ces créatures ? » semblait-elle se demander. « Vraiment, il faudrait faire quelque chose ; j'en parlerai à la direction. » Je croyais l'entendre fulminer et grommeler intérieurement comme un moteur qui tousse en plein désert par 55° centigrades.

Il y eut aussi le fils du marchand de souvenirs qui me mit le grappin dessus un matin de bonne heure ; s'imaginant que je venais d'arriver, il insista pour me montrer à la longue-vue ce qu'il y avait à voir. « Cette chemise là-bas, qui sèche, c'est assez curieux. » Je ne voyais pas ce que cela avait de si curieux. Mais pour lui, tout était curieux et intéressant, y compris l'hôtel situé sur l'autre versant du canyon, uniquement parce qu'on pouvait le voir à la lorgnette. « Avez-vous vu le grand tableau du Canyon qui est dans le magasin de mon père ? » me demanda-t-il comme je m'éloignais. « C'est une œuvre extraordinaire. » Je lui dis tout net que je n'avais aucune intention d'aller la voir, malgré tout le respect que j'avais pour son père et pour le magasin qu'il gérait. Il parut peiné, blessé, stupéfait que je n'eusse pas envie de voir l'une des plus grandes reproductions d'un phénomène naturel due à la main de l'homme. « Quand vous aurez un peu de plomb dans la cervelle », lui dis-je, « peut-être ne trouverez-vous pas cela si merveilleux. Combien vous dois-je pour avoir regardé dans votre longue-vue ? »

Il fut pris au dépourvu. « Ce que vous me devez ? »

répéta-t-il. « Mais vous ne me devez rien. Nous sommes heureux de pouvoir vous rendre service. Si vous avez besoin de pellicules, vous n'avez qu'à les acheter chez mon père. Nous avons tout un rayon... »

« Je ne prends jamais de photos », dis-je en m'éloignant pour de bon.

« *Quoi!* Vous ne prenez jamais de photos ? Ça, par exemple... »

« Non, et je n'achète jamais non plus de cartes postales, de couvertures ni de petits météorites. Je suis venu ici pour voir le Grand Canyon, c'est tout. Au revoir et que Dieu vous protège dans le bonheur comme dans l'infortune. » Et là-dessus, je lui tournai les talons et poursuivis ma promenade.

J'étais furieux de penser qu'un jeune garçon comme celui-là n'avait rien de mieux à faire que d'essayer d'attirer les touristes dans le magasin de son père à une heure aussi matinale. Dire qu'il était là à faire mine de régler sa longue-vue, à la fourbir et puis à débiter toutes ces absurdités sur « l'homme imitant l'œuvre de Dieu », sur un carré de toile, alors que Dieu lui-même dans toute sa gloire se manifestait à ses yeux sans le recours ni l'intervention de l'homme. Tout ça pour vous vendre un fossile, ou un collier ou un rouleau de pellicule. Il me rappelait les bazars de Lourdes. A Cosney Island au moins, on est plus franc. Personne ne s'extasie sur l'onde amère. On va là pour étouffer, pour être écrasé et se faire dûment escroquer par de maîtres escrocs.

Mais revenons à des sujets de conversation plus propres. Le vieux rat du désert me parlait en souriant du fléau nommé automobile. Cela avait eu un avantage, il en convenait, celui d'élargir un peu les idées des gens. Mais d'un autre côté, cela les avait déracinés. Tout était trop facile, personne ne voulait plus lutter ni se battre. Les hommes s'amollissaient. Plus rien ne pouvait les satisfaire. Ils étaient toujours en quête de frissons nouveaux, d'abîmes insondables. C'était curieux, alors qu'ils pouvaient être si mous et froussards, comme ils n'avaient pourtant pas peur de la mort. Pourvu que ça les excite, ils se fichaient bien de ce qui pouvait arriver. Il venait de quitter un groupe de femmes sur la route. L'une d'elles venait de se rompre le cou. Elle avait pris un virage trop vite. Il en parlait sans émotion, comme s'il s'agissait d'un incident banal. Il en avait vu des voitures se retourner dans le désert, en roulant à cent soixante, à cent quatre-vingts à l'heure. « On dirait qu'ils ne vont jamais assez vite pour leur goût », dit-il. « Personne ne roule jamais à soixante-quinze à l'heure, qui est la vitesse limite en Californie. Je me demande pourquoi on fait des lois si les gens ne les respectent pas ; c'est idiot. Si on veut que les gens soient prudents en voiture, pourquoi fait-on des moteurs qui peuvent faire du cent vingt, du cent trente, du cente soixante à l'heure ? Est-ce que c'est logique ? »

Il se mit alors à parler du charme de la vie solitaire dans le désert, entre les étoiles et les rochers, la vie qu'on passe à étudier la terre, à écouter la voix de son propre cœur, à s'extasier devant la Création. « On arrive à beaucoup réfléchir quand on est tout le temps seul. Je n'ai jamais été très porté sur la lecture. Tout ce que je sais, je l'ai appris tout seul, par l'expérience, en me servant de mes yeux et de mes oreilles. »

Je lui demandai, assez bêtement, où au juste commençait pour lui le désert.

« Pour moi », dit-il, « par ici c'est partout du désert. Il y a toujours un peu de végétation, ça n'est pas que du sable, vous comprenez. Il y a de la broussaille et de la terre pour qui sait faire venir de l'eau et la nourrir. Les gens ont toujours l'air de s'affoler quand ils arrivent dans le désert. Ils s'imaginent qu'ils vont mourir de soif ou de froid pendant la nuit. Bien sûr, ça arrive quelquefois, mais c'est surtout parce qu'ils se rongent. Si vous ne prenez pas les choses au tragique et que vous ne vous énervez pas, vous ne risquez rien. Ce qui tue la plupart des gens, c'est seulement la pure panique. Un homme peut bien se passer d'eau un jour ou deux — ça ne le tuera pas — mais faut pas qu'il s'inquiète. Ma foi, je ne voudrais pas vivre ailleurs. Même si on me payait, je ne pourrais pas revenir vivre dans l'Iowa. »

Je voulus avoir son avis sur les mauvaises terres : étaient-elles vraiment impossibles à défricher ? J'avais été fort impressionné, lui dis-je, en traversant le Désert Peint, de voir que la terre avait déjà l'air de quelque chose de mort. En était-il réellement ainsi, ne pouvait-on rien faire de ces régions ?

Pas grand-chose, à son avis. Elles pourraient rester comme ça des millions d'années. Il y avait des produits chimiques dans cette terre-là, des acides, qui empêchaient quoi que ce soit de pousser. « Mais je vous dirai une chose », ajouta-t-il, « c'est qu'à mon avis, c'est le contraire qui a tendance à se produire. »

« Que voulez-vous dire ? » demandai-je.

« Je veux dire que la terre se développe plus vite qu'elle ne meurt. Il faut peut-être des millions d'années pour que le changement soit sensible, mais ça se poursuit sans arrêt. Il y a quelque chose dans l'air qui nourrit la terre. Prenez un rayon de soleil... vous savez, on voit toujours des petites choses qui flottent dans l'air. Eh bien, il y a toujours quelque chose qui tombe par terre... de petites particules qui nourrissent le sol. Bon, prenez le Désert Peint... je l'ai parcouru à peu près dans sa totalité. Ça n'a rien d'extraordinaire. Bien sûr, il y a encore des parties inexplorées. Même les Indiens ne le connaissent pas en entier. » Et il continua à parler des couleurs du désert, et de la façon dont elles s'étaient formées avec le refroidissement de la terre; il parla des formes de vie préhistoriques incrustées dans le roc, d'un plateau quelque part au milieu du Désert qu'un aviateur avait découvert et qui était peuplé de chevaux nains. « Il y en a qui disent que ce sont des descendants des petits chevaux amenés par les Espagnols autrefois, mais à mon avis il manque quelque chose dans l'eau ou dans la végétation et ça arrête leur croissance. » Il parlait des chevaux de façon si vivante que je commençai à m'imaginer cet animal préhistorique, l'échippus ou un nom comme ça, que je m'étais toujours représenté galopant à travers les plaines de Tartarie. « Ça n'a rien d'extraordinaire », disait-il. « Tenez, en Afrique, ils ont des Pygmées et des éléphants et tout ça. » Pourquoi des éléphants? me demandai-je. Peut-être n'était-ce pas cela qu'il avait voulu dire. Mais il savait ce que c'était qu'un éléphant car il se mit bientôt à parler d'os et de squelettes d'animaux géants qui jadis vivaient dans ce pays : des chameaux, des éléphants, des dinosaures, des machérodes, etc. dont on trouvait les restes dans le désert et ailleurs. Il me parla de la viande non digérée qu'on avait trouvée dans l'estomac des mastodontes gelés en Sibérie, en Alaska, au Canada, il me parla de la terre qui traversait maintenant de nouvelles régions zodiacales, qui basculait sur son axe; il me parla des grands bouleversements climatiques, des cataclysmes soudains qui enterraient vifs les représentants de toute une époque, transformaient les mers tropicales en déserts, dressaient des montagnes là où jadis s'étendait l'océan et ainsi de suite. Ses propos me fascinaient : on aurait dit que lui-même avait été le témoin de tout, qu'il avait observé ces phénomènes de quelque haut lieu dans une enveloppe charnelle immortelle.

« C'est la même chose pour l'homme », continuat-il. « Je crois que quand nous approchons trop près du secret, la nature s'arrange pour se débarrasser de nous. Bien sûr, nous devenons de plus en plus astucieux, mais nous n'arriverons quand même jamais jusqu'au fond des choses. Dieu ne l'a pas voulu ainsi. Nous croyons que nos connaissances sont très étendues, mais notre pensée suit une ornière. Les gens qui lisent ne sont pas plus intelligents que les autres. Ils ont appris à lire les choses d'une certaine façon. Mettez-les dans une situation nouvelle pour eux et ils perdent la tête. Ils manquent de souplesse. Ils ne peuvent penser que suivant les principes qu'on leur a inculqués. A mon avis, ils ne sont pas intelligents. »

Il me parla ensuite d'un groupe de savants qu'il avait rencontrés un jour du côté de l'île Catalina. C'étaient, paraît-il, des experts en matière de monuments funéraires indiens. Ils étaient venus là et ils faisaient des draguages dans une pile de squelettes qu'ils avaient découverts au bord de l'eau. Selon eux, à une époque lointaine les Indiens de cette région s'étaient tous empoisonnés avec des moules un même jour et leurs cadavres s'étaient entassés pêle-mêle.

« Ça n'est pas mon avis ! » dit-il à l'un des professeurs après avoir supporté aussi longtemps qu'il avait pu leurs absurdités.

Ils le regardèrent avec l'air de dire : « Qui vous a demandé votre avis ? Que pouvez-vous savoir sur le sujet ? »

Un des professeurs finit par lui demander quelle était son idée.

« Je ne vous la dis pas encore », dit-il. « Je veux voir d'abord ce que vous êtes capables de trouver par vous-même. »

Ils se mirent en colère, bien entendu. Au bout d'un moment, mon ami commença à les accabler de questions, des questions à la Socrate qui les exaspérèrent davantage encore. Il voulut savoir, puisqu'ils avaient toute leur vie étudié les monuments funéraires indiens s'ils avaient jamais vu des squelettes empilés de cette façon. « Vous avez trouvé des coquilles de moules par ici ? » s'enquit-il. Non, ils n'avaient pas trouvé trace de moule, morte ou vive. « Moi non plus », dit-il. « Il n'y en a jamais eu par ici. »

Le lendemain il attira leur attention sur la cendre. « Il aurait fallu cuire une fichue quantité de moules pour faire toutes ces cendres, vous ne croyez pas ? » dit-il à l'un des professeurs. Il me révéla à ce propos qu'il existait une différence considérable entre la cendre de bois et la cendre volcanique. « Le bois », dit-il, « fait des cendres grasses et qui restent grasses quel que soit leur âge. La cendre dans laquelle étaient enfouis ces cadavres était volcanique. » Selon lui, il y avait eu une éruption, les Indiens avaient essayé de fuir et avaient été pris sous une pluie de feu.

Les savants naturellement ricanèrent. « Je n'ai pas discuté avec eux », me dit-il. « Je ne voulais pas les mettre en colère encore une fois. Je me suis contenté de tirer les conclusions qui découlaient des faits et je leur ai dit ce que je pensais. Un ou deux jours plus tard, ils vinrent me dire qu'en effet mon idée leur paraissait juste. Qu'ils allaient voir ça de près. »

Il me parla encore des Indiens. Il avait vécu avec eux et connaissait leurs mœurs. Il semblait avoir beaucoup de respect pour eux.

Je lui demandai des renseignements sur les Navajos dont j'avais tant entendu parler depuis que j'étais dans l'Ouest. Etait-ce vrai qu'ils se reproduisaient à un rythme phénoménal ? On disait même que si rien ne venait freiner leur développement, ils seraient bientôt aussi nombreux que nous. On prétendait qu'ils pratiquaient la polygamie et que chaque Navajo avait droit d'avoir trois épouses. En tout cas, ils proliféraient dans des proportions extraordinaires. J'espérais qu'il allait me dire que les Indiens allaient redevenir forts et puissants.

Pour toute réponse, il me dit qu'il existait des légendes prédisant la chute de l'homme blanc dans une grande catastrophe : le feu, la famine, l'inondation ou quelque autre cataclysme.

« Pourquoi pas simplement par avarice et par ignorance ? » dis-je.

« L'Indien », dit-il, « croit que quand le temps viendra ne survivront que ceux qui seront forts et endurants. Il n'a jamais accepté notre mode de vie. Il ne nous considère nullement comme supérieurs. Il nous tolère, voilà tout. Quel que soit le degré d'éducation auquel il accède, l'Indien revient toujours à la tribu. Ils attendent seulement notre extermination, je crois. »

Je fus ravi de l'entendre. Ce serait merveilleux, me dis-je, si un jour ils pouvaient se lever en masse et nous rejeter à la mer, reprendre la terre que nous leur avons volée, raser nos villes ou en faire des champs de foire. La veille au soir encore, alors que je faisais ma petite promenade sur le bord du Canyon, la vue d'un illustré (*le Prince Vaillant*, je crois) abandonné au bord de l'abîme éveilla en moi d'étranges réflexions. Que peut-on imaginer de plus futile, de plus stérile et de plus absurde que cet illustré dominical en face d'un spectacle aussi grandiose que celui du Grand Canyon ? Il était là, négligemment abandonné par un lecteur indifférent, prêt à être emporté dans l'abîme par la plus petite brise. Derrière ces feuilles aux couleurs criardes que les efforts d'innombrables personnes avaient contribué à créer, ainsi que les vastes ressources de la nature et les minables désirs d'enfants suralimentés, je voyais toute l'histoire de l'apogée de notre civilisation occidentale. Entre cet illustré, un cuirassé, une dynamo et une station de T.S.F., j'ai du mal à établir des distinctions de valeur. Tous sont sur le même plan, tous sont des manifestations d'une énergie inquiète et débandée, éphémère, de la mort aussi et de la dissolution. En regardant dans le Grand Canyon les amphithéâtres, les colisées, les temples que la nature au long des millénaires a taillés dans les différentes couches rocheuses, je me demandai pourquoi cette vaste création n'aurait pas pu être l'œuvre de l'homme. Pourquoi en Amérique tous les grands ouvrages d'art sont-ils l'œuvre de la nature ? Il y a bien les gratte-ciel, c'est vrai, les barrages, les ponts et les chaussées de ciment. Mais tout cela c'est utilitaire. Nulle part en Amérique il n'existe rien de comparable aux cathédrales d'Europe, aux temples d'Asie et d'Egypte, des monuments durables élevés par la foi, l'amour et la passion. Nulle part d'exaltation, de ferveur, de zèle, sinon pour développer les affaires, pour faciliter les transports, pour élargir le domaine de l'exploitation sans merci. *Le résultat ?* Un peuple en rapide décadence, dont un tiers déjà est réduit à la pauvreté, dont les plus intelligents et les plus opulents pratiquent le suicide racial, et dont les opprimés s'approchent chaque jour davantage de la rébellion, de la criminalité, de la dégénérescence, de la dégradation. Et une poignée de politiciens ambitieux et sans scrupule qui essaient de persuader la foule que ce pays est le dernier refuge de la civilisation !

Mon ami du désert faisait de fréquentes allusions au « grand secret ». Je pensai à la phrase de Goethe sur le *secret de Polichinelle !* Les savants ne sont pas hommes à le déchiffrer. Ils ne sont arrivés à rien malgré toutes leurs tentatives de résoudre l'énigme. Ils n'ont fait que pousser plus loin le problème, que le faire paraître plus insondable encore. Les hommes de l'avenir auront pour les vestiges de notre époque le même regard que nous avons aujourd'hui pour les produits de l'Age de Pierre. Car nous sommes au niveau mental des dinosaures. Nous nous traînons d'un pas lourd, le cerveau obtus et l'imagination encapuchonnée, parmi des miracles que nous ne discernons même pas. Toutes nos inventions, toutes nos découvertes mènent à l'anéantissement.

L'Indien, lui, mène à peu près la même vie qu'il a toujours menée, nullement persuadé que nous ayons mieux à lui offrir. Il attend stoïquement que l'œuvre d'auto-destruction se soit accomplie. Quand nous serons parvenus au dernier degré de l'amollissement et de la dégénérescence, quand nous croulerons et que nous nous déliterons complètement, il reprendra cette terre que nous nous sommes donné tant de mal à gaspiller. Il sortira des régions maudites que nous avons transformées en Réserves pour les Intouchables et viendra réclamer les forêts et les rivières qui jadis furent siennes. Quand nous serons partis, ce pays retrouvera la quiétude : plus de ces usines et de ces aciéries hideuses, plus de hauts fourneaux, plus de cheminées. Les hommes redeviendront clairvoyants et télépathiques. Nos instruments ne sont que des béquilles qui entravent notre marche. Nos inventions et nos découvertes ne nous ont pas rendus plus humains, mais au contraire plus inhumains. Il nous faudra donc périr, nous laisser dominer par des êtres d'une race « inférieure » que nous avons traités en parias. Eux du moins n'ont jamais perdu le contact avec la terre. Ils y ont toujours leurs racines et ils revivront dès l'instant où l'on aura arraché la moisissure de la civilisation. Il se peut bien que ce pays soit le grand creuset du monde. Mais la fusion n'a pas encore commencé. Le jour où l'homme rouge et l'homme noir, l'homme brun et l'homme jaune s'uniront avec les peuples blancs de la terre dans un esprit d'absolue égalité, de totale amitié et de respect mutuel, alors seulement le creuset aura quelque utilité. Peut-être verra-t-on — dans des millénaires — sur ce continent le début d'un ordre nouveau. Mais il faudra d'abord que le Blanc américain ait connu l'humiliation et la défaite ; il faudra qu'il ait imploré la pitié ; qu'il ait confessé ses péchés et ses erreurs ; qu'il ait supplié qu'on l'admette au sein de cette nouvelle fraternité humaine que lui-même a été incapable de créer.

Nous parlions de la guerre. « Ce ne serait pas grave », dit mon ami, « si les peuples qui veulent la guerre se battaient entre eux, mais lancer dans le massacre des peuples qui ignorent la haine, des peuples innocents, c'est horrible. La guerre n'accomplit rien. Deux torts n'ont jamais fait un bien. Supposons que je vous administre une raclée et que je vous tienne sous ma coupe, que ferez-vous ? Vous attendrez que j'aie le dos tourné pour me régler mon compte, n'est-ce pas ? On ne peut pas instaurer la paix en maintenant les peuples sous le joug. Il faut donner aux gens ce qu'ils veulent, plus qu'ils ne veulent. Il faut être généreux et bon. On pourrait arrêter la guerre demain si on le voulait vraiment.

« Je crains pourtant fort que d'ici un mois nous ne soyons en guerre. On dirait que Roosevelt veut nous y pousser. Ce sera le prochain dictateur. Vous vous souvenez du jour où il a dit qu'il serait le dernier président des Etats-Unis ? Comment les autres dictateurs sont-ils parvenus au pouvoir ? Ils ont d'abord gagné à leur cause le syndicalisme ouvrier, n'est-ce pas ? Eh bien, on dirait que Roosevelt suit le même chemin, vous ne trouvez pas ? Bien sûr, je ne crois pas qu'il ira jusqu'à la fin de son mandat. Et à moins qu'il ne soit assassiné — ce qui peut arriver — Lindbergh sera notre prochain président. Le peuple d'Amérique ne veut pas faire la guerre. Il veut la paix. Et quand le président des Etats-Unis cherche à faire passer pour un traître un homme comme Lindbergh, il incite les gens à la révolution. Nous Américains, nous ne tenons pas à avoir d'histoires avec les autres pays. Nous avons seulement envie de nous occuper de nos affaires et de continuer notre petit bonhomme de chemin. Nous ne craignons pas de voir Hitler envahir notre sol. Et quant à envahir l'Europe, comment allons-nous nous y prendre ? Hitler est le maître de l'Europe, et il nous faudra attendre qu'il s'effondre, voilà comment je vois les choses. Laissez à un homme une longueur de corde suffisante et il se pendra, voilà ce que je dis toujours. Il n'y a qu'une seule façon d'arrêter la guerre, et c'est de faire ce que fait justement Hitler : avaler toutes les petites nations, leur enlever leurs armes et assurer la police du monde. *Nous*, nous pourrions le faire ! *Si nous voulions nous départir de notre égoïsme !* Mais il nous faudrait commencer par accorder à tous l'égalité. Nous ne pourrions pas nous poser en conquérants comme Hitler est en train d'essayer de le faire. Cela ne marchera pas. Il nous faudrait prendre en considération les intérêts de tous et veiller à ce que chacun, homme, femme et enfant ait sa juste part. Il nous faudrait avoir quelque chose de *positif* à offrir au monde, non pas seulement nous défendre comme le font les Anglais et prétendre que c'est la civilisation que nous défendons. Si nous décidons vraiment de faire quelque chose pour le monde, d'être *altruistes*, je crois que nous pourrions réussir. Mais je ne crois pas que nous le fassions. Nous n'avons pas les chefs capables de susciter dans le peuple un tel élan. Il nous faut protéger le gros capital, le commerce international et tout cela. Ce qu'il nous faudrait faire, ce serait commencer par tuer nos Hitler et Mussolini à nous. Nous devrions faire le ménage chez nous avant de nous mettre à sauver le monde. Peut-être alors les peuples du monde nous croiraient-ils. »

Il s'excusa d'avoir fait une si longue harangue. Il n'avait jamais eu d'instruction, dit-il, aussi ne savait-il pas s'exprimer. Et puis, à force de vivre toujours seul, il avait perdu l'habitude de parler aux gens. Il ne savait pas ce qui lui avait pris de parler comme ça. Mais enfin, il estimait qu'il avait le droit d'avoir ses opinions, qu'elles fussent justes ou fausses, bonnes ou mauvaises.

« Le cerveau, c'est tout », dit-il. « Si vous gardez votre cerveau en état, votre corps s'occupera de lui tout seul. L'âge n'est que ce qu'on croit qu'il est. Je me sens aussi jeune aujourd'hui, peut-être plus jeune qu'il y a vingt ans. Je ne m'inquiète plus. Les gens qui vivent le plus vieux sont ceux qui vivent le plus simplement. Ce n'est pas l'argent qui vous sauvera. L'argent, ça vous donne des soucis, du tracas. Il faut mieux être seul et ne pas parler. Penser tout seul. Je crois aux étoiles, vous savez. Je les observe tout le temps. Et je ne pense jamais trop longtemps à la même chose. J'essaie de ne pas tomber dans une ornière. Nous serons tous obligés de mourir un jour, alors pourquoi se compliquer la vie à plaisir ? Si on sait se contenter de peu, on est heureux. L'essentiel, c'est de pouvoir vivre avec soi-même, de s'aimer assez pour ne pas avoir tout le temps besoin d'autres gens autour de soi. En tout cas, c'est mon avis. C'est pourquoi je vis dans le désert. Je ne sais peut-être pas grand-chose, mais ce que je sais, je l'ai appris tout seul. »

Nous nous levâmes pour rentrer. « Je m'appelle Olsen », dit-il. « J'ai été très heureux de faire votre connaissance. Si vous montez à Barstow, venez me voir, j'aimerais bien bavarder encore avec vous. Je vous montrerai un poisson préhistorique fossile... et puis des éponges et des fougères vieilles de deux millions d'années. »

DU GRAND CANYON À BURBANK

Je quittai le Grand Canyon vers neuf heures, par un matin ensoleillé, avec la perspective d'une tranquille et magnifique descente en toboggan du milieu des nuages jusqu'au niveau de la mer. A la réflexion, j'ai du mal à me souvenir si ce fut Barstow ou Needles que je traversai en premier. J'ai le vague souvenir d'être arrivé à Kingman vers le crépuscule. Ce doux bruit qu'on dirait de bracelets passant à travers une essoreuse et que j'aime tant dans le moteur s'était mué en un effroyable vacarme, à croire que la boîte de vitesses, le pont arrière, le différentiel, le carburateur, le thermostat et tous les vis, boulons et roulements de la voiture allaient s'éparpiller sur la route. Je progressais par petites étapes, m'arrêtant tous les trente ou quarante kilomètres pour laisser refroidir le moteur et ajouter de l'eau fraîche. Tout le monde me dépassait, les gros camions, les vieux tacots, les motocyclettes, les scooters, les troupeaux de bœufs, les vagabonds, les rats, les lézards et même les tortues et les escargots. A la sortie de Kingman je vis s'allonger devant moi une étendue peu engageante de désert. J'appuyai sur le champignon, décidé à parvenir à Needles avant la nuit. Quand je parvins au pied d'un col, près d'Oatman, le radiateur se mit à bouillir. Je bus un nouveau coca-citron — mon quinzième ou vingtième de la journée — et je m'assis sur le marchepied en attendant que le moteur se refroidisse. Il faisait une chaleur d'enfer dans ce défilé. Un vieil ivrogne traînait autour du garage. Il engagea la conversation. Il me dit que c'était le plus sale coin de la Nationale 66. Il n'y avait qu'une vingtaine de kilomètres mais c'était un sale passage. Ce qui m'inquiétait, ce n'était pas de savoir si la route était dangereuse ou non, mais si l'eau se mettrait à bouillir avant que je ne sois arrivé en haut du col. Je cherchai à savoir si la côte était longue, ou courte ou raide. « Il n'y en a pas un bout que vous puissiez grimper en prise », répétait l'ivrogne obstinément. Ce qui pour moi ne voulait rien dire puisqu'il m'arrive souvent de monter en première des passages où les autres voitures roulent en prise. « Et la descente est aussi mauvaise », dit-il. « Vous n'êtes qu'à six ou sept kilomètres du sommet. Si vous y arrivez, vous êtes tiré d'affaire. » Il ne dit pas *quand* vous y arrivez. Ce « si » m'ennuyait. « Que voulez-vous dire », demandai-je, « c'est si raide que ça ? » Non, ce n'était pas si raide, c'était délicat, voilà tout. Il y avait des gens qui s'affolaient quand ils se voyaient suspendus au bord du vide. C'était comme ça qu'il y avait des accidents. Je regardai le soleil descendre rapidement en me demandant si la seule ampoule des phares qui fonctionnait encore tiendrait le coup. Je tâtai le capot pour voir s'il avait refroidi. Il était brûlant comme un fourneau. Voyons, me dis-je, il y a une douzaine de kilomètres de descente. Si je parvenais au sommet, je pourrais toujours descendre en freinant au moteur : cela la rafraîchirait.

Je partis. La Buick faisait un terrible vacarme, un bruit humain, semblable aux hurlements d'un géant blessé. Tout me conseillait d'aller doucement. Au lieu de cela, j'appuyai à fond sur l'accélérateur. J'étais en prise et j'entendais y rester jusqu'au sommet du col.

Par bonheur, je ne rencontrai que deux voitures. Du coin de l'œil, j'essayai de regarder le paysage, mais on ne voyait qu'une immense région noyée dans un bain de feu. Quand j'arrivai au sommet, le thermomètre marquait quatre-vingt-dix degrés passés. J'avais un bidon de dix litres d'eau, ce qui était bien suffisant. « Et maintenant », me dis-je, « en route pour la descente. Elle va se refroidir en moins de deux. » Ce devait être Oatman qu'on apercevait au fond du défilé. Ç'aurait aussi bien pu être le bout du monde. C'était un endroit absolument fantastique et je ne pouvais comprendre comment des gens pouvaient vivre là ; mais je n'avais guère le temps de méditer ce problème. Il me semblait que les engrenages patinaient. Je m'étais mis en première, mais je roulais trop vite. J'essayai de freiner un peu dans les virages en épingle à cheveux qui dévalaient vers les falaises dominant la ville. Mais rien ne me retenait vraiment. Seul le klaxon me donnait toute satisfaction. D'ordinaire il était un peu faible, mais il avait brusquement pris des accents vigoureux et cuivrés. J'allumai mon unique phare et klaxonnai éperdument. Il faisait noir, j'étais engagé maintenant dans une pente longue et douce où je ne dépassais pas le cinquante à l'heure. J'avais l'impression de voler quand je regardais les bas-côtés, et en même temps d'être sous l'eau et à la barre d'un étrange sous-marin découvert. Malgré le vent de la descente, il faisait agréablement tiède, comme à la fin d'une journée de chaleur, et cela me détendait. Je commençai à me sentir plus gaillard. C'était seulement la troisième ou quatrième fois que je me trouvais seul à rouler de nuit ; j'avais en effet la vue assez basse et conduire de nuit est un art que j'avais négligé de pratiquer lorsque j'avais pris des leçons à New York. Je ne sais pourquoi les gens s'écartaient respectueusement sur mon passage. Ils allaient même parfois jusqu'à s'arrêter presque complètement pour me laisser passer. Je ne pensais plus à mon unique phare. La lune s'était levée et il me semblait qu'il faisait assez clair pour conduire sans lumière. Je ne voyais qu'à quelques mètres devant moi, mais comme de toute façon je ne vois jamais plus loin, tout me paraissait parfaitement normal.

Comme j'approchais de Needles, il me sembla tout d'un coup que j'entrais dans une serre. L'air était chargé de parfums et il était devenu plus chaud. J'arrivais aux abords d'une pièce d'eau qui devait être un lac quand un homme en uniforme se précipita au milieu de la route et m'ordonna de stopper. « Arrêtez votre moteur », dit-il tranquillement. J'étais si sonné que je ne m'étais même pas aperçu que la voiture continuait à rouler. « Serrez le frein », dit-il, un peu plus sèchement. C'était l'inspecteur du poste d'entrée en Californie. « Me voici donc en Californie ? » dis-je, très content de moi. Pour toute réponse, il me dit : « D'où venez-vous ? » Un moment je fus incapable de penser. D'où je venais ? D'où ? Pour gagner du temps, je lui demandai ce qu'il entendait par là : « D'où je viens *aujourd'hui*, ou bien où j'habite ? » demandai-je. Il voulait dire d'où j'étais parti ce matin, c'était assez évident rien qu'au ton dégoûté qu'il prit pour me fournir cette précision. Et soudain je me souvins : c'était du Grand Canyon que j'étais parti ce matin. Mon Dieu, que j'étais content de m'en souvenir. Ces oiseaux-là sont capables de devenir très méfiants si on a une défaillance de mémoire. « Vous voyagez seul ? » interrogea-t-il. Promenant dans la voiture le faisceau de sa torche électrique, il continua : « Etes-vous citoyen américain ? » Cela me parut le comble de l'absurdité, après tout ce que j'avais enduré depuis le matin. Je faillis lui éclater de rire au nez, comme un hystérique. « Oui, je suis citoyen américain », dis-je en me contenant, trop heureux de n'avoir pas à exhiber une carte d'identité ou quelque autre preuve de ma nationalité. « Né à New York, je suppose ? » « Oui », répondis-je, « né à New York. » « A New York même ? » « Oui, monsieur, à New York même. » Je crois me rappeler qu'il me posa ensuite une foule de questions à propos d'insectes, de feuilles de choux, de rhododendrons, de datura et de formaldéhyde, auxquelles je répondis instinctivement par Non, monsieur, Non, monsieur, Non, monsieur ! On se serait cru dans une petite classe de catéchisme, seulement on était en Californie au bord d'un étang ou d'un grand lac et le thermomètre était à nouveau aux alentours de quatre-vingt-dix degrés.

« Vous savez que vous n'avez pas d'éclairage ? » dit-il.

« Ma foi, non », fis-je, angélique, coupant le contact et descendant pour aller voir.

« Où allez-vous maintenant ? » dit-il.

« A Needles. C'est loin ? »

« Quelques kilomètres », dit-il.

« Ah bon. Je vais filer jusque-là alors. Merci beaucoup. »

Je remontai au volant et démarrai dans un vrombissement et un bruit de ferraille assourdissants. Quelques mètres plus loin, je fus de nouveau arrêté. Un homme brandissant une torche électrique, l'air un peu éméché, était accoté de façon fort instable à la portière de sa voiture ; il me saisit le bras en me demandant la route pour tel endroit, une ville dont je n'avais de ma vie entendu parler.

« A gauche », dis-je, sans un instant d'hésitation.

« Vous êtes sûr ? » dit-il, balançant sa tête au-dessus de mon volant avec une surprenante souplesse.

« Absolument », dis-je, en démarrant.

« Je ne veux pas retourner à Kingman », dit-il.

« Oh, vous ne pouvez pas vous tromper », dis-je en appuyant sur l'accélérateur et en menaçant de le décapiter. « La première route à gauche... à quelques mètres. »

Je le laissai planté au milieu de la route et marmonnant dans sa barbe. Je souhaitai seulement qu'il n'essayât pas de me suivre dans un élan fraternel d'ivrogne et qu'il m'expédiât ainsi dans le fossé, comme un type que j'avais rencontré un jour dans le Texas, du côté de Vega et qui m'assura que quelque chose n'allait pas à ma voiture — il prétendait que j'avais perdu ma dynamo — puis qui voulut m'escorter jusqu'à la ville la plus proche, manquant de m'emboutir durant le trajet. Tout ce qu'il voulait en fait, c'était que je lui paie un verre. C'est toujours amusant de tomber comme ça sur un ivrogne qui ne vous lâche plus de la nuit ! Il est vrai que cela vaut toujours mieux que de tomber sur une femme enceinte flanquée de cinq enfants, comme c'est arrivé à un de mes amis.

A Needles j'allai me coucher aussitôt après dîner avec l'intention de me lever dès cinq heures le lendemain matin. Mais à trois heures et demie, j'entendis le chant des coqs et, me sentant parfaitement dispos, je pris une douche et décidai de partir dès l'aube. Il faisait assez frais à cette heure, vingt-trois ou vingt-cinq degrés, à peu près. Mon thermomètre marquait déjà soixante-quinze degrés. Je me dis qu'il faudrait que je fusse à Barstow avant que ne commence la vraie chaleur, vers neuf heures du matin, au plus tard. De temps en temps, il me semblait qu'un oiseau en folie traversait à tire-d'aile la voiture, avec cet étrange gazouillement que j'entendais depuis que j'avais quitté les Ozarks. C'était le genre de musique que font les goupilles quand elles sont trop serrées ou trop détendues. Je n'arrivais pas à découvrir si le bruit venait de la voiture ou des habitants des airs et parfois je me demandais si un oiseau n'était pas prisonnier dans le fond de la voiture et s'il ne se mourait pas de soif ou de mélancolie.

Comme je sortais de la ville, une voiture immatriculée de New York ralentit en passant à ma hauteur et une femme me cria d'un air d'extase : « Salut, New York ! » C'était une de ces excitées qui vous piquent une crise d'hystérie pour un rien. Elle roulait à une allure modérée, à quelque soixante-dix à l'heure et je crus que j'allais pouvoir marcher dans ses roues. Je la suivis pendant près de cinq kilomètres quand je constatai que le thermomètre frisait quatre-vingt-dix degrés. Je ralentis et me livrai à quelques exercices de calcul mental. A Albuquerque, quand j'avais rendu visite au mécanicien-sorcier, Hugh Dutter, j'avais appris qu'il existait une différence entre la température que marquait mon thermomètre et la température réelle de l'eau du radiateur. Une différence de neuf degrés, qui était, paraît-il, en ma faveur, bien que en pratique je n'aie jamais eu le loisir de m'en apercevoir. Hugh Dutter avait fait tout son possible pour résoudre ce problème d'échauffement : il avait tout fait sauf détartrer le radiateur. Mais c'était ma faute. Je lui avais dit que je l'avais fait faire quelque six mille kilomètres plus tôt. Il a fallu que j'arrive à Joseph City, dans l'Arizona et que j'y rencontre un vieux négociant indien, pour me rendre compte que la seule solution était de faire à nouveau détartrer le radiateur. Bushman, c'était le nom de mon Indien, eut l'amabilité de m'accompagner jusqu'à Winslow pour me remettre aux mains d'un homme de l'art. C'est ainsi que je fis connaissance de son gendre, un autre sorcier de l'automobile ; j'attendis quatre heures et pendant ce temps-là, on nettoya le radiateur, on régla une fois de plus l'allumage, on changea la courroie du ventilateur, on chatouilla les pointeaux du carburateur, on roda les soupapes, on régla le carburateur *et cœtera.* Le tout pour la modique somme de quatre dollars. Quelle merveille, une fois l'opération terminée, que d'entrer dans Flagstaff, au plus chaud de l'après-midi, avec un thermomètre qui ne marquait que cinquante-cinq degrés ! J'en pouvais à peine croire mes yeux. Bien sûr, environ une heure plus tard, alors que la chaleur commençait à tomber et que je montais une longue côte sur la route de Cameron, cette saloperie se remit à bouillir. Mais bientôt je sortis de la forêt pour m'enfoncer dans un *no man's land* où les montagnes avaient des teintes vineuses, où la terre était d'un vert de pois et où les mesas prenaient des tons roses, bleus, noirs et blancs : c'était merveilleux. Je crois que pendant plus de soixante kilomètres, je ne rencontrai pas une habitation. Cela arrive souvent quand on roule dans l'Ouest. Seulement ici c'est terrifiant. Je rencontrai trois voitures et puis ce ne fut plus que le désert et le silence, tandis que disparaissait peu à peu toute trace de vie humaine ou végétale, de lumière aussi. Soudain, jaillis semblait-il de nulle part, trois cavaliers surgirent au milieu de la route, à cinquante mètres devant moi. On aurait dit qu'ils venaient de se matérialiser. Un instant je crus qu'ils allaient m'attaquer. Mais non, ils caracolèrent un moment sur la route, me saluèrent au passage, puis, éperonnant leurs montures, s'enfoncèrent dans la fantasmagorie du crépuscule, où ils eurent bientôt disparu. Ce qui me surprit le plus, c'était qu'ils parussent suivre une direction ; ils s'éloignèrent comme s'ils allaient quelque part, alors que de toute évidence, on ne pouvait aller nulle part. Je faillis presque manquer Cameron. Par bonheur, il y avait un poste d'essence, quelques cabanes, un hôtel et des baraquements sur le bord de la route. « Pour aller à

Cameron ? » demandai-je, croyant que l'agglomération s'étendait de l'autre côté du pont. « Vous y êtes », dit le pompiste. L'aspect fantastique du décor me fascina si fort qu'avant de m'enquérir d'une chambre, je fis quelques pas jusqu'au Petit Colorado pour regarder le canyon. J'appris seulement le lendemain matin que je me trouvais à la lisière du Désert Peint que j'avais quitté la veille au matin. Je croyais être arrivé à une sorte de bout du monde, à un nombril du monde où les rivières disparaissent et où le magma bouillonnant des entrailles de la terre fait sourdre le granit en veines rosées comme des hémorroïdes géodésiques.

Mais au fond, où étais-je donc ? Je ne sais pas pourquoi, mais depuis que j'avais traversé Tucumcari, j'étais complètement perdu. Sur les plaques minéralogiques du Nouveau-Mexique, on lit : « Le Pays des Merveilles. » Et c'est fichtrement vrai ! Dans cet immense rectangle qui comprend des fragments de quatre Etats — l'Utah, le Colorado, le Nouveau-Mexique et l'Arizona — tout n'est qu'enchantement, sorcellerie, illusion et fantasmagorie. Peut-être est-ce cette région sauvage et en partie inexplorée qui contient le secret du continent américain. C'est la terre de l'Indien par excellence. Tout ici est hypnagogique, chtonien et supracéleste. La nature s'est déchaînée. L'homme n'est qu'un intrus, une verrue. On ne veut pas de lui. Des Peaux-Rouges, oui, mais ils sont si loin de l'idée que nous nous faisons de l'homme qu'on les croirait d'une autre espèce. Les roches portent gravées leurs glyphes et leurs hiéroglyphes. Sans parler des empreintes des dinosaures et autres monstres antédiluviens. Face au Grand Canyon, on dirait que la nature se répand en supplications. D'un bord à l'autre, la distance moyenne est de seize à vingt-huit kilomètres, mais il faut deux jours pour faire la traversée à pied ou à dos de mule. Le courrier met quatre jours et c'est un voyage fantastique qui fait passer à vos lettres les frontières de quatre Etats. Les animaux et les oiseaux franchissent rarement l'abîme. D'un étage à l'autre les arbres et la végétation diffèrent : quand on descend du bord du gouffre jusqu'au fond, on passe par presque tous les climats connus à la surface du glob, à l'exception des climats polaires. Entre deux couches rocheuses, certains savants ont déclaré qu'il existait une différence de cinq cent millions d'années. C'est fou, c'est démentiel et en même temps, c'est si grandiose, si sublime, si fantastique que la première fois qu'on contemple ce paysage, on s'effondre en pleurs de joie. C'est du moins ce qui m'est arrivé. Cela faisait plus de trente ans que je me consumais d'envie de voir cet abîme béant. Comme Paestum, comme Mycènes, comme Epidaure, c'est un des rares paysages de la terre qui non seulement répondent à l'idée qu'on se faisait d'eux, mais encore qui la surpassent. Mon ami Bushman, qui a été pendant des années guide là-bas, m'a raconté des histoires extraordinaires à propos du Grand Canyon. Je suis prêt à croire tout ce qu'on pourra me raconter à son sujet, phénomènes géologiques, monstruosités animales ou végétales, ou légendes indiennes. Si l'on venait me dire que les pics, les tables rocheuses et les amphithéâtres si justement baptisés Tour de Set, Pyramide de Chéops, Temple de Siva, d'Osiris, d'Isis, sont en réalité l'œuvre d'Egyptiens, d'Hindous, de Perses, de Chaldéens, de Babyloniens, d'Ethiopiens, de Chinois ou de Tibétains, j'écouterais d'une oreille crédule. Le Grand Canyon est une énigme et malgré tout ce que nous pourrons apprendre sur son compte, nous ne connaîtrons jamais l'ultime vérité.

Comme je le disais, j'entrais dans le désert qui s'étend entre Needles et Barstow. Il était six heures, et le désert baignait encore dans la fraîcheur du matin ; je m'assis sur le marchepied et j'attendis que le moteur se refroidisse. Je fis encore d'autres haltes semblables, tous les trente à quarante kilomètres, à peu près. Quand j'eus parcouru environ quatre-vingts kilomètres, la voiture ralentit d'elle-même et rien de ce que je pus faire n'y changea rien. Je dus continuer en me traînant à trente-cinq kilomètres à l'heure. Arrivé à un endroit qui s'appelait Amboy, je crois bien, j'eus une rafraîchissante conversation avec un vieux rat du désert qui était l'incarnation même de la paix, de la sérénité et de la charité. « Ne vous énervez pas », me dit-il. « Vous arriverez toujours à temps. Si ce n'est pas aujourd'hui, ce sera demain. Ça n'a pas d'importance. » On lui avait volé pendant la nuit son appareil distributeur de cacahuètes. Cela ne l'émouvait nullement. Il mettait cela sur le compte de la nature humaine. « Il y a des gens », disait-il, « auprès de qui vous vous sentez un roi, et d'autres moins qu'un ver. On en apprend sur la nature humaine en regardant passer les voitures ! » Il m'avait prévenu que j'allais arriver à un passage de soixante kilomètres qui me sembleraient les soixante kilomètres les plus longs que j'eusse jamais parcourus. « Je l'ai fait des centaines de fois », dit-il, « et chaque fois les kilomètres me semblaient avoir encore allongé. »

Comme il avait raison ! Je ne devais guère l'avoir quitté depuis longtemps et j'avais peut-être fait huit kilomètres quand il me fallut m'arrêter sur le bord de la route et me reposer un peu. Je m'installai sous un hangar au toit de tôle et me mis patiemment à me tourner les pouces. Sur la paroi se trouvait inscrite en sorte d'hiéroglyphes une liste de tout ce qui dans un moteur est susceptible de chauffer et de se détraquer. La liste était si longue que je me demandai comment on pouvait mettre le doigt sur ce qui n'allait pas si l'on n'était pas au moins diplômé de l'Ecole de Diabolisme Mécanique d'Henry Ford. D'ailleurs, il me semblait que toutes les parties délicates de mon *char à banc*[1] avaient été soignées. Il est vrai que l'âge à lui seul devait compter beaucoup. Moi-même, je ne fonctionnais pas si merveilleusement et je ne suis pourtant pas ce qu'on appelle un vieux modèle.

Eh bien, j'irais doucement, voilà tout. « Ne t'énerve pas ! » me répétais-je sans cesse. Les voitures modernes me doublaient en vrombissant à cent vingt ou cent trente à l'heure. Toutes climatisées, sûrement. Avec ces engins, traverser le désert n'était plus rien : c'était l'affaire de deux heures, tandis que la radio vous apportait la voix de Bing Crosby ou la musique de Count Basie.

Je traversai Ludlow dans une atmospère de totale irréalité. L'or brillait partout en grosses pépites. Il y avait un lac de lait condensé qui s'était gelé durant la nuit. Il y avait des yuccas palmiers ou sinon des yuccas dattiers ou encore des cocotiers, et des lauriers-roses et des tilleuls des Everglades. La chaleur montait en vagues comme l'Echelle de Jacob vue dans un miroir en tôle ondulée. Le soleil était devenu une omelette sanglante qui grésillait doucement. Les cigales chantaient et ce mystérieux oiseau que j'avais déjà entendu dans le fond de la voiture s'était je ne sais comment faufilé sous mes pieds entre le changement de vitesse et le frein. Tout se traînait, y compris le piano miniature et l'orgue à vapeur que dans ma traversée sous-marine de la nuit précédente le cardan avait accrochés au passage. C'était une grandiose cacophonie, avec le moteur qui bouillait dans son huile comme un instrument antique, les pneus qui se gonflaient comme des crapauds morts et les boulons

1. En français dans le texte.

qui tombaient comme de vieux chicots. Les dix premiers kilomètres me firent l'effet de cent kilomètres, les dix suivants, de mille et le reste du trajet dépassait les possibilité humaines de calcul.

J'arrivai à Barstow à une heure de l'après-midi après avoir subi un nouvel interrogatoire de la part des inspecteurs de Daggett ou de Dieu sait quel maudit patelin, qui voulaient savoir si je ne transportais pas de plantes ni d'insectes nuisibles. Je n'avais rien mangé depuis quatre heures du matin, et pourtant je n'avais aucun appétit. Je commandai un steak, en avalai une bouchée et me jetai sur le thé glacé. J'étais assis, témoignant en diverses langues de ma gratitude, quand je repérai deux femmes que je reconnus pour les avoirs vues à l'hostellerie de *L'Ange Etincelant*. Elles avaient quitté le Grand Canyon le matin et dîneraient sans doute à Calgary ou à Ottawa. Je me faisais l'effet d'un lingot à demi fondu. Mon cerveau était liquéfié, vaporisé. Je ne pensai pas bien entendu à Olsen. J'étais en train de me creuser la cervelle pour essayer de me souvenir si j'étais parti de Flagstaff, de Needles ou de Winslow. Soudain je me rappelai une excursion que j'avais faite la veille, — ou était-ce trois jours plus tôt ? — au Cratère du Météore. Où diantre était donc le Cratère du Météore ? J'étais la proie d'hallucinations bénignes. Le barman faisait tourner un cube de glace dans un verre. Le patron du restaurant s'était armé d'un vaporisateur d'insecticide et faisait un carnage parmi les mouches posées sur l'extérieur de la porte. C'était la Fête des Mères. On était donc dimanche. J'avais espéré pouvoir me reposer tranquillement à l'ombre à Barstow en attendant le coucher du soleil. Mais on ne peut pas rester attablé pendant des heures dans un restaurant si on ne commande pas sans cesse quelque chose. Je commençai à me sentir nerveux. Je décidai d'aller au bureau du télégraphe et d'envoyer une formule toute faite de vœux pour la Fêtes des Mères. Dans les rues tout à la lettre grésillait. La chaussée avait l'air d'une banane frite flambant au rhum et à la créosote. Les maisons fondaient, leurs genoux fléchissaient et elles menaçaient de se liquéfier en colle et en glucose. Seuls les postes d'essence semblaient capables de survivre. Ils avaient un air d'accueillante fraîcheur. Ils étaient impeccables et railleurs. Ils n'avaient rien à voir avec la vie humaine. Ils ignoraient la détresse.

Le bureau du télégraphe était dans la gare. Je m'assis sur une banquette à l'ombre après avoir envoyé mon câble et j'évoquai l'année 1913, où en ce même mois et presque jour pour jour à la même date j'avais pour la première fois vu Barstow par la fenêtre d'un wagon de chemin de fer. Le train était toujours dans la gare comme il l'était déjà vingt-huit ans auparavant. Rien n'avait changé, sinon peut-être que j'avais depuis lors traîné ma carcasse à travers la moitié du monde. Le souvenir qui était resté le plus vif dans ma mémoire, c'était celui des oranges qui pendaient aux branches. L'odeur plus encore que la vue. C'était comme quand on s'approche pour la première fois d'une femme, d'une femme dont on n'avait jamais osé espérer qu'on la rencontrerait. J'avais d'autres souvenirs encore, plus amers ceux-là. L'endroit où je m'étais fait embaucher aux environs de Chula Vista, et où toute la journée, sous le soleil torride, je brûlais des broussailles. L'affiche collée sur un mur à San Diego, annonçant une série de conférences par Emma Goldman, et qui modifia tout le cours de mon existence. Je me souvenais aussi avoir cherché une place dans un ranch d'élevage près de San Pedro, croyant que j'allais me faire cow-boy parce que j'en avais assez des livres. Avoir passé des nuits debout sur la véranda du dortoir de bûcherons, le regard tourné vers Point Loma et me demandant si j'avais bien compris ce livre étrange que j'avais lu à la bibliothèque municipale de Brooklyn et qui s'appelait *Bouddhisme Esotérique*. J'étais tombé dessus une autre fois à Paris, vingt ans plus tard et j'en étais devenu fou. Non, rien n'avait radicalement changé. Tout n'avait été que confirmations plutôt que désillusions. A dix-huit ans j'étais déjà aussi philosophe que je le suis et que je le serai jamais. Un anarchiste résolu, un esprit non partisan, un franc-tireur, un cavalier solitaire. Avec des amitiés solides et des haines qui ne l'étaient pas moins, et l'horreur de tout ce qui est tiédeur et compromission. A cette époque, la Californie ne m'avait pas plu et j'avais le pressentiment que je ne l'aimerais pas cette fois-ci non plus. Un de mes enthousiasmes d'antan en tout cas m'avait complètement passé : c'était le désir de voir l'Océan Pacifique. Le Pacifique me laisse complètement indifférent. Ou du moins la partie qui baigne les rivages de Californie : Venise, Redondo, Long Beach. Je ne suis pas encore allé dans tous ces endroits, bien que je n'en sois qu'à quelques minutes, puisque, au moment où j'écris ces lignes, je me trouve précisément en pleine aberration à Hollywood, la cité de la pellicule.

Donc, la voiture s'était un peu refroidie et moi aussi. Je penchais même vers la mélancolie. En route pour San Bernardino !

Durant trente kilomètres à la sortie de Barstow, on traverse une sorte de planche à laver entourée de dunes qui rappellent Bergen ou Canarsie. Au bout d'un moment, on aperçoit des fermes et des arbres, de gros arbres verts qui s'agitent dans la brise. Et tout d'un coup, le monde redevient humain : grâce aux arbres. Lentement, graduellement, on commence à monter. Tous les mille pieds un panneau indique l'altitude. La chaleur déforme le paysage. Autour de soi se dressent des sommets déchiquetés qui disparaissent presque dans les vagues de chaleur dansantes du plein après-midi. Certains pics même ont complètement disparu et seule brille dans les cieux la neige aux reflets roses : on dirait un cornet de glace sans cornet. D'autres ne montrent plus qu'une façade de carton-pâte, pour signaler leur présence.

A quelque quinze cents mètres plus près de Dieu et de ses satellites ailés, l'univers entier dégringole sur vous. Tous les sommets se précipitent sur vous, comme dans un dessin animé publicitaire. Et c'est une brusque explosion de verdure, de la verdure la plus verte qu'on puisse imaginer, comme pour prouver définitivement que la Californie est bien le paradis qu'elle se vante d'être. Ce n'était pas moi qui m'extasiais : c'était un homme caché en moi qui essayait de retrouver l'émerveillement des pionniers qui avaient franchi ce même col à pied ou à cheval. Au volant d'une voiture, pris dans le flot des chauffeurs du dimanche, on ne peut pas éprouver l'émotion qu'un pareil panorama devrait faire naître dans le cœur de l'homme. Je veux un jour franchir ce col — la Passe de Cajon — à pied, tenant humblement mon chapeau à la main et saluant le Créateur. J'aimerais que ce fût l'hiver et qu'un peu de neige couvrît le sol et j'aimerais être assis dans une petite luge comme celle avec laquelle jouait Jean Cocteau quand il était enfant. Je me laisserais descendre jusqu'à San Bernardino. Et s'il y avait des oranges mûres, peut-être Dieu aurait-il la bonté d'en disposer quelques-unes à portée de ma main afin que tout en dévalant à cent trente à l'heure, je puisse en prendre pour les donner aux pauvres. Bien sûr, c'est à Riverside qu'il y a des oranges, mais avec une petite luge et une mince couche de neige, qu'est-ce que quelques libertés prises avec la géographie !

Ce qu'il ne faut pas oublier, c'est que la Californie

commence à la Passe de Cajon, à quinze cents mètres d'altitude. Tout ce que l'on trouve avant le col n'est qu'accessoire et antichambre. Barstow est dans le Nevada et Ludlow est une fiction ou un mirage. Quant à Needles, sans doute en une autre époque, tertiaire ou mésozoïque, était-elle au fond de l'océan.

Le temps que j'arrive à Burbank, le ciel s'était obscurci et empli d'avions en puissance. Des étudiants ingénieurs étaient assis sur le trottoir de la Grande Rue, à manger des sandwiches qu'ils faisaient passer avec du Coca-cola. J'essayais d'avoir une pensée émue pour la mémoire de Luther Burbank, mais la circulation était trop intense et il n'y avait pas de place pour se garer. Je ne voyais vraiment aucun rapport entre Luther et la ville à laquelle il avait donné son nom. Ou peut-être l'avait-on baptisée ainsi en l'honneur d'un autre Burbank, roi de l'eau minérale, ou du pop-corn ou du contre-plaqué. Je m'arrêtai à un drugstore et pris un bromure à l'eau de Seltz, pour « simples migraines », me dit-on. La véritable Californie commençait à se manifester. J'avais envie de vomir. Mais il faut un permis pour dégueuler en public. Je me rendis donc à l'hôtel et pris une magnifique chambre avec un poste de radio qui avait l'air d'un panier à linge sale. Bing Crosby roucoulait, toujours la même chanson que j'avais déjà entendue à Chattanooga, à la Taverne de Boswell, à Chickamauga et en divers autres lieux. J'ôtai mes chaussettes et les fourrai contre le haut-parleur pour mettre une sourdine. Il était huit heures du soir et il me semblait que je m'étais levé à l'aube au moins cinq jours auparavant. Il n'y avait pas de scarabées ni de punaises : rien que le grondement régulier des voitures sur l'asphalte. Et bien entendu Bing Crosby, quelque part dans le ciel, dans cet éther dont un prisunic s'était assuré la propriété exclusive.

SOIRÉE À HOLLYWOOD

Ma première soirée à Hollywood. Tellement typique que je faillis croire que c'était un coup monté à mon intention. Ce fut pourtant par un pur hasard que je me trouvai en train de rouler vers la demeure d'un milliardaire, emporté par une splendide Packard noire. J'avais été invité à dîner par un parfait inconnu. J'ignorais même le nom de mon hôte. Je ne le connais pas davantage aujourd'hui.

Ce qui me frappa tout d'abord, tandis qu'on me présentait à la ronde, ce fut que j'étais en présence de gens riches, de gens qui s'ennuyaient à mourir et qui tous, y compris les octogénaires, tenaient déjà un bon début de cuite.

Le maître et la maîtresse de maison semblaient ravis de jouer les tenanciers de bar. Il n'y avait pas, à proprement parler, de conversation, car chacun suivait son idée. L'important était de s'aiguiser un peu l'appétit avant de passer à table. Un vieux machin, à peine remis d'un terrible accident d'auto, en était à son cinquième whisky : et il en était fier, fier de pouvoir avaler sa rasade d'un trait comme un jeune, bien qu'il fût encore à moitié paralysé. Tout le monde le trouvait merveilleux.

Il n'y avait pas une seule jolie femme, à l'exception de celle qui m'avait amené. Les hommes avaient des allures d'hommes d'affaires, hormis un ou deux qui avaient plutôt l'air de briseurs de grèves. Il y avait un couple assez jeune, dans les trente ans à mon avis. Le mari était du genre entreprenant, un de ces anciens joueurs de rugby qui se lancent dans la publicité, l'assurance, la bourse, ou quelque autre de ces carrières bien américaines où on ne risque pas de se salir les mains. Il sortait d'une quelconque université de l'Est et avait l'intelligence d'un chimpanzé évolué.

Vous voyez le tableau. Une fois tout le monde bien imbibé, on annonça que le dîner était servi. Nous prîmes place à une longue table, élégamment dressée, avec trois ou quatre verres devant chaque assiette. Et bien sûr de la glace à profusion. On commença le service et une douzaine de laquais bourdonnèrent autour de nous comme des mouches autour d'un cheval. Il y avait de tout en abondance ; un pauvre se serait contenté pour tout dîner des hors-d'œuvre. Au fur et à mesure que le repas se poursuivait, les convives devenaient plus discoureurs, plus raisonneurs. Une sorte d'apache entre deux âges qui avait un teint de homard cuit se répandait en invectives contre les agitateurs syndicalistes. A ma grande surprise, il était très croyant, mais il était plutôt du côté de Torquemada que du Christ. Le seul nom de Roosevelt le mettait au bord de l'apoplexie. Roosevelt, Bridges, Staline, Hitler, il les fichait tous dans le même sac. C'est-à-dire au poteau. Il était doué d'un extraordinaire appétit qui semblait stimuler le fonctionnement de ses surrénales. On n'en était encore qu'à la viande qu'il disait déjà que pour certains la pendaison était un châtiment trop doux. La maîtresse de maison, cependant, qui était assise à côté de lui, poursuivait avec sa voisine d'en face une de ces conversations délicieusement sans importance. Elle avait laissé de magnifiques bassets à Biarritz, ou bien c'était à Sierra Leone et, à l'en croire, elle s'inquiétait fort sur leur compte. A notre époque, disait-elle, les gens ne pensent plus aux animaux. Les gens deviennent tellement cruels, surtout en temps de guerre. Tenez, à Pékin, ses domestiques s'étaient enfuis et l'avaient laissée avec quarante malles à faire... c'était honteux. Qu'il était doux de se retrouver en Californie. La terre du bon Dieu, c'était ainsi qu'elle l'appelait. Elle espérait que la guerre n'allait pas s'étendre à l'Amérique. Seigneur, où allions-nous ? On ne se sentait plus nulle part en sûreté, sauf peut-être dans le désert.

L'ex-joueur de rugby s'adressait d'une voix forte à une femme placée à l'autre bout de la table. C'était une Anglaise et il l'insultait carrément et ouvertement pour oser vouloir éveiller chez les Américains de la sympathie envers les Anglais. « Pourquoi ne retournez-vous pas en Angleterre ? » cria-t-il à pleins poumons. « Que faites-vous ici ? Vous êtes un danger public. Nous n'allons pas nous battre pour sauver l'Empire Britannique. Vous êtes une menace. On devrait vous expulser des Etats-Unis. »

La femme essayait de dire qu'elle n'était pas anglaise, mais canadienne, mais elle ne parvenait pas à se faire entendre au milieu du vacarme. L'octogénaire qui était en train de sabler le champagne parlait de son accident de voiture. Personne ne l'écoutait. Les accidents d'auto étaient chose trop banale : tous les invités à un moment ou à un autre s'étaient trouvés dans une collision. On n'en fait pas un plat à moins d'être gâteux.

La maîtresse de maison réclamait frénétiquement le silence en claquant dans ses mains : elle voulait nous conter une histoire qui lui était arrivée en Afrique, au cours d'un safari.

« Allons donc ! » clamait le joueur de rugby. « Je voudrais bien savoir pourquoi notre grand pays, à un moment crucial entre tous... »

« Taisez-vous ! » hurla la maîtresse de maison. « Vous êtes ivre. »

« Ça n'a pas d'importance », reprit-il d'une voix tonnante. « Je veux savoir si nous sommes tous cent pour cent américains, et sinon pourquoi. Je crois bien que nous avons des traîtres parmi nous », et comme je n'avais pris aucune part à la conversation, il me lança un regard appuyé destiné sans doute à me faire me dénoncer. Je ne pus que sourire. Cela parut le mettre en rage. Il promena sur l'assemblée un regard de défi et finalement, flairant un antagoniste digne de lui, arrêta son choix sur le briseur de grèves au teint bronzé. Celui-ci était en train de parler paisiblement à sa voisine de son excellent ami le Cardinal Untel. Le Cardinal, disait-il, était toujours si bon pour les pauvres. Un homme doux et qui ne ménageait pas sa peine, mais qui ne pouvait supporter les stupidités de ces sales agitateurs syndicalistes toujours prêts à fomenter la révolution, à prêcher la haine des classes et l'anarchie. Plus il parlait de sa sainte éminence le Cardinal, plus l'écume lui montait aux lèvres. Mais sa rage n'affectait nullement son appétit. Il était carnivore, assoiffé, querelleur, hargneux et venimeux comme un serpent. C'était tout juste si on ne voyait pas la bile sourdre à travers ses veines. A l'entendre, il avait dépensé des millions de dollars de l'argent d'autrui pour venir en aide aux nécessiteux. Ce qu'il voulait, c'était empêcher les pauvres de s'organiser et de lutter pour défendre leurs droits. S'il n'avait pas été habillé comme un banquier, on l'aurait pris pour un poseur de briques. Quand il se mettait en colère non seulement son visage se congestionnait, mais tout son corps tremblait comme de la gelée de goyave. Il se grisa tant et si bien de son propre venin qu'il finit par passer les bornes et par qualifier le Président Roosevelt de traître et d'escroc entre autres choses. Une des invitées protesta. Le joueur de rugby sauta sur ses pieds. Personne, dit-il, n'insulterait en sa présence le Président des Etats-Unis. Tout le monde bientôt se mit à crier. Le larbin qui était derrière moi venait juste de remplir mon énorme verre à liqueur d'un merveilleux cognac. Je bus une gorgée et me carrai en souriant dans mon siège en me demandant comment tout cela allait finir. Plus violente devenait l'altercation, plus je me sentais d'humeur paisible. « *Etes-vous content de votre nouvelle pension de famille, Mr. Smith ?* » demandait paraît-il, le Président Mac Kinley à son secrétaire. Chaque soir, Mr. Smith, le secrétaire particulier du président, se rendait chez Mr. Mac Kinley pour lui donner lecture de lettres amusantes choisies dans le courrier du jour. Le président, qui était accablé par les affaires de l'Etat, l'écoutait sans mot dire dans son grand fauteuil au coin du feu : c'était sa seule récréation. A la fin, il demandait invariablement : « *Etes-vous content de votre nouvelle pension de famille, Mr. Smith ?* » Il était si épuisé par son travail qu'à la fin de la journée, c'était tout ce qu'il pouvait trouver à dire. Même quand Mr. Smith eut quitté sa pension de famille pour prendre une chambre à l'hôtel, le Président Mac Kinley continua à lui demander : « *Etes-vous content de votre nouvelle pension de famille, Mr. Smith ?* » Puis vint l'Exposition, et Csolgosz, qui ne se doutait pas que le président était un pareil abruti, l'assassina. C'était vraiment pitoyable et incongru que d'assassiner un homme comme Mac Kinley. Je me souviens de cet incident parce que, le même jour, le cheval que ma tante avait attelé à son buggy fut pris de vertige et fonça droit sur un bec de gaz : quand je me rendis à l'hôpital pour voir ma tante on vendait déjà dans les rues les éditions spéciales, et tout jeune que je fusse alors, je compris qu'un grand malheur venait de frapper la nation. Mais je plaignais aussi Csolgosz : c'est ce qu'il y a de curieux. Je ne sais pas pourquoi je le plaignais ; je devais me rendre vaguement compte que le châtiment qu'on lui infligerait serait plus terrible que ne le méritait son crime. Même à cet âge tendre, il me semblait que c'était criminel aussi de châtier. Je ne pouvais pas comprendre pourquoi il fallait absolument punir les gens : et je ne le comprends pas davantage aujourd'hui. Je ne comprenais même pas pourquoi Dieu avait le droit de nous punir de nos péchés. Alors que, bien sûr, ce n'est pas par Dieu que nous sommes punis, comme je devais m'en rendre compte plus tard, mais par nous-mêmes.

Telles étaient à peu près les pensées qui me passaient par la tête quand je m'aperçus tout d'un coup que les gens se levaient de table. Le repas n'était pas fini, mais les invités s'en allaient. Il était arrivé quelque chose tandis que je m'abandonnais aux souvenirs. Ah ! le temps d'avant la guerre de Sécession, songeai-je. Nous retombions en plein infantilisme. Et si Roosevelt était assassiné on ferait de lui un nouveau Lincoln. Seulement cette fois-ci, les esclaves resteraient des esclaves. Sur ces entrefaites, j'entendis quelqu'un dire que Melvyn Douglas ferait un merveilleux président. Je dressai l'oreille. Je me demandai si c'était de Melvyn Douglas, l'acteur de cinéma, qu'on parlait. Mais oui, c'était bien de lui qu'il s'agissait. « C'est un homme d'une exceptionnelle intelligence », dit la femme. Et un caractère. Et du *savoir-faire*[1]. » Je pensai à part moi : « Et qui sera vice-président, si je ne suis pas indiscret ? Tout de même pas James Cagney ? » Mais la femme ne s'inquiétait pas de la vice-présidence. Elle était allée l'autre jour chez une chiromancienne et elle avait appris sur elle-même des

1. En français dans le texte.

choses bien intéressantes. Sa ligne de vie était rompue. « Pensez donc », dit-elle, « dire que voilà des années que j'avais ça dans la main et que je ne m'en doutais pas. Que croyez-vous qui va m'arriver ? Est-ce que cela veut dire que nous allons avoir la guerre ? Ou pensez-vous que c'est moi qui vais avoir un accident ? »

La maîtresse de maison cependant s'affairait comme une poule affolée. Elle s'effforçait de réunir assez de joueurs pour faire des tables de bridge. Elle avait l'air d'une désespérée entourée du butin de mille combats. « Il paraît que vous êtes écrivain », dit-elle, en essayant de m'entraîner vers le bar. « Vous ne voulez pas boire quelque chose, un whisky, ou autre chose ? Seigneur, je ne sais pas ce qui leur a pris ce soir. J'ai une telle horreur de ces discussions politiques. Ce jeune homme est vraiment mal élevé. Je n'approuve naturellement pas qu'on insulte le Président des Etats-Unis en public, mais tout de même, il aurait pu y mettre un peu plus de tact. Après tout, Mr. Untel est un homme âgé. Il a droit à un certain respect, vous ne trouvez pas ? Oh, tiens, Unetelle ! » et elle se précipita pour accueillir une vedette de cinéma qui venait d'entrer.

Le vieux machin rescapé de son fameux accident d'auto s'approcha de moi d'un pas chancelant pour me tendre un grand verre de whisky. Je lui dis que je n'en voulais pas mais il insista. Il voulait bavarder avec moi, me dit-il, avec un clin d'œil complice comme s'il avait quelque chose de tout à fait confidentiel à me raconter.

« Je m'appelle Harrison. H-a-r-r-i-s-o-n », épela-t-il, comme si c'était un nom difficile à se rappeler.

« Et puis-je vous demander votre nom ? »

« Je m'appelle Miller... M-i-l-l-e-r », épelai-je à mon tour.

« Miller ! Mais, c'est un nom bien facile à retenir. Nous avions dans le même pâté de maisons que nous un pharmacien qui s'appelait comme ça. Naturellement. *Miller.* Oui, c'est un nom très répandu. »

« Assez, oui », dis-je.

« Et que faites-vous ici, Mr. Miller ? Vous n'êtes pas du pays, je suppose ? »

« Non », dis-je, « je ne suis ici qu'en passant. »

« Voyage d'affaires ? »

« Non. Je visite la Californie, simplement. »

« Je vois. Et, d'où venez-vous... du Middle West ? »

« Non, de New York. »

« De New York même ou de l'Etat de New York ? »

« De New York même. »

« Et vous êtes ici depuis longtemps ? »

« Non, quelques heures à peine. »

« Quelques heures ? Tiens, tiens... mais c'est intéressant. Très intéressant. Et vous comptez rester longtemps, Mr. Miller ? »

« Je ne sais pas. Cela dépend. »

« Je vois. Ce sera selon que vous vous plairez ici, c'est ça ? »

« Exactement. »

« Eh bien, c'est une grande région du monde, vous verrez. Rien ne vaut la Californie, je le dis toujours. Bien sûr, je ne suis pas un indigène. Mais voilà près de trente ans que je suis ici. Merveilleux climat. Et des habitants merveilleux eux aussi. »

« Je suppose, oui », dis-je, histoire de le faire marcher un peu. J'étais curieux de voir jusqu'où cet idiot continuerait.

« Vous n'êtes pas dans les affaires, dites-vous ? »

« Non. »

« En vacances, n'est-ce pas ? »

« Non, pas précisément. Je suis ornithologue. »

« Comment ? Oh, c'est intéressant. »

« *Très* », dis-je, avec solennité.

« Alors vous resterez peut-être un moment avec nous ? »

« C'est difficile à dire. Je peux rester une semaine comme je peux rester un an. Tout cela dépend. Cela dépend des spécimens que je trouverai. »

« Je vois. Ce doit être un travail intéressant. »

« *Très !* »

« Etes-vous déjà venu en Californie, Mr. Miller ? »

« Oui, il y a vingt-cinq ans. »

« Tiens, tiens, pas possible ! *Il y a vingt-cinq ans !* Et vous voilà revenu. »

« Eh oui, me voilà revenu. »

« Vous faisiez la même chose lors de votre dernier voyage ? »

« Vous voulez dire de l'ornithologie ? »

« C'est cela, oui. »

« Non, je creusais des fossés. »

« Des fossés ? Vous avez bien dit que... *vous creusiez des fossés ?* »

« Parfaitement, Mr. Harrison. J'avais le choix entre creuser des fossés ou mourir de faim. »

« Enfin, je suis heureux que vous n'ayez plus de fossés à creuser. Ce n'est guère amusant... de *creuser des fossés,* n'est-ce pas ? »

« Non, surtout si le sol est dur. Ou si on a le dos faible. Ou si par exemple on vient d'enfermer votre mère à l'asile et si le réveil sonne trop tôt. »

« Je vous demande pardon. *Vous disiez ?* »

« Je disais : si tout ne va pas pour le mieux. Vous voyez ce que je veux dire : si on a des oignons, un lumbago ou les écrouelles. Maintenant, bien sûr, ce n'est plus pareil. J'ai mes oiseaux et mes autres petits animaux. Le matin, je regardais le soleil se lever. Et puis je sellais les ânes... j'en avais deux et l'autre, trois... »

« C'était en Californie, Mr. Miller ? »

« Oui, voilà vingt-cinq ans. Je venais de tirer un bout de temps à San Quentin...[1] »

« A *San Quentin ?* »

« Oui, tentative de suicide. J'étais complètement abruti, mais on n'en a pas tenu compte. Figurez-vous que quand mon père a mis le feu à la maison, un des chevaux m'a donné un coup de sabot dans la tempe. Après ça j'avais tout le temps des syncopes, et puis j'ai eu des crises de folie homicide et j'ai fini par avoir l'obsession du suicide. Evidemment je ne savais pas que le revolver était chargé. J'ai braqué l'arme sur ma sœur, comme ça, histoire de rire, et par bonheur je l'ai manquée. J'ai essayé d'expliquer ça au juge, mais il n'a pas voulu m'écouter. Depuis je ne porte jamais plus de revolver. Si je suis obligé de me défendre, j'ai un couteau à cran d'arrêt. La meilleure méthode, naturellement, c'est le coup de genou... »

« Excusez-moi, Mr. Miller, il faut que je dise quelque chose à Mrs. Unetelle. C'est très intéressant tout ce que vous dites là. *Très, très intéressant.* Il faudra que nous reprenions cette conversation. Excusez-moi un instant... »

Je sortis sans que personne ne m'ait vu et j'allai me promener jusqu'au pied de la colline. Le whisky, les vins rouges et les vins blancs, tout cela gargouillait en moi comme dans un égout. Je ne savais absolument pas où j'étais, chez qui j'avais été ni à qui on m'avait présenté. Peut-être l'apache au teint de homard était-il un ancien gouverneur. Peut-être la maîtresse de maison était-elle une ancienne vedette de cinéma, une étoile à jamais éteinte. Je me souvenais qu'on m'avait chuchoté à l'oreille que Untel avait fait fortune dans le trafic de l'opium en Chine. L'Anglaise au visage

1. Célèbre pénitencier américain.

chevalin était peut-être une romancière en vogue... ou peut-être simplement une assistante sociale. Je pensais à mon ami Fred, maintenant Soldat Alfred Perlès, matricule 13802023 dans le 137e Sapeurs ou quelque chose comme ça. Fred aurait chanté la *Lorelei* à table, ou demandé un meilleur cognac ou fait des grimaces à la maîtresse de maison.

Ou bien il serait allé téléphoner à Gloria Swanson en prétendant être Aldous Huxley ou la maison d'édition Chatto et Windus de Wimbledon, Fred n'aurait jamais laissé le dîner devenir un fiasco. En dernier ressort, il aurait glissé sa douce main sur le sein de quelqu'un en disant, comme il le faisait toujours : « Le gauche est le meilleur. Vous ne voulez pas le sortir, s'il vous plaît ? »

Je pense souvent à Fred pendant ce voyage. Il avait toujours tellement envie de voir l'Amérique. L'idée qu'il s'en faisait était comme ce qu'en imaginait Kafka. Ce serait navrant de lui ôter ses illusions. Et pourtant, qui sait ? Peut-être serait-il ravi. Peut-être ne verrait-il que ce qu'il avait envie de voir. Je me souviens de mon voyage dans sa Vienne natale. Ce n'était certes pas la Vienne dont je rêvais. Et cependant quand aujourd'hui je pense à Vienne, c'est la Vienne de mes rêves que je vois et non pas celle des punaises, des cithares brisées et des égouts puants.

Je descends d'un pas vacillant la route du canyon. Tout cela fait très californien. J'aime les collines couvertes de broussailles, les arbres pleureurs, la fraîcheur du désert. Je m'attendais à trouver un air plus parfumé.

Les étoiles scintillent de tous leurs feux. A la sortie d'un virage de la route, j'aperçois la ville en bas. Les illuminations sont plus féeriques que dans n'importe quelle autre ville d'Amérique. Le rouge semble prédominer. Voici quelques heures, vers le crépuscule, j'avais déjà contemplé cette vue par la fenêtre de la chambre de la femme qui habitait sur la colline. Dans le miroir de sa coiffeuse, c'était plus magique encore. C'était comme si l'on regardait l'avenir par l'étroite fenêtre d'un cachot. Imaginez le marquis de Sade contemplant Paris entre les barreaux de sa cellule de la Bastille. Los Angeles plus que toute autre ville donne l'impression de l'avenir. Un avenir peu engageant, d'ailleurs, qu'on croirait sorti de la pauvre imagination de Fritz Lang. *Good bye, Mr. Chips !*

Je marche le long des rues éclairées au néon. La vitrine d'un magasin de bas. Il n'y a dans la vitrine qu'une jambe de verre pleine d'eau avec un hippocampe qui monte et qui descend comme une plume qui flotterait dans un air lourd. On voit jusqu'où pénètre le surréalisme. Dali, cependant, est à Bowling Green en Virginie, en train de songer à un pain de dix mètres de haut sur quarante de long, qu'il faudrait enlever subrepticement du four tandis que tout le monde dort et placer sans bruit sur la principale place d'une grande ville, Chicago ou San Francisco. Rien qu'un pain, mais énorme, bien sûr. Sans raison d'être. Sans motif de propagande. Demain soir, il y aurait ainsi deux pains placés simultanément dans deux grandes villes, disons New York et New Orleans. Personne ne saurait qui les a apportés ni pourquoi ils sont là. Et le lendemain, on pourrait mettre trois autres pains, dont l'un à Berlin ou à Bucarest, par exemple. Et ainsi de suite. Formidable, vous ne trouvez pas ? Cela chasserait de la première page les nouvelles de la guerre. C'est du moins ce que croit Dali. Très intéressant. *Très, très intéressant.* Excusez-moi un instant, il faut que je dise quelque chose à une dame qui est là dans le coin.

Demain, je découvrirai Sunset Boulevard. Danse rythmique, danse de salon, claquettes, photographie artistique, photographie ordinaire, photographie cochonne, traitement à la fièvre artificielle, traitement par douches internes, traitement aux rayons ultra-violets, leçons d'électrocution, lectures de tests, établissements religieux, démonstrations astrologiques, lignes de la main, pédicures, massage des coudes, la peau du visage remontée en une seule opération, ablation de verrues, cures d'amaigrissement, ayez le pied cambré, un corset bien ajusté, massages vibratoires, faites enlever vos cors, teindre vos cheveux, changer vos verres de lunettes, secouer les sodas, passer vos migraines, plus de flatulence, faites de meilleures affaires, louez une conduite intérieure, l'avenir plus clair, la guerre compréhensible, l'essence mieux raffinée, entrez donc vous coller une indigestion, vous gonfler les reins, faites laver votre voiture à bas prix, prenez des pilules pour rester éveillé et des pilules pour dormir, les plantes chinoises vous guériront, et un repas sans coca-cola est une journée sans soleil. Tout cela défile derrière la vitre de la voiture, on dirait un numéro de strip-tease sur un rythme de danse de Saint-Guy.

UNE NUIT AVEC JUPITER

Voyons, où en étais-je ? Ah oui, après avoir pris congé de mon Harrison, je me retrouvai sur Cahuenga Boulevard, me dirigeant vers les collines. Je regardais les étoiles quand une voiture arriva derrière moi et entra dans un réverbère. Tous les occupants furent tués. Je continuai ma promenade, et plus je regardais les étoiles, plus je comprenais comme j'avais eu de la chance de m'en tirer sans même une égratignure. Une fois à Paris, je contemplais aussi les étoiles et j'avais failli me rompre le cou. Je m'assis sur les marches d'un temple d'Ivar Avenue, je crois, et me mis à rêver. A la façon dont j'avais frôlé la mort à la Villa Seurat.

De temps en temps, quand je suis en pleine euphorie, j'ai l'impression que je suis invulnérable : qu'il s'agisse de maladie, d'accidents, de pauvreté, voire de la mort. Je rentrais donc chez moi après avoir passé une soirée merveilleuse avec mon ami Moricand, l'astrologue, et juste au moment où j'allais tourner le coin de l'avenue d'Orléans et de la rue d'Alésia, je pensai simultanément à deux choses : *a*) à m'asseoir pour prendre un demi, *b*) à regarder où était à cet instant Jupiter. Je venais de passer devant le *Café du Bouquet d'Alésia* qui fait face à l'église et comme ce n'était pas encore tout à fait l'heure de la fermeture, je me dis que je pourrais bien m'asseoir à la terrasse et vider tranquillement un bon demi. Il y avait toujours une lueur rouge autour de l'église qui me fascinait ; et en même temps d'où je serais, je pourrais regarder ma planète bénéfique, Jupiter. Jamais l'idée ne me venait de chercher Saturne ou Mars. Bref, j'étais assis là, en pleine béatitude, quand passa le couple qui habitait en dessous de chez moi. Nous nous serrâmes la main, puis ils me demandèrent la permission de s'asseoir à ma table et de prendre quelque chose. J'étais dans un tel état d'euphorie qu'oubliant que l'homme, un réfugié italien, me rasait jusqu'au sang, je dis : « Mais bien sûr, voyons, excellente idée. » Et là-dessus, je me mis à leur expliquer que la vie était merveilleuse. L'homme me regarda comme si j'étais un peu dérangé, car à cette époque précisément tout allait à vau-l'eau dans le monde et lui-même se sentait particulièrement déprimé parce qu'il faisait métier d'écrire des ouvrages sur les événements historiques. Il me pressa de lui dire pourquoi je trouvais tout si bien et quand je lui dis que je n'avais pas de raison particulière, il me regarda comme si je l'avais personnellement offensé. Mais je ne me laissai pas impressionner. Je commandai une autre tournée, non pas pour me griser, car j'étais ivre déjà, ivre d'exaltation, mais parce que je voulais leur voir un air un peu plus joyeux, quelque répugnants que fussent les événements du moment. Je bus, je crois, trois demis, et puis je proposai de rentrer. Nous n'étions pas loin de la Villa Seurat et, durant ce court trajet, je rayonnai positivement. Comme un idiot, je leur déclarai que même si le Créateur le voulait, il ne pourrait pas me faire de mal. Et sur cette forte parole, je leur serrai la main et grimpai l'escalier jusqu'à mon atelier.

Tandis que je me déshabillais, l'idée me vint de monter sur le toit pour jeter un dernier coup d'œil à Jupiter. La nuit était tiède et j'étais vêtu de mes seules pantoufles. Pour monter sur le toit, j'empruntai une échelle de fer verticale qui partait du balcon de mon studio. Je regardai donc Jupiter tout mon saoul puis me disposai à redescendre m'allonger dans mes toiles. La lumière était éteinte, mais le clair de lune passait suffisamment par la grande verrière de mon atelier. Je m'avançai comme en transe jusqu'à l'échelle de fer, avançai le pied, manquai l'échelon et dégringolai à travers la verrière. Je me souviens très bien de l'impression délicieuse que j'éprouvai à tomber dans le vide en arrière. Je me ramassai et me mis à sautiller sur place comme un oiseau pour voir si je n'avais rien de cassé. Je sautillais fort bien, mais je haletais comme si j'avais reçu un coup de couteau dans le dos. En me tâtant, je m'aperçus que j'avais un grand morceau de verre fiché dans le dos; je me hâtai de l'enlever. J'en avais un autre dans le derrière et un autre encore dans la plante du pied. Alors j'éclatai de rire. Je riais évidemment parce que je ne m'étais pas tué et que j'étais encore capable de sautiller comme un oiseau. Le sol s'ensanglantait rapidement et partout où je posais les pieds, c'était sur du verre.

Je décidai d'appeler l'Italien d'en dessous pour lui demander de m'examiner et de me poser des pansements. Quand j'ouvris la porte, je le vis qui montait l'escalier. Il avait entendu le fracas et se demandait ce qui m'était arrivé. Une fois déjà, tandis que nous étions à table, un lapin était tombé du toit par la verrière et était venu s'écraser au milieu de nos assiettes. Mais cet homme s'était douté qu'il ne s'agissait pas d'un lapin aujourd'hui.

« Vous feriez mieux d'appeler un docteur », dit-il, « vous êtes couvert de plaies et de bleus. »

Je lui dis que je préférais ne pas le faire; je préférais trouver de l'alcool et du coton, pour laver les coupures. Je n'aurais plus ensuite qu'à passer une bonne nuit là-dessus. Ça ne pouvait être bien grave.

« Mais vous saignez comme un porc », dit-il, en se tordant frénétiquement les mains.

Il réveilla le voisin d'en face pour lui demander de téléphoner à un médecin. Mais pas de chance. L'un répondit : « Emmenez-le à l'hôpital » ; l'autre : « Il est trop tard, je viens de me coucher, appelez donc Untel. »

« Je ne veux pas de vos sales toubibs français », dis-je. « Trouvez-moi seulement de l'alcool et mettez-moi des bandes sur les coupures et tout ira bien. »

On finit par trouver de l'alcool et de la gaze. Je m'installai dans la baignoire et ils m'épongèrent.

« Vous saignez encore », dit l'Italien, qui semblait ne pas pouvoir supporter la vue du sang.

« Prenez de l'albuplast et mettez du coton sur les plaies », dis-je. Le sang me ruisselait sur les jambes et je n'aimais pas le voir se perdre ainsi.

Enfin, ils firent de leur mieux et m'aidèrent à me coucher. En touchant le lit, je me rendis compte que j'étais couvert de bleus. Je ne tardai pas à m'endormir et sans doute avais-je dormi une heure ou un peu plus, quand je m'éveillai en sentant quelque chose de poisseux dans le lit. Je tâtai le drap et ramenai une main couverte de sang. Cela me donna un coup. Je sautai hors de mon lit, allumai l'électricité et soulevai les couvertures. Je fus horrifié de voir la mare de sang dans laquelle j'étais couché. Seigneur ! Mon sang, et qui ruisselait hors de moi comme d'une fontaine. Cela me ramena à la raison. Je courus chez mon voisin et frappai à sa porte. « Levez-vous vite ! » hurlai-je. « Je perds tout mon sang. »

Par bonheur, il avait une voiture. Je fus incapable de m'habiller : j'étais courbatu et trop affolé pour m'en soucier. J'enfilai un peignoir et me fis conduire à l'hôpital américain de Neuilly. Il faisait presque jour et tout le monde avait l'air de dormir. Des heures me semblèrent s'écouler avant que l'interne de garde ne descendît et daignât étancher mes blessures.

Tandis qu'il me faisait des points de suture et qu'il me palpait os et ligaments, nous engageâmes une étrange conversation sur le surréalisme. C'était un jeune type de Géorgie et il n'avait jamais entendu parler du surréalisme avant de venir à Paris. Il voulait savoir ce que c'était. Il est déjà assez difficile d'expliquer ce que représente le surréalisme dans des circonstances normales, mais quand vous avez perdu une quantité énorme de sang, qu'on vient de vous faire des piqûres antitétaniques, qu'un gaillard est en train de vous recoudre le rectum et qu'un autre vous regarde en se demandant pourquoi vous ne hurlez pas ou pourquoi vous ne vous évanouissez pas, il est pour ainsi dire impossible de raisonner convenablement. Je lui donnai quelques notions sur le surréalisme dont je vis tout de suite qu'elles lui demeuraient inintelligibles et puis je fermai les yeux et fis un petit somme en attendant qu'il eût terminé.

La véritable touche surréaliste vint d'ailleurs après, lors du voyage de retour. Mon jeune ami, qui était Suisse, et fort névrosé, fut saisi soudain d'une irrésistible envie de prendre un petit déjeuner. Il me dit qu'il allait m'emmener dans un café des Champs-Elysées où ils avaient d'excellents croissants. Il me dit qu'un café me ferait du bien, arrosé d'un petit cognac.

« Mais comment puis-je entrer dans un café vêtu de ce peignoir de bain ? » demandai-je. Je n'avais plus de pantalon de pyjama : on me l'avait déchiré, comme c'est, je ne sais pourquoi, l'habitude des docteurs. Ils vous le déchirent et le jettent au panier, alors qu'il serait tout aussi simple de vous l'ôter et de le mettre de côté pour le donner au blanchissage.

Mon ami Arnaud ne voyait rien d'extraordinaire à

prendre son petit déjeuner aux Champs-Elysées en peignoir de bain. « On voit bien que vous avez eu un accident », dit-il. « Votre peignoir est couvert de sang. »

« Vous croyez que c'est une excuse ? », demandai-je.

« Moi, je trouve ça très bien », dit-il. « Quant à l'avis des gens, *je m'en fous !*[1] »

« Si ça ne vous ennuie pas », insistai-je faiblement, « j'aimerais mieux attendre que nous soyons dans notre quartier. »

« Mais les croissants ne sont pas bons là-bas », dit-il, en s'obstinant avec un entêtement enfantin.

Il finit par consentir, bien à contrecœur, à accepter ma suggestion. « Mais j'avais justement envie de ces croissants-là », dit-il. « J'ai faim... je meurs de faim. »

Nous nous arrêtâmes rue de la Tombe-Issoire dans un *bistrot* pour prendre notre petit déjeuner. Il nous fallut manger au comptoir. Je pris la moitié d'un croissant et crus que j'allais m'effondrer. Les ouvriers qui entraient boire un verre s'imaginaient que nous avions fait la bombe. Un gros type jovial faillit même me donner une grande claque dans le dos, dont l'idée même me mit au bord de la syncope. Arnaud dévorait paisiblement croissant après croissant. Ils n'étaient pas si mauvais après tout, avoua-t-il. Au moment où je croyais enfin que nous allions partir, il commanda une nouvelle tassé de café. J'attendis, souffrant mort et passion qu'il eût fini de le siroter : il était trop chaud pour qu'il le bût d'un trait.

En rentrant chez moi, je jetai par terre les draps ensanglantés et m'allongeai doucement à même le matelas. Mes bleus étaient si douloureux maintenant que je grognai de plaisir quand enfin je fus installé. Et

1. En français dans le texte.

je tombai dans un profond sommeil, une sorte de coma.

Quand je revins à moi, mon ami Moricand était assis à mon chevet. Arnaud, me dit-il, lui avait téléphoné. Il parut surpris que je puisse parler.

« Cela s'est passé entre une heure et demie et deux heures du matin, n'est-ce pas ? » demanda-t-il.

Oui, ce devait être vers cette heure-là. Mais *pourquoi* me le demandait-il ? Où voulait-il en venir ?

Son visage devint grave. Il tira solennellement un papier de sa poche. « Voici », dit-il, en brandissant la feuille devant mes yeux, « voici le tableau astrologique de l'accident. Je l'ai fait par curiosité hier soir, tu comprends. Tu avais l'air de si joyeuse humeur en me quittant. Eh bien voici... » et il se pencha pour m'expliquer les lignes noires et rouges que voulaient dire pour lui tant de choses.

« Tu as eu de la chance de ne pas te tuer », dit-il. « Quand je suis arrivé et que j'ai vu du sang partout, j'étais sûr que tu étais mort. A l'heure de l'accident cette nuit, toutes les conjonctions astrales étaient contre toi. Si tu t'étais couché tout de suite, tu aurais peut-être pu y échapper. Un autre en serait mort, c'est une certitude. Mais toi, comme je te l'ai dit, tu as énormément de chance. Tu as deux gouvernails : quand l'un cède, tu as toujours le secours de l'autre. Ce qui t'a sauvé, c'est Jupiter. Jupiter était la seule planète de ton horoscope à ne pas être mal aspectée. » Il m'expliqua la chose en détail. Il s'en était fallu de peu que je ne fusse vraiment emmuré : si toutes les portes avaient été fermées, je serais mort. Il me montra l'horoscope de la mort de Balzac, un extraordinaire diagramme du Destin, aussi beau et aussi austère qu'un problème d'échecs.

« Est-ce que tu peux me montrer l'horoscope de la mort d'Hitler ? » dis-je avec un pâle sourire.

« *Mon vieux*[1] », répondit-il allégrement, « ce serait avec grand plaisir. Malheureusement, je ne vois rien encore de catastrophique en vue pour lui. Mais quand il tombera, tu peux me croire, il s'en ira vite, ce sera comme une lumière qui s'éteint. Pour l'instant il est encore en période ascendante. Quand il sera parvenu au sommet, il s'y maintiendra un tout petit moment et puis, pan ! il disparaîtra d'un seul coup ! De mauvais jours se préparent. Nous allons connaître un grand désastre. J'aimerais avoir dans mon thème un Jupiter aussi bien aspecté que le tien. Mais j'ai cet infernal Saturne. Je ne vois pas d'espoir... »

1. En français dans le texte.

STIEGLITZ ET MARIN

« La première tâche à accomplir », dit Rudhyar, « *c'est de régénérer la substance de tous les arts.*

« La musique nouvelle semble ridicule et absurde dans une salle de concert ; le drame moderne exige un nouveau théâtre ; la danse moderne demande de nouveaux cadres et de nouvelles relations entre la musique et l'action dramatique. En outre, d'un point de vue de finances publiques, les conditions actuelles du spectacle sont d'une tragique absurdité. Le mercantilisme a achevé la destruction de l'esprit de dévotion à l'Art, de l'esprit de véritable participation au spectacle. Le public vient en quête de sensations plutôt que prêt à *faire l'expérience de la vie en tant qu'Art et par le moyen de l'Art.* Ce dont l'Art Nouveau a besoin avant tout, c'est d'un public ; et ce qu'il faut aux Artistes, c'est prendre conscience de leurs véritables relations avec leur public. L'Artiste a cessé de se considérer comme un pourvoyeur de Nourriture Spirituelle, comme un éveilleur de Puissance Dynamique ; il a cessé de tenir son état pour un sacerdoce et de se prendre lui-même pour un officiant. Il ne songe qu'à s'exprimer, qu'à libérer des forces qu'il ne peut contenir en lui. Pourquoi cette libération ? Il ne s'arrête pas pour y songer. Il ne s'efforce pas de définir son devoir spirituel envers la Race. Il ne cherche donc pas à façonner la Race, à rassembler autour de son œuvre le public qui convient à celle-ci. Il vend sa marchandise. Il n'est plus un Messager de vie, amenant par l'exemple même de sa vie, d'autres hommes à entendre le Message dont il se trouve porteur. »

Souvent, quand je me prends à songer à ce que serait une invasion ennemie, j'évoque l'image d'Alfred Stieglitz assis dans son bureau « cent pour cent américain », au dix-septième étage d'un immeuble commercial de New York parmi les aquarelles de John Marin. Toute sa vie, Stieglitz a attendu ce public qui célébrerait la venue de l'artiste. Il a mené une vie tout entière consacrée à l'art. C'est Stieglitz qui a permis à John Marin de peindre, de continuer à peindre. C'est une histoire extraordinaire. Marin et Stieglitz ont maintenant tous deux plus de soixante-dix ans. Marin est encore assez vert pour aller et venir et peindre de nouveaux chefs-d'œuvre. Stieglitz passe la plupart de son temps dans le petit cabinet attenant à sa galerie. Mentalement, il est aussi vert que jamais, quoique son cœur commence à faiblir. Il s'est accordé le minimum de place dans une affaire « cent pour cent américaine ». Juste de quoi aller du divan au fauteuil. Si on rapetissait la pièce, je ne crois pas qu'il élèverait la moindre protestation. Il peut dire tout ce qu'il a à dire dans l'espace qu'il faut à un homme pour se lever ou pour se coucher. Il n'a pas non plus besoin de mégaphone : il a juste assez de voix pour chuchoter ses convictions. Et il se fait entendre. On l'entendra même longtemps après sa mort.

J'essaie de m'imaginer la scène. L'ennemi solidement établi aux portes de la ville, et Stieglitz toujours à la tâche. La porte s'ouvre et un homme en uniforme entre dans la galerie. Stieglitz est dans sa petite pièce, allongé sur son divan. Il n'y a que des œuvres de Marin aux murs. Voilà longtemps que Stieglitz s'attendait à une visite de ce genre. L'officier jette un rapide coup d'œil autour de lui, s'assure qu'il ne tombe pas dans un piège et pénètre d'un air dégagé dans la petite chambre où Stieglitz est couché.

« Bonjour ! Que faites-vous ici ? » dit-il.

« Je pourrais vous poser la même question », répond Stieglitz.

« Vous êtes le gardien ? »

« Je pense que vous pouvez me donner ce nom. Oui, je suis une sorte de gardien, si c'est cela que vous voulez savoir. »

« De qui sont ces tableaux ? »

« De John Marin. »

« Où est-il ? Pourquoi les a-t-il laissés ici ? Est-ce qu'ils n'ont aucune valeur ? »

Stieglitz fait signe à l'officier de s'asseoir dans le fauteuil. « Vos questions me plaisent », dit-il. « Vous allez droit au fait. »

« Je ne suis pas venu ici pour bavarder », dit l'officier. « Je veux des renseignements. Je veux savoir ce que signifie ceci. Vous êtes là seul dans cet immeuble désert et vous gardez ces tableaux, des aquarelles, me semble-t-il. Pourquoi ne vous êtes-vous pas rendu comme les autres ? Comment se fait-il que nous ne connaissions pas l'existence de cette collection ? »

« Je ne puis répondre à toutes vos questions à la fois », réplique Stieglitz d'une voix faible. « Je vais bientôt mourir. Parlez lentement, je vous prie. »

L'officier le regarde avec un mélange de sympathie, d'incertitude et de méfiance. « Un vieux cinglé... » se dit-il. Il s'éclaircit la gorge. « Voyons, où est le propriétaire ? »

« Chez lui, à peindre, j'imagine », dit Stieglitz d'un ton las.

« Comment ? Il est peintre aussi ? »

« Qui donc ? »

« Enfin, de qui parlez-vous ? »

« De John Marin. Mais vous, de qui parlez-vous ? »

« Du propriétaire de ces toiles, voilà de qui je parle. Peu m'importe qu'il soit peintre ou poseur de papier. »

« Le propriétaire de ces tableaux est celui qui les a peints : John Marin. »

« Bon. Voilà toujours un point d'acquis. A combien les estime-t-il ? »

« Mon cher monsieur, c'est là une chose que nous n'avons jamais pu déterminer. A combien les estimeriez-vous, *vous ?*

« Je n'y connais rien », dit l'officier d'un ton vexé.

« A vous parler franchement, moi non plus. Quand je dis cela, les gens me croient fou. Si ces tableaux vous plaisent, dites un prix et je vous dirai si vous pouvez les avoir. »

« Allons, je ne plaisante pas », dit l'officier.

« Mais moi non plus :, dit Stieglitz. « Voici trente ans que les gens me demandent de fixer le prix des œuvres de John Marin. J'en suis incapable. Certains disent que c'est très habile de ma part de ne pas fixer de prix à ses toiles. Je leur demande tout simplement : « Jusqu'à quel point aimez-vous les œuvres de John Marin ? Combien êtes-vous disposé à investir pour permettre à John Marin de continuer à peindre ? Vous dépensez, mettons deux mille dollars pour une voiture. Eh bien, à combien estimez-vous un Marin par rapport à une Buick ou à une Studebaker ? » Les gens disent que ce n'est pas une façon de vendre des tableaux. Mais je ne suis pas marchand de tableaux. Je vends des John Marin. J'ai foi en lui. J'ai misé tout ce que je possédais sur lui. Et d'ailleurs, il y a des gens à qui je ne remettrais un Marin à aucun prix. Mais je vais vous dire une chose : quiconque a vraiment envie d'avoir un Marin peut en avoir un. Pas celui qu'il veut, bien sûr, mais *un* Marin. Je fixe le prix suivant le portefeuille de l'acheteur. Je n'ai jamais renvoyé personne qui m'ait fait une offre sincère. »

« Tout cela est très intéressant, mon bon monsieur, mais je ne suis pas ici pour discuter des prix et des valeurs. Je... »

Stieglitz l'interrompt. « Ah non ? Cela m'ennuie beaucoup. Je préférerais parler de John Marin. » Il se lève lentement, au prix d'un grand effort. « Tenez, venez ici », dit-il, en prenant l'officier par le bras. « Voici un Marin que personne n'aura tant que je vivrai. Regardez-moi ça ! Pouvez-vous donner un prix à une œuvre pareille ? »

Malgré lui, l'officier se prend à fixer attentivement la toile. Il a l'air intrigué, déconcerté.

« Prenez votre temps », dit Stieglitz, devinant la perplexité de l'officier. « Voilà vingt-cinq ans que je le regarde et je n'ai pas encore vu tout ce qu'il y a à y voir. »

L'officier détourne lentement les yeux. On dirait qu'il se parle à lui-même. « C'est drôle, je peignais moi aussi, autrefois. Mais jamais d'aquarelle, je l'avoue. Il y a si longtemps de ça... c'est comme si cela remontait à une autre vie. » Il s'adoucit rapidement. Il continue à marmonner. Et il finit par dire tout à trac : « Vous avez tout à fait raison : il y a chez ce Marin, comme vous dites, quelque chose d'extraordinaire. C'est un sorcier. Il faut que je fasse venir ici le Général Untel, tout de suite. Votre John Marin va l'emballer. »

« Certainement », dit Stieglitz sans se démonter. « C'est-à-dire, s'il est intelligent. Amenez donc tout l'état-major ; je me ferai un plaisir de leur montrer l'œuvre de Marin. »

« Vous n'avez pas l'air de craindre ce que nous pourrions vous faire. Vous parlez comme si nous n'étions pas en guerre. Vous êtes un homme étrange. Je commence à vous trouver sympathique. »

« C'est bien naturel », dit Stieglitz, nullement décontenancé. « Je n'ai rien à cacher à personne. Je ne dois rien à personne. J'ai vécu pratiquement toute ma vie auprès de ces toiles. Elles m'ont procuré de grandes joies. Je suis presque heureux aujourd'hui que mon ami Marin n'ait pas eu plus de succès. Et lui aussi, je crois bien. Vous devriez aller chez lui : il a une collection qu'il garde pour lui. Demandez-lui de vous la montrer. »

« Mais avez-vous songé », interroge l'officier, « que nous pourrions très bien emporter ces toiles chez nous ? »

« Bien sûr », répond aussitôt Stieglitz. « Cela ne m'inquiète pas. Elles appartiennent au monde entier. Tout ce que je vous demande, c'est d'en prendre bien soin. Vous voyez » — et il prend à nouveau l'officier par le bras — « il n'y a pas une égratignure sur ces cadres. C'est Marin qui les a faits lui-même. Je voudrais que vous les entreteniez dans cet état. Qui sait où ces tableaux seront accrochés dans dix ans d'ici ? Et dans cinquante ou cent ans ? Ecoutez-moi, je suis un vieil homme. J'ai vu bien des choses dans ma vie, et des choses incroyables notamment. Vous croyez que vous aimeriez avoir ces toiles dans votre pays. Eh bien... prenez-les. Mais ne vous imaginez pas que vous allez les garder. Les œuvres d'art survivent longtemps à l'effondrement des empires. Même si vous détruisez les tableaux vous ne pouvez détruire l'influence qu'ils ont exercée sur le monde. Même si j'avais été le seul à les voir, leur valeur n'en existerait pas moins et ne s'en ferait pas moins sentir. Vos canons peuvent détruire, mais ils ne peuvent pas créer, n'est-ce pas ? Vous ne pouvez pas tuer John Marin en détruisant ses toiles. Non, je ne m'inquiète pas de leur sort. Elles ont déjà agi sur le monde. Vous pourriez même aller plus loin et tuer John Marin lui-même : cela ne changerait rien non plus. Ce que représente John Marin est indestructible. Je crois qu'il rirait si vous braquiez sur lui un revolver en menaçant de le tuer. C'est un vieux dur à cuire, vous savez. Mais vous ne voudrez pas le tuer, je le sais bien. Vous lui offrirez sans doute une belle situation : c'est une façon plus subtile de le tuer. Si j'étais vous, je le laisserais là où il est. Ne l'ennuyez pas. Il est parvenu maintenant à un stade de vie où tout est empreint de paix et de sérénité et où plus rien vraiment ne peut le troubler. Veillez à ce qu'il ait assez à manger, n'est-ce pas ? Comme vous pouvez le voir, je ne puis plus m'occuper de lui. J'ai fait tout ce que j'ai pu. Maintenant c'est à vous et aux autres qui nous succéderont... Quel était donc le nom du général ? Pourquoi n'allez-vous pas le chercher ? Si c'est un connaisseur en matière artistique, je suis sûr que nous devons avoir bien des intérêts communs. Peut-être pourrais-je corriger certaines des notions erronées qu'il peut avoir. »

Stieglitz tourne tranquillement les talons et se dirige vers le divan dans la petite pièce. L'officier reste planté au beau milieu de la galerie, le regard fixé sur les Marins pendus au mur. Il se pince pour s'assurer qu'il ne rêve pas...

Voilà la petite comédie que j'imagine quand je pense à ce que seront les derniers moments de Stieglitz. J'ai aussi une autre version, plus conforme à ce que sera sans doute la réalité. Stieglitz sera debout devant un Marin, discourant comme il en a coutume et, brusquement, au milieu d'une phrase, il tombera mort. C'est ainsi, je crois, qu'il devrait finir. Et je suis persuadé que c'est également ce que pense Stieglitz.

Stieglitz qui fait un usage si fréquent du pronom

« je » est un des hommes les moins égoïstes que j'aie jamais rencontrés. Son « je » est plutôt comme un roc. Stieglitz ne parle jamais de façon impersonnelle parce que ce serait nier qu'il est une personne. Et Stieglitz est un individu, un être unique. Il ne joue nullement la modestie : pourquoi le ferait-il ? Vous excuseriez-vous d'employer le nom de Dieu ? Tout ce que dit Stieglitz se fonde sur une absolue conviction. Derrière chaque mot qui passe ses lèvres, il y a sa vie tout entière, une vie, je dois le répéter, de complet dévouement aux choses en lesquelles il a foi. *Il a la foi !* voilà le fin mot de l'affaire. Il ne donne pas son opinion : il dit ce qu'il sait être vrai, ce que lui, Alfred Stieglitz a découvert par expérience personnelle être la vérité. On peut ne pas être d'accord avec ses idées, on ne peut les réfuter. Elles vivent et respirent tout le temps, comme Stieglitz lui-même. Pour détruire ses idées, il faudrait détruire Stieglitz pièce par pièce. Chaque parcelle de lui-même proclame la vérité qui est en lui. De tels hommes sont rares à toutes les époques. On formule naturellement sur son compte les opinions les plus diverses. Encore des *opinions !* Qu'importe l'opinion de quelqu'un ? Pour répondre à Stieglitz, il vous faudrait être tout d'une pièce. *Est-ce votre cas ?* Et que répondrez-vous finalement à un homme qui vous dit : « Je crois. J'aime. Je vénère. » Car c'est tout ce que dit Stieglitz. Il ne vous demande pas d'être d'accord avec lui. Il vous demande simplement de l'écouter improviser sur ce qu'il aime, sur les gens qu'il a consacré toute sa vie à défendre.

Il agace souvent les gens parce qu'il ne se comporte pas en marchand de tableaux. Ils disent qu'il est rusé, visionnaire, capricieux, Dieu sait quoi encore. Ils ne se demandent jamais ce qu'il serait advenu de Marin ou d'O'Keeffe ou des autres si c'était entre leurs mains à eux qu'étaient tombées leurs toiles. Bien sûr, John

Marin aurait *peut-être* touché plus d'argent pour ses œuvres que Stieglitz a jamais pu lui en procurer. Mais John Marin serait-il ce qu'il est aujourd'hui ? Peindrait-il les tableaux qu'il peint à soixante et onze ans ? J'en doute. J'ai vu de mes yeux comment on tuait un artiste dans ce pays. Nous avons tous été témoins de la grandeur et de la décadence des « révélations ». Ah, nos idoles éphémères ! Comme nous les adorons ! Et comme nous avons tôt fait de les oublier ! Nous devrions remercier Dieu d'avoir encore parmi nous un homme comme Stieglitz qui chaque jour de sa vie, démontre la constance de son amour. Cet homme est une parfaite merveille d'endurance, de courage, de patience, d'humilité, de tendresse, de sagesse et de foi. C'est un roc contre lequel se brise en vain la lavasse des courants de l'opinion. Stieglitz est inébranlable, inaltérable. Il est ancré. Et c'est pourquoi j'ai l'audace de l'imaginer assis dans son petit bureau, nullement ému de voir le monde crouler autour de lui. Pourquoi tremblerait-il en présence de l'ennemi ? Pourquoi s'enfuirait-il ? N'a-t-il pas, toute sa vie, été entouré, harcelé par des ennemis ? Pas des ennemis bien forts, mais mauvais, perfides, mesquins, fourbes, qui frappent dans le noir et quand on a le dos tourné. Nos propres ennemis, les pires qui soient. Je les appelle les ennemis de la vie, parce que partout où ils voient une pousse tendre pointer de terre, ils l'écrasent sous leurs pieds. Pas toujours de propos délibéré, mais bêtement, vainement. On peut toujours affronter le véritable ennemi, le conquérir, le défaire. Mais ceux-là, avec leur hostilité gluante, rampante, qui naît de leur indifférence ou de leur ignorance, ils sont difficiles à combattre. Ils sapent les assises mêmes de la vie. Le seul être qui soit capable de se mesurer avec eux, c'est un sorcier, un magicien. Et c'est ce qu'est Stieglitz, et Marin aussi. Seulement Marin opère dans le domaine de la peinture, alors que Stieglitz opère dans le domaine de la vie quotidienne. Ils se fécondent sans cesse, se nourrissent, s'inspirent. Il n'est pas d'union plus glorieuse que ce mariage d'âmes sœurs. Tout ce qu'elles touchent s'en trouve aussitôt ennobli. Pas une tache nulle part. Nous atteignons avec eux au royaume du pur esprit. Restons-y en paix... jusqu'à l'arrivée de l'ennemi...

C'est l'an dernier que pour la première fois j'ai rencontré Stieglitz, peu après mon retour d'Europe. Je ne l'ai pas connu du temps du « 291 [1] » ; sinon, ma vie, comme celle de tant de jeunes écrivains et peintres en aurait sans doute été changée, comme elle le fut quand j'eus entendu Emma Goldman.

« Il se produit encore des miracles. J'en suis convaincu, plus convaincu aujourd'hui que jamais. Et voilà longtemps que j'ai cette conviction. » C'est ce qu'écrivit Stieglitz sur la page de garde du petit livre dont il me fit don lors de notre rencontre. Ce livre était une anthologie des Lettres de John Marin, adressées pour la plupart à Stieglitz.

J'éprouve quelques remords maintenant quand je repense à cet instant. J'avais alors l'intention de faire un petit livre sur John Marin — et Dieu sait que j'en ai toujours envie ! Mais je pensais le faire immédiatement, enflammé que j'étais par la vue de tous ces Marins que j'avais attendu si longtemps de voir.

Peu importe le nombre de Marins que vous ayez vus, il y en a toujours d'autres. Je doute que Stieglitz lui-même ait vu tout l'œuvre peint de John Marin. Je crois que Marin travaille sans cesse. Je crois que quand il mourra, nous découvrirons toute une cargaison de

1. Magasin de tableaux de Stieglitz, 291, 5e Avenue, et devenu si célèbre qu'on ne le désignait plus que par son numéro : « 291 ». (*N.d.T.*)

tableaux dont personne ne soupçonnait l'existence. On dit qu'il peint avec les deux mains. Je crois bien qu'il peint aussi avec ses pieds, avec ses coudes, avec son derrière.

Quoi qu'il en soit, après m'être empli les yeux de tous les Marins de la Galerie Stieglitz, j'eus la surprise de ma vie quand j'allai rendre visite à Marin chez lui, à Cliffside. Je vis là une pleine caisse de ses aquarelles du Nouveau-Mexique. Et je vis Marin lui-même sous un nouvel aspect. Un Marin vivant dans un cadre parfaitement conventionnel. Une sorte d'élégant prospecteur revenu dans l'Est dompté et efféminé, avec les pépites qu'il a entassées dans son grenier pour les regarder et les caresser quand il s'ennuie.

Quand je dis John Marin, j'ajoute toujours « le magicien ». Le Magicien d'Oz, peut-être. En tout cas un magicien. Il n'y a pas à sortir de là, cet homme est un phénomène. De même que Laotsé reçut la visite d'un messager de l'empereur qui lui ordonnait de coucher sur le papier toute sa philosophie avant de disparaître, il faudrait que quelqu'un prît John Marin au collet pour extraire de lui les dernières gouttes de sa sagesse avant qu'il ne nous quitte.

Dans une lettre à Lee Simonson, datée de 1928, Marin écrit ces phrases bien caractéristiques :

« Je viens de recevoir votre télégramme. Voulez-vous avoir l'obligeance de me dire pourquoi vous m'avez demandé de collaborer à votre magazine ? Je n'ai pas demandé à être inscrit parmi vos collaborateurs. Si mes tableaux ne peuvent être compris par des gens d'intelligence moyenne, comment peut-on s'attendre à ce qu'il en aille autrement de mes écrits ? Vous pouvez tout aussi bien me demander de mettre mes tableaux à la portée des intelligences moyennes que de modifier ma prose dans le même sens. Savez-vous que la plupart des écrits que je lis me sont incompréhensibles ? Il se peut donc que j'appartienne aux intelligences inférieures à la moyenne... »

L'apparition de Marin dans un pays de médiocrité est un phénomène quasi impossible à expliquer. Marin est une curiosité naturelle. Une anomalie. Sans doute aurait-il connu le sort le plus cruel qui puisse être réservé à un artiste aux Etats-Unis — un sort pire que celui de Poe, ou que celui de Melville — sans sa miraculeuse rencontre avec Stieglitz. J'espère que John Marin me pardonnera cette formule car on pourrait croire à me lire que je doutais de ses possibilités, ce qui n'est nullement le cas. Je veux simplement dire que l'Amérique, quand elle donne naissance à un homme comme John Marin, fait tout ce qu'elle peut pour s'en débarrasser au plus vite.

Je crois que c'est Zoler qui me disait que Marin était un vieux dur à cuire, bien difficile à tuer. C'est très exact. Car Marin est comme un coq de combat, net, mince, vif, bagarreur et toujours prêt à jouer des ergots. En face de ceux, en tout cas, qui cherchent la bataille. Car il est naturellement doux, sage, paisible, aimable et plein d'égards. Pour peu qu'on sache les lui arracher, il dit des choses merveilleuses. Mais il préfère ne pas parler. Il préfère illustrer ses propos avec son pinceau.

Parlant de l'aquarelle intitulée « Ile Marin », Mr. E. M. Benson déclare :

« Voilà enfin un tableau qui n'a pas besoin de cadre pour marquer ses frontières ; dont les diverses parties sont si bien orchestrées qu'elles créent l'illusion du mouvement *sans crainte du choc*. Notre regard est entraîné le long des courants mêlés de ces formes qui sont comme autant de pierres franchissant l'eau suivant un plan bien établi. Chaque chose semble avoir un rapport avec une autre, faire partie d'un vaste ensemble, contribuer à un superbe dessein.

Quand on regarde ces formes, on ne songe plus à l'arbre, à l'eau, au ciel qu'elles sont sensées représenter, mais à leurs symboles abstraits. *C'est la signature calligraphique que nous acceptons maintenant comme le fait :* la ligne hachurée pour le courant de l'eau ; le triangle, pour l'arbre ; la tache de couleur, pour le soleil ou la fleur. Ces métaphores plastiques sont l'essence même de l'art de Marin. » (Les italiques sont de moi.)

La signature calligraphique ! C'est la quintessence de la sorcellerie de Marin, la marque de sa réussite. Marin rejoint ici les sommets de l'art chinois, perpétue la grande tradition de cette algèbre de la peinture qui est la marque des maîtres. Cette signature que l'on reconnaissait déjà dans ses premières œuvres — car dès le départ notre homme s'est lancé au galop ! — on lui reconnaît maintenant une valeur comparable à celle d'Euclide, de Galilée, de Paracelse, d'Einstein. Ce n'est pas seulement un grand peintre comme les autres. C'est *le* grand peintre américain, le frère de sang de tous les grands peintres du passé, que ce soit d'Europe, d'Asie, d'Amérique du Sud ou d'Afrique. John Marin est notre seul lien avec ce monde que nous semblons être si bêtement avides de répudier.

HILER ET SES FRESQUES MURALES

J'ai dit quelque part au début de ce livre que les peintures murales qui ornent l'Aquarium de San Francisco sont les seules dignes d'être mentionnées aux Etats-Unis. A vrai dire, les deux seuls souvenirs que je garde de San Francisco sont les fresques de Hiler et les funiculaires.

Le jour où je vis ces peintures, je rentrai tout droit à mon hôtel pour écrire une lettre à Hiler. Ma lettre a dû le surprendre un peu ; c'était une lettre hilare adressée à un peintre hilare auquel je ne songe jamais sans une allégresse hilare. Hilaire Hiler, le hilare. Il a mené grande vie, la plupart du temps à l'étranger. Tout le monde l'aime, y compris les autres artistes, ce qui n'est pas peu dire. De temps en temps, pour se distraire de peindre, il joue du piano dans une boîte de nuit, ouvre lui-même un cabaret, décore un bar ou une salle de jeux, écrit un livre d'érudition sur les costumes, étudie les Indiens d'Amérique, explore les continents disparus de l'Atlantide et de Lémurie, s'adonne à la psychanalyse, réfute les arguments du diable et confond les anges, fait la bombe, se cherche une nouvelle maîtresse, apprend le chinois ou l'arabe, écrit un traité sur la technique de la peinture, s'initie au tissage des tapis ou à la navigation à voile *et cætera*. Il a mille et un intérêts et des amis dans tous les coins du monde, de bons amis qui ne le lâchent jamais. Et par-dessus tout, c'est un comédien. C'est sans doute la part chez lui de l'Irlandais. Quand il est un peu fatigué et qu'il s'assied au piano, il chante dans les langues les plus étranges que j'aie jamais entendues. Qui plus est, ce sont ses propres compositions qu'il chante et qu'il aura oubliées le lendemain. Ce n'est pas exactement du chant, c'est une sorte de ménopause d'hilarité pour tambour et cithare. Son obsession fondamentale, c'est la COULEUR. Je suis persuadé que Hiler en sait plus long sur la couleur que quiconque. Il mange de la couleur, il en boit. Lui-même est couleur. Il n'est pas seulement coloré, comme on le dit de certains oiseaux au plumage chatoyant, il est la couleur même. C'est-à-dire qu'il réfracte extraordinairement bien la lumière. Il devient parfois une véritable aurore boréale. Ce que j'essaie de dire, c'est que quand Hiler s'attaque à un mur, il y peint tout ce qu'il a vécu, tout ce qu'il a retiré de ses lectures, de ses rêves, de ses désespoirs.

Quand je suis arrivé à l'Aquarium, j'ai commencé par rire, naturellement. Il me semblait lire les lignes d'une main. Il y a des gens auxquels cela fait peur : ils voient dans les paumes des accidents, des fiascos, des voyages avec maladies et dysenterie. Je regardai donc les peintures murales de Hiler et j'y vis une foule de choses. C'était incontestablement un monde sous-marin. Et il était non moins incontestable que Hiler y était très à l'aise. Ce qui n'a rien d'étonnant car il est chez lui partout, aussi bien avec les oiseaux du ciel qu'avec les monstres des profondeurs. Il est tout aussi à l'aise dans les asiles d'aliénés. Quelles heures délicieuses il a passées avec les fous de Sainte-Anne, à Paris ! Quels merveilleux amis il s'est faits là-bas, non pas parmi les docteurs, Dieu non, mais parmi les malades. Hiler a le don admirable de permettre à tout le monde de collaborer avec lui. Il est démocrate au sens profond du terme.

Mais revenons aux peintures murales... Eh bien, il y avait là des poissons comme je n'en ai jamais vu, comme peu de gens sans doute en ont vu, à moins qu'ils n'aient le bonheur d'avoir parfois des crises de delirium tremens. Hiler jure qu'aucun de ces poissons n'est une invention : qu'ils existent tous, qu'ils ont un nom, un genre et sans doute aussi un habitat propre. Je ne me risquerais pas à mettre en doute son érudition, car elle est trop vaste pour moi. Je ne connais pour ma part que quelques poissons, les espèces comestibles plus spécialement, telles que le bar, la daurade, le pagre, le maquereau, le hareng, etc. Et aussi le filet de sole qui est mon plat favori. Ce sont là des poissons ordinaires et qui ennuyaient probablement Hiler. Il est donc allé chercher des espèces rares et s'est mis à recréer leur habitat, qui est évidemment dans l'esprit. Mais, détail curieux, tout en étant résolument freudien, le décor demeurait gai, stimulant et profondément sain. Même quand les poissons deviennent abstraits, ils gardent un air tangible, comestible et plaisant. Ce sont des poissons avec lesquels on pourrait vivre, vous voyez ce que je veux dire. Alors que les poissons freudiens sont désagréables, d'ordinaire vénéneux et absolument indigestes, les poissons de Hiler n'ont rien d'idéologique. Ils ont des formes, des couleurs, un air joyeux et reconnaissable comme les Papous ou les Patagons, les escargots ou les limaces. Quelque temps qu'il fasse, ils vous sourient. Ils souriaient même si c'était Hiler qui venait les regarder. Ils n'ont pas peur, ils n'ont pas d'inhibitions. Ils sont un peu comme nos ancêtres. Et bien qu'étant embaumés à jamais, ils n'ont rien qui rappelle le muséum, le cimetière ou la morgue. Ils nagent dans leur graisse et tirent leur nourriture de l'air qui les entoure. Hiler les a faits ainsi et c'est ainsi qu'ils resteront.

Comme je le disais, j'écrivis donc une lettre à Hiler, et quelques mois plus tard, je reçus une réponse. En voici quelques extraits, pour ceux qui veulent déchiffrer le message ésotérique de ces peintures :

« ... Pendant que j'y suis, peut-être devrais-je souligner quelques points concernant ces peintures murales afin de voir si ce que j'ai voulu faire a un rapport quelconque avec les pensées et les réactions qu'elles vous ont inspirées.

1° Il s'agit avant tout d' « arabesques fluides », de décoration par la couleur, le dessin ou la plastique des couleurs.

2° Il était *nécessaire* d'introduire aussi la ligne et l'angle droit, l'horizontale et la verticale, parce qu'il fallait un tableau architectural — d'où l'Atlantide.

3° La plupart des « influences » viennent de l'Asie ou du Pacifique et de nulle part ailleurs.

« Un autre détail accessoire, et beaucoup moins important : l'eau est un symbole de naissance et de renaissance, d'inondation, de croyance en une religion ou un mythe, de biologie, de psychanalyse, etc. La mère, au propre et au figuré. Sous-symboles : la coquille et la spirale, or — les coquillages étaient utilisés comme monnaie — de l'océan Indien, de Venise et de Londres, avec les marchands de poisson. Influence polynésienne de l'Asie à la côte américaine du Pacifique, par l'intermédiaire de l'île de Pâques « qui était un sommet montagneux de la Lémurie » ; et le motif cyclique Dieu-Vie-Mort de l'eau symbole de naissance et de l'eau symbole de mort d'une, de la, ou de notre civilisation. Nous ne sommes pas si loin d'Hamlet que vous pourriez le croire ! Et nous pourrions nous convaincre finalement de la valeur d'une expression asiatique : « le Manitou vient d'Asie ».

Qu'il soit venu par le Détroit de Behring, ou d'atoll en atoll par le truchement des Indiens, un voyage au Mexique permettrait peut-être d'en décider... »

Dans la même lettre, il m'annonce qu'il va ouvrir à Hollywood une boîte de nuit qui s'appellera le « Jockey Club », un cabaret analogue sans doute à celui qu'il avait ouvert à Montparnasse[1]. Je passais devant tous les matins en faisant ma petite promenade hygiénique quand j'habitais Paris. Ce qui me surprenait le plus dans les Indiens que Hiler avait peints à l'extérieur, c'était qu'ils restaient si frais et si vifs de couleurs. Ils avaient toujours l'air d'avoir été peints la veille. Il en est de même de ses toiles, surtout celles de la période de 1920 et notamment de l'immortel *Parc dans le Midi*[2]. Souvent, comme Hitchcock, le metteur en scène dans ses films, on peut trouver Hiler caché parmi la foule de ses tableaux, généralement de dos. Il voulait être là avec les autres, pour profiter de l'intérieur, pour ainsi dire, de son chef-d'œuvre. Je donnerais n'importe quoi pour être aujourd'hui assis avec lui sur un banc quelque part dans le Midi. Peu m'importerait que ce fût un banc plastique, abstrait ou idéologique, pourvu que nous puissions nous y asseoir sans rien faire. J'ai parlé des jardins publics américains et j'ai dit comme ils sont odieux. Ces parcs de Hiler appartiennent à « l'Absolu Collectif » dont le Dr. Erich Gutkind a fait don aux citoyens de l'avenir. Les arbres de Hiler ne sont pas des arbres naturels, ni même des arbres de rêve, mais des arbres éternels, dont les racines plongent dans la conscience cosmique de l'homme. Ils donnent plus que de l'ombre et des fruits : ils donnent la vie. Aussi, quand je songe avec

1. Dernière minute : ça a été un fiasco. La boîte est déjà fermée. (N. de l'Auteur.)
(*N.B.* — Publicité non payée.)
2. En français dans le texte.

nostalgie à Hiler et à ses parcs, je sens quelque chose se gonfler en moi, comme si la réalité elle-même s'enflait, et avec elle l'univers, le concept de Dieu, tout l'infini panorama de la vie éternelle et de la mort, et j'ai envie de sauter en l'air, de sortir de ma transe et de le serrer bien fort dans mes bras.

LE SUD

Le Sud est un vaste domaine dont on pourrait parler indéfiniment. Je n'en ai pas dit grand-chose et pourtant le Sud — et le Sud-Ouest qui est un monde totalement différent — sont deux régions de l'Amérique qui me touchent profondément. Le vieux Sud est plein de champs de bataille, c'est une des premières choses qui vous y frappent. Le Sud ne s'est jamais remis de sa défaite. C'était une défaite purement militaire, les plus dures à supporter. L'homme du Sud a un rythme à lui, une attitude à lui devant la vie. Rien ne le convaincra qu'il avait tort ; au fond, il a un souverain mépris pour l'homme du Nord. Il a son propre panthéon d'idoles, guerriers, hommes d'Etat, écrivains, dont nulle défaite n'a affaibli la gloire ni la renommée. Sur tous les plans, le Sud demeure solidement hostile au Nord. Il livre un combat sans espoir, très semblable à celui que l'Irlandais mène contre l'Angleterre.

Si vous êtes du Nord, cette atmosphère vous affecte étrangement. Vous ne pourrez vivre longtemps dans le Sud sans finir par être miné. Le climat, le paysage, les mœurs et les coutumes, le doux parler dégagent un charme auquel il est difficile de résister. Ce monde du Sud est plus proche que tout le reste des Etats-Unis de la vie de rêve dont parlent les poètes. Peu à peu ce monde de rêve est envahi et contaminé par l'esprit du Nord. Le Sud croule sous les pas du conquérant. De Rome à Savannah, au long des vieilles pistes, on peut retracer la marche de Sherman vers la mer. C'est la route du vandale, la route du soldat qui a dit que la guerre était un enfer et qui l'a démontré par le fer et par le feu. Le Sud ne pardonnera jamais à Sherman, jamais.

A Gettysburg, à Bull Run, à Manassas, à Fredericksburg, au Tribunal de Spottsylvania, à Missionary Ridge, à Vicksburg, j'ai essayé de m'imaginer la lutte sanglante dont cette grande république avait été la proie quatre années durant. J'ai visité bien des champs de bataille dans tous les coins du monde, mais quand je me recueille devant les tombes de nos morts du Sud, l'horreur de la guerre m'étreint avec une force terrible. Je ne vois pas de résultats de ce grand conflit qui justifient l'immense sacrifice qu'on nous a demandé de faire. Je ne vois qu'un prodigieux gaspillage de vies humaines et de biens matériels, l'instauration du droit par la force et la substitution d'une forme d'injustice à une autre. Le Sud est encore une plaie béante. La nouvelle Atlanta, jaillie des cendres de l'ancienne, est une ville affreuse, qui réunit tous les traits les plus laids du Nord et du Sud. La nouvelle Richmond manque de vie et de caractère. New Orleans ne vit que sur son minuscule quartier français et encore le démolit-on rapidement. Charleston est un beau souvenir, un cadavre dont on a ressuscité les membres. Savannah est comme une tombe autour de laquelle s'accroche encore une auréole de sensualité, comme dans l'antique Corinthe. L'homme du Sud s'avance fièrement parmi ces braises encore chaudes. Comparé à l'homme du Nord, c'est un être charmant, aimable, courtois, digne et raffiné. Il est sensible et susceptible aussi, capable de violentes explosions qui déconcertent complètement l'homme du Nord. Vous en trouvez qui vivent dans la pompe et la splendeur du temps de Jefferson ; d'autres qui vivent comme des bêtes, dans des conditions qu'on ne retrouve que chez les primitifs d'Afrique et dans d'autres contrées reculées où l'homme blanc est venu apporter les bienfaits de sa civilisation ; de temps en temps, on tombe sur une demeure en ruine habitée par une famille de pauvres demi-déments, entourés de reliques du passé. Il existe aussi de belles régions, comme les environs de Charlottesville, où il ne semble y avoir que des milliardaires. Il y a les villes métallurgiques des deux Caroline par exemple, qui, comme les villes minières de Pennsylvanie ou de la Virginie de l'Ouest, vous emplissent d'horreur et de dégoût. Il y a les régions agricoles, ce qui constituait autrefois le Vieux Dominion, où la terre a une beauté et une sérénité qu'on ne retrouve nulle part dans le Vieux Monde. Il existe des paysages, à Chattanooga, à Harpers Ferry, à Asheville, le long de la crête du Blue Ridge ou au cœur des Great Smokies[1] pour ne citer que ceux-là, qui inspirent au cœur une paix profonde et imposante. Il y a des marais, comme celui d'Okefinokee, ou comme le Grand Marais de Virginie, qui engendrent une ineffable mélancolie. On y voit des arbres, des plantes, des buissons, des fleurs qu'on ne voit nulle part ailleurs et qui ne sont pas seulement extraordinaires, mais obsédants et tout empreints d'une accablante nostalgie. A Biloxi, dans le Mississippi, il y a une allée de chênes plantés voilà cent ans par un Grec et qui sont d'une beauté, d'une splendeur à vous couper le souffle. Des marches du Collège de la Montagne Noire, en Caroline du Nord, on a un panorama de montagnes et de forêts

1. Contreforts montagneux qui s'étendent entre la Virginie et le Kentucky. (*N.d.T.*)

qui vous fait songer à l'Asie. En Louisiane, certains coins de bayous sont d'une beauté comparable à celle que seuls les poètes chinois ont su rendre. A New Iberia, en Louisiane, pour ne citer qu'un exemple, il existe une maison et un jardin appartenant à Weeks Hall, qui constituent en essence et en fait un rêve transposé dans le réel.

Dans le Mississippi, près des rives du grand fleuve, j'ai vu les ruines de Windsor. Il ne reste plus rien maintenant de cette grande demeure que les hautes colonnes grecques couvertes de vigne vierge. On voit tant de ruines élégantes et mystérieuses dans le Sud, tant d'images de mort et de désolation, tant de spectacles fantomatiques. Et toujours dans les coins les plus beaux, comme si l'envahisseur, visant les centres vitaux, avait voulu frapper aussi l'orgueil et l'espoir de sa victime. On ne peut s'empêcher de rêver à ce qu'aurait pu être cette terre bénie si les ravages de la guerre lui avaient été épargnés, car dans nos Etats du Sud, ce qu'on appelle la « culture esclavagiste » n'avait donné encore que ses toutes premières fleurs. Nous savons ce que les cultures esclavagistes de l'Inde, de l'Egypte, de Rome et de la Grèce ont légué au monde. Nous leur sommes reconnaissants de cet héritage ; nous ne le repoussons pas sous prétexte qu'il a été bâti sur l'injustice. Qui donc a le courage, devant ces merveilles du passé, de s'écrier : « Il aurait mieux valu que rien de tout cela n'eût été si pour créer ces chefs-d'œuvre, il a fallu priver un seul être humain de sa liberté ! »

Qui sait quelles splendeurs auraient pu s'épanouir dans des foyers de culture comme Charleston, Savannah, New Orleans ! L'autre jour, feuilletant un livre de voyage, je fus stupéfait de lire à propos de la ville morte de Pagan, l'ancienne capitale birmane : « Comme des os blanchis sous la lune se dressent devant nous les ruines de ce qui fut jadis la capitale de la Birmanie, avec ses cinq mille temples et pagodes datant de 108 avant Jésus-Christ et s'étendant sur plus de vingt-cinq mille hectares... On dit qu'au temps de la gloire de Pagan, on pouvait compter par myriades les pagodes, les autels et les monastères; même aujourd'hui plus de cinq mille vestiges en subsistent. Le sol en est à ce point jonché que c'est à peine si l'on peut faire un pas sans toucher quelque objet sacré dû à la main adroite des habitants de Pagan[1]. »

Il est peu probable que le continent américain lègue jamais au monde une beauté comparable à l'immortelle beauté des villes saintes de l'Inde. Ici ce n'est que dans les habitations troglodytes du Sud-Ouest, peut-être, que l'homme éveille des émotions rappelant de très loin celles qu'inspirent au voyageur les ruines des autres grands temples. A Avery Island, en Louisiane, j'ai vu une statue massive de Bouddha, apportée de Chine, et abritée sous une cage de verre. Quel cadre insolite ! Elle dominait le paysage qui était lui-même une œuvre d'art à un point difficile à imaginer. Avery Island est un coin de terre exotique au cœur du pays d'Acadie. L'île possède une mine de sel dont l'intérieur évoque les fabuleux palais des *Mille et Une Nuits*. Elle a aussi une forêt de bambous dont le sol a des reflets qui rappellent la splendeur translucide de *Pelléas et Mélisande*. On y trouve encore un refuge d'oiseaux qui fait songer aux pages de W. H. Hudson. C'est un havre, une arche pour tout ce qui est exotique par la chair, la forme ou la substance. Au sommet d'une petite colline, au milieu d'un spacieux jardin tropical, reposant immobile et impénétrable, se trouve l'image sculptée d'un Bouddha taillée voilà huit ou neuf siècles en Chine. Si l'on apercevait soudain à la même place un

1. *Land of the Eye*, par Hassoldt Davis.

gratte-ciel deux fois haut comme l'Empire State Building, on ne pourrait être plus surpris que par le spectacle de cette effigie silencieuse qui domine le paysage luxuriant d'Avery Island. Il émane d'elle un équilibre et une sérénité presque oppressants. Le paysage, malgré tout le soin qu'on a dépensé à le rendre séduisant, semble en face de cette idole transplantée aussi fragile que le verre qui offre au Bouddha une inutile et éphémère protection. La sérénité du visage évoque la certitude de l'éternité. Plus que jamais la terre de Louisiane semble inquiète, agitée, grouillante de vie destinée à s'épanouir et à mourir. Quelle que soit l'inclinaison du soleil, l'ombre du Bouddha tombe avec mesure et précision, avec une impassible dignité, comme pour définir avec une absolue exactitude les extrêmes limites de l'espoir, du désir, du courage et de la foi.

Il est des milliers de lieux de rêve dans le vieux Sud. On peut s'asseoir sur un banc dans un minuscule jardin confédéré, ou s'allonger sur les rives d'un canal ou se poster sur un remblai dominant une réserve indienne : l'air est doux, lourd encore de parfums, le monde semble endormi, mais l'atmosphère est chargée de noms magiques, d'événements historiques, d'inventions, d'explorations, de découvertes. Riz, tabac, coton : à partir de ces trois éléments seuls le Sud a composé une grande symphonie d'activité humaine.

Tout cela est fini maintenant. Un nouveau Sud est né. On a retourné le sol du vieux Sud. Mais les cendres en sont encore tièdes.

ADDENDA

Avant d'entreprendre notre voyage, Rattner et moi avions sollicité des bourses Guggenheim. Nous répondîmes loyalement à toutes les questions, nous donnâmes les noms de personnes honorablement connues susceptibles d'appuyer notre requête et de témoigner que nous n'étions pas des abrutis, des fous ni des alcooliques ; nous joignîmes à nos demandes des échantillons de nos œuvres antérieures ainsi que des projets d'œuvres en cours. On nous répondit par un refus, auquel était joint dans l'enveloppe un document ronéotypé citant les noms de ceux à qui l'on avait accordé des bourses et spécifiant dans quel but. Estimant que la liste des bourses accordées en 1941 représente assez bien la tradition Guggenheim, j'en cite quelques extraits pour le plaisir du lecteur :

Dr. Ernst Cleveland Abbe, professeur adjoint de Botanique à l'Université de Minnesota : Etudes sur l'influence des facteurs historiques, climatiques et géologiques sur la végétation d'une région fortement érodée par les glaces dans l'Est sub-arctique.

Dr. Salomon E. Asch, professeur adjoint de Psychologie au Collège de Brooklyn : Pour la préparation d'un livre sur la formation et les modifications d'opinion et d'attitude.

Dr. Lewis E. Atherton, professeur adjoint d'Histoire à l'Université du Missouri : Etude de la situation politique, sociale, économique et intellectuelle et de l'influence de la petite ville et des marchands au temps de l'esclavagisme.

Dr. Roy Franklin Barton, professeur de Mathématiques au Collège Saint-André, à Sagada, aux Philippines : Enregistrement, traduction et annotation du *Hudhud*, une série de poèmes épiques utilisés comme chants de travail et comme cantiques funèbres par les Ifugaos, peuplade païenne de bâtisseurs de terrasses des îles Philippines.

Mr. Wilbur Joseph Cash, journaliste au *Charlotte News*, à Charlotte dans la Caroline du Nord : La création littéraire.

Dr. André Benjamin Delattre, professeur adjoint de Langues romanes à l'Université de Wayne : Pour la préparation d'une édition de la correspondance de Voltaire avec Théodore, François et Jean-Robert Tronchin.

Dr. Paul Théodore Ellsworth, professeur d'Economie politique, à l'Université de Cincinnati : Une étude de l'économie chilienne de 1920 à 1940, sous l'angle de ses réajustements avec les cours internationaux des changes.

Dr. Adriance Sherwood Foster, professeur adjoint de Botanique à l'Université de Californie : Une étude comparative cyto-histologique des méristèmes de bourgeons et des fougères tropicales, gymnospermes et angiospermes des bois.

Dr. Edward Girden, chargé de cours de Psychologie au Collège de Brooklyn : Une enquête comparative des déterminants neuropsychologiques des phénomènes de dissociation.

Dr. Aristide V. Grosse, chimiste à Bronxville, New York : Continuation d'études sur les produits de bombardements neutroniques d'uranium, de protactinium et de thorium. (Renouvellement de bourse.)

Dr. George Katona, chargé de Recherches en Psychologie à New York : Continuation d'études sur la psychologie de l'étude, et notamment sur les différences qu'il y a entre l'étude par compréhension et l'étude par mémorisation et par répétition. (Renouvellement de bourse.)

Dr. William Christian Krumbein, professeur adjoint de Géologie à l'Université de Chicago : Une étude des processus dynamiques par lesquels les particules sédimentaires sont abrasées, transformées et triées dans les couches naturelles de sédiments.

Dr. Clarence Dickinson Long Junior, professeur adjoint d'Economie politique à l'Université Wesleyenne de Middletown, Connecticut : Etudes sur l'histoire du chômage aux Etats-Unis.

Dr. Arthur J. Marder, chargé de Recherches adjoint au Bureau international de Recherches de l'Université de Harvard et au Collège de Radcliffe : Préparation d'un livre sur la puissance navale britannique à l'ère des cuirassés.

Dr. Eduardo Neale-Silva, professeur adjoint d'Espagnol à l'Université du Wisconsin : Etude du roman social hispano-américain, et plus particulièrement des œuvres de José Eustasio Rivera.

Dr. Eliot Furness Porter, biologue et photographe à Hubbards Woods, Illinois : Photographies en noir et en couleurs de certaines espèces d'oiseaux des Etats-Unis.

Dr. Dorothy Mary Spencer, lectrice d'Anthropologie à l'Université de Pennsylvanie : Etudes des peuples de langue Mundari sur le plateau de Chota Nagpur, à Bihar dans l'Inde.

Dr. Harvey Ellioot White, professeur adjoint de

Physique à l'Université de Californie : Etude spectroscopique et analyse des gaz du volcan Mauna Loa.

Dr. David Harris Wilson, professeur adjoint d'Histoire à l'Université du Minnesota : Préparation d'une biographie de Jacques Ier, roi d'Angleterre et d'Ecosse.

Dr. Francis Dunham Wormuth, professeur adjoint de Droit constitutionnel à l'Université d'Indiana : Etudes de science politique théorique et plus particulièrement de la doctrine de la séparation des pouvoirs.

Avis aux amateurs : tous ceux qui croient pouvoir décrocher la timbale n'ont qu'à s'adresser à Henry Allen Moe, secrétaire général de la Fondation Guggenheim, 551 Cinquième Avenue, New York.

DU MÊME AUTEUR

Aux Éditions Gallimard

PRINTEMPS NOIR

SOUVENIR, SOUVENIRS

LE CAUCHEMAR CLIMATISÉ

LES LIVRES DE MA VIE

Dans la collection Folio

TROPIQUE DU CANCER

COLLECTION FOLIO

Dernières parutions

1625.	Françoise Mallet-Joris	*Le clin d'œil de l'ange.*
1626.	Prosper Mérimée	*Théâtre de Clara Gazul.*
1627.	Jack Thieuloy	*L'Inde des grands chemins.*
1628.	Remo Forlani	*Pour l'amour de Finette.*
1629.	Patrick Modiano	*Une jeunesse.*
1630.	John Updike	*Bech voyage.*
1631.	Pierre Gripari	*L'incroyable équipée de Phosphore Noloc et de ses compagnons...*
1632.	Mme de Staël	*Corinne ou l'Italie.*
1634.	Erskine Caldwell	*Bagarre de juillet.*
1635.	Ed McBain	*Les sentinelles.*
1636.	Reiser	*Les copines.*
1637.	Jacqueline Dana	*Tota Rosa.*
1638.	Monique Lange	*Les poissons-chats. Les platanes.*
1639.	Leonardo Sciascia	*Les oncles de Sicile.*
1640.	Gobineau	*Mademoiselle Irnois, Adélaïde* et autres nouvelles.
1641.	Philippe Diolé	*L'okapi.*
1642.	Iris Murdoch	*Sous le filet.*
1643.	Serge Gainsbourg	*Evguénie Sokolov.*
1644.	Paul Scarron	*Le Roman comique.*
1645.	Philippe Labro	*Des bateaux dans la nuit.*
1646.	Marie-Gisèle Landes-Fuss	*Une baraque rouge et moche comme tout, à Venice, Amérique...*

1647. Charles Dickens — *Temps difficiles.*
1648. Nicolas Bréhal — *Les étangs de Woodfield.*
1649. Mario Vargas Llosa — *La tante Julia et le scribouillard.*
1650. Iris Murdoch — *Les cloches.*
1651. Hérodote — *L'Enquête*, Livres I à IV.
1652. Anne Philipe — *Les résonances de l'amour.*
1653. Boileau-Narcejac — *Les visages de l'ombre.*
1654. Émile Zola — *La Joie de vivre.*
1655. Catherine Hermary-Vieille — *La Marquise des Ombres.*
1656. G. K. Chesterton — *La sagesse du Père Brown.*
1657. Françoise Sagan — *Avec mon meilleur souvenir.*
1658. Michel Audiard — *Le petit cheval de retour.*
1659. Pierre Magnan — *La maison assassinée.*
1660. Joseph Conrad — *La rescousse.*
1661. William Faulkner — *Le hameau.*
1662. Boileau-Narcejac — *Maléfices.*
1663. Jaroslav Hašek — *Nouvelles aventures du Brave Soldat Chvéïk.*
1664. Henri Vincenot — *Les voyages du professeur Lorgnon.*
1665. Yann Queffélec — *Le charme noir.*
1666. Zoé Oldenbourg — *La Joie-Souffrance*, tome I.
1667. Zoé Oldenbourg — *La Joie-Souffrance*, tome II.
1668. Vassilis Vassilikos — *Les photographies.*
1669. Honoré de Balzac — *Les Employés.*
1670. J. M. G. Le Clézio — *Désert.*
1671. Jules Romains — *Lucienne. Le dieu des corps. Quand le navire...*
1672. Viviane Forrester — *Ainsi des exilés.*
1673. Claude Mauriac — *Le dîner en ville.*
1674. Maurice Rheims — *Le Saint Office.*
1675. Catherine Rihoit — *La Favorite.*
1676. William Shakespeare — *Roméo et Juliette. Macbeth.*
1677. Jean Vautrin — *Billy-ze-Kick.*
1678. Romain Gary — *Le grand vestiaire.*
1679. Philip Roth — *Quand elle était gentille.*
1680. Jean Anouilh — *La culotte.*
1681. J.-K. Huysmans — *Là-Bas.*

1682.	Jean Orieux	*L'aigle de fer.*
1683.	Jean Dutourd	*L'âme sensible.*
1684.	Nathalie Sarraute	*Enfance.*
1685.	Erskine Caldwell	*Un patelin nommé Estherville.*
1686.	Rachid Boudjedra	*L'escargot entêté.*
1687.	John Updike	*Épouse-moi.*
1688.	Molière	*L'École des maris. L'École des femmes. La Critique de l'École des femmes. L'Impromptu de Versailles.*
1689.	Reiser	*Gros dégueulasse.*
1690.	Jack Kerouac	*Les Souterrains.*
1691.	Pierre Mac Orlan	*Chronique des jours désespérés,* suivi de *Les voisins.*
1695.	Anna Seghers	*La septième croix.*
1696.	René Barjavel	*La tempête.*
1697.	Daniel Boulanger	*Table d'hôte.*
1698.	Jocelyne François	*Les Amantes.*
1699.	Marguerite Duras	*Dix heures et demie du soir en été.*
1700.	Claude Roy	*Permis de séjour 1977-1982.*
1701.	James M. Cain	*Au-delà du déshonneur.*
1702.	Milan Kundera	*Risibles amours.*
1703.	Voltaire	*Lettres philosophiques.*
1704.	Pierre Bourgeade	*Les Serpents.*
1705.	Bertrand Poirot-Delpech	*L'été 36.*
1706.	André Stil	*Romansonge.*
1707.	Michel Tournier	*Gilles & Jeanne.*
1708.	Anthony West	*Héritage.*
1709.	Claude Brami	*La danse d'amour du vieux corbeau.*
1710.	Reiser	*Vive les vacances.*
1711.	Guy de Maupassant	*Le Horla.*
1712.	Jacques de Bourbon Busset	*Le Lion bat la campagne.*
1713.	René Depestrc	*Alléluia pour une femme-jardin.*

Impression Bussière à Saint-Amand (Cher),
le 3 mars 1986.
Dépôt légal : mars 1986.
Numéro d'imprimeur : 2505.
ISBN 2-07-037714-8./Imprimé en France.